經典哲學名著導讀
020

亞里斯多德與《詩學》

Routledge Philosophy GuideBook to Aristotle and the Poetics

安吉拉·柯倫　著
嚴浩然　譯
葉海煙　審校

獻给我的父母露西爾（Lucille）與约翰（John）

目次

致謝

感謝朋友、家人、同事、老師和學生們，在我撰寫本書的過程中，給予我支持。

感激大學時期及研究生時期遇到具啟發性的教授們。尤其感謝三位研究生時期的教授：Cynthia Freeland、Gareth Matthews 和 Fred Feldman。正是在 Cynthia 的課堂上，我發現自己對古典哲學越來越著迷。老師在美學和電影哲學的研究對我啟發極大。Gary 是一位出色的論文導師和指導者，他的課程和工作激發我對亞里斯多德哲學深厚和持久的興趣，我非常想念他。Fred Feldman 幫助我提升哲學寫作和論證技巧，他持續不斷地工作是我努力追求的目標。

這些敬意和感激，標誌著我學術生涯中不可或缺的支持與鼓勵，使我有幸完成此書。再次對所有給予我支持的人表示衷心感謝。一路上，朋友、家人和同事支持我，從開始動筆直到完成，使我保持在正確的軌道上。我特別感謝我的表親 Maureen、Brian、Peter 和 Patsy，他們的鼓勵和友情對我意義重大。感激 Gina Black、Alice Chang、Horst Lange、Judy Robey、Marc Schneier、Barbara Simerka、Steve Smith 和 Tom Wartenberg 總是及時給予我鼓勵的話語。在卡爾頓學院（Carleton College），我感謝 Bill North 和 Clara Hardy 對《詩學》（*Poetics*）的討論，這幫助我以全新的方式思考這本書；同是電影愛好者的 Carol Donelan，我們有過許多有趣且富啟發性的討論；哲學家 Jason Decker、Daniel Groll 和 Anna Moltchanova 都是出色的同事。我也感謝 Dana Strand、Steve Strand、Paula Lackie 和 Mija Van der Wege 在我需要幫助的時候，無私協助我。在聖瑪莉學院

（St. Mary's College），我要感謝我的同事 Sybol Anderson、Betül Basaran、Barrett Emerick、Brad Park、Chad Peveateaux、Chuck Stein 和 Michael Taber，在一次教員研究進展小組中，對本書第十一章提供了寶貴的反饋。我感激 Dr Robert Davidson 多年來在我和我家庭生活中所扮演的特別角色。我向我的貓 Bebe 致敬，Bebe 是我的不離不棄的伴侶，總是能夠理解我因繁忙的工作無法陪伴。

我特別感謝我的姐姐 Felicia Curran，她也是哲學專業人士，而且往往提出本有參考價值的見解與意見。尤其是這本書的內容，我們曾有過多次討論與交流。我也要感謝 Playing for Change（https://playingforchange.com）的出色音樂家們，他們的音樂在我長時間的寫作過程中，帶給我靈感、活力或放鬆的機會。

書中的內容曾於我的課堂上以講座和討論的形式呈現，我感激我的學生們提供寶貴的意見。最重要的是，學生們充滿智慧和適當的回應，讓我了解到，不應該過分簡化文獻，應該讓學生能夠全面參與文本的思辨以及《詩學》文義的辯論之中。特別感謝 Marika Christofides、Pat Doty、Lina Feuerstein、Danny Forman、Max Henkel、Rebekah Frumkin、Martha Perez 和 Dan Schillinger，他們在亞里斯多德和美學課堂上的積極回饋，對本書的內容貢獻甚多。

Swales and Willis 的專業團隊在出版準備工作上表現出色。我特別感謝編輯 Kate Reeves，以及 Colin Morgan、Elizabeth Kent 和 Caroline Watson 在校對和組織排版方面的傑出表現。我最爲感激的，Routledge 的編輯主管 Tony Bruce，他與我皆認爲這本《詩學》導論是必要的。亦感謝編輯 Adam Johnson 對我我體諒。這本書的完成時間比預計的要長，Adam 一直是善意和專業的典範，不斷鼓勵我繼續前進。謝謝你，Adam！

Adam 亦所選擇的兩位評論人，確爲明智之選。兩位相信是任何作者都會稱羨的評論人。他們評論過程中發現一些內容和抄寫訛誤（如恩培多克勒寫的是詩，而不是散文！），他們的評論讓我能夠進行修正。感謝第一位匿名評論人，他或她提供非常有效的見解、建議和修正，尤其是喜劇章節的增補建議尤爲寶貴。我也非常感謝第二位評論者 Malcolm Heath，他以多種方式爲我提供詳細的評論和許多良好的建議。他和第一位評論者的評論使這本書更爲完善，對他們所付出的時間、奉獻和專業知識深感感激。當然，若書中仍有錯誤，責任全在我。

這本書是獻給我的父母，露西爾（Lucille）和約翰．柯倫（John Curran），以感謝他們多年來的愛、歡笑和支持。

序言

亞里斯多德（Aristotle）的《詩學》（*Poetics*）是首部以藝術形式爲主題的哲學論述。此部鉅著受歡迎以及影響程度不言而喻，吸引眾多哲學家與文學評論家的目光。其中的關鍵思想如「淨化」（*catharsis*）的概念，長久以來，一直是激烈辯論的焦點。《詩學》的影響力不容小覷，許多作家和劇作家按書中的建議來創作戲劇，而評論家亦依據他的思想來評價戲劇的原則。

然而，《詩學》可能讀起來晦澀難解。對於哲學初學者，以及對亞里斯多德了解不深的學生來說，閱讀《詩學》具有挑戰性。本書遵循 Routledge 哲學指南系列的風格和格式，旨在向學生介紹亞里斯多德的哲學涵義、重要性和影響力，包括哲學、文學、古典學、藝術理論、電影與媒體研究以及戲劇學。

深入《詩學》學術研究中，讓我獲益匪淺。這本指南旨在引導學生深入了解模仿（*mimēsis*）和淨化等核心概念的激烈文學辯論。我試圖在學術辯論的細節與可讀性兩者找到平衡。對《詩學》的理解，我要感謝多位學者，特別是從 Elizabeth Belfiore、Pierre Destrée、Gerald Else 等作品中所得到的協助。即使這些作者《詩學》解讀與我不盡相同，我仍在每位作者的思想中發現極具價值的觀點。

大多數討論《詩學》的文獻，皆假定亞里斯多德在書中回應其師柏拉圖對詩歌的批評。亞里斯多德《詩學》的論述，亦往往被認爲是反駁柏拉圖的批評。在我一開始著手此主題時，也有曾有過類似的想法。惟隨著文獻梳理與鑽研，才發現如此的預設，阻礙了對亞里斯多德觀點的精確理解。反之，將《詩學》的思想，置於亞里斯多德著作背景中更具成效。我希望這也能讓學生明白，與亞里斯多德在哲學、心理學、倫理學、形而上學和知識論等其他領域的著作相比，《詩學》並非次要。相反，這些領域對理解其意義非常重要，可在索引的「亞里斯多德著作」下找到相關引用。

如果學生有興趣對比亞里斯多德在《詩學》中的觀點與柏拉圖觀點，可在文本各處找到兩位哲學家之間的比較（另參見索引中柏拉圖和蘇格拉底的條目）。最後一章，則探討《詩學》的論證，如何可以被視爲對柏拉圖藝術批評的回應。然而，並非假定這就是亞里斯多德事實上的回答方式。因柏拉圖在《詩學》中從未出現過。故此，將此視爲亞里斯多德對詩歌的辯護，依我看來，十分容易引起誤解和混淆。

最後，我想勉勵讀者。雖然本書著述目的，是協助您理解《詩學》的主要論點，但這無法取代原典文本閱讀。務必深入理解和詮釋亞里斯多德的眞義，也要勇敢地找到自己的理解。有時，這樣的努力帶來的收穫，遠比預期中的豐富得多。從這樣的閱讀中，您不僅可以增進對亞里斯多德的理解，還可以對當代戲劇和媒體形式進行反思，更能夠找到自己的立場和觀點。

第一章　亞里斯多德的生平與著作

亞里斯多德的思想及其特色

言及對亞里斯多德其中最爲深刻的描述，出自中世紀詩人但丁（Dante）史詩《神曲》（*Divine Comedy*）第一篇〈地獄〉（*Inferno*）。詩中記述了但丁與他的引路者詩人維吉爾（Virgil）身赴地獄，找尋愛人碧翠絲（Beatrice）的故事。但丁在第一層地獄遇見了詩人，繼而爲英勇的戰士，最後則是一眾哲學家。在此群體之中，最爲重要的人是亞里斯多德，他被視爲著名哲學家行列中的一員。其他著名的哲學家對他都抱持敬意，當中包括其師柏拉圖（Plato，西元前四二七—三四七年）和柏拉圖的老師蘇格拉底（Socrates，西元前四七〇—三九九年）。亞里斯多德是世界上最具影響力的哲學家之一，早在十四世紀但丁筆下，已享有盛譽。

歷經漫長的時間，亞里斯多德方受到肯認。亞里斯多德於西元前三二二年離逝。他的許多作品亡佚，包括類近柏拉圖（Plato）的對話體，當中只有留存殘卷數種。[1]大部分尚存之著作相當可能非爲廣大公眾而寫。這些著作不甚文雅，書寫方式較爲晦澀和簡略，詰屈聱牙。直到西元前一世紀，亞里斯多德尚存的文獻才集結成古代文集。諸多哲學家經過兩個世紀的深研與評論，掌握了亞里斯多德思想中的哲學精髓。最終，到了中世紀，但丁已認爲沒有必要標記其名，選擇以稱號謂之：「眾人皆知的大師」（〈地獄〉，4.131），可見亞里斯多德在那時候已享負盛名。

---

1 參見 M.F. Burnyeat, 1986。

若古老的傳說是可信的，那麼我們能夠了解亞里斯多德及其著作，乃是幸運的意外。亞里斯多德逝後，其藏書與個人著作，皆託付了他的友人泰奧弗拉斯托斯（Theophrastus），且指名他爲其學院繼承人。泰奧弗拉斯托斯身後，他把亞里斯多德的著作轉贈了哲學門外的祖輩，在西元前二世紀上半葉，這些文獻深埋於小亞細亞（Asia Minor）一個溼濡的地道之中，飽受黴變和蟲蛀之害。幸運的是，這個書籍並沒有因此而石沉大海。在西元前一世紀初，一位藏書家收購了亞里斯多德的藏書，並在羅馬進行編校與修訂。從此，亞里斯多德作品的經典地位得以正式確立。[2]然而，關於亞里斯多德作品由來古老傳說的眞僞，學術界仍充滿爭論，原因是這個傳說的來源難以考究。[3]

我們對亞里斯多德尚有不少未解之惑。在三世紀，第歐根尼·拉爾修（Diogenes Laertius）的《哲人言行錄》（*Lives of Eminent Philosophers*）可提供我們亞里斯多德生活相關的重要資料，此作品引用了大約二百個資料，記載著西元前五世紀到三世紀的古代哲學家傳記。此文獻另具參考價值，因爲它是少數流傳下來的古代傳記。可是，第歐根尼的傳記並不屬於批判史學，它是在亞里斯多德死後約五個世紀寫成的，其書寫風格旨在引述古代軼事和流言，作爲娛樂。[4]舉例來說，第歐根尼言及亞里斯多德的外貌，道：「他口齒不清……另外，據說他的小腿纖細，眼睛，他的服裝、戒指和髮型都十分顯眼。」（第五卷，第一章）[5]另一種描述，現存的亞里斯多德半身像（可能是

2 關於亞里斯多德作品的源遠流長流傳故事，參見 Richard Shute, 1888 和 Myles Burnyeat, 1986。
3 關於此論點，請參見 Jonathan Barnes, 1997。
4 參見 R.D. Hicks 在 Diogenes Laertius, 1925 文獻的引言。
5 翻譯參考 Diogenes, 1925。

亞里斯多德的學生亞歷山大大帝〔Alexander the Great〕，所委託製作的模擬品），睿智與蓄鬚，展現著莊嚴的哲學家形象，其個人形象非如第歐根尼所言般浮誇不實。不幸的是，我們缺乏可靠且獨立的史料來源推證何者爲眞，或者兩者分別呈現著亞里斯多德生命中不同時期的形象。

言及亞里斯多德的性格，在古代傳記中也有著互相矛盾的說法。其中一說法，指出亞里斯多德是傲慢自大的人，他自詡爲天才，且對自己在柏拉圖學院所學的皆不以爲然；另一種傳統的說法，指出亞里斯多德是善良慷慨的友人和家人，也是和藹可親、致力於教研的學生。[6]大多數學者認爲，我們並沒有可靠的資料，能夠確定他的爲人。

然而，亞里斯多德的著作尚存，儘管當中只有大約五分之一保存下來，我們依然能夠管中窺豹，得知他是一個怎麼樣的思想家，以及他所重視的事情和一生所求。

在亞里斯多德的著作中，所呈現的爲人與思想家特質爲何？他是一位興趣廣泛且博學多才的哲學家。他開創了現當代哲學諸多主要領域，包括倫理學、邏輯學、形上學、美學、哲學史、哲學、哲學心理學和科學哲學。在哲學方法上，他是經驗思維導向的哲學家，在哲學研究中，他盡可能採用科學進路進行觀察。亞里斯多德的《尼各馬可倫理學》（*Nicomachean Ethics*）顯示了友誼在人類美好生活中的珍貴價值。作爲學生，他更知恩圖報、飲水思源，對於老師柏拉圖常懷感激不盡之情。

6 有關亞里斯多德傳記中兩個傳統爭論的描述，參見 Düring, 1957，特別是頁四六〇—四六九。Christopher Shields（2013: p.8-17）提及亞里斯多德的傳記矛盾的古代傳統的理解。

自著作的內容中，我們對亞里斯多德的哲學特質能略知一二。有些哲學家認爲，哲學的任務在於描述（descriptive）：哲學家理應釐清先在（pre-existing）的信仰和概念，如：正義、知識、上帝，且使得這些一般的語言概念得以系統化。此類哲學家無意挑戰日常的看法；相反，他們的目標，正是解釋和闡明某些模糊、欠缺連貫性的信仰和概念。其他類型的哲學家，其採取的方法較爲激進，他們是修正論者，意在糾正和挑戰世俗觀點，指出箇中問題。哲學家對人們獲得知識的途徑也有分歧的見解。理性主義者認爲，理性是我們所有知識的源頭，而非自感官經驗；經驗主義者則認爲，所有的知識都來自於感官經驗。

亞里斯多德的老師柏拉圖，常被歸類爲修正論者，因爲他認爲終極實在（ultimate reality）是非物質對象（即形式，如「美」或「正義」概念本身）也不是可感的特殊者（如美麗的花朵或正義的行爲），這與共通感知（common sense）的信念相悖。他同時是一位理性主義者，如同著名的十七世紀哲學與數學家笛卡兒一樣，柏拉圖強調感官是不可信的，人類的理性才是所有知識的來源。

相反，亞里斯多德則常被視爲描述論者與經驗主義者，原因是他所採取的哲學方法，旨在盡可能保留廣受認同的信念與主流見解（*endoxa*）。亞里斯多德亦傾向爲一位哲學經驗主義者。在《形上學》和《分析學後編》中，他進一步討論獲得知識的方式，明確得知，感官知覺是科學知識（*epistēmē*）的基礎：

> 求知是人類的本性。我們樂於使用我們的感覺就是一個說明；即使並無實用，人們總愛好感覺，而在諸感覺中，尤其視覺。無論我們將有所作為，或竟是無所作為，較之其他感覺，我們特愛觀看。理由是：能使我們識知事物，並顯明事物之間的許多差別，此於五官之中，以得於視覺者為多。（《形上學》，1.1.，980a22-27）*

承如上文所言，亞里斯多德確實爲一經驗主義者，但他的研究方法不只考慮直接的感官經驗，這一點與後世的經驗主義哲學家相異。在探究現象時，亞里斯多德推敲的方式涉及各種不同的來源，當中爲：對事實的直接觀察；業界專才的現身說法，如獵人、漁夫和從事動物照護工作的人；哲學與科學前輩的眞知灼見以及大眾見解。

在哲學方法上，亞里斯多德採用廣受認同的見解，使得亞里斯多德被譽爲常識型哲學家。依他看來，哲學理應尋找日常信念的支撐，而非用作修改或動搖這些信念。但是，亞里斯多德的哲學進路，並不容易納入描述論或修正論的哲學觀點。[7]

亞里斯多德確實認爲，人類可靠自身能力，在恰當情況與時機下獲得眞理。《修辭學》中提及：「也許還可以指出，人們對眞理具有足夠的天然直覺，並且通常能夠抵達眞理（《修辭學》，

---

* 譯注：中譯多依據此版本：《形而上學》，吳壽彭譯，五南圖書出版。

7 近年來對亞里斯多德的方法的性質的討論和辯論成果豐碩。某些不同觀點，參見 John Ackrill, 1981: 107-115; Jonathan Barnes, 1980; Martha Nussbaum, 1986: 240-263; Owen McLeod, 1995。

1.1.，1355a15-16）。」[8]他接著說，「任何根據普遍公認的事物（*ta endoxa*）進行探究的人，都是基於可能爲眞的事物推進。（1.1.，1355a16-18）這意味著，亞里斯多德認爲主流信念在知識活動具重要性，或證據層面上的價值，意即在探問眞相過程中，這些信念是納入考量的因素。

也就是說，亞里斯多德並沒有把那些約定俗成的共同觀點，與他某些否定的「大多數」的觀點一視同仁。舉例來說，就那些指快樂、財富或榮譽就是幸福（*eudaimonia*）之說法，亞里斯多德終究不同意這些「大多數」的觀點。（《尼各馬可倫理學》，1.4.，1095a20-25）相反，反映許多人或所有的人在相當長的一段時間內對同一問題的共識的意見是一個寶貴的經驗來源，哲學家應該在她對一個問題的調查中予以考慮。

與此同時，亞里斯多德並不認爲，必須證明主流觀點是眞實無誤的，他的著作中指出，主流的信念是不精確的，有待完善與澄清。其中一個例子見於《尼各馬可倫理學》第七卷第四章，亞里斯多德在此試圖找到一個道德心理學的原則，以解釋主流信念「意志薄弱」（*akrasia*）的可能（知而不行）。亞里斯多德終究同意蘇格拉底的觀點：某些具備實踐智慧之人（*phronimos*），其知識始終是有效與一致，沒有「意志薄弱」的經驗（1047b17）。亞里斯多德通過揭示人對正確行爲的知識可能會受激情影響而失效，但又不會被靈魂完全地驅逐出去，其所揭示的諸多方式，說明廣爲接

[8] Jonathan Barnes, 1984。亦參見《形上學》，2.1.，993a26-993b2：
對真理的探索有難有易。事實上，沒有人能夠充分掌握真理；另一方面，卻不會有人完全失敗。每個人都對事物的本質試圖描述真實的事物，零星個別見解的貢獻少之又少，甚至沒有真理可言，惟有聯合所有的見解，累積大量看法。
（Barnes, 1984）

受的觀點是正確的，即「做錯誤之事的同時知道自己正在做錯誤之事」是可能的，但意志薄弱者的知識需要完善和澄清。

因此，亞里斯多德著作提出，自己並不是共通感知的擁護者，也不認爲哲學的目標，局限於描述和系統化大眾信仰之用。

亞里斯多德哲學的部分思想，得到哲學家廣泛研究和接受。其倫理學中「美德」（virtue）概念，在幸福生活之追求扮演重要的角色，對於形塑二十世紀以降的哲學倫理學發展，亦產生重大的影響。[9]近來學者也轉向亞里斯多德形上學研究，或是實在（reality）的基礎結構研究，藉此論證與奠定形上學在哲學領域中所具有的重要地位。[10]亞里斯多德的《詩學》，也正經歷著藝術哲學家的復興，承如我們將進一步深究，在《詩學》中反映目前當今議題的濫觴，例如：藝術自主性，情感在藝術活動中的作用，藝術本身價值是否包含學習效用等討論。

有部分亞里斯多德哲學的內容，使哲學家和其他讀者感到苦惱。在《政治學》（*Politics*）中，亞里斯多德辯護如此觀點：某些人天生適合當奴隸，也就是他對「自然奴隸制」的看法。[11]在某些敘述段落中，亞里斯多德表明了女性不及男性的觀點。例如：在《動物的繁殖》（*Generation of Animal*）中，聲稱女性「就像是」畸形的男性（2.3.，737a27-31）；以及在《政治學》中記述，女

---

9 關於亞里斯多德倫理學的問題概述，參見 Richard Kraut, 2014。

10 Tuomas E. Tahko, 2012。

11 《政治學》，1.3-6。

人的思慮能力是缺乏權威性（1.13.，1260a12）。這些觀點皆是使亞里斯多德臭名昭著。

我們傾向把亞里斯多德與今人見解的分歧，歸因於時代與地域根深蒂固的文化偏見。在否定上述立論之際，近年亦有不少關於亞里斯多德有趣的研究，涉及以下問題：亞里斯多德的觀點背後是否具有周全的論據？以及，這些觀點是否可以與其哲學具一致性？尤其是他強調，男性女性之性別差異，並非建基於動物的天性（nature）或本質（essence）上之區別。[12]

亞里斯多德的遺囑甚爲耐人尋味，當中令人驚訝的想法，[13]他明言他的奴隸將被釋放。[14]亞里斯多德提出，奴役生而爲奴的人是正當的（《政治學》，1.8.，1253b23-26），鑒於此觀點，這引出了一些既耐人尋味、亦令人不安的問題：亞里斯多德是否認爲，他的奴隸之所以爲奴隸，是傳統或習俗（*nomos*）之故？還是出於他們不幸的先天命運或個人歷史？如果答案屬「是」，那麼，何以在他認爲「視奴隸爲戰利品」是不公正的同時，依然要使他們爲奴？若他們是如在亞里斯多德所認爲，是天生註定爲奴，也認爲他們沒有過美好的生活所基本必需的思慮能力，何以亞里斯多德依然認爲釋放他們是正確的？不幸的是，上述問題種種，皆無從稽考。

---

12 《形上學》，9.10.，1058a29ff。有關動物起源觀點探究的不同方法，參見 Karen Nielsen, 2008 和 Devin Henry, 2007。有關亞里斯多德論自然奴隸地位的推理連貫性的文章，請參見 Marguerite Deslauriers, 2006; Malcolm Heath, 2008; 和 Christopher Shields, 2013：頁四三二—四三六。又，參見 Jean Roberts, 2009：頁四十一—五十一。Shields 的批判最為強烈，他認為亞里斯多德對自然奴隸地位的辯護是「一個絕望的措施，而且在某些方面簡直令人困惑。」

13 參見 Jonathan Barnes, 1984 第二卷：頁四六四—二四六五。

14 亞里斯多德在遺囑中為每個奴隸設定不同的條款。未成年的人要等到成年才能被釋放。一個奴隸只有在他的女兒結婚時才能被釋放。其他人要被釋放，然後給予錢或自己的奴隸！

亞里斯多德的生平

儘管我們對亞里斯多德充滿疑惑，但關於他生平中的重大事件，依然能確實掌握。[15]以下爲他的生平記載，必須注意的，當中有些日期是未能充分確定的。

西元前三八四年，亞里斯多德出生於希臘北部哈爾基季基半島的斯達奇拉城（Stagira）。儘管他半生都在雅典生活，但依然沒有公民身分。馬其頓（Macedonian）血統和該地區的聯繫，使他在晚年時，被雅典人帶著懷疑的眼光看待。

他的父親尼科馬庫斯（Nicomachus）是馬其頓國王阿明塔斯（Amyntas）宮廷內的醫生。他的母親菲斯提斯（Phaestis），來自良好公民關係的家庭。

他的父親出身醫學世家，阿斯克勒庇俄斯（Asclepiads）家族以從事生物觀察和解剖的工作而見稱，並對廣泛的生物現象進行理論建構的工作。而且，根據蓋倫（Galen）的說法（《論解剖過程》，II, 1），阿斯克勒庇俄斯（Asclepiad）的同業，將這一傳統從父親傳承給其子。

儘管我們無法確定，但亞里斯多德很可能在童年時，早已觸及生理學研究的領域。學者們還注意到，由於他的家鄉史塔吉拉（Stagira）臨近愛琴海，乃是培養對海洋生物興趣的理想搖籃。亞里斯多德或從中習得畢生受用的科學導向思維與態度。

15 Carlos Natali, 2013 記載了亞里斯多德的生活和學校的傳記。

西元前三六七年，亞里斯多德十七歲時到了雅典，進入古希臘最著名的學院，柏拉圖學院學習。曾有詆毀者提出憑空捏造的說法，指出：哲學是亞里斯多德的第二職業選擇，他在三十歲時之所以去柏拉圖學院學習哲學，是因爲他窮盡了所有遺產，並嘗試開展了軍事生涯。亞里斯多德在學院裡長達二十年，很可能是先以學生身分入校，然後成爲教師和研究人員，一直到西元前三四七年柏拉圖逝世爲止。無從得知，學院的領導權何以落到了柏拉圖的侄子斯珀西波斯（Speusippus）手中。是因爲亞里斯多德和柏拉圖的後學之間在哲學上存在分歧嗎？還是因爲對非公民而言，財產轉移有法律上的阻礙？

柏拉圖逝世後，亞里斯多德遂離開雅典，開展他四處遊歷與生物學研究的旅程。他和同門色諾克拉底（Xenocrates）接受了往昔學院同學，赫米亞斯（Hermeias）的邀請，一同來到位於小亞細亞的西北岸亞朔（Assos）協政。而當時赫米亞斯是宦官（eunuch），亦曾經是奴隸，而在亞朔是一位專橫的統治者。亞里斯多德在當地與赫米亞斯的親戚皮提亞斯（Pythias）結婚，誕下與她同名的女兒。三年後，亞里斯多德離開亞朔，遷至附近的萊斯博斯島（island of Lesbos），與前同事西奧弗拉斯特（Theophrastus）共事。鑒於亞里斯多德生物研究中的參考，亞里斯多德和西奧弗拉斯特斯很可能在安納托力亞（Asia Minor）北岸，以及馬其頓（其後旅居地），進行了廣泛的生物學的調查工作。

亞里斯多德在萊斯博斯島停留了兩年（三四二年），其後應國王腓力二世（King Philip II）的邀請，前往馬其頓，擔任他十三歲的兒子亞歷山大（Alexander）的導師。在腓力與爾後亞歷山大的帶領下，馬其頓先後征服了希臘、埃及和安納托力亞的城市。我們無從證實亞歷山大與亞里斯多德之間的關係如何。根據羅馬歷史學家老普林尼（Pling the Elder）的說法，亞歷山大在完成學習後，仍持續支援亞里斯多德，爲他提供了數以千計的獵人、漁夫、鳥類、蜜蜂、昆蟲飼養者，以及其他動物護理員。[16]有些故事記載，亞里斯多德可能影響了亞歷山大帝國擴張的渴望。

舉例來說，在勞勃·羅森（Robert Rossen）在一九五六年執導的電影《亞歷山大大帝》的劇情裡，亞里斯多德（貝瑞·瓊斯〔Barry Jones〕飾演）向一眾求知若渴的年輕學生講學，其中包括亞歷山大（李察·波頓〔Richard Barton〕飾演），向他們訴說生活方式在希臘的優越性：「我們希臘人是被選中的，是被推舉的。我們的文化、我們的文明、我們的人民，皆是最好的。除了我們以外，其他人都是野蠻人。我們的道德責任，就是要征服他們、奴役他們，有必要時甚至消滅他們。」

關於亞里斯多德和亞歷山大之間的聯繫，在二〇〇四年奧利佛·史東（Oliver Stone）執導的電影，《亞歷山大》中，提供另外一說。在電影裡，亞里斯多德（聽起來很像英國人的克裡斯多夫·普盧默〔Christopher Plummer〕飾演）向年輕的亞歷山大灌輸一個想法：讓波斯人（Persians）如此「低等」種族，統治五分之四的世界版圖，無疑是錯誤的；他甚至從地圖上的指示路線，向亞歷山大訴說，探險家如何能從希臘到世界的盡頭，繼而折返。上述電影，顯示了亞歷山大在古希臘所進行的殖民運動，亞里斯多德必然背負一定程度的責任。

16 Pliny the Elder, *Natural Histories*, VIII, 16 & 18。

然而，這些理解與印象足以爲信嗎？我們從歷史和哲學兩個層面回應此問題。從歷史的角度來看，亞歷山大貫徹其父馬其頓所秉持的擴張主義，在波斯與印度（India）進行擴張運動。沒有實質證據證明亞里斯多德與此有關；若從哲學角度講，我們或想探知，亞歷山大和亞里斯多德的世界觀，究竟相差多遠？

正如我們所料，這個問題並沒有簡單的答案，因爲亞里斯多德的政治和倫理觀點甚爲多面。[17]亞里斯多德一方面寫道，所有希臘人在智力和道德上，皆優於非希臘人蠻族（*barbaroi*，是「非希臘人」的音譯，也是英語「barbarians」的詞源）。[18]他的論據如下：非希臘人（野蠻人）不會按照在希臘式優越政治，作爲群體組織的方法，而且他們亦欠缺相當的精神和智慧，實踐希臘式治道。[19]他更指稱，非希臘人天生就是屬於奴隸一類。[20]如本節前文所述其「臭名昭著」的觀點，亞

17 有關不同觀點，參見 Jonathan Barnes, 1995：「哲學家在亞里斯多德的政治著作一無所獲，幾乎沒有線索，這些著作透露對馬其頓帝國命運的興趣」，頁五。

18 參見《政治學》，1.1.，1252b9；《政治學》，3.14.，1285a20；和《政治學》，7.7.，1327b19-34，以下引述：說完公民的數量後，我們將談論他們的性格應該是什麼。這是容易理解的主題，只要看看希臘著名的國家，以及世界的種族分布即可。那些生活在寒冷氣候和歐洲的人充滿精神，但缺乏智慧和技能；因此，他們保留相對自由，但沒有政治組織，也無法統治他人。而亞洲的土著人聰明而具創造力，但他們缺乏精神，因此他們一直處於隸屬和奴役的狀態。但是，位於兩者之間的希臘人種也同樣居中，既有鬥志又聰明。因此，在擁有自由之餘，是任何國家中管理皆是最好的，如果可以形成國家，將能夠統治世界。（J. Barnes, 1984）

19 如注釋18中引用的段落所示，從亞里斯多德的觀點來看，問題在於生活在寒冷氣候和歐洲的人有「精神」但缺乏智慧，而生活在亞洲的人有智慧，但缺乏精神，這一事實由他們處於附屬和奴役狀態可見。參見《政治學》，1.1.，1252b1-10。

20 參見《政治學》，1.2.，1252b5-9；1.6.，1255a28-b2；3.14.，1285a19-21。

里斯多德提出，人類本該以其自然特質，區分治者與奴隸、[21]被統治者兩類人。[22]雖然後者具有理解主人指示的能力，但他們無法思慮之，更無法爲達求目的，從各種行動的可能方案中，作出適當的選擇。[23]亞里斯多德追溯至蠻族生活模式，說明無力思慮的狀況，是他們劣質政治格局的根源。

因此，亞里斯多德認爲，希臘人對非希臘人的奴役自然是公正的。[24]亞里斯多德之所以得出「自然奴隸制」的理論定案，究竟是出於非希臘人的社會與文化持根深蒂固的偏見？還是建基於一致且合理的推理基礎？此問題尚有待討論。[25]可是，他並不認爲將希臘文化推行於非希臘人身上，能夠改善他們的智慧及文化。此觀點與魯德亞德．吉卜林（Rudyard Kipling）詩作〈白人的負擔〉（White colonialist）裡，提及白人殖民者教育非洲黑人的「負擔」如出一轍。原因是，亞里斯多德並不認爲，非希臘人無能採納希臘人的優越政治格局和生活模式。[26]職是之故，鑒於非希臘人的「無能」，希臘人並沒有統治他們，以及改善他們的「道德責任」。恰恰相反，希臘人對非希臘人的奴役，只不過出於人們將「上級統治下級」視爲合理的想法。

從另一面向來看，倘若亞歷山大是爲了獲得財富和權力而建立帝國，那麼他的行爲，就不符亞

21 《政治學》，1.2。
22 《政治學》，1.13，1260a9-14。
23 《政治學》，1.5，1254b20-23。
24 《政治學》，1.8，1253b23-26。
25 關於前一解釋，參見 Jean Roberts, 2009：頁一一八。有關後一觀點，參見 Malcolm Heath, 2008。然而，兩位學者都拒絕亞里斯多德的結論以及前提。
26 參見注18中引用的文本。

里斯多德的倫理理想。原因是亞歷山大和他的父親腓力的動機，很可能是出於個人和政治權力的追求。若是如此，那麼他們的行爲，即與亞里斯多德的倫理學著作中，所言「良好生活」背道而馳。在亞里斯多德看來，幸福（*eudaimonia*，有譯作「昌盛」一說）是人類生活的最終目的，而使人一生幸福的是符合理性的美德行爲。[27]政治權力的適當行使，是構築幸福生活所必需的崇高行爲。比方說，假如一個人被排除在公民生活之外，便難以樂助他人。政治權力的獲得與行使，並非幸福生活的最終目的。[28]此外，美德（*aretē*）體現在感受和行動上，也就是說，有美德的人在情感和行動上恰如其分，無過與不及。[29]倘若亞歷山大是出於政治權力和影響力的探求，而參與戰爭，那麼他的行爲則不符合美德的準則。因爲他並沒有達致亞里斯多德在《倫理學》（*Ethics*）中，所闡述的情感和行動之倫理規範要求。

腓力於三三五年被暗殺，亞里斯多德同年重返雅典。亞里斯多德沒有回歸柏拉圖學院，而是在公共體育場所創立呂刻昂學院（Lyceum），該館以阿波羅．利凱歐斯（Apollo Lykeios）的祭祀場地命名，蘇格拉底（Socrates）以往經常出現於該地。[30]可能是因爲亞里斯多德和其學生時常在院子裡散步時，[31]進行哲學思考，或可能是因爲在呂刻昂學院的院子有一林中路（peripatos）[32]，學院因

27 《尼各馬可倫理學》，1。
28 《尼各馬可倫理學》，1.8.，1099a32-b7。
29 《尼各馬可倫理學》，1109a20-29。
30 關於亞里斯多德的逍遙學派（Lyceum）制度和內部的討論，參見 Carlos Natali 2013: 72-119。
31 Diogenes Laertius, 1925, V, 2。
32 Düring, 1957：頁四〇四—四〇五。

而又有逍遙學派（Peripatetics）之稱。

亞里斯多德在重返雅典後著作等身。雖然無法確定，但亞里斯多德很可能是在這一時期，完成了大量哲學論文，當中包括他的傳世哲學論著。亞里斯多德與一眾師生，包括泰奧弗拉斯托斯（Theophrastus），在呂刻昂學院進行了廣泛的研究，涵蓋宇宙學、植物學、音樂、天文學、醫學、藝術、心理學、政治、數學、哲學史和修辭學不同領域。

據說，亞里斯多德收集了這些學科數以百計的手稿和其他教材。這個收藏品保存在他的住所中，據說是古代第一個大型圖書館，並成爲亞歷山卓（Alexandria）和佩加蒙（Pergamon）大圖書館的模範。[33]在雅典逗留期間，亞里斯多德的妻子皮提亞斯去世。他便與來自斯塔吉拉的赫普瑞利斯（Herpyllis of Stagira），開展一段新關係，並且誕下一子，名叫尼科馬科斯（Nicomachus）。

西元前三二三年，亞歷山大在巴比倫戰爭中因病去世，與此同時，亞里斯多德決定離開雅典。隨著亞歷山大之死，反馬其頓情緒高漲，因爲馬其頓曾試圖征服許多希臘城邦。雅典人指控亞里斯多德犯有不虔的罪行，指控的理由爲：他曾向他的朋友赫米亞斯獻唱頌詩，而赫米亞斯是邀請他到亞朔的暴君。此外，亞里斯多德在位於德爾斐（Delphi）赫米亞斯的雕像，刻上褻瀆的銘文，將赫米亞斯與傳說中的希臘英雄相提並論。[34]

這項起訴似乎是子虛烏有，或許是爲了擺脫雅典人對亞里斯多德的猜忌，源於他與馬其頓有

33 Düring, 1957：頁三三七－三三八。
34 Diogenes Laertius, 1925: V, 6。

關聯的外來者，惟我們無法確定亞里斯多德離開雅典的原因。據說，亞里斯多德在一封給馬其頓將領安提柏特（腓力二世、亞歷山大的支持者）的信中提及，他的離開是因爲不想目睹雅典人「兩次冒犯哲學」。[35]這顯然是指蘇格拉底被控不虔敬而處死一事，在柏拉圖《申辯篇》（*Apology*）中記述，蘇格拉底曾激烈反駁「不虔敬」的指控。亞里斯多德於公元前三二三年離開雅典，前往母親的故鄉卡爾基斯（Chalcis），在那裡他於次年公元前三二二年因自然原因去世。西奧弗拉斯特（Thephrastus）遂接替亞里斯多德，領導著呂刻昂學院。

參考文獻

主要資料

Barnes, Jonathan (ed.), 1984. *The Complete Works of Aristotle. The Revised Oxford Translation* Volumes One and Two. Princeton, NJ: Princeton University Press.

Diogenes Laertius, 1925. *Lives of Eminent Philosophers*, translated by R. D. Hicks. London: Loeb.

Plato 1935. *Republic* Books 6-10, translated by Paul Shorey. Cambridge, MA: Harvard University Press.

---

35 Düring, 1957：頁三四二。

二手資料

Ackrill, John, 1981. *Aristotle the Philosopher*. Oxford: Oxford University Press.

Barnes, Jonathan, 1980. "Aristotle and the Method of Ethics." *Revue Internationale de Philosophie,* 34: 490-511.

——, 1995. "Life and Work," in Jonathan Barnes (ed.), *The Cambridge Companion to Aristotle*. Cambridge: Cambridge University Press: 1-26.

——, 1997. "Roman Aristotle," in Jonathan Barnes and Miriam Griffin (eds.), *Philosophia Togata II. Plato and Aristotle at Rome*. New York: Oxford University Press: 24-44.

Burnyeat, M. F., 1986. "Good Repute." *London Review of Books*, 8 (19): 11-12.

Deslauriers, Marguerite, 2006. "The Argument of Aristotle's *Politics* 1." *Phoenix*, 60 (1/2): 48-69.

Düring, Ingemar, 1957. *Aristotle in the Ancient Biographical Tradition*. Stockholm: Almqvist & Wiksell in Komm.

Heath, Malcolm, 2008. "Aristotle on Natural Slavery." *Phronesis*, 53: 243-270.

Henry, Devin, 2007. "How Sexist is Aristotle's Developmental Biology?" *Phronesis*, 52: 1-19.

McLeod, Owen, 1995. "Aristotle's Method." *History of Philosophical Quarterly,* 12 (1):1-18.

Natali, Carlos, 2013. *Aristotle: His Life and School*, edited by D.S. Hutchinson. Princeton, NJ: Princeton University Press.

Nielsen, Karen, 2008. “The Private Parts of Animals: Aristotle on the Teleology of Sexual Difference.” *Phronesis*, 53: 373-405.

Nussbaum, Martha, 1986. *The Fragility of Goodness: Luck and Ethics in Ancient Greek Tragedy and Philosophy*. Cambridge: Cambridge University Press.

Roberts, Jean, 2009. *The Routledge Philosophy Guidebook to Aristotle and the Politics*. London and New York: Routledge.

Shields, Christopher, 2013. “Aristotle: Life and Work,” in Christopher Shields, *Aristotle* Second Edition. London: Routledge: 8-42.

Shute, Richard, 1888. *On the History of the Process by which the Aristotelian Writings Arrived at their Present Form: An Essay*. Oxford: Clarendon Press.

Tahko, Tuomas E. (ed.), 2012. *Contemporary Aristotelian Metaphysics*. Cambridge: Cambridge University Press.

網路資料

Christopher Shields, “Aristotle,” *The Stanford Encyclopedia of Philosophy* (Spring 2014 Edition), Edward N. Zalta (ed.), http://plato.stanford.edu/archives/spr2014/entries/aristotle/.

Kraut, Richard, 2014. “Aristotle’s Ethics,” *The Stanford Encyclopedia of Philosophy* (Summer 2014 Edition), Edward N. Zalta (ed.), http://plato.stanford.edu/archives/sum2014/entries/aristotle-ethics/.

第二章　基礎原則與概念

前言

《詩學》開篇以詩歌爲宣稱，然而其主要焦點卻集中於特定詩歌類型：古希臘悲劇，尤其是公元前五至四世紀的希臘悲劇演出。[1]其中一些關鍵概念的意涵，尤其是模仿（*mimēsis*）和淨化（*catharsis*），一直以來引發種種的討論與爭議。亞里斯多德對於敘事劇建構方法的見解，不僅受到劇作家廣泛遵從，也其在劇情和角色方面的嚴格規範，飽受批評。不論是接受還是批評，亞里斯多德對詩歌結構的分析，至今仍然有舉足輕重的影響力，並且對其他形式的敘事小說，如小說或電影，啟發甚大。

《詩學》在當代哲學美學的討論中扮演著重要角色。最初，「美學」一詞（源自希臘詞彙「*aisthēsis*」，意指「感官知覺」）由哲學家亞歷山大．鮑姆加滕（Alexander Banmgartem）於一七三五年提出，指涉透過感官的角度，[2]研究藝術美感的領域。亞里斯多德在《詩學》中深入探討詩歌和悲劇，觸及藝術表達的本質、藝術對情感和認知的影響，更涉及戲劇結構、角色塑造等議題。這些概念對當代美學討論產生重要的影響，亦引發了藝術目的、美學價值、情感共鳴和觀眾參與等議題的深入思考。

---

1 本章閱讀範圍是《詩學》第一章。

2 Baumgarten, 1735（= Baumgarten, 1954）。

* 編按：本書亞里斯多德《詩學》引文中譯多依據此版本：《詩學》，劉效鵬譯，五南圖書出版。

亞里斯多德的《詩學》爲當代哲學美學，提供了重要的理論基礎和思考框架。作爲一部藝術創作主題的經典著作，《詩學》在美學理論層面具有高度參考價值，且推動學者們進一步探賾藝術創作和體驗的本質。可見，《詩學》中所呈現的觀點和概念，在當代美學理論的發展中扮演著重要角色，成爲美學思考和實踐的重要支柱。

亞里斯多德《詩學》行文晦澀難懂，有許多術語有待釐清。[3]即使僅閱讀《詩學》的幾段文字，讀者亦不難發現在理解文本上具有挑戰性，這可能是由於文本保存狀態不佳有關。根據內部和外部的書證（包括亞里斯多德《政治學》第八卷第七章「1341b38-40」處），我們推測《詩學》之第二卷或已亡佚，當中討論了喜劇以及作品核心的概念——「淨化」。

目前存留下來的，是《詩學》第一卷，關於這本作品的總體論點，以及相關具體細節的闡釋，學界依然存在許多爭論。本書的主要重點，在於理解亞里斯多德的論證，而非闡述有關希臘原文的爭論。[4]因此，本文的目標，非意在總結每個章節的含義，而是解釋當中的關鍵概念和論點，讓讀者在閱讀《詩學》全文時，能夠具有一個清晰的概念框架。

《詩學》的重點大致如下：(i)第一至三卷分析了模仿（*mimēsis*）這一基本概念；(ii)第四和

3 在討論亞里斯多德的作品時，有時會區分外緣和內部作品。外緣作品是亞里斯多德為公眾而寫的作品；其他（內部）是亞里斯多德為他的學生和熟悉哲學術語的人而寫的作品。《詩學》究竟是外緣作品還是內部作品，沒有普遍的共識。惟沒有人接受的是，《詩學》是亞里斯多德完成的作品。

4 對於對這種方法感興趣的讀者，請參閱 Gerald Else, 1957，其詳細評論集中在闡述亞里斯多德的論點，以及檢查圍繞希臘手稿和翻譯的爭議。有關《詩學》文本傳播史的全面討論，也請參見 Tarán 和 Gutas, 2012。

第五卷探討了詩歌的起源；(iii)第六卷提出了亞里斯多德對悲劇的定義，而詩學第七至十九卷則討論了悲劇的各個組成部分，特別是情節的要素；(iv)第二十三至二十六卷涉及史詩詩歌，「驚奇」（wonder）、「意外」（surprise）和「不可能性」（impossible）的手法運用，以及史詩與悲劇之間的區別。

亞里斯多德的方法：詩歌第一原理之確立

有別於亞里斯多德的其他作品，《詩學》的開篇內容相對簡短，當中沒有回顧相關主題的論述，協助讀者定位。[5]同時，亞里斯多德開宗明義，表達其著書動機。他在開頭的段落中表示，該論文將討論詩歌，並解釋不同文體的獨特性（1447a7f.）。人們普遍認爲，他所指的「詩歌」（*poiētikē*）指的是「詩歌藝術」。這即涉及兩個關鍵問題：首先，亞里斯多德對「藝術」（*technē*）一詞的理解是什麼？又，他對「詩歌」的定義是什麼？

爲了釐清「藝術」（*technē*）的實義，我們必須從亞里斯多德的其他著作中，相關討論中管窺

5 有些學者認為亞里斯多德已散失的對話《論詩人》（*On Poets*），其中只剩下少數碎片，當中包含《詩學》中討論的問題的更完整討論。參見 Richard Janko, 1987。

（相關論述見於後文）。至於他對「詩歌」的意思，他並未直接告訴我們，而是列舉不同詩歌形式的例子：史詩詩歌、悲劇、喜劇和〈酒神頌〉（dithyramb）。[6]他的目標，是通過對詩歌的基本性質或本質的說明，來完善我們對這些種類之理解。

書中次句揭示了其研究方法。他依循其他哲學著作中的做法，梳理、統整研究對象的基本第一原理（1.，1447a12）。[7]一事物的「第一原理」（*archē*），指的是其起源或開端，乃是一種解釋該事物起源的說法。這有助於我們對該事物的特徵成因之掌握（《形上學》，1.1.，981a30）。因此，詩歌的第一原理，提供理解詩歌的成因和基本特性之可能。

由此可見，不應該把《詩學》理解爲解讀古希臘詩歌的指南。亞里斯多德並非試圖向讀者說明這些劇作和詩歌的詮釋方法，亦非意在對古希臘詩歌進行實證、描述性研究。恰恰相反，亞里斯多德的目標是源於正統的哲學方法：希望釐清詩歌的定義，且解釋其獨特的特徵、影響和目標。因此，《詩學》對於其他類近的文學藝術的討論具有重大的影響。這也解釋了《詩學》至今仍然影響深遠、且引人入勝的原因。

因此，《詩學》中的書寫關懷，與亞里斯多德的其他哲學作品一致。詩歌引發了一系列難題，而對詩歌進行哲學解釋，則是試圖透過「第一原理」的制定（《詩學》，1.，1447a12）來解答這些問題。亞里斯多德假設詩歌是一種特定的事物，具有詩歌本質的重要特徵。爲了掌握詩歌的成因和

6 請參閱末尾的詞彙表，了解這些詩歌形式的定義。

7 請參閱《物理學》，1.1。

特性，他即對詩歌創作的原則。進行陳述。

亞里斯多德所提出的詩歌規範，與劇作家和詩人所追求的目標無關（參見《詩學》，8.，1451a24；14.，1454a10）。詩人無需掌握創作主題的相關理論，亦能成功從事創作。恰恰相反，亞里斯多德所言之規範，是關於適當的詩歌形式之哲學觀點，以實現詩歌創作所追求的目的。

因此，亞里斯多德在《詩學》中的研究方法在，採取廣義目的論的進路（源自希臘詞語「*telos*」，意爲終點或目標）。他預設詩歌就像自然界的發展進程一樣，其存在目的，是爲了達致某個終點或目標。而其發展在達致此終點爲止（《詩學》，4.）。那麼，這個終點、目標究竟是什麼？亞里斯多德並沒有直接告訴我們，而是隨著他的論證逐步展開。他認爲創作和欣賞詩歌是人類特有的活動，我們或可以預期：亞里斯多德將詩歌的目標，與人類的自然或本質相連結。

以下討論，我們就「詩歌的最終目的或目標」一問題，提供最合理答案，同時考慮亞里斯多德論述的觀點：詩歌的體驗，如何實現獨特的人類能力？

藝術還是技術

《詩學》關涉詩歌藝術。「詩學」（*poiēsis*）一概念有著多重意涵。它源自「創作」（*poiein*）一詞。其中一義，係泛指各種創作活動的廣泛類別，例如造船、木工，以及詩歌和繪畫的創作。另一個意義，係指所謂的詩藝，如悲劇、喜劇和史詩。當亞里斯多德提到，關於「詩歌的一般特徵以及不同詩歌的角色」的討論，他立即列舉了某些特定詩藝的例子。詩歌則是生產性藝術中範疇更大的例子：涉及某種物品技藝（*technē*）上的創造。

亞里斯多德對「藝術」（*technē*）概念之理解，遠比現代更爲廣泛得多。[8]古希臘人沒有與現代「藝術」觀念相對應的詞語。最接近的術語是「*technē*」，它指的是一個更廣泛的活動類別：一種通過使用知識（或「技能」〔know-how〕）來生產某物的技巧，並以此技巧爲基礎。「藝術」（arts）在這個意義上指的是熟練的實踐，如木工和造船等，我們會稱之爲「工藝」（crafts），因此其涵蓋範疇，比我們所認爲的「美術」（fine arts）更爲廣泛。

亞里斯多德將藝術與另外兩個學科進行對比，即理論科學和實踐科學：

第一哲學或形上學、數學和物理學，屬於亞里斯多

8 所謂的「美術系統」是一種在十八世紀被確定的藝術分類方式，其中包括繪畫、戲劇、音樂、舞蹈和雕塑，現在還包括電影和文學。參見 Charles Batteux, 1746。

科學		
理論	實踐	產出性
・第一哲學或形上學 ・數學 ・物理學	・倫理學 ・政治學 ・經濟學	・造船 醫學 模仿藝術 ・詩歌 音樂 繪畫 雕塑 舞蹈

德所謂「理論科學」領域。這些所涉及的，是演繹或論證的理性活動。[9]理論科學根據其對象的性質進行區分：它們關注那些不變且普遍存在的事物。這些學科的目標爲了知識的獲取，而尋找支配著現實存在的第一原理。從事理論科學的人，爲了個人之志趣，對宇宙中事物的本質和由來進行沉思（*theorein*）。

其次，倫理學、政治學和經濟學，是需要實踐智慧（*phronēsis*）、良好思辯能力的學科。[10]這些學科的目標不是理論知識，而是行動（*praxis*）的實踐。因此，亞里斯多德將它們稱爲實踐科學。

第三，是亞里斯多德所稱的「藝術」（*technai*）領域，有時也翻譯爲「生產性藝術」。在此領域，其目標不是思考或從事（*prattein*），而是製作（*poiein*），以事物的眞正認識爲基礎，精通製作某事物的能力，這就是藝術（*technē*）的本質。船舶建造是一門藝術，因爲它涉及船舶建造的知識，以及良好運作的船舶製造實作。醫學也是一門生產藝術，因爲它涉及疾病的原因探求、治療方法的知識，使得患者保持健康。同樣地，詩歌也是一門藝術，因爲它通過詩歌創作的原則（如：如何構建有效情節、使用什麼角色、如何組織劇情等概括規則），製作出成功的詩歌作品。

因此，《詩學》是對詩藝（*technē*）本質之探究。由此可見，詩歌有其發展進程和知識體系。

---

9 《尼各馬可倫理學》，7.5。然而，在其他地方，亞里斯多德區分了藝術（*technē*）和科學知識（*epistēmē*）。參見《尼各馬可倫理學》，6.3-4.，1139b14f。

10 倫理學關注良好行為和良好品格的知識，是政治的一部分，政治涉及城邦（*polis*）（如雅典這樣相對小而凝聚的希臘城邦）公民的行動和幸福的知識。古希臘的「經濟學」來自兩詞，「*oikos*」和「*nomos*」。第一個詞是指「家庭」，而第二個詞是指「管理」或「分配」。因此，亞里斯多德時代的「經濟學」是家庭管理，而不是今天所指的經濟學。

儘管如此，亞里斯多德在《詩學》中，並不太關心詩人的心理狀態。這即解釋了爲何在《詩學》的第一章中，立即轉向分析各種詩藝的創作方法，諸如視覺藝術中的色彩和形式，不同類型詩歌中的節奏、語言和旋律等等（1.，1447a17-22）。

在《詩學》的第一章中，亞里斯多德探討了詩人有否按照藝術或其他方式，進行創作等問題（1447a17f.）。有些藝術家確實按照「藝術」（*technē*）的方式工作，而其他人則依靠習慣（「技巧」〔knack〕）。亞里斯多德在《詩學》，接續提及荷馬（Homer），這位傑出詩人的創作方式，可能是根據「藝術或自然」而作（8.，1451a23-24）。在這些評論中，「藝術」的工作方式與《形上學》第一卷第一章中所述的含義相符，當中指出具備「藝術」的人，能夠明確陳述，且釐訂和引導生產實踐的原則。只具備經驗而缺乏「藝術」的人，可能只知道某種藥物能夠對治病癥，卻無法解釋「爲何」有效。

關於「詩人不是依靠『藝術』而是依靠『自然』（*physis*）或『技巧』」的理論陳述中，我們可以看到，亞里斯多德區分了詩人工作的幾種不同方式，如下：(a)那些掌握明確的詩學創作原則，且創作成功的詩人（並且在嚴格的意義下，擁有一種掌握詩藝的藝術理論），以及其他從(b)經驗、試誤（嘗試錯誤）或(c)直覺分辨有效與無效的詩人。

亞里斯多德需要區分詩人工作的幾種不同方式，因爲他在《詩學》第四章中後來論證，悲劇和喜劇是通過早期詩人的試驗和錯誤逐漸演變成其成熟而正確的形式，起始於荷馬時代的詩人（4.，1449a10-15）。在這段早期時期，亞里斯多德說詩人們是通過試驗，而不是憑藝術，碰巧發現了在情節中產生如此效果的方法（15.，1454a10-13）。這些詩人偶然間發現了，哪些家族最適合悲劇主題。對於悲劇產生的方式，他們並不明瞭箇中一般原則的形式（例如：「『因爲』原因 a和 b，類型 x和 y的角色會是最好的題材」），依循此模式來產生恰當的悲劇結果。

在另一個段落中，亞里斯多德稱讚荷馬超越其他先前的詩人，因爲他「顯然領悟透澈，無論是在藝術還是天性（nature, *physis*）」（8.，1451a23-24）[11]，創造出一致而連貫的詩歌的正確方法。這意味著荷馬之所以成功，可能源於與生俱來的才能或自然的天賦，而不是因爲他有一套完備的理論。這即能夠解釋何以《奧德賽》（*Odyssey*）和《伊里亞特》（*Iliad*）的情節如此會成功。

一方面，亞里斯多德認爲成功的詩人，無需知道其作品何以成功，這也似乎符合詩歌創作的實踐方式。詩人不需如同具備理論知識，判別詩歌的優劣，而使得他們創作成功。如此，詩歌與許多其他生產活動並無二致，比如烘焙或造船，即便無法清楚說明糕點藝術的構成原則，亦無礙一個人「如何」做出美味的蛋糕。

亞里斯多德認爲，就詩學實踐而言，沒有必要建構詩歌藝術的理論或原則之相關知識。他認爲，在行動的觀點下，經驗本身在各方面並不遜於藝術，我們甚至可以看到有經驗的人，比那些只空談理論、缺乏實踐經驗的人更爲成功（《形上學》，1.1.，981a13-15）。然而，期望深入理解、欣賞詩歌的人，會希望深研詩人之實踐原則。[12]這正是亞里斯多德在《詩學》中的任務：闡明詩歌

11 所有翻譯和對《詩學》希臘文本的引用均來自 Halliwell, 1999，除非另有說明。

12 這不代表亞里斯多德在《詩學》中提出了像現代藝術理論家試圖建構的「藝術理論」。關於《詩學》是否提出了我們今天所稱之為藝術理論的問題，可以參見 Butcher, 1911；Bywater, 1909；以及 Halliwell, 1998：頁四十二—四十三。

組成原則，闡釋構成詩歌優劣的。

然而，若把討論亞里斯多德依據本能而非技藝的成功詩人，與亞里斯多德將詩歌作爲技藝（*technē*）的觀點對看，會引發一個困惑。如果這些詩人對於工藝缺乏理性上理解，那麼，按亞里斯多德在《形上學》第一卷第一章和《尼各馬可倫理學》第六卷第四章中對技藝技術意義的定義，這些詩人並不眞正是「藝術家」，原因是他們缺乏統御詩歌創作的原則。如果所有詩人，包括最傑出的詩人，皆缺乏工藝理論上的理解，那麼詩歌在技藝（*technē*）上的地位，似乎會受到質疑。根據《形上學》第一卷第一章和《尼各馬可倫理學》第六卷第四章的觀點，除非詩人能夠掌握詩歌構成原則，詩歌方能視作爲一門技藝。可是，《詩學》中卻指出，即便像荷馬如此偉大的詩人，亦不依靠技藝的方式進行創作，而是憑藉一種本能上的判斷能力而書寫。

關於上述「本能與技藝」問題，有不同的解決方法。[13]首先，或許亞里斯多德可以運用當代哲學家所提出的「知曉且精通」（knowing how）與「知道」（knowing that）的區別。「知曉且精通」，如蛋糕製作、騎自行車，屬於在行動中展現的知識，並不需要事先對該行動背後原則之理解，進行解釋；而「知道」，則是製作蛋糕的正確方法，需要對蛋糕製作的原則有所了解。包括荷馬在內的詩人，也許沒有明確掌握詩歌組成的規則，然而他仍然深諳詩歌創作之道。然而，亞里斯

13 參見 Heath, 2009：頁五十八—六十二。Halliwell 辯解，就詩歌技巧而言，亞里斯多德以更客觀的進路理解詩歌的藝術，這涉及詩人以自然來完成詩歌的存在目的。參見 Halliwell, 1998：頁四十三—五十一、五十六—六十一、八十二—九十二。但兩位學者都得出結論，亞里斯多德以藝術（technē）的意識運作，作品按照藝術（technē）製作的證據，可以在精心製作的詩歌中找到。

多德表明，技藝涉及（後設）推理的「使用」（《尼各馬可倫理學》，6.4.，1140a20-23），這使荷馬無法歸屬於技藝實踐的詩人。因此，此一理解思路實無法自圓其說。

其次，馬爾科姆．希斯（Malcolm Heath）對此提出更具說服力的說法。[14]他認爲技藝在亞里斯多德的著作中，具有雙重特性。在《形上學》第一卷第一章和《尼各馬可倫理學》第六卷第四章中，它所指的是作者的心靈狀態。具體而言，這種心靈狀態，使得作者能夠表述與傳授一己的藝術原則。在《詩學》文意脈絡中，技藝正是上述的意義，指詩人在創作時，所具備的心靈狀態。如果所有詩人對詩歌創作理論缺乏理解，那麼，詩歌將不足以稱爲藝術。在此，希斯就技藝提出另一更廣義的說法，意謂詩歌工藝的原則，這些原則體現於優秀的詩作之中。在此意義上，詩歌仍然屬於一門技藝，因爲透過觀察詩歌本身，可以闡釋詩歌之所以成功的原因，以及背後的決定因素。

倘若「技藝」在亞里斯多德著作中具有多義性，分別指涉指詩人的心靈狀態，以及成功詩歌之文本理論與知識，那麼，即便優秀的詩人不諳《詩學》中詩歌理論，而完成創作，詩歌作爲一門技藝的地位，也不會受到威脅。

令人擔憂的是，希斯的說法未必能完全解消此難題。原因是，兩種技藝意義的分判，在亞里斯多德的著作中並不清晰。事實上，亞里斯多德似乎將成品的地位（如：房屋或患者的健康），與生產者所運用的推理，有密不可分的關聯。舉例來說，技藝始於對某事物的改造。[15]改造所牽涉的，

14 Heath, 2009：頁五十八—六十二。

15 《形上學》，12.3.，1070a7f。

是將某種形式、結構賦予適當的質料，而這些質料本具成爲特定事物之潛能，而形式先存於生產者的心智中。舉例來說，建造房屋的人，藉著藝術家對質料的操作，適當的質料接應這種形式，而發生改變，如：木材呈現出房屋的結構。

亞里斯多德認爲，形式存在於藝術家的靈魂中，不具有質料，乃爲技藝的本質。藝術家靈魂中的形式，轉移且施加於質料時，一個人工制品即完成了，正如房屋一樣，即體現了藝術家靈魂中的形式或結構。根據上述邏輯，如果產品的結構在創造前，先在於藝術家的靈魂中，那麼，透過對產品的檢驗，可以判斷它是否依從某種計畫或結構而完成。因此，木工藝術存在於家具「之中」，同理，[16]詩歌的藝術存在於成功詩歌「之中」。

但問題在於，在描述工匠將形式或結構轉移至某種物質的過程時，亞里斯多德似乎暗示製作者（如醫生）必須經歷明確的思維過程，方能產出成品（如患者的健康）。這使得成品之結果，也就是健康的患者[17]（根據希斯的術語，稱爲「產品」），取決於製作者的心態。若這些的說法成立，希斯所之兩種技藝意義，或不是完全獨立的。這即延伸到另一個問題：詩人在缺乏理論或好詩之構成條件的基礎下，詩歌何以成爲亞里斯多德所特指的技藝？

對此疑難的解方，我傾向另一種的詮解進路。亞里斯多德或許十分確定，詩人根本不具《形上學》第一卷第一章中所描述的技術。所謂技藝的特徵，是對事物前因之普遍性原則的闡述能力。這

---

16 《動物的繁衍》，1.22.，730b7-8。

17 參見《形上學》，7.7.，1032b5-10。

種闡述能力，是在集體行動與人際交流的背景下所點出的。詩歌的演變及其獨特性，似與詩歌創作原則之闡述無關。再者，早在亞里斯多德撰寫《詩學》之前，情況已是如此。這可能把詩歌定調爲一種無需理論表述，且自足發展的另類活動。

亞里斯多德確信荷馬理解了詩歌的本質，因爲他「看到」（*idein*）詩歌的創作，乃是圍繞著統一的行動（8，1451a24）而成。我們可以說，荷馬理解了詩歌的類型，因爲他創作時皆能依循一貫情節的原則。亞里斯多德接著解釋好詩（如荷馬的詩歌）的構成原理與條件。雖然荷馬無需自陳的個人創作理論，及選擇創作方法之原因，但我們也沒有理由，斷定他沒有此能力。

亞里斯多德言及，荷馬「看到」詩歌的效果，取決於一貫的情節。這可能是指，荷馬也能夠說法與亞里斯多德一致的情節構想原則。嚴格來說，具備詩歌的「技藝」的人，是亞里斯多德，而非荷馬。原因是，亞里斯多德能夠說明好詩的構成條件。然而，亞里斯多德暗示，優秀的詩歌創作實踐，不需要生產者負責理論化的層面，有別於其他生產科學（如造船或木工）。因此，詩歌創作存在一種技藝，而詩人無需闡述創作的理論。

在《詩學》中對於詩歌技藝的描述，可以與蘇格拉底在柏拉圖對話錄《伊安篇》（*Ian*）中觀點進行對讀。在《伊安篇》中，主角伊安（Ian）是一位詩歌吟誦者。蘇格拉底認爲，藝術家是被動的接受者，扮演著藝術之神繆斯（Muses）的使者。伊安同意此說，自述朗誦荷馬的詩句時，無法理解自己何以產生如此深厚的影響力。蘇格拉底進一步提出，像荷馬這樣的史詩詩人，在情感上同樣受到神靈的啟示，而不是理性層面。[18]

受靈感（而非理性）驅使藝術創作的觀念至今仍然存在，此說在現代美學討論中，伊曼努爾．康德（Immanuel Kant）在十八世紀時，以「藝術天才」支持這種論調。康德主張，眞正的藝術天才，並不遵循製作優良藝術作品的規則與普遍原則。因此，創造性天才，無法教導他人，也無法清楚表達構思作品的過程。優秀的藝術作品，是藝術家內在的天賦或天資所體現出來的（康德，《純粹判斷力批判》，第二卷，第46節）。

蘇格拉底得出的結論是：詩歌不被視爲一種技藝，因爲他認爲工匠和手藝人必須具備知識，具有明確的原則來解釋何爲一個好的船、建築或詩歌。他常常以造船、木工和醫學等技藝作爲典範。這些技藝之所以是技藝，是因爲從業者能夠清楚陳述其技藝的基本原則，且能夠傳授他人。然而，根據蘇格拉底的觀點，詩歌的問題，即在於從事者無法解釋其作品何以有效。因爲詩人沒有解釋和教授詩歌理論的能力，故排除詩歌謂之技藝的可能。

亞里斯多德不會反對蘇格拉底（詩人是透過靈感創作的方式）的觀點，也不會質疑康德（偉大詩歌的創作能力是一種天賦）的觀點。《詩學》並沒有特別關注詩人的創作過程。然而，亞里斯多德似乎認同詩人可能是根據靈感進行創作的，以及創作詩歌需要具備一定天賦，以及具有適應性豐富的想像力。他說：「因此，詩歌是具有天賦的人、或是狂人的產物；在這些類型中，前者具有多

18 參見柏拉圖《伊安篇》，533-534e。

元的想像力，而後者則是被沖昏了頭腦」（《詩學》，17.，1455a34-35）。

亞里斯多德無意挑戰蘇格拉底對詩人心境的描述，且試圖證明，成功詩人背後存在著一個理論或知識作爲基礎基礎。詩人可能並無自述詩歌創作的原則，但亞里斯多德所指，這是無傷大雅的，因爲詩人並不需要知道爲其何以詩作有效，仍然無礙其創作。而闡述詩歌原則的任務是《詩學》的工作。

模仿：背景說明

亞里斯多德在《詩學》中提問道：什麼是詩？就此，亞里斯多德列舉了詩的各個種類，並指出這些詩的種類之間，在模仿的方式、對象和方式上的差異（1.，1447a13-15）。亞里斯多德並未對「模仿」一詞進行義界，因此該任務即留待評論學者爬梳全文脈絡，爲此定錨。

在《詩學》中，「模仿」（*mimēsis*）這個詞通常被翻譯爲「再現」（representation）或「模擬」（imitation）[19]。在本書中，我將在大多數情況下使用「模擬」（imitation）來翻譯「*mimēsis*」。

---

19 Malcolm Heath, 1997、Gerald Else, 1957 和 Francis Ferguson, 1961 將《詩學》中的「*mimēsis*」翻譯為「模擬」。Richard Janko, 1987 和 W. Hamilton Fyfe, 1927 將「*mimēsis*」翻譯為「再現」。Stephen Halliwell, 1999 則保留未翻譯的詞（「*mimesis*」）。

然而，「模擬」一詞本身具有其哲學涵義，且不同的人可能對此理解不一。因此，有必要將亞里斯多德在「模仿」意思，與「模擬藝術理論」的聯繫分開。後者屬於廣泛影響力的觀點，認爲繪畫、詩歌、雕塑和其他藝術作品的目的，是爲了實現某種現實事物的仿效或模擬。[20]按照這個觀點，在某種程度上，可以將藝術家的目標，理解爲提供現實的相似性或眞實感，承如古希臘畫家宙克西斯（Zeuxis）曾繪製了一幅葡萄圖，其逼眞的程度，甚至鳥兒也試著啄食它。

模擬理論深深影響著藝術的本質和價値，在十九世紀時甚至是主流觀點，至今仍然主導著許多人的藝術觀念。我們在欣賞一幅繪畫或雕塑時，常常試圖理解作品所指涉的內容，以及它有否逼眞地模擬出某種形式。然而，假設我們步入當代藝術博物館，看到馬克．羅斯科（Mark Rothko）的《無題（灰上黑）》（一九七〇），一幅由黑色矩形、灰色矩形組成的畫作，我們可能會感到困惑。甚至，有些人質疑這幅畫是否具有藝術性，因爲它沒有在模擬或模仿現實世界中的任何事物。

儘管模擬理論影響著人對藝術的理解，但在解釋藝術的方式而言，這理論顯然是有所不足。這一點，在十九世紀末和二十世紀初的視覺藝術、文學和音樂的發展中，尤其明顯。浪漫主義，強調藝術是思想和情感的傳達媒介，而現代主義則強調形式和抽象。兩者皆認爲模擬理論的傳統觀點，充滿限制性。亞里斯多德認爲，詩歌、繪畫和其他藝術形式的本質和價値，在於能夠忠實複製現實存在的事物。然而，這一觀點，與當今的藝術發展，可謂是毫不相干。尤其是對於當代藝術形式而

20《理想國》，10.，596d10。

言，戲劇、小說和電影中的虛構人物和事件，都扮演著重要角色。

此外，承如十九世紀末和二十世紀初的現代主義和前衛藝術家的批評，假如視藝術品為現實的複製品，這意味著它們是從現實中衍生而來，甚至是次要的。換句話說，藝術品的功能，是引導我們把注意力，轉向其所模仿或複製的世界。這種觀點，預設了藝術品的價值，在於其能夠逼眞且準確模仿其主題。例如：一八五五年托馬斯·艾爾斯（Thomas Ayres）繪製約塞米蒂山谷（Yosemite Valley）景觀之畫作，依據上述理論，這畫作價值，取決於它能否成功再現約塞米蒂的瀑布和山脈。此外，「模擬」藝術的觀點，亦常闡述為：藝術品是眞實事物的替代品、人工仿眞品或偽造品。[21]然而，若眞是如此，難以理解何以藝術品會引起我們的興趣。

在理解模擬理論何以適用於詩歌的脈絡，尙有問題有待釐清。荷馬史詩《伊里亞德》和《奧德賽》著墨於特洛伊戰爭（Trojan War）及其後續事件，但這些詩歌沒有眞實人物的根據。虛擬的奧德修斯（Oddysseas），在戰爭中戰鬥多年，花了十年的時間才回到伊斯達卡島的（Ithaca）家園。儘管大部分希臘詩歌的主題，取材於遠古時期的神話（公元前八〇〇年至公元前四八〇年），但其中的角色發展和情節，卻皆出自詩人之思。據傳，雅典詩人梭倫（Solon，公元前六三八年至公元前五五八年）曾說過：「詩人經常說謊。」就算詩人通常借鑒傳統神話，觀眾也不會認為詩人所述的內容是眞實的，更不會以為詩歌或劇中的角色（如奧德修斯、伊底帕斯〔Oedipus〕和安蒂岡妮

21 參見柏拉圖：《理想國》，10。

〔Autgone〕）是實際存在的人物。因此，令人困惑的是，在模擬理論的框架下，詩歌何以是實際事物的模仿？

模仿：「模擬」的觀點

細察詩與模仿之問題，可以回顧《詩學》的論述中，思考是否可以複製、再現或類似某物的方式來詮解「模擬」，並且以此判斷亞里斯多德對詩歌、繪畫和舞蹈等藝術形式的「模仿」。這個問題可分爲兩個層面進行闡釋。首先，模仿是否需要把對象物的特徵，完全如實複製出來？換句話說，模仿是否追求再現對象物的準確性？上述提問是模仿的其中一個面相。其次，「模仿」是否必須模擬實際存在的事物？若謂「x是y的模仿」，這個詞組暗示著y是某種實際存在的事物。

亞里斯多德在《詩學》中對「模仿」的討論，某程度上是認爲對象物是實際存在的。在《詩學》第四章中，模仿起源於兒童的模擬行動。在此，亞里斯多德所指的，或許是兒童以成年人爲模範，模仿且學習他們一言一行。在該章中，亞里斯多德還舉了一個例子，其中暗示著觀眾將肖像的要素，與熟知的主題進行比較（4.，1448b12-18）。這些例子可能暗示著模仿，所依賴的對其主題的熟悉，而模仿的目的，是製作某個實際事物的相似物。

事實上，《詩學》中其他段落，與這個觀點有相牴觸之處。詩歌模仿的主題若不是實際存在的（《詩學》，9.，1451b29-32），就是尚未存在，但有存在之可能性（9.，1451b5：15.，1454a16-b17），亞里斯多德指出，詩人有自由發明角色和情節事件，就像阿伽頌（Agathon）的《安泰俄斯》（*Antheus*）（9.，1451b22）一樣。亞里斯多德亦強調，詩歌應該再現三種事物：(1)已經發生或正在發生的事情；(2)人們的言論和思想；以及(3)應該發生的事情（《詩學》，25.，1460b9-10）。第三種暗示著詩歌中的模仿，是為了達成某種目標，而不僅僅是複製一個實際存在的事物。

在《詩學》第四章中，提到對現醜惡事物的模仿，例如醜陋的動物或屍體，[22]當影像精確時，卻能帶來愉悅（1448b11）。這個例子或說明了，在模仿中存在取捨的因素，否則，若將主題的所有特徵和效果「都」完美呈現，觀眾只會覺得影像與眞實物體同樣厭惡。

在《詩學》第四章（1448b7-13），亞里斯多德言及，對醜陋動物和屍體形象最精確的描繪，能夠帶來愉悅（1448b11），這表明觀眾對模仿所產生愉悅，並不取決於藝術家將不理想特徵之取捨。反之，亞里斯多德進一步提及，模仿提供觀眾思考和理解主題的視野，方為愉悅的來源，而不是描繪主題時的去蕪存菁（4.，11488b12-16）。

亞里斯多德在《詩學》中，討論到詩人的可能失誤時，說：「不知道母鹿沒有角，相較於失眞地描繪一隻母鹿，後者的問題更為嚴重」（25.，1460a30-31）。這句話得涵義需要在文本脈絡方

22 關於這個建議，請參見 Christopher Shields, 2013：頁四五九。又，參見 Paul Woodruff, 1992：頁九十二－九十三和 James Redfield, 1994：頁五十四，兩人都認為亞里斯多德的模仿（*mimēsis*）的特徵中有某種選擇性。

能顯明。[23]這一觀點釐清了模仿所涉及的，不僅僅是複製某個模型所有特徵，而是必須在更廣泛的意義上準確、眞實呈現生活。

可見，「模仿」（*mimēsis*）譯作「模擬」（imitation），概括了概念中的部分要點，但其中存有誤導。模仿像是一種模擬，原因是其目標在於忠實呈現主題，然而其對象不必然是實際存在的事物。

虛構意義下的「模仿」

論及詩歌與實際角色和事件之關聯，也許以「虛構」（fiction）理解「*mimēsis*」的概念或更恰當。[24]虛構，是以想像的角色和事件爲主題的創作，而非直接取材於現實人物或事物。這種觀點，解除藝術家必然取材於現實之束縛。將「*mimēsis*」解釋爲虛構，點明了《詩學》裡模仿藝術的核心思想：詩歌和其他藝術形式，藉由喚起觀眾的想像力，建構虛構的情節和角色。這種具啟迪想像

23 參見本書第十章《詩學》第二十五章的討論。

24 關於此看法，請參見 Halliwell, 1998：頁二十一—二十三和 Halliwell, 2002：頁一六六—一六八；以及 Redfield, 1994：頁五十五—六十七。Halliwell 理解《詩學》中的模仿（*mimēsis*）不僅是（按 Halliwell 所言）「世界的複製」或「世界的反映」，而是「世界的創造」方面產生了重大影響。

力的藝術元素，在現實的模仿、忠實複製的層面中付之闕如。

儘管亞里斯多德認爲，模仿（*mimēsis*）可以虛構的事件和角色作爲對象，但亦強調模仿必須以貼近現實的方式，呈現虛構的事件。雖然伊底帕斯、奧德修斯或安蒂岡妮是虛構人物，但發生在他們身上的事情，仍然必須符合觀眾或讀者所期望，以安排故事情節的發展與人物遭遇（《詩學》，9，1451b28-31）。

虛構作品不必忠於世界現實，其情節發展也可以大幅偏離眞實生活中的預期。在這一點上，將「模仿」視爲「模擬」更準確地捕捉到「模仿」的現實感。然而，「模擬」一詞，暗示藝術家力求在作品中呈現字面上的眞實，然而這並非亞里斯多德所認爲藝術家的目標。雖然「模擬」和「虛構」，各自涵蓋了亞里斯多德思想的重要層面，但這兩個概念都無法完全準確詮解《詩學》中的「模仿」。

再現意義下的「模仿」

「*mimēsis*」理解爲「再現」，再現所關涉的事物並不一定存在。此外，再現具有選擇性的特點，聚焦在主題的某一方面，去除不必要之處。這某程度上與亞里斯多德的觀點相契合，藝術家並不僅僅複製某物，而是透過展示日常生活中的事件的秩序和模式，賦予主題輪廓和形式。

「*mimēsis*」在藝術中的再現性質是一個極具爭議的問題，因此將其翻譯爲「representation」，並不能指涉「*mimēsis*」的確切含義。亞里斯多德對於「*mimēsis*」的理解，與「再現」的當代觀點迥異。其中一個問題是，再現是否必須類近於其代表的事物。一些藝術哲學家主張，某物 x 可以是再現另一物 y，而 x 不需要與 y 相似。[25]

以卡通爲例，如彼得．基維（Peter Kivy）指出的，在卡通裡，正在奔跑的狗之畫面，可以用運動線的方式呈現其物理速度，但這些線條與實際奔跑中的狗不相似。[26]觀眾透過慣有的印象，理解圖片所代表的意思，將這些運動線「視爲」狗正在奔跑。同樣地，在天氣圖上，表示冷鋒的倒三角形，與動態的冷空氣塊不相似，但觀眾學會將這些三角形「視爲」冷鋒。普遍而言，在藝術中，再現不一定需要與所代表的事物相似。單靠相似性不足構成再現的充分條件，否則我的孿生姐姐即可以視爲我的再現，而事實上並非如此。

相較之下，亞里斯多德認爲詩歌、戲劇、繪畫，其他形式的模仿藝術，在某種程度上與呈現的主題相似。他同時主張，觀眾對（模仿性質）詩歌或繪畫的解讀能力是與生俱來的（《詩學》，第四章）。藉由觀眾與生俱來的能力，將繪畫視爲該主題的形象。戲劇與其主題的相似性，源於在舞臺上發生的情節，與我們在現實生活中的行爲相近。此外，當觀眾聽到、閱讀劇本中的詞語時，產生某些思想和意象，這些思想和意象，與觀眾對劇中事件產生反應相近。因此，模仿藝術與現實之

---

25 Goodman, 1968 和 Gombrich, 1980。

26 Peter Kivy, 1984：頁九。

間的相似之處，可以是間接的。

亞里斯多德認爲，詩歌和其他藝術形式，依賴於人們天生本能去進行模擬（《詩學》，4.，1448b4-5）。[27]這意味著一件藝術品的模仿，能夠藉由觀眾的生活經驗，以及本能來詮釋畫作、詩歌或劇本中的事件和角色，與其熟悉的概念相連結。由此可見，亞里斯多德對於模仿的理解，並不完全與當代藝術哲學的「再現」相同。

「彷彿」經驗意義下的「模仿」

在《政治學》中討論音樂時，亞里斯多德使用「相似」（*homoioma*）作爲「模仿」（*mimēsis*）的同義詞：

> 音樂節奏和旋律反映性格的真貌，包括憤怒、溫和、勇氣、節制及與之相反的性格特徵。這一點可以事實證明：當我們聆聽這樣的音樂時，我們的靈魂隨之產生變化。由音樂的形象所渲染的痛苦和快樂感，與實際上事物所鼓動的悲歡情緒相近。（《政治學》，8.5.，

27 參見亞里斯多德在《詩學》第四章和本書第四章中對此觀點的討論。

1340a19-25; Kraut, 1997）

引文中，亞里斯多德觀察到，聽眾的性格和情感隨著音樂而產生變化（《政治學》，8.5.，1340a2-3）。聆聽音樂時，我們因而變得熱情、生氣、溫和，甚至勇敢或節制。他對此現象的解釋是，音樂的聲音、節奏和旋律「之中」，以某種方式存在著情感和性格的相似之處。聽眾體驗到的情感，與音樂中的情感，本質上是相同的（8.5.，1340a12-14）。

亞里斯多德認爲，音樂通過節奏和旋律，統攝了人物性格和情感的「相似之處」，意思並不是指音樂能夠重現自然界中的聲音，就像海頓（Hayden）的《四季》（*The seasons*）或貝多芬（Beethoven）的第六交響曲（*Sixth Symphony*）中模仿風暴、青蛙和鳥鳴的聲音一樣。他也並不認爲音樂可直接呈現情感和性格。雖然亞里斯多德認爲，音樂中的表現「表達」情感，但這並不是他唯一關注之處。[28]他所談論的，是音樂透過類近於情感和性格特徵的節奏和旋律，在情感層面上影響聽眾。這些影響，與在現實生活中的情感影響十分接近。因此，我將這些影響稱爲「彷彿」經驗（"as if" experience）。

保羅．伍德拉夫（Paul Woodruff）按照亞里斯多德對音樂的觀點，來解釋「模仿」（*mimēsis*）的含義。[29]根據這種解釋，亞里斯多德認爲模仿是能夠產生「彷彿」經驗（"as if" experience）的

---

28 關於亞里斯多德《政治學》第八卷第五章中對音樂模仿的表現和表達觀點解釋，請參見 Sörbom, 1994。

29 Paul Woodruff, 1992。

事物：[30]

> 據此，如果某個事物x是某個事物y的模仿，則必須符合以下條件：(i) x是一種藝術品或行為，能夠重現y的一些特徵；(ii) 目的是為了引起一種類似在現實生活中，體驗y所產生的自然效果。[31]

上述的解釋，有助於彰顯詩歌中模仿的觀點，它並不僅是一種某種特定的藝術品或行爲的模仿，而是旨在引起觀眾在認知和情感上產生特定的體驗。同時，納入了亞里斯多德在《政治學》中提出的觀點，類似之物能夠在觀眾和聽眾中，引起與眞實生活中相同的情感反應：「那些習慣（*ethismos*）於類似物中感受悲歡的人，與接觸眞實事物時的情緒反應十分相近」（《政治學》，8.，1340a23-25；Kraut, 1997）。

大致而言，這概括了亞里斯多德思索模仿的重要面向。

然而，儘管觀眾的情感和道德判斷反應，與現實生活事件相似，亞里斯多德也認爲兩者之間存在著重大差異。人類天生具有感到哀憐和恐懼的本有能力，而亞里斯多德認爲，這些反應是對應著

---

30 注意，「『彷彿』經驗」是我所使用的術語，而不是Woodruff的。Woodruff還提供模仿（*mimēsis*）藝術（*technē*）的定義，我則在解釋這種藝術的產物，是一個人造物或人類行為。

31 這是在人類行為和人造物的背景下解釋模仿。亞里斯多德還在自然相似性方面使用「模仿」一詞。

特定情境而發。一般情況下，這些反應皆在日常生活中眞實事件中產生的。例如：如果在現實生活中，目睹有人像伊底帕斯一樣，挖出自己的眼珠，我們會感到恐懼和痛苦。然而，在悲劇和戲劇的情境下，體驗這些悲劇情感，卻有某種愉悅的感覺。

這意味著，觀看悲劇時所體驗的情感，並不等同於現實生活中的感受。正如亞里斯多德所說，「詩人應該通過模仿，從哀憐和恐懼中創造出愉悅的感受」（《詩學》，14.，1453b12-13）。亞里斯多德的立論說明，在作品中的模仿情境中，所給予悲劇情感，是在現實生活中無法感受到的愉悅感體驗。

「模仿」意義通解

綜上所述，上述觀點表明：

一、「模仿」作品所鼓動的情感和道德判斷，與我們在現實生活中的反應相似。但同時也有以下情況：

二、詩人和其他藝術家，能夠運用「模仿」的藝術，創造出一種獨特的藝術觀賞體驗。

那麼，如果認為作品中的模仿產生某種自然效果一說不準確，我們該如何理解模仿呢？以下是一個初步的建議。亞里斯多德有時使用「完成」或「完美」（*telos*）的概念，來指涉悲劇獨特情感體驗所帶來的特殊愉悅感。[32]這個想法似乎是說，在悲劇所模仿的事件中，存在著某種獨特和愉悅的體驗潛能，而這種潛能，未見於在日常事件之中。一般情況下，因苦難而感到哀憐和恐懼，並不是愉悅的感受。而悲劇在喚起哀憐和恐懼的同時，能夠改變整體情感體驗的性格，使得在感受痛苦情感的同時，產生一種獨特的愉悅感。

我們或可從完整或完美的情感體驗，來理解物模仿物 x，即：(a) 若我們在現實生活中體驗到 x，會自然而然產生某種效果；但與此同時：(b) 透過增添日常情感體驗中缺乏之元素，改變了這種效果的整體特性。

基於此推論，解釋亞里斯多德對模仿的概念如下：

> 模仿（*mimēsis*）的完備解釋：若有某事物 x 是對 y 的模仿，則必須符合以下條件：(1) x 是一種人造的物品或行為，旨在複製 y 的某些特徵；(2) x 產生了在現實生活中體驗 y 時，可能產生的自然效果；(3) x 以體驗愉悅的總體方式，完善或完成了這種效果。

---

32 參見《詩學》，26.，1462a18-b1。

這種獨特體驗的目的是什麼？在模仿所引起的情感是痛苦的時候，詩歌中的模仿又如何能帶來愉悅？是什麼條件使得藝術品，能夠產生這種愉悅的體驗？在接下來的章節中，我們將探討亞里斯多德對這些問題的回答。

參考文獻

Barnes, Jonathan (ed.), 1984. *The Complete Works of Aristotle. The Revised Oxford Translation* Volume Two. Princeton, NJ: Princeton University Press.

Batteux, Charles, 1746. *The Fine Arts Reduced to a Single Principle (Les beaux arts réduits à meme principe)*. Paris: Durand.

Baumgarten, Alexander, 1954. *Reflections on Poetry: Meditationes Philosophicae de Nonnulis ad Poema Pertinentibus*, translated by K. Aschenbrenner and W. B. Holther. Berkeley, CA: University of California Press.

Butcher, S. H., 1911. *Aristotle's Theory of Poetry and Fine Art with a Critical Text and Translation of the Poetics*. London: Macmillan and Co.

Bywater, I., 1909. *Aristotle on the Art of Poetry. A Revised Text with Critical Introduction, Translation, and Commentary*. Oxford: Oxford University Press.

Else, Gerald, 1957. *Aristotle's Poetics: The Argument*. Cambridge, MA: Harvard University Press.

Fantl, Jeremy, 2014. "Knowledge How," *The Stanford Encyclopedia of Philosophy* (Fall 2014 Edition), Edward N. Zalta (ed.), http://plato.stanford.edu/archives/fall2014/entries/knowledge-how/.

Ferguson, Francis, 1961. *Aristotle's Poetics with an Introductory Essay*. New York: Hill and Wang.

Fyfe, W. Hamilton, 1927. *Aristotle: The Poetics; "Longinus": On the Sublime; Demetrius: On Style*. Cambridge, MA: Harvard University Press.

Gombrich, E. H., 1980. "Meditations on a Hobby Horse," in Morris Philipson and Paul Gudel (eds.), *Aesthetics Today*. New York: Meridian Books: 172-186.

Goodman, Nelson, 1968. *Languages of the Arts*. Indianapolis, IN: Bobbs-Merrill.

Halliwell, Stephen, 1998. *Aristotle's Poetics: With a New Introduction by the Author*. Chicago: University of Chicago Press.

——, 1999. *Aristotle's Poetics Edited and Translated by Stephen Halliwell*. Cambridge, MA: Harvard University Press.

——, 2002. *The Aesthetics of Mimesis: Ancient Texts and Modern Problems*. Princeton, NJ and Oxford: Princeton University Press.

Heath, Malcolm, 1996. *Aristotle: Poetics*, translated with Notes and an Introduction. New York and London: Penguin Press.

——, 2009. "Cognition in Aristotle's *Poetics*." *Mnemosyne*, 62: 51-75.

Janko, Richard, 1987. *Aristotle, Poetics: With the Tractatus Coislinianus, Reconstruction of Poetics II, and the Fragments of the On Poets*. Indianapolis, IN and Cambridge: Hackett Publishing Company.

Kivy, Peter, 1984. *Sound and Semblance: Reflections on Musical Representation.* Ithaca, NY and London: Cornell University Press.

Kraut, Richard, 1997. *Aristotle: Politics Books VII and VIII*. Translated with a Commentary by Richard Kraut. Oxford: Clarendon press.

Pratt, Louise H., 1993. *Lying and Poetry from Homer to Pindar: Falsehood and Deception in Archaic Greek Poetics.* Ann Arbor: University of Michigan Press.

Redfield, James, 1994. *Nature and Culture in the Iliad*. Durham, NC and London: Duke University Press.

Shields, Christopher, 2013. *Aristotle*, Second Edition. London: Routledge.

Sörbom, Göran, 1994. "Aristotle on Music as Representation." *The Journal of Aesthetics and Art Criticism* 52 (1): 37-46.

Tarán, Leonardo and Dimitri Gutas, 2012. *Aristotle Poetics. Editio Maior of the Greek Text with Historical Introductions and Philological Commentaries. Mnemosyne Supplements (Book 338)*. (Greek, English, and Arabic Edition). Leiden, The Netherlands: Brill Academic Publishing.

Woodruff, Paul, 1992. "Aristotle on *Mimēsis*," in Amélie Oskenberg Rorty (ed.), *Essays on Aristotle's Poetics*. Princeton, NJ: Princeton University Press: 73-97.

第三章　模擬型作品的判別[1]

1　本章的閱讀為《詩學》第一至五章。

《詩學》第一章：模仿的媒介

在《詩學》的第一章中，亞里斯多德對詩歌藝術的適當解釋，遵循了慣常方法，將各種形式的詩歌（悲劇、喜劇、史詩、〈酒神頌〉）與其他音樂藝術（如阿夫洛斯管〔aulos〕和里拉琴〔lyre〕的音樂），進行分組（《詩學》，1.，1447a12）。在古希臘，詩與樂之間，存在著深厚的概念聯繫。古希臘詩歌應用的，是與節奏有關的韻律。愛德華．赫希（Edward Hirsoh）指出，可以把韻律想像成海洋中的波浪，波浪一來一回，按照一定的規律模式，創造出恆定與變化的律動，詩歌、音樂和舞蹈中的節奏模式也是如此。[2]「韻律」一詞源自古希臘詞語（metron），意思是「測量」，是測量詩歌、音樂或舞蹈中節奏流動的方式。例如：華爾滋舞（waltz）的節奏結構，「一、二、三，一、二、三……」

透過節奏和韻律，詩人營造動態、變化以及恆定感，有助於傳達詩歌的意義。舉例來說，赫希解說西奧多．羅斯克（Theodere Roethke）詩中的三拍結構（每行有兩個由三拍組成的序列），這種節奏形式，是模仿男孩和父親跳舞的步伐，營造詩的意義：

你的呼吸中彌漫著威士忌，（The whiskey on your breath）

---

2 Edward Hirsch, 2014。

使小男孩頭暈眼花的感覺。（Could make a small boy dizzy）
我如同懸垂死命緊緊抓住你：（But I hung on like death）
如此跳華爾滋絕非易事。[3]（Such waltzing was not easy）

古希臘概念的音樂「*mousikē*」一詞，不僅指代器樂，還包含一切運用韻律或節律言辭的藝術形式。[4]韻律和音樂伴奏，在不同的詩歌形式中扮演著重要角色。因此，在日常語言中，將器樂和詩歌歸屬於一個更廣的分類，與繪畫和雕塑等視覺藝術區分開來，也是言之成理的。[5]

從這理解前提出發，亞里斯多德在此章中，進一步確立詩歌與音樂藝術的結合基礎，更給予充分的定義。一個正確的定義，不僅只是梳理詞語在日常語言中的使用方式，更應揭示事物的本質。一個充分的詩歌定義，將解決詩與樂之間的異同，不同詩歌類型之間的差異，以及詩歌與視覺藝術之間的聯繫等問題。

在現代的用法，詩歌通常與以詩節（Verse）的寫作相關聯，也就是指以強勁與弱勁音節組織出現的韻律模式。例如：以下是安德魯．馬維爾（Andrew Marvell）〈愛的定義〉（The Definition

---

3 在二〇一四年六月二十日的國家公共廣播電臺的訪談中引用：http://www.npr.org/2014/06/20/323329319/how-rhythm-carries-a-poem-from-head-to-heart。

4 Gregory Nagy, 2010。

5 參照 Stephen Halliwell, 2002，第一章的論證，旨在闡述在柏拉圖和亞里斯多德之前，音樂藝術、詩歌和視覺藝術，彙集於更大範疇的模仿藝術傳統下。

of Love）的摘錄詩節：

然而我能迅速抵達（And yet I quickly might arrive）
我延展靈魂所定居之處（Where my extended soul is fixt）
但命運卻推進鐵楔（But fate does iron wedges drive）
並總是擠滿其中。（And always crowds it self betwixt）

在《詩學》第一章中，亞里斯多德拒絕如此觀點：詩人是節奏的創作者。高爾吉亞（Gorgias）在《海倫頌》（*Encomium of Helen*）中提出這個詩歌的觀點：

言辭是一位強而有力的主宰，（Speech is a powerful lord, who）
以最優美和最不可見的形體（With the finest and most invisible body）
實現最神聖的工作：（achieves the most divine works）
它能止住恐懼，消弭悲傷，（it can stop fear and banish grief）
創造喜悅，薰陶慈悲。（and create joy and nuture pity）
我將展示這是如何實現的，（I shall show how this is the case）
因為我必須向聽眾證明這一點。（For I must offer proof to the opinions of my hearer）

我既視所有詩歌為具有韻律的言辭。[6]（I both deem and define all poetry as speech possessing metre）

亞里斯多德指出，先蘇時期哲學家、科學家恩培多克勒（Empedocles）的作品，以詩節形式，闡述宇宙的性質和起源，這不屬於詩歌的範疇，他說：「但是荷馬和恩培多克勒除了韻律之外，沒有任何共同點；因此我們應該稱前者爲詩人，後者爲自然科學家」（1.，1447b18-20）。[7]

爲何視恩培多克勒的作品爲詩歌會有問題？在於作品在「再現」層面上有所不足：它並非對人類生活和行動的模擬或模仿。因此，僅有韻律的條件，不足以使其成爲詩歌作品。

然而，亞里斯多德指出，凱瑞蒙（Chaeremon）的劇作《半人馬》（*Centaur*），是一部「揉合多種韻律的作品」，仍然被歸類爲詩歌，因爲它是一種模仿（1.，1447b20）。亞里斯多德表示，一作品或言論是否使用了韻律，或是特定類型的韻律，並不是界定語言藝術的核心特徵。

在此，我們恰恰談到了一個包含所有形式的詩歌、音樂，以及其他藝術形式（舞蹈和繪畫）的類別。它們同是對人類行爲的模仿（1.，1447a12-15）。在《詩學》第一章，關於不同詩歌藝術的因素或特點，亞里斯多德提出了三種區分方法。詩歌可以基於以下幾點進行區分：

---

6 J. Dillon 和 T. Gergel, 2003。

7 除非另有註明，否則《詩學》的所有引文均引用 Halliwell, 1999。

1. 模仿的「媒介」或手段（《詩學》第一章）
2. 模仿的「對象」（《詩學》第二章）
3. 模仿的「模式」或方法（《詩學》第三章）

在《詩學》的第一至第三章中，這三個因素相互作用，區分了不同的詩歌形式（如悲劇具備自己獨特的媒介、對象和模仿方式），亞里斯多德討論，這三個特徵，作爲各種詩歌形式的獨立特點。

在《詩學》第一章中，亞里斯多德探討詩藝的媒介或手段。媒介作爲藝術形式，將作品中的表現內容，傳遞給觀眾。[8]他指出，不同的藝術形式，透過其獨特的手段來模仿、描繪。例如：大衛（David）的畫作《安德羅馬凱哀悼赫克托爾》（*Andromache Mourning Hector*, 1783），使用顏色和形狀的手段來呈現場景；而史詩詩人則使用語言的特點，如詞語的表達能力，來描繪安德羅馬凱哀（Andromache）丈夫失去的情景。[9]

在藝術的「媒介」方面，亞里斯多德並不是，指藝術家使用的具體物質質料，雕塑的媒介不是黏土或大理石，繪畫的媒介不是染料或顏料。相反，模仿形式的藝術媒介，是利用、組織某些材料，向觀眾傳達具說服力的體驗。[10]

---

8 藝術形式可以部分透過其媒介來定義的觀念，這在當代藝術哲學討論中仍然活躍。參見 Richard Wollheim, 1987：頁二十二—二十三；David Davies, 2003；以及 Berys Gaut, 2010：頁二八七—二九〇。
9 《修辭學》，3.2.，1404a21。
10 參見本書第二章中關於模仿（*mimēsis*）的討論。

亞里斯多德接著解釋詩歌藝術媒介的概念。首先，介紹了媒介的概念如何應用於視覺藝術，以及聲音（*phōnē*）媒介的藝術應用（1.，1447a17）。[11]視覺藝術家使用顏色、繪畫或雕刻形狀，來重現一物的外觀。表演和朗讀藝術，使用人聲作爲媒介，透過演員的聲音傳達眞實的體驗，呈現人類的聲音。在這兩種情況下，藝術中再現了物體的更具體的感官特質。詩歌音樂藝術的模仿方式更爲間接：它們通過語言的特點來實現模仿，使其成爲人類、情感和行動特徵的象徵。這些藝術使用的三種基本媒介來實現模仿是：(1)節奏；(2)語言；(3)旋律（1.，1447a22）。一方面，有些藝術只符應其中一種或兩種媒介：

(1) 器樂：使用節奏和旋律（1.，1447a23）

(2) 舞蹈：頌歌和悲劇表演的一部分，僅使用身體節奏（1.，1447a25；6.，1449b23；26.，1462a7）

(3) 書寫中的模擬：散文（亞里斯多德稱此類為「不具統稱者」）（1.，1447b5）[12]

11 在此，他可能在思考朗誦和表演的藝術。在《修辭學》第三章中，亞里斯多德談到人類聲音：「我們所有器官中最能表現其他事物的」（1404a22）。

12 1.，1147a28-b29的這一部分，由於對希臘文本的混入，帶來解讀上的挑戰。Tarán和Gutas 2012：頁二二六—二三〇辯解，亞里斯多德並未擴展「詩歌」的涵義，以包括無音樂伴奏的散文模仿的「無名藝術」。相反，亞里斯多德聲稱，在模仿藝術的更大群組中，有一個包括散文和詩歌模仿的「無名藝術」（頁二二八）。這個無名藝術的類別，可能就是我們今天稱之為「文學」的概念。

在第三個類別中，包括肖普朗（Sophron）的默劇（mime）和柏拉圖早期的對話，其中以蘇格拉底是核心哲學人物。人們大都以爲，像柏拉圖《斐多篇》（這樣的哲學對話，記載了一系列關於靈魂永恆的論證，與荷馬的作品相比，更接近恩培多克勒的科學著作。原因是科學和哲學，都嘗試直接論述現實本質的眞理主張，而詩人則不是。然而，柏拉圖所記錄蘇格拉底的對話，不僅包含哲學論證，還呈現了柏拉圖對蘇格拉底行動、時代和思想的理解。換句話說，蘇格拉底的對話、默劇和荷馬的詩歌之間的共同之處，在於它們都在模仿人類的行動。亞里斯多德關注模仿的主題，接近我們現代對於「文學」的概念，即大致上指沒有音樂伴奏的詩歌。[13]

另一方面，某些形式的詩歌，例如〈酒神頌〉（dithyramb）與〈日神頌〉（nomes），悲劇和喜劇，涉及到三個因素：節奏、語言和旋律，可以一起使用，或分開使用（3.，1448a28）。例如：悲劇是一種歌唱和朗誦詩的混合形式，其中合唱團、角色演唱的部分使用了節奏、語言和旋律，而合唱團詠嘆與角色對話的場景，僅使用節奏和語言（6.，1449b28-30）。而頌歌則同時兼具三個因素，其合唱詩歌由音樂和舞蹈伴奏。

當中，亞里斯多德沒有提到史詩詩歌的媒介。可以理解爲何史詩被排除在三種媒介的詩歌形式類別之外。悲劇和喜劇採用詩歌朗誦與歌曲，以及音樂伴奏的吟唱詩作結。「詩歌朗誦」形式意義不甚明確，但它是獨特的朗誦詩形式，與演唱的詩歌形式形成對比。音樂伴奏，其旋律不如悲劇和喜劇。伴隨音樂演奏的荷馬史詩，屬於這種「詩歌朗誦」的類別，與非演唱，也與《詩學》中所討

---

13 「文學」的精確定義是一個相當令人困惑的哲學主題。關於此主題的不同方法，參見 Terry Eagleton, 1996：頁一一十四；和 Robert Stecker, 1996。

論的悲劇和喜劇中的歌唱不同。因此，史詩僅使用節奏和語言，而不涉及旋律。

亞里斯多德對於模擬型藝術媒介使用的多樣性之討論，可總結於下方圖表：

《詩學》第二章：模仿的對象

另一種區分詩歌形式的方法，是對模仿對象進行分類。這突顯了詩歌重要一面，迄今爲止一直受到忽視：角色的道德立場，對於觀眾恰當反應的重要性。恰當的模仿對象不是貓、狗或地方，而是「行動中的人類」（《詩學》，2.，1447b30），而「行動」（praxis）在此，是指爲達成某種目的而有意爲之。人生的目標是幸福或昌盛（eudaimonia），[15]

模擬型藝術中使用的媒介							
	器樂[14]	舞蹈	史詩	悲劇	喜劇	〈酒神頌〉與〈日神頌〉	不具統稱的藝術（散文）
韻律	X	X	X	X	X	X	
語言			X	X	X	X	X
旋律	X			X	X	X	

14 僅涉及器樂、舞蹈或無樂詩歌的詩意藝術未被賦予正確的名稱。音樂和舞蹈出現在一些文學藝術中，如悲劇、喜劇和頌歌，它們與這些詩歌形式共享某些相同的媒介，就像應用語言的「無名藝術」，無論是散文還是韻文（《詩學》1.，1447b1）。

15 參見亞里斯多德的《尼各馬可倫理學》第一章。

正如亞里斯多德在《詩學》第六章中所言，人們的行為決定其幸福（6.，1450a19）。亞里斯多德並不認同，詩歌是以角色發展為主導，也不是從行動中揭示角色的內心，就像福樂思．福樂（Flaubert）在《包法利夫人》（*Madame Bovary*）一般。

特別的是，古希臘的史詩和悲劇，呈現超凡脫俗的角色，或「行動的男人和女人」，也就是那些做事的人（2.，1448a1）。雖然他們自我反思和內省的能力，但亞里斯多德認為，這都不是引起讀者興趣的主要原因。我們著眼的焦點，是他們所經歷的事情，以及他們所作的抉擇。

因此，這些角色，如何思考與陳述自身困境，相對而言不太重要。重要的是，他們所採取的行動。首先，每個人都追求幸福（*eudaimonia*），而幸福與否取決於個人行為。[16]其次，行為往往導向後果，不論意圖如何，這些後果可能決定了結局是否幸福。以索福克勒斯（Sophodes）筆下的角色伊底帕斯王為例，他在不知情的情況下，弒父娶母。然而，這些都是他自己的所作所為，導向結果，是伊底帕斯王[17]及其子民慘遭瘟疫之禍。

亞里斯多德在闡發詩藝媒介意義的進路，同樣適用其在模仿對象的討論。他先以繪畫的藝術形式，舉例說明不同類型的模仿對象。[18]在繪畫中，被模仿的人物可以分為三個主要類別：

一、堪受讚賞或崇高（*spoudaios*）的人物（2.，1448a2-5）

---

16 《尼各馬可倫理學》第二章。

17 有關負責任行動的條件，請參見《尼各馬可倫理學》第三章。

18 亞里斯多德在此表達了他的觀點，在《詩學》第二章（和《詩學》，6.，1450a27）中，有些畫家能夠模仿人物性格，但在其他地方（《政治學》，8.5.，1340a32-39）他說，道德品性的跡象在繪畫中只有「微小程度」。參見《問題集》，19.，919b27-920a7 中的混合評論。

二、較低劣（*phaulos*）的人物

三、平凡的人物（2.，1448a3-5）

波留克列特斯（Polygnotus）描繪的人物，比大眾更為卓越的個體；鮑森（Pauson）所描繪的人物，則較為更低劣的人物；而狄奧尼修斯（Dionysius）則多著墨於平凡人的角色。[19]所謂「堪受讚賞」和「較低劣」不單指品德的層面，更涉及社會地位。[20]悲劇中的角色，通常具有較高的社會地位，如伊底帕斯王和其他「家族顯赫的人」（《詩學》，13.，1453a10），而像奴隸這種社會地位較低的角色，不是悲劇中的主要角色。喜劇大都描繪在道德差劣，且出身卑微的個體。

亞里斯多德表示，模仿對象的三重區分，適用於所有模擬型藝術（2.，1448a8f.）。連結於詩藝的層面，可將模仿對象的區分如下：

詩藝中所模仿的對象				
	荷馬——史詩	赫格蒙（*Hegemon*）——喜劇	尼寇查瑞斯（*Nicochares*）——喜劇	克列歐風（*Cleophon*——悲劇或詩？
優於大眾	X			
不如大眾		X	X	
與一般人無異				X

19 不確定亞里斯多德在此提到的是哪位畫家。

20 參見本書第五章中關於可敬行動的討論，「悲劇的定義」一節。

21 不確定克列歐風是悲劇詩人還是史詩詩人。史詩和悲劇都在模仿優於大眾的人的行為，所以如果他的模仿以一般人一樣的真實人物為對象，那麼克列歐風如何符合亞里斯多德的分類，就不得而知了。

在此，除了荷馬之外，亞里斯多德所提及的其他詩人意義不明。亞里斯多德對詩人的解說延伸出一些問題。亞里斯多德在《詩學》第二章，提出的一個重要觀點：悲劇和喜劇之間的區別，是根據對象的模仿而劃分的。悲劇模仿那些優於大眾的人物，而喜劇則模仿那些劣於大眾的人物（2.，1448a15f.）。這種區別，在理解亞里斯多德判辨兩者差異而言，至關重要。此外，這亦有助闡釋他對悲劇的判斷：悲劇是更爲嚴肅、發展更爲成熟的藝術形式（《詩學》第四章）。

《詩學》第三章：模擬、敘事或戲劇的模式

接下來，亞里斯多德解釋區分模擬的第三種方式：所謂的模擬的方式：

再者，這些種類之間的第三個差異，在於表現事物的方式。人們可以使用相同的媒介，來模仿完全相同的事物，有時是透過(a)敘述（或者(i)成為他人，如荷馬所做的，或者(ii)保持不變），或者(b)將每個人都呈現為行動中和活動中的狀態。（《詩學》，3.，1448a18-22）[22]

22 Richard Janko, 1987。

然而，這一章節只討論了詩歌中的模擬方式，這即造成一些困惑。我們期望這些區分，同樣適用於《詩學》第一部分中提到的藝術形式，如繪畫、音樂和舞蹈。

在詩歌中，模擬方式的差異，涉及到敘事與戲劇兩種的模擬形式表現。在敘事模式中，故事是被講述的；而在戲劇模式中，故事則是藉由角色的行動和對話，戲劇化呈現。史詩的模擬形式，與敘事模式相關。而悲劇和喜劇，則是採用戲劇模式。戲劇模式的詩歌，是爲了舞臺上展演而作的。假如詩人寫道：「從前有一位叫小紅帽的可愛小女孩。她看到大野狼想吃掉她的奶奶，她及時阻止了這一切。」這就是以敘事模式寫作。而在戲劇模式中，詩人通過小紅帽的言行來描寫這一場景：「小紅帽跳上野狼，說道：『給我等一下，不要吃掉我的奶奶！』」[23]

敘事和戲劇模式之間的區別，在於故事陳述方式。在《詩學》第三章的文本中，出現了三個層面的差異：

> 有時可用相同的媒介來模擬相同的對象：(a)使用不同的角色，就像荷馬的詩歌中一樣，或者(b)以相同的角色而沒有變動，又或者是(c)所有的模擬者都是參與其中的主體。[24]

---

23 並不代表，假如悲劇是閱讀形式而不是演出，就不再屬於戲劇模式。閱讀並不是觀眾在亞里斯多德寫作時接收悲劇和其他詩歌形式的方式。但是，從事卡戲劇模式的詩人創作劇本，使其可以在舞臺上演出或戲劇化。這涉及以故事講述，但未被演出的不同方式，來呈現故事中被模仿的動作。

24 參見 Malcolm Heath Aristotle Poetics 1998，我補充了(a)和(b)二者。之所以參照 Heath 的翻譯，原因一如 Ayreh Kosman 等人所指，希臘語法顯示(a)和(b)構成單一模式，與(c)形成對比。參 Ayreh Kosman 1992：頁五十二—五十三。

許多學者認爲在上述引文中，亞里斯多德借鑒並修正了蘇格拉底在《理想國》第三卷（392d-4c）中，所提出的三重區分。相關爭議在於：亞里斯多德何等程度上，保留了蘇格拉底的觀點。

首先，蘇格拉底說，有一種簡單的敘事方式：詩人站在舞臺上，通過敘述事件來講故事，並且「試圖讓我們認爲只有詩人自己在說話」（393a）。第二，以對話形式，直接講述故事的角色。蘇格拉底如此描述：詩人通過角色的「模仿」來講故事（393c）。這裡的「模仿」指的是「扮演他人」，詩人試圖「讓我們感覺不是荷馬在說話」，而是角色在說話。第三，有一種詩歌同時使用敘事和扮演來講故事（394c）。

欲釐清蘇格拉底的觀點，以及澄清亞里斯多德與此的差異，我們有必要辨明一些術語。詩人作爲虛構作品的作者，處在作品的外部，使作品誕生的人。例如：柯南．道爾（Conan Doyle）是福爾摩斯系列小說的作者，荷馬（我們假設）是《伊里亞德》和《奧德賽》的作者。作者，有時建構一個敘述者，組成虛構作品中的角色，講述故事的事件和情節。例如：福爾摩斯（Sherlock Helmes）可靠的助手華生醫生（Doctor Watson），在福爾摩斯系列裡是敘述者的角色。在哈珀波李（Harper Lee）的經典小說《殺死一隻知更鳥》（*To Kill A Mocking bird*）（一九六二）中，珍．露易絲（Jeam-Louise）（斯考特〔Scout〕）藉由兒時回憶來講述故事。

敘述者可以是參與劇情的角色，這在現今的電影中屢見不鮮，例如：《美國心玫瑰情》（American Beauty）（森．曼特斯〔San Mendes〕，一九九九）中，萊斯特．伯納姆（Lester Burnham）（凱文．史貝西〔Keven Spacey〕飾演）既是電影中的敘述者，也是故事的主角。有時候，敘述者則是不參與劇情，但依然是故事世界裡的一員，如同荷馬在《伊里亞德》和《奧德賽》

中使用敘述者的方式。故事的開首，荷馬創造了虛構的敘述者繆思，來講述故事。在《伊里亞德》中，詩人請求女神講述「阿基里斯的狂怒」（the rage of Achilles）一事，並指示敘述的起點，即阿基里斯（Achilles）和阿伽門農（Agamemnon）之間的衝突。《奧德賽》同樣是始於詩人的請求，講述奧德賽的旅行故事，但他沒有指定故事的敘述起點：「開始吧，女神，宙斯的女兒，隨你所願而開始述說吧」（1.11-12）。[25]荷馬以繆思作爲敘事者，與蘇格拉底的分類不相符。因爲荷馬創建了一個虛構的聲音，讓繆思講述故事。繆思在故事中各處，將故事交給各個角色自己講述，例如：在《奧德賽》中，宙斯在眾神的會議上發表講話（1.40）。繆思不像其他角色一樣，現身於故事之中，而是作爲全知的第三人稱敘述者，講述故事。

回到《詩學》第三章的段落，我們可以看到亞里斯多德在幾個方面修正了蘇格拉底的說法：

首先，敘述和角色的直接對話和行動，都是模擬或模仿的形式，在《詩學》中，模擬或模仿是一個廣泛範疇，適用於所有形式的詩歌，以及視覺藝術和音樂（1.，1447a13-19），他使用角色的對話和行動來講述故事時，詩人不僅是只有詩人的身分。敘事和戲劇兩種模式，引導觀眾想像，與人類經驗和行爲相符的可能情景。

其次，亞里斯多德有別於蘇格拉底的說法，並沒有暗示詩人通過角色來進行敘述時，詩人是其中一角，或者試圖讓觀眾認爲詩人正是角色本人。亞里斯多德強調講述故事的不同方式，以敘述或

---

25 荷馬，1996。

角色的行動來實現。

第三，亞里斯多德區分敘事模式與戲劇模式，其新見超出蘇格拉底觀點範圍以外。在《詩學》第三章，區分了創造虛構角色與沒有創造的兩種敘述方式。在《伊利亞特》中，荷馬把繆思引進故事脈絡中，然後將舞臺交給角色們，讓他們直接的對話和行動來帶動故事進展。[26]欲解釋繆思角色的敘事者意涵，以及角色行動和語言爲故事陳述的戲劇模式，則辨明兩種模式的敘事。因此，亞里斯多德在《詩學》第三章中提出的區分如下：

㈠敘事：透過敘事（diēgēsis），同一角色在相同媒介進行模擬，情況可分為：(1)藝術家創造虛構的角色（比如繆斯）來講述故事；或者是(2)藝術家自己化身敘述者。

㈡戲劇模式：藉由角色的行為，在沒有敘述者的幫助下（如悲劇和喜劇中），在相同媒介中進行角色模仿。

亞里斯多德在《詩學》第三章提到，荷馬「使用不同的角色」或「變成另一個人」（*heteron ti gignomenon*）時，並不是談論荷馬將敘述模式與戲劇模式結合的方法。[27]他實際上是在談論荷馬作

26 參見 Paul Woodruff, 1992：頁七十九。

27 有些評論者（如 Gerald Else, 1957：頁九十五）認為這種語言，呼應了柏拉圖《理想國》第三卷，是由於抄寫錯誤而後來增補。

品：在短短幾行之內，把敘述的工作交給虛構的角色繆斯，繆斯接著講述故事中的事件和情況。因此，亞里斯多德談及，詩人通過「保持一樣、不改變」來敘述時，是指作者不藉由虛構角色（如繆斯）而直接講述故事的敘述方式。假若上述無誤，那麼《詩學》第三章並不是在回應敘述、戲劇和混合模式之間三分之別。[28]相反，他是就戲劇模式與敘事進行兩種分類：其一，是詩人自述故事（詩人「保持自己」的敘事身分）；另一種，則是採用虛構角色，如同荷馬的作品一樣。[29]

敘事和戲劇模式雖同爲模擬的形式，但有證據指出，亞里斯多德認爲戲劇模式是一種更優越的模擬形式。在《詩學》第二十四章中，亞里斯多德推崇荷馬的做法，甚少以詩人的聲音講述故事，而是迅速引入角色，而其他詩人則以自己的發言貫穿全詩，甚少應用模擬：

> 荷馬在許多其他方面都值得讚賞，尤其是他在史詩詩人中，唯一意識到詩人個人發言的重要性。詩人應儘量減少自己發言，因為這不利於模仿。其他詩人則以自己的發言貫穿全詩，甚少應用模擬，反之，荷馬在簡短的介紹後，立即引入男人、女人或其他人物等個性鮮明的角色。（《詩學》，24.，1460a5-12）

---

28 有關亞里斯多德回應蘇格拉底三部分區別的論證，參見 Stephen Halliwell, 1998：頁一三二—一三七。兩部分區別的論證，參見 Paul Woodruff, 1992：頁七十八—八十。

29 這個架構可以解讀為兩部分或三部分的，取決於人們強調主要區別是在敘事和戲劇兩種敘事模式之間，還是戲劇模式和敘事模式之間，後者又分為兩種形式。若說亞里斯多德從《理想國》「3392d-4c」處完成區別也非無不可：他顯然完成了。重要的是，亞里斯多德改變這個架構，使得他所言的模仿次兩種形式與，詩人扮演角色無關。參見 Woodruff, 1992：頁八十三—八十八，關於《詩學》保留詩歌涉及某種欺騙的觀念論證。

引文指出，亞里斯多德將「模仿」（*mimesis*）的概念，限制在角色講述故事的範圍（詩人自己發言非模擬型藝術家的所爲）。正如其他評論家所指出的，這段文本在《詩學》思想脈絡下顯得十分格格不入。其他的段落中，模仿（*mimesis*）的意義十分廣泛，不論是敘事和戲劇模式，還是視覺藝術和音樂作品，是同屬模仿形式的意義範圍。除非亞里斯多德在此自相矛盾（這不太可能），他可能是論述不同層面的觀點：儘管敘事和戲劇模式同屬模仿的形式，惟後者在行動模擬的過程中，使觀眾歷歷在目、身歷其境。這使得戲劇模式在模仿意義優於敘事模式。

確實，亞里斯多德「戲劇化優於敘事」的觀點，對於歷代文學評論家影響深遠。他們重新把故事敘述和戲劇模式之間的區別，理解爲虛構故事「講述」或「展示」。在講述模式的部分，讀者或觀眾獲得的，是敘述者視野下的事件；而在展示模式中，讀者或觀眾認爲自己親眼目睹事件的發生。正如珀西．盧伯克（Percy Lubbock）常被引用的話：「小說的藝術，始於小說家把故事看作爲一有待展示的事物，以使它能夠自我陳述。」[30]

亞里斯多德在戲劇模式的故事講述觀點，深深影響了布萊希特（Brecht）。他把自己的劇院，稱爲「史詩」劇院（敘事是與史詩詩歌相關的故事模式），與他所稱的傳統亞里斯多德「戲劇」院相映成趣。[31]史詩劇院綜合字幕、投影、海報、歌曲和合唱的運用，穿插劇情推展之中，進行「打斷」與「評論」。布萊希特希望借用這些技術，使觀眾意識到劇中所代表的社會苦難，對背後的原

30 P. Lubbock, 1926/1957：頁六十二。

31 參見 Bertolt Brecht, 1964。

因進行批判。[32]他認爲，角色的行動和發言受到打斷，與評論並置，有效呈現社會主流觀點中的不協調，讓觀眾滲透背後的社會原因。

回到《詩學》第二十四章的討論，可見亞里斯多德並非就敘事本身提問。作爲事件敘述者的詩人，自己卻置身其中的情況，亞里斯多德對此抱有疑慮。這疑慮是針對這情況：詩人創造了故事的虛構世界，但這世界與觀眾的實際世界不分。當詩人在講述故事時現身時，這造成觀眾的注意力，回到實際世界之中，而非聚焦於他們應該關注的虛構世界中。若詩人建立如繆思一樣的虛構角色，成爲虛構世界的一部分，也許就不會有同樣的問題。

亞里斯多德在《詩學》第二十四章裡，對於詩人和戲劇主體（具有角色身分者）兩者在講述故事時的差別，進行取區分。奧德修斯、赫克托爾（Hector）或克里西斯（Chryses）角色形塑鉅細靡遺，但作爲敘述者的繆思卻是十分單薄。繆思只是荷馬用作把故事講述權，轉交給故事角色的手段。這表明亞里斯多德稱讚荷馬的原因，是荷馬傾向於讓（非敘述者）角色自我發言和行動。換句話說，他對於荷馬在敘事中大量使得戲劇模式，讚譽有加。

因此，亞里斯多德，認爲敘事和戲劇化都是模仿的形式。然而，他獨對荷馬引入角色自行發言的進路表示讚揚。他認爲，像荷馬那樣使用角色的直接發言，易於營造身歷其境的感覺[33]，原因是戲劇角色與行動之間的關係，比敘述者更爲直接。因此，讓他們自我陳述，更容易在觀眾的想像

32 參見 A. Curran, 2009。

33 參見《詩學》，17.，1455a21-25 及《修辭學》，2.8.，1386a33-1386b5 中的平行段落，亞里斯多德建議演講者使用戲劇手法，例如語調、手勢和服裝，使動作彷彿在聽眾眼前進行。

中，描繪出生動的行動圖像。[34]

在結束本節討論之前，有必要亞里斯多德重要的一點進行澄清：詩人應該盡可避免以「自己的聲音」講述。亞里斯多德並不贊同十八世紀後期以降的浪漫主義詩學觀點，即藝術是創作者內心思想和感受的表達。[35]這意味著，當詩人以「自己的聲音」講述時，不代表詩人對於角色或故事情節的個人觀點。反之，亞里斯多德認爲，詩人透過虛構世界的創建來講故事，詩人的個人觀點，可能與故事事件或角色無關。

這一觀點，突顯了亞里斯多德對詩歌的看法，與文學和電影虛構作品的現代觀點的相似之處。[36]亞里斯多德認爲，即使詩人以「自己的身分」講述，不代表敘述者陳述個人觀點。相反，詩人通過故事創作，讓觀眾對他所創造的虛構世界，自行想像。[37]此外，在亞里斯多德的思想中，並沒有蘇格拉底的模仿觀點。他沒有提出，詩人是透過扮演角色，來隱瞞自身演員身分的觀點。相反，詩人是故事的創作者。無論是在敘事模式還是戲劇模式下，模仿（*mimēsis*）都是爲了讓觀眾進入作者虛構的想像世界。

---

34 模仿涉及直接性的觀念，詳見 Göran Rossholm, 2012。這是對戲劇模仿模式的有趣分析，但如果「直接性」的相關意義，排除敘事作為模仿的形式，那就無法解釋亞里斯多德的觀點。亞里斯多德認為生動、隱喻語言的使用原因，即使在敘事模式下也能傳達直接行動感的討論，參見 Deborah Roberts, 1992：頁一四三—一四四。

35 有關浪漫主義詩人觀點與亞里斯多德觀點的對比，參見 Stephen Halliwell, 1998：頁五十—五十一。

36 有關文學敘事如何運作的討論，參見 George Wilson, 2003：對電影敘事文獻精確且易明的概論，參見 Katherine Thomson-Jones, 2009。

37 參見 Ayreh Kosman, 1992：頁六十二。

整體圖象：媒介、對象和模式

《詩學》第一到第三章的論點，旨在顯明繪畫、史詩、悲劇、喜劇、舞蹈、音樂等藝術，雖同屬模擬形式，但每種類型所運用媒介、對象和模式存在差異，在表現效果上各異。

亞里斯多德表示，當我們在模擬層面上比較對象和模式兩者，會出現一些特例容易忽略的異同。例如：荷馬的史詩和索福克勒斯的悲劇，所模擬的對象相似（角色定位「優於大眾」），而在模擬方式卻相異（混合模式與戲劇模式）。另一方面，索福克勒斯的悲劇和阿里斯多芬（Aristophones）的喜劇，模擬對象上相異（優越的與次等的），但同屬戲劇模式的模擬方式。

模擬的方式與對象（模仿）			
	荷馬——史詩	索福克勒斯——悲劇	阿里斯多芬——喜劇
優於大眾	X	X	
劣於大眾			X
敘事			
戲劇模式		X	X
混合模式	X		

透過媒介、對象和模仿方式的三重區別，亞里斯多德準確區分悲劇、史詩和喜劇，並解釋它們之間的獨特特點：

悲劇、史詩和喜劇模仿的特點和區別

	媒介	媒介	媒介	對象	對象	形式	形式
	韻律	語言	旋律	優越的	次等的	戲劇	混合
悲劇	X	X	X	X		X	
史詩	X	X		X			X
喜劇	X	X	X		X	X	

亞里斯多德在《詩學》中，進一步闡述悲劇的定義。這個定義建立在上述的區別基礎上，還包括了悲劇情節的重要性，悲劇的最終目標（*telos*）：悲劇帶來「哀憐和恐懼的淨化」。[38]此外，還交代史詩與悲劇之間的韻律差異，史詩以一步格組成，古希臘悲劇則主要使用抑揚三步格與多類型韻律。[39]

38 《詩學》，6.，1449b22f。

39 關於某些格律最適合特定體裁的原因的討論，參見《詩學》，4.，1449a20-22 和 24.，1460a4-6。

《詩學》第四章：詩歌的兩個起源

《詩學》前三章，集中模仿藝術差異（媒介、對象和模式）的討論，而《詩學》第四章則梳理這些藝術的共同起源。詩歌誕生的自然原因，亞里斯多德認爲是與兩種人類獨有的本能有關：

> 不難發現，詩歌的出現主要由兩種自然原因引起。其一，在童年時期，出於人類的本能，自然有模擬的傾向（這使人類與其他動物的區別：人是最具模擬特性的動物，正是通過模擬發展出初期的感識能力）；同樣，人人都樂於模仿對象。（《詩學》，第四章，1448b4-8）

遺憾的是，《詩學》第四章拋出一難題：亞里斯多德在「1448b3」處所指的「兩種自然原因」究竟是什麼？有學者認爲詩歌的兩個原因是：(1)人類模擬的本能（1448b5-8）；以及(2)人類對於模擬對象（模仿物，*mimēmata*）的喜愛（1448b8-9）。亦有學者認爲是：(1)人類模仿的本能；以及(2)人類在旋律和節奏層面的本能。這說法來自於在《詩學》第四章後段，亞里斯多德提到：「因爲模仿對我們來說是自然而然的，旋律和節奏也是如此。」（1448b19-20）。

造成辯論的癥結，源於《詩學》第四章「1448b3」處提到的「兩種原因」意義不明。此章開頭，亞里斯多德解釋了包括詩歌、肖像、行爲在內的模仿出現的原因（請參見「1448b8-10」）。他的著眼點是模仿或在模仿中所產生快樂。原因有二：(1)人類天生具有模仿的本能；以及(2)人類對於熱衷於唯妙唯肖的模仿。此章接續陳述，亞里斯多德增添了詩歌產生的第三個原因：(3)人類在旋律和節奏上的本能（1448b19-20）。因此，《詩學》第四章一開始亞里斯多德所指的詩歌的「兩種原因」意義不明。究竟是(1)和(2)嗎？還是(1)和(3)？

據我對這段文字的理解，亞里斯多德先給出了概括性解釋，說明詩歌產生的原因——模仿的本能和對模仿的喜愛（1448b3）。這些因素，不僅解釋了詩歌的起源，還解釋了其他形式的模仿藝術，如圖像製作以及兒童的模仿行爲。在《詩學》第四章的後半部分，他提出詩歌發展的另一個原因：人類對節奏和旋律的本能（1448b19-20）。這裡可以類比的思維來理解：像一位生物學家先解釋了動物存在的原因，然後再解釋特定動物（例如大象、狗、野牛和人類）的存在。

確實，按照亞里斯多德「科學方法」的著述，應該先從基本的共同屬性開展思考，例如動物共有的特點，因爲這些共同特點指向了特定屬性的來由，如人類具有理性的特點。[40]這與亞里斯多德在解釋詩歌起源的方法如出一轍。在「1448b3」處提及詩歌起源的「兩個原因」，根據我的理解，就是人類的模仿本能和對模仿物的喜愛。而對節奏和旋律的欣賞則屬於額外的第三個原因，闡述詩歌作爲一種語言、節奏和旋律特點的特定模仿藝術的來由。[41]

亞里斯多德需要這三個原因（上述的(1)至(3)），解釋模擬藝術的起源，以及作爲具體模擬藝

40 參見《分析後篇》，2.14和《動物的組成》，1.1.，639a15-b7。

41 關於段落中提到的「兩個原因」，是模仿本能，節奏與旋律本能的論證，參見 Malcolm Heath, 2003：頁九。

術的詩歌之起源。前兩個源頭（模仿的本能和欣賞模仿的本能）有助於解釋創作和鑑賞兩種不同的模擬方式。第三個源頭（節奏和旋律）則是用以解釋詩人模仿的方式。綜合(1)至(3)三種因素，亞里斯多德既說明了模擬藝術的起源，以及詩歌的起源。

詩學發展的兩條支線

亞里斯多德在《詩學》第四章後半部分與第五章中，詩歌作爲模仿藝術之發展脈絡，尤其在詩歌的本質層面。詩歌是朝其目的（*telos*）而邁向與演進，直至其「自然」（*phusin*：4.1449a15）實現時，方停止演變。以當代術語來說，詩歌即所謂的自然類別。雖然詩歌屬於社會文化現象，但其演變的目標是服膺於某些自然結果。藉由上述演變進展的觀察，即可掌握詩歌的改變和發展。

亞里斯多德在《詩學》第四章後半段，說明詩歌經歷三個階段的發展。[42]首先，詩歌起源於人類對模仿的本能，和對旋律和節奏的自然傾向。接著，具有創作天賦才華的詩人，使詩歌成爲一種藝術形式（*technē*）。然後，詩歌往更爲成熟的方向演變，背後的因素十分多元。其中一脈，是嚴肅的詩歌，包括頌歌（讚美神祇）和贊頌（讚美傑出的人物），模擬高尚角色的行爲（4.，

42 《詩學》，4.，1448b19-24。

1448b25）；另外一脈，是譴責或諷刺風格的詩歌，模擬道德墮落和低劣角色行為（4.，1448b27）。詩人根據對象的性格，發展嚴肅或喜劇兩種類型，較嚴肅的詩人模擬尊貴和高尚的行為，而較隨性的詩人則模擬卑劣人物的行為（4.，1448b24-28）。

據亞里斯多德所梳理的系譜，荷馬在每一階段的發展中占有重要地位。在嚴肅的詩歌方面，荷馬多著墨於道德上和社會上令人欽佩的角色；其次，他廣泛運用戲劇模式的模擬，讓角色自己發言（4.，1448b35）。不論是故事內容及敘述風格上的創新，影響著古希臘悲劇的發展。在另一種詩歌方面，亞里斯多德將失傳的滑稽詩《馬爾吉特斯》（*Margites*）（「狂人」〔Madmans〕）的風格

荷馬對悲劇發展的影響			
	贊美詩	荷馬的史詩詩作	悲劇
高尚、嚴肅的角色		X	X
主題：神和優秀的人類	X		
戲劇模擬		X	X
即興演講	X		

荷馬對喜劇發展的影響			
	諷刺作品	荷馬的《馬爾吉特斯》	喜劇
可笑的角色		X	X
卑賤的角色	X		
使用戲劇模仿		X	X
即興發言	X		

歸功於荷馬，肯定荷馬兩個創新的貢獻，及其對古希臘喜劇詩發展的影響。[43]其中一個貢獻，他將喜劇的形式，從譴責個人，轉爲角色的直接發言，成爲喜劇採用戲劇模擬模式之濫觴（4.，1449a1）：第二種貢獻，荷馬以幽默可笑的缺點模擬角色（4.，1448b38）。這開創了關注令人羞恥、不具痛苦的角色之先河，帶來笑聲（*to geloion*）。（《詩學》，5.，1449a31-38）。

亞里斯多德追溯悲劇和喜劇發展的第二條線索，即公元前六世紀對戴奧尼修斯神（Dionysius）所進行的〈酒神頌〉（dithyramb）和〈陽物歌〉（phallic song）（4.，1449a9-13）。雖然亞里斯多德，並未明言此發展的具體形式，但學者們甚爲關注此發展線索。[44]有理由相信，〈酒神頌〉和〈陽物歌〉對悲劇和喜劇的發展有所貢獻。這兩種形式涵蓋了合唱歌曲和舞蹈表演。而悲劇和喜劇常合唱團和舞蹈，與角色對話和行動綜合。此外，在悲劇和喜劇發展之前，有合唱團的領導者成爲第一位演員（*hupocritēs*，這是英語詞彙「hypocrite」的來源），開創先例，他在演出中與合唱團對話，從而使之成爲可能（4.，1449a1-19）。悲劇和喜劇或可能是從〈酒神頌〉和〈陽物歌〉中演變而來，它們保留了合唱團的元素，經過艾斯奇勒斯（Aeschylus）的改變後，將演員的數量從一個增加到兩個（4.，1449a18；4.，1449a24），到了索福克里斯（Sophocles），引入了三個演員和景繪（4.，1449a19），推陳出新。第二位和第三位演員的引入，大幅減少了合唱團的角色。

43 亞里斯多德相信荷馬是《馬爾吉特斯》的作者，古代時期的人卻不這麼認為。現今，一般認為該詩是在荷馬虛構一生（約在公元前七五〇年至六五〇年之間）之後書寫的。

44 參見 Gerald Else, 1957：頁六十七。

隨後的發展，在悲劇使用了日常對話的抑揚三步格（iambic trimeter），提高對話的眞實度，更貼近日常生活（1449a25f）。或許是因爲喜劇的詩歌形式較不嚴謹，因此相關的發展細節已經失傳（《詩學》，5.，1448a38-b2）。

〈酒神頌〉→悲劇

〈陽物歌〉→喜劇

小結

《詩學》前幾章裡，亞里斯多德嘗試界定詩歌的本質，涵蓋許多範疇。最終，他對詩歌的普遍看法進行修正：反對以韻律寫成的文學或演說來定義詩歌。段之，他主張詩歌與音樂、舞蹈以及視覺藝術（如繪畫和雕塑）的共同點，在於人類行爲的模仿。這樣的定義，確保了詩歌的人文關懷。同時，也與「詩學藝術必然引發特定情感體驗」一觀點相符。

對現代讀者而言，無音樂伴奏的模擬型藝術（即「尚未命名的藝術」），亞里斯多德的解說特別有趣。這類藝術形式，常指我們所熟知的小說。在亞里斯多德撰寫《詩學》時，模仿藝術與音樂密切相關，因此他引入了這種無音樂伴奏的模仿藝術，可謂一重大的概念突破。當語言與音樂分離時，文字必須獨立傳達意義。亞里斯多德的高見在於，語言遠比節奏或旋律更爲重要。用語言來模擬引人入勝的人類行爲，才是詩學藝術效果的關鍵。

參考文獻

Brecht, Bertolt, 1964. "The Modern Theater is the Epic Theater," in John Willett (ed.), *Brecht on Theater: The Development of an Aesthetic*. New York: Hill and Wang.

Curran, Angela, 2009. "Bertolt Brecht," in Paisley Livingston and Carl Plantinga (eds.), *The Routledge Companion to Philosophy and Film*. Abingdon, England: Routledge Press: 323-333.

Davies, David, 2003. "Medium in Art," in *The Oxford Handbook of Aesthetics*. Jerrold Levinson, ed. Oxford: Oxford University Press: 181-191.

Dillon, J. and T. Gergel, 2003. *The Greek Sophists*. London: Penguin Classics.

Eagleton, Terry, 1996. *Literary Theory: An Introduction*, Revised Edition. London: Wiley-Blackwell.

Else, Gerald, 1957. *Aristotle's Poetics: The Argument*. Cambridge, MA: Harvard University Press.

Gaut, Berys, 2010. *A Philosophy of Cinematic Art*. Cambridge: Cambridge University Press.

Halliwell, Stephen, 1998. *Aristotle's Poetics: With a New Introduction by the Author.* Chicago: University Of Chicago Press.

——, 1999. *Aristotle's Poetics Edited and Translated by Stephen Halliwell*. Cambridge, MA: Harvard University Press.

——, 2002. *The Aesthetics of Mimesis: Ancient Texts and Modern Problems*. Princeton, NJ: Princeton University Press.

Heath, Malcolm, 1996. *Aristotle: Poetics*, translated with Notes and an Introduction. New York and London: Penguin Press.

——, 2003. "Aristotle and the Pleasures of Tragedy," in Øivind Andersen and Jon Haarberg (eds.), *Making Sense of Aristotle Essays in Poetics*. London: Duckworth: 7-24.

Hirsch, Edward, 2014. *A Poet's Glossary*. Boston, MA: Houghton Mifflin.

Homer, 1996. *The Odyssey*, translated by Robert Fagles. New York and London: Penguin Press.

Janko, Richard, 1987. *Aristotle, Poetics: With the Tractatus Coislinianus, Reconstruction of Poetics II, and the Fragments of the On Poets*. Indianapolis and Cambridge: Hackett Publishing Company.

Kosman, Aryeh, 1992. "Acting: Drama as the *Mimēsis* of *Praxis*," in Amélie Oskenberg Rorty (ed.), *Essays on Aristotle's Poetics*. Princeton, NJ: Princeton University Press: 51-72.

Lubbock, Percy, 1926/1957. *The Art of Fiction*. London: Viking Press.

Nagy, Gregory, 2010. "Language and Meter," in Egbert J. Baker (ed.), *A Companion to the Ancient Greek Language*. London: Wiley-Blackwell: 370-387.

Roberts, Deborah, 1992. "Outside the Drama: The Limits of Tragedy in Aristotle's Poetics," in Amélie Oskenberg Rorty (ed.), *Essays on Aristotle's Poetics*. Princeton, NJ: Princeton University Press: 133-154.

Rossholm, Göran, 2012. "Mimesis as Directness," in Gregory Currie, Petr Kot'átko, and Martin Pokorny (eds.), *Mimesis: Metaphysics, Cognition, Pragmatics*. London: College Publications: 14-39.

Stecker, Robert, 1996. "What is Literature?" *Revue Internationale de Philosophie* 50 (198): 681-694.

Tarán, Leonardo and Dimitri Gutas, 2012. *Aristotle Poetics. Editio Maior of the Greek Text with Historical Introductions and Philological Commentaries. Mnemosyne Supplements (Book 338)*. (Greek, English, and Arabic Edition). Leiden, The Netherlands: Brill Academic Publishing.

Thomson-Jones, Katherine, 2009. "Cinematic Narrators." *Philosophy Compass*, 4/2: 296-311.

Wilson, George M., 2003. "Narrative," in Jerrold Levinson (ed.), *The Oxford Handbook of Aesthetics*. Oxford: Oxford University Press: 392-407.

Wollheim, Richard, 1987. *Painting As Art*. Princeton, NJ: Princeton University Press.

Woodruff, Paul, 1992. "Aristotle on *Mimēsis*," in Amélie Oskenberg Rorty (ed.), *Essays on Aristotle's Poetics*. Princeton, NJ: Princeton University Press: 73-97.

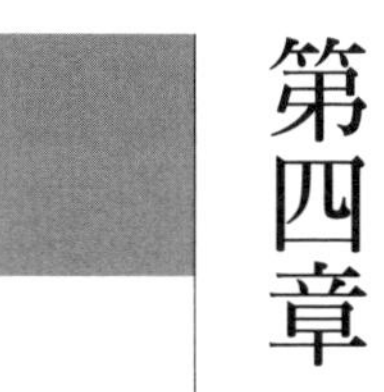

第四章　「模擬」的愉悅

「模擬」：人類天性溯源

爲什麼詩歌和其他藝術形式會出現？[1]在二十世紀的主流見解認爲，藝術形式是源於特定社會和文化需求。根據這種觀點，模仿藝術並非爲了滿足人類情感、智力、想像力的需求，因爲人類的偏好因時間、地點和文化而異。例如：非洲包爾萊雕像（African Baule figure carving），與西斯廷教堂（Sistine Chapel）的米開朗基羅（Michel augelo）畫作，兩者有何共通點？我們或可以說，兩者都是藝術佳作，但兩者顯然是對應著不同偏好的觀眾。

近來，藝術哲學家嘗試翻轉，藝術是純粹文化現象這種觀點。他們提出各種考量，證明普遍的藝術創作本能是存在的。而藝術作品與心智的普遍特徵相關，這些特徵是人類共有的。[2]亞里斯多德是這些哲學論點的鼻祖，在《詩學》第四章中，亞里斯多德主張詩歌和模擬型藝術起源於本性。他認爲人類存在共同的本質或本性。因爲同作爲人，所有人類無不擁有。這代表某些特定活動，源自於人類的本性。如亞里斯多德所說，人是政治動物，因此國家或城邦是基於本性而存在的。國家或城邦的發展，是爲了滿足人類對政治聯繫的本能。[3]同理，詩歌和其他形式的模擬，同是因本性

1 本章的閱讀資料為《詩學》第四章。推薦文獻：《形上學》，1.1；《動物的組成》，1.5，645a4-26。

2 參見 Noël Carroll, 2005；Denis Dutton, 2010；Stephen Davies, 2013；以及 Elisabeth Schellekens 和 Peter Goldie 二〇一三年的論文集。

3 《政治學》，1.1.，1253a1-18。

而存在。

> 既然，模仿是我們的本能，旋律和節奏亦然（韻律顯然是節奏的部分），人們基於特殊天賦，開始漸次發展，直到即興創作出現，成就了詩歌創作。（4.，1448b18-24）

在《詩學》第四章中，亞里斯多德提出的論點是，詩歌和模仿藝術是一種自然發展，其核心觀點是人類具有模仿的本性。亞里斯多德提出上述說法，用意何在？

人類是世上最善於模擬之生物（4.，1448b5-7）。[4]他也提到，像貓頭鷹和鳴禽這樣的動物，也有模仿行爲的能力。[5]可是，人類不僅僅可以模仿。模仿屬於無意識的、非推理的行爲形式。人類有創作和欣賞模仿的能力。而且，亞里斯多德認爲，人類比其他動物更傾向於模仿，這些都是人類獨有的特點。如果一個特徵或能力爲某物獨有，那麼，可以把此特徵或能力，理解爲該物的本質或本性。[6]

若是在某行爲是在幼年時期時出現，那該行爲很可能就是出於人類本能。亞里斯多德指出，人類在童年時期已有模仿的行爲。究竟是指兒童欣賞模擬型作品，建立自己的模仿對象，還是參與模

4 正如 Malcolm Heath, 2009：頁六十二所指出的，這暗示其他動物也有模仿的情況。

5 《動物志》，8.12.，597b23-29 和 9.1.，609b14-18。

6 比較亞里斯多德在《尼各馬可倫理學》第一卷第七章中的論證，即理性是唯一特徵人類的功能，因此，理性是人類的最終目的或目的。

仿行爲？這一點無法確定，三者皆有可能。兒童在玩假扮遊戲時模仿，年輕人想像自己是尋找沉船寶藏的海盜，或者女兒照著母親的模樣扮裝，佯裝自己是早上上班的成年人。[7]此外，孩子們會唱歌、跳舞，並對各種形式的音樂和童謠感到愉悅。亞里斯多德在《詩學》第四章中論證說，孩子們在模仿、節奏和旋律方面的傾向，出自與詩歌和其他模仿藝術同樣的本能，只是其形式更爲基礎。

模擬型藝術作品的愉悅體驗

模仿不僅是人類的本能，它更是人類喜悅的源頭（4.，1448b3-5）。根據亞里斯多德的論點，正是這兩種原因促使了詩歌的誕生。那麼，模擬型作品提供了什麼樣的愉悅？亞里斯多德在《詩學》第四章的核心段落，回答了這個問題：[8]

> 可見，詩歌主要是由兩個自然原因而產生。人類從小就開始模仿（*mimesis*），乃是生而為人之本能（事實上，有別於其他動物，人是所有生物中最擅於模仿的，而模仿本是人

7 有關模仿作為虛構形式的分析，請參閱 K. L. Walton, 1990，尤其是第一章。

8 我已將 (a) 至 (e) 加入文本，幫助亞里斯多德論證的分析。

最初的理解活動）；同樣自然的是：(a)每個人都喜歡模仿的對象。一個常見的現象能夠證明之：(b)我們享受凝視使我們感到痛苦的事物形象，如最卑劣的動物和屍體的形態。(c)這個現象說明，理解（*manthanein*）不僅給哲學家，而且也給其他人帶來極大的樂趣，儘管後者在其中所占的份量較小。(d)這就是人們喜歡看圖像的原因，透過欣賞圖像，他們可以理解並推斷（*sullogizesthai*）每個元素的涵義，如「這個人是某人」（*hoatos ekeinos*）。(e)如果一個人從未見過這個主題，圖像所帶來樂趣即不來自於模仿，而是來自於技巧、顏色或其他原因。（4.，1448b1-18）

讓我們先整理亞里斯多德的論點結構。在這段文字中，亞里斯多德的觀察如下：

(a)每個人都喜歡模仿。

他推斷背後原因是：

(b)即使對象在視覺上令人厭惡，例如可噁心的動物和屍體，每個人卻喜歡這些事物的忠實地再現。

(a)和(b)之所以成立是因爲：

(c)不論是對哲學家或是一般人而言，學習和理解是一種極大的快樂來源

(d)即使圖像多令人不快，觀眾仍然樂於理解和推斷每個元素的含義，例如「這個人是某人」（*houtos ekeinos*）。

(d)的論據為：

(e)如果觀眾對圖像中的主題不熟悉，圖像將不會以模仿或模擬的形式帶來愉悅，而是出自其他原因，如工藝或顏色等。

藝術形象帶給人的愉悅有數種。第一種，是「模擬的愉悅」：這是對作品的樂趣，視為一種模擬（4，1448b18）。

亞里斯多德論證(a)「每個人都喜歡模擬」的說法。指出(b)即便視覺上令人厭惡的圖畫，假若其模仿內容被忠實重現，觀眾仍然可以從作品中獲得愉悅。因為觀眾可從屍體或噁心的動物「模擬」圖像中，獲得愉悅，此愉悅並非從對象本身獲得。這證明了，觀眾從作品中獲得的愉悅，源於其模擬對象，而不是內容本身（屍體或噁心的動物）。

第二，作品中存在著感官上的快樂，亞里斯多德直言，若觀眾在肖像畫中無法辨認畫中對象時，他們依然色澤中獲得愉悅。例如：若觀眾不認得蘇格拉底，該圖像將不會成為模擬的愉悅來源，但是圖像中的色澤，或與其他感官相關特質，依然能夠帶來愉悅。

亞里斯多德甚爲重視感官活動，他認爲，所有人類都喜愛感官，不只是因爲其實用性考量。[9]感知屬於一種自然功能，所以在感官自主活動時，可以帶來愉悅。除了肖像畫之外，其他形式的模擬型藝術，提供了感官體驗的愉悅，包括音樂和舞蹈的聲音、景象和節奏，還有各種形式的詩歌中的韻律詠唱。引文中或暗藏了第三種愉悅，對工藝（*apergasia*）產生愉悅。亞里斯多德沒有解釋「在『忠實再現的圖像』中可以找到愉悅」（《詩學》，4.，1448b10）的意思。顯然他所指的是，在圖像創作過程的做工精細。亞里斯多德也許觀察到，當主題能夠準確呈現時，觀眾對作品背後工藝感到愉悅。

關於模擬型藝術家的技能或技藝（*technē*）的鑑賞，亞里斯多德的討論不僅涉及眞確度的層面，還關係到可辨識的作品形式之創造。模仿型藝術家的作品是技能或技藝一例。工匠的技能，常與自然的生產活動比較。承如亞里斯多德所謂「藝術是對大自然的模擬」，工匠依據專業知識，建造一個結構一致的作品，這種結構與生物的統一性相近。[10]

亞里斯多德在《動物的組成》一書中，論及模擬型藝術家的技能所帶來愉悅，何以令人不安的主題相抵清。他指出，模仿型藝術家善於描繪和創造具識別度的作品，來增強整體美感的體驗。此舉在面對令人不悅的內容時，仍然帶來愉悅。

9 《形上學》，1.1.，980a23-27。
10 《物理學》，2.8.，199a11-15。

> 即使某些事物無法引起我們感官的興趣，然而，追溯因果關係的哲學愛好者對，對自然的創造感到無比的愉悅。事實上，若說模仿的呈現具吸引力，這種說法真是令人費解。因為模仿揭示了畫家或雕塑家的技巧，但原本的事物本身卻沒有趣味。至少對有眼光的人來說是如此。因此，我們不應該以幼稚的厭惡心態，迴避對不起眼、卑微的動物的研究。自然的不同領域都是奇妙的……因此，我們應該熱衷於各種動物的研究，不應抱有厭惡輕蔑的心態。因為每一種動物都展示著美麗的元素。自然的存在物，本有最高程度的無害性以及內在目的，而這些對象的組合和目的，本身就是美的形式。（《動物的組成》，1.5.，645a4-26；巴恩斯（Barnes），1984）

在這段文字中，亞里斯多德對比了兩種愉悅：模仿動物的藝術作品，與哲學的學習者對不起眼動物的研究。他或許在暗示，巧奪天工的藝術作品就像大自然的產物一樣。在生物層面上，動物的各個部位都有其存在目的，因爲亞里斯多德認爲在自然不作無謂之事。同樣地，藝術家以技藝（*technē*）之創作也是如此，作品的各個元素，有目的組織成有機的結構，與生物體部位的排列方式相似。

因此，模擬型藝術作品與生物，同具有可識別的結構或形式，使作品中的所有元素，聯繫成有條理的整體。作品的形式與其主題即有所區隔。即便在現實生活中，人們覺得目睹斬首一事感到厭惡，但觀眾卻可以從像卡拉瓦喬（Caravaggio）《友第德割下何樂弗尼的頭顱》（*Judith Beheading Holofernes*）這樣的作品中獲得愉悅，因此，即使作品主題在視覺上令人厭惡，觀眾仍然可以從作品的形式中獲得愉悅，就像卡拉瓦喬的畫作一樣。

若上述說法無誤，形式和工藝所帶來的是第三種愉悅，與作品所帶來的感官愉悅截然不同。這種愉悅的方式，亦與作品的模擬之愉悅性質也不同。對工藝的愉悅，是藝術家技能，以及作品的形式、結構組織的欣賞。

我認爲「也許」《詩學》第四章中所言的第三種愉悅，可稱爲工藝的愉悅。亞里斯多德可能工藝的愉悅，與色澤的愉悅，都判斷爲感官愉悅（《詩學》，1448b18）。即使《詩學》第四章沒有明指工藝的愉悅，是一種獨特的愉悅。但有理由相信，作品的組織或結構所帶來的愉悅，是掌握《詩學》整體論證的必要因素。作品組織或結構的愉悅，意即當代藝術哲學家稱之爲作品的「形式」，是觀眾從悲劇中得到的獨有愉悅來源。[11]事實上，在《詩學》第七章中，亞里斯多德在闡述生物和悲劇美之源頭時，在於其部件的大小和組織方式，與上述相呼應。[12]

因此，亞里斯多德與當代美學家意見相近，同樣承認作品的感官性質（如顏色）之外，作品的形式也是獲得愉悅的源頭。[13]若是，工藝的愉悅即包含了藝術家技能的愉悅，以及對作品的形式或其組織的鑑賞。[14]

---

11 例如：Monroe Beardsley, 1967：頁一六七，將藝術作品的形式，理解為作品元素的組織。

12 《詩學》，7.，1450b32-35。

13 有關現代美學中形式概念的討論，請參見 Beardsley, 1966：頁三六三—三六四和 John Andrew Fisher, 1993：頁二四五—二六七。

14 另參閱本書第五章中，討論悲劇情節中的規模和美，以及其與作品目的的關聯。

目前爲止，總結《詩學》第四章的論證：當我們觀看某人的形象時，涉及到幾種不同愉悅：第一，模擬的愉悅（1448b18）；第二，作品所帶來的感官愉悅，如對色澤和形狀輪廓的愉悅。最後，也許還有第三種愉悅，是對作品工藝的愉悅，包括作品的技巧以及作品的結構、形式、組織的鑑賞。

模擬中學習層面的愉悅

綜觀三種愉悅，作品中的模擬所帶來愉悅，是《詩學》第四章中最爲核心的一種。究竟什麼是從作品的模擬中獲得愉悅？亞里斯多德表示，觀眾對模擬型作品，是屬於認知層面愉悅：它源自學習和理解（*manthanein*）的興趣。

人類天生有模擬本能傾向，且樂在其中（4.，1448b5-9）。在《詩學》第四章脈絡，亞里斯多德使用「模擬」一詞指涉：(a) 人類在幼年時自然出現的行爲；以及 (b) 透過複雜的模擬活動，進行藝術作品的創作，如創造某人肖像的肖像畫。他認爲對人類而言，模擬是自然而然的愉悅，從模仿中獲得的愉悅，則與學習和理解相關（1448b12，1448b17）。

亞里斯多德以個人像爲例，闡述人們何以透過模擬型藝術作品學習。觀眾喜歡「理解和推斷」畫像作品中的每個元素，例如「畫中人是某人」（1448b15-17）。當然，亞里斯多德在此所指的心智過程，肯定不只對色澤和形狀輪廓的理解。亞里斯多德在此說明對模擬型作品的愉悅。假如觀眾從沒見過圖像裡的主題，當中愉悅即不是從模擬而來的，而是從它的構成或色澤獲得（1448b17-18）。他的觀點是，任何觀眾都可以從某些顏色和形狀的角度欣賞一幅圖片。如舉例來說，要欣賞一幅模擬貓的圖片，觀眾需要先有貓的概念。如果觀眾不知道貓是什麼，根本無法從「模擬」的角度欣賞「貓」的圖像。因此，從「模擬」的角度欣賞圖像，必須對所眼前先有概念。

欲對圖片主題的精確或準確模擬（1448b10）進行鑑賞，不僅需要貓的先有概念。要能夠辨別圖片是否忠實模仿貓，觀眾必須比較圖像中的感知與經驗中貓的印象。在鑑賞「忠實模仿」的圖片時，記憶的作用十分重要，因爲它承載著過去觀察的記錄。作爲貓的模仿或相似物，圖片會喚起觀眾對貓的記憶。[15]欣賞一幅貓的模擬作品時，涉及到讀者對某種熟悉事物的認識。例如：觀眾之前是否見過那隻特定的貓？或者作品中的形象與觀眾曾見過的貓是否與相似。

因此，欣賞忠實模擬貓的圖片，觀眾必須喚起她對貓的概念，用記憶中的形象與圖象中的貓進行比較。還有什麼能讓人從模擬型作品中獲得愉悅？亞里斯多德說：「這就是爲什麼人們喜歡看圖像的原因，因爲透過思考它們，他們理解和推論每個元素的意義，例如『這個人是某某人』」（4，1448b15-17）。引文中兩個關鍵詞爲「理解」和「推斷」。人們「理解和推論」作品中每個元素的意義，得出「這個」（圖片中的形象）是「那個」（先前熟悉的主題）的結論。箇中經歷著

15 參見亞里斯多德的《論記憶》，1.，450b21-25，他在其中討論識別畫作中的動物形象，並視之為動物的準確肖像的心理過程。

什麼樣心理活動？

《詩學》第四章中表明，「理解」既可以是哲學家的學習，和對外在知識的探求；也可以指任何人（不論是哲學家還是普通人）所喜愛的理解。在《形上學》第一卷第一章中著名的開場白中，亞里斯多德提及，所有人都渴望著理解周圍的世界，這一點亞里斯多德在《詩學》第四章中再次強調。亞里斯多德以繪畫圖像的初步辨認爲例，說明模擬型作品所帶來的愉悅，眾人皆可得之。

的確，如亞里斯多德所言：「每個人天生都喜歡模仿」（1448b9）。當然，如悲劇這種複雜的模擬形式，牽涉更複雜的辨別和理解過程。在《詩學》第四章中，亞里斯多德描述了從模擬過程中學習的愉悅。這種愉悅眾人皆可得，無一例外，即便不是熱衷於尋根究柢的哲學家，一般人亦能體會這種愉悅。

亞里斯多德偶爾使用「推理」（*sullogismos*）這一術語，描述既定的邏輯推理框架內的正確邏輯推斷。除了上述的精確定義，此詞亦有廣義的層面，指從某個眞實主張，推出結論的日常推理過程。[16]因爲在《詩學》第四章中，他描述的是所有人都能進行的推理過程，而不僅僅是邏輯學家。所以，這裡是指廣義的推論，特指鑑賞圖畫的情況。

進一步說，亞里斯多德所言的心智涉及推理：給予理由以得出結論的理性過程。正如馬爾科姆·希思（Malcolm Heath）所言，模仿所喚起的辨別，不僅僅關注對記憶感知，自相似之處識別

16 參見《詩學》，25.，1461b2 後的部分。

主題。[17]亞里斯多德指出觀看圖畫的活動，使觀眾以學習的推理方式參與其中，從而帶來了愉悅。

推理出畫中的形象與記憶中的貓之間異同，是識別模仿貓的畫作之心智過程。圖中有四隻爪子、鬍鬚、尾巴，毛茸茸的特徵，與觀眾之前遇到的其他貓相似，但又不盡相同。前者是平面的、二維的，缺少在現實生活中貓的細節。而觀眾之前見過的貓則是三維的，其特徵比在圖畫中的貓更爲具體。

理解和學習兩者在推理的過程作用。觀眾需要運用其對貓的概念，辨識出畫中的形象，與其熟悉的貓相近之處。讀者需要在推理過程中，找尋畫中形象和其熟悉的貓之間的共同之處。其的推理思路如下：

> 這個形象使我想起以前遇到的貓。這圖中真的是貓嗎？貓是具有尾巴、鬍鬚和四隻腳的動物。這幅畫中的形象具備這些特徵，就像我所熟悉的貓一樣。因此，那個（畫中的形象）就是這個（一隻貓或者是「貓」的實例）。

以上所述模擬所帶來的愉悅甚爲清晰：亞里斯多德認爲作品之模擬所帶來的愉悅屬於認知性的，乃爲觀眾進行的一種思維過程。觀眾對模仿和原作之間異同中進行推理，並在此過程中，因辨認到某

17 Heath, 2009：頁十—十一和 Heath, 2013：頁六十七—七十一。

些熟悉的事物而感到喜悅，與此同時，也學習和理解所模仿的主題。

以下爲觀眾看到貓的圖像時的思考過程：

一、觀眾「認得」這幅畫中的形象：它類似其見過的貓。

二、基於其對貓的「記憶」，觀眾注意到圖像和記憶中貓的異同。

三、觀眾根據其對貓的概念觀察箇中異同，「推理」出該圖像是一隻貓，爲具有某些特徵的動物。

學習和理解在上述過程中十分明確。亞里斯多德從屬於古希臘哲學傳統（始於先蘇時期哲學家色諾芬〔Xenophanes〕與柏拉圖），他們都認爲，知識、理解與眞確的信念有所不同。[18] 知識不僅僅是對某件事情抱有眞確的信念，還涉及到解釋或闡述某件事的緣由。亞里斯多德在《詩學》第四章中指出，即使在把一個模擬品中的形象認識貓的過程中，當中涉及理解的活動。因爲觀眾在模擬和原作存在差異的情況，需要解釋與說明爲何這個形象是貓的模擬。

18 亞里斯多德《分析後篇》，1.33。

《詩學》第四章：「理解與推斷」之辯

在《詩學》第四章的論證中，亞里斯多德僅關注每個人從模擬作品中學習的樂趣（1448b13-15）。我與其他評論家如強納森・李爾（Jonathan Lear）、G. F. 費拉里（G. F. Ferrari）、馬爾科姆・希思（Malcolm Heath）和皮埃爾・德斯特雷（Pierre Destrée）對於論證的理解一致。[19]然而，當中另一種解釋的可能，值得討論。史蒂芬・哈利韋爾（Stephen Halliwell）認爲，亞里斯多德在《詩學》第四章中所討論的，不僅是一個初步識別與推理過程。[20]哈利韋爾認同瑪莎・努斯鮑姆（Martha Nussbaum）的觀點，認爲在《詩學》第四章中：「亞里斯多德在這裡非常普遍地談論了人們對多種類型藝術作品的樂趣，而無論年齡如何」。[21]哈利韋爾以觀點爲基礎，進一步推論在文本中的「理解和推斷」，是與模擬對象的哲學推理有關。[22]

哈利韋爾對《詩學》第四章的解釋備受爭議，激起多方之辯論。其爭議點在於：亞里斯多德所

---

19 Jonathan Lear, 1992：頁三二二—三二三；G.R.F. Ferrari, 1999：頁一八四—一八八；Malcolm Heath, 2009：頁六十四—六十四；Malcolm Heath, 2013：頁六十七—七十一；以及 Pierre Destrée, 2013：頁十，特別是 11。然而，Lear、Ferrari 和 Destrée 得出模仿藝術作品中的愉悅不是學習的愉悅，我不以為然。我的推理在下文中已清晰表述，也可參閱本書第十一章，我更全面審視他們的見解。

20 參見 Stephen Halliwell 2002：頁一八六—一九三；Stephen Halliwell, 2003：頁九十一—九十五；以及 Halliwell, 1998：頁七十—七十四。

21 Nussbaum, 1986：頁三八八。

22 Halliwell, 2002：頁一九二。

指精確呈現的圖像中「理解和推斷」的過程，是否旨在成爲每個人皆能進行的初步學習過程。強納森·李爾和 G. R. F. 費拉里主張，《詩學》第四章僅描述了初階藝術作品的最基本程度學習（「這是一幅貓的畫」），並且意在描述每個人皆可進行的認知過程。費拉里援引這一解釋，來支持他對《詩學》的整體解釋，即我們對虛構作品的愉悅，並非學習的愉悅。李爾則認爲，《詩學》第四章所描述的學習，在認知層面而言是微不足道的，無法證成悲劇中的愉悅，屬於認知愉悅的觀點。

另一方面，希思（Heath）認爲《詩學》第四章，探討了每個人皆可獲得的學習愉悅，與李爾和費拉里的看法一致。然而，他認爲在《詩學》第四章中，亞里斯多德並未限制模擬藝術所涉及的學習方式。恰恰相反，亞里斯多德考察了掌握圖像內容的初步辨識過程，有效形成認知基礎，當中涵蓋簡易到複雜的各種可能性。[23]

哈利韋爾主張在《詩學》第四章中，暗含著一種哲學性的「理解和推斷」概念。如此的解讀，奠定了哈利韋爾對《詩學》的詮釋：詩歌提供了對人類生活的原因、動機和可理解性之類哲學思考。[24]

哈利韋爾的論點相當複雜，當中關係著若干核心觀點。首先，是屬於語言層面的觀點：在《詩學》第四章中，用來描述認識圖像主題的心智過程的詞語是「理解和推斷」（*manthanein kai sullogizesthai*）。哈利韋爾主張，在《詩學》第四章與書中相關段落，這概念的使用，往往與原因

23 Heath, 2009：頁七十三。我同意希思對《詩學》第四章的解讀。
24 Halliwell, 2002：頁一九五。

深究的哲學學問有關。

其次，哈利韋爾主張《詩學》之外的文獻可作旁證，闡明詩學第四章所描述的觀賞愉悅，實際上涵蓋了哲學家的深入與重要理解。

首先，審視哈利韋爾的語言觀點。雖然亞里斯多德提及，哲學家所獲得的學習和理解之愉悅，但他亦同時強調，學習並不僅僅是哲學家所獨享的。這即呼應了《形上學》第一卷第一章開篇的觀點：所有人類皆抱有求學之渴望，他補充道，非哲學家在其中所占的比例較小，意味著他們的學習，比起理解宇宙中事物的最終和純粹原因來說，更爲初階。（《詩學》，第四章，1448b13）。

上述段落的立意，是解釋所有人，包括哲學家與一般人，都能進行的學習。故亞里斯多德以對圖象形象的簡單識別爲例。[25]馬爾科姆．希思所提出的觀點是，這種基本辨識通過推理和理解的過程來證明這個形象屬於某一特定主題，個中的心理活動屬於智思和認知過程。這種過程可以是簡單的，也可以是複雜的形式。在某些方面，以貓爲主題的畫，實際上並不眞正與貓完全相似，如：畫是二維的，而眞實的貓是三維的；畫的重量是二十五磅，而貓的重量是十二磅等等。但兩者也有某些相似的地方，通過共同特徵的把握，觀眾啟動了對「貓」的理解，然後推理出了以下結論：「貓

---

25 正如希思所觀察到的，亞里斯多德在其他地方使用「*manthanein*」一詞來表示普通人從模仿中尋求的理解（參見 Heath, 2009：頁六十四）。實際上，在《詩學》第四章中，亞里斯多德使用「*manthanein*」一詞，指涉動物的學習和兒童的學習經歷（4，1448b7f.）。這意味著亞里斯多德使用「*manthanein*」一詞，並不一定要標明哲學家在原因探究上的高等學習。

有鬍鬚、尾巴、毛茸茸的外套、爪子，而畫中的形象也有。因此，這個形象是一隻貓。」[26]

其次，哈利韋爾以其他文本包含相關的思維，旁證《詩學》第四章所涉及的學習，包括更複雜形式藝術能帶來更深入的哲學學習。[27]例如：他參照了《動物的組成》（1.5.，645a7-15）中，對比令人厭惡、外觀卑劣的動物，與哲學家們在辨識這些生物組織和統一性所帶來的愉悅。對於具辨識與解釋動物組織和運作能力的人而言，思索這些動物的結構，乃為愉悅的來源（《動物的組成》1.5.，64a15）。同理，沉思這些動物的畫像與雕塑的組織和結構，也是一種來源於藝術家技巧的愉悅。哈利韋爾按以上的例子，總結出藝術家透過洞察動物而獲得愉悅。[28]

上述的結論有待商榷。亞里斯多德並未說明，觀者對於卑劣外觀動物的雕塑或繪畫所帶來的愉悅，是源於哲學愉悅。哈利韋爾也了解這一點。在此段落中，證據不足以支持這樣的觀點：觀者對於藝術家技巧所帶來的愉悅，來自於對於動物的形式與結構的哲學理解。與其將這種愉悅，與作品作為模仿的愉悅混為一談，不如理解為形式和組織結構所帶來的愉悅，更為合理，如上文提及的。

要進一步說明，正如哈利韋爾所觀察到的，亞里斯多德經常將技藝（*technē*）與自然作類比。[29]這兩者都具有以下特徵：(1) 目的性或目標導向；以及 (2) 涉及質料的形式或結構。繪畫和雕塑是技藝（*technē*）的例子。一位具備知識的藝術家，將形式、結構加諸在某些質料上，以實現某

26 Heath, 2009：頁六十二—六十八和 Heath, 2013：頁六十六—七十二。
27 Halliwell, 1998：頁七十四—七十七。David Gallop, 1990 中也提出了這一論點。
28 Halliwell, 1998：頁七十四。
29 參見《物理學》，2.2。

個目的（例如製造一個提供避難所的房屋）。自然界的過程也涉及在某些物質上加諸一些形式，例如塑造某些物質，使其具有青蛙的種類形態，賦予它育成該物種的成年個體。

模仿藝術家的目標，是引起觀眾對某個主題（例如動物）的形式和組織的注意。在這個過程中，藝術家將動物化成某些基本或本質特徵，使觀眾聚焦於此。這種突顯結構或形式的方式，使模擬藝術與哲學家辨識動物的組織和結構，使其理解其原因和運作方式的共通之處。雖然在畫中描繪的厭惡動物，細節或受到省略，但正是這種細節的省筆，使得觀眾能夠辨識出表現和主題共享的形式。藝術家專注於突顯動物中的一個形式或結構，類似哲學家對動物結構的思考，如同《動物的組成》所言的比喻一樣。

亞里斯多德並沒有明確指出，藝術家所賦予質料的形式或結構，與科學家或哲學家所研究的形式或結構完全相同。畢竟畫家或雕刻家終究不是科學家或哲學家。藝術家和哲學家在皆著眼於普遍性和總體性，就此層面而言，模擬藝術和哲學在形式和結構上的關注之間存在相似性。

在《動物的組成》中，亞里斯多德清晰區分了藝術家的技巧愉悅，與哲學家把握自然現象終極原因的愉悅。他認為，如果一個人對於繪畫中厭惡動物的組成感到愉悅，那麼，他以哲學角度理解動物及其來源，所獲得的愉悅將會更為豐富。此論述背後指出，哲學對於理解自然運行和純粹來源，比繪畫或雕塑更為深入。這實在不足為奇，畫家和雕刻家本身無需擔任哲學家的工作！

綜合以上觀點，我們可以得出結論，雖然模擬藝術家和哲學家都對事物的形式和結構感興趣，但這並不意味著模擬藝術家（例如畫家或雕刻家）承擔著哲學家的工作，尋找宇宙中事物的最終來源。

回到《詩學》的討論，上述結論與《詩學》第四章的關係爲何？理解者通過捕捉圖像與其經驗中的貓的相似之處，或許是掌握了繪畫所顯示的共同形式或結構。繪畫中的形式或結構，或有助於認識和理解該圖像是貓的模擬肖像，從而獲得愉悅。可是，這並不意味著模仿作品，如同哲學一樣，提供了因果原理的理解。

與此同時，《詩學》第四章言及，理解爲哲學家與其他人帶來喜，具有充分理由（4.，1448b112-15）。觀眾透過推理辨出圖畫形象爲貓的模仿，在某種程度上與哲學家所追求的理解類同。[30]亞里斯多德表明，將形象判定爲貓的模仿，個中的認知過程，與哲學家深研生物的根本原因時的推理活動相同。[31]因此，模仿的欣賞內含學習的樂趣（4.，1448b12-17）。這一觀點在《詩學》第四章得以證實。同時，更複雜的模仿藝術，或需要更複雜的理解和學習形式。[32]

---

30 同時參見 James Redfield, 1994：頁五十三。

31 亞里斯多德評論非哲學家與哲學家相比，具有「較小份額」的理解力，支持連續模型（4.，1448b14）。參見 James Redfield, 1994：頁五十二—五十三。

32 在此，我與 Malcolm Heath 對《詩學》第四章的解讀基本一致，他說亞里斯多德的推理是「在不承認它們所依賴的基本過程的之情況下，理解詩歌的更高認知互動形式是不可能的」（2009：頁七十三）。

模仿藝術作爲一種尋求知識的活動

因此，《詩學》第四章的論點爲：即使是最簡單的模仿藝術形式，也需要認知和理解的智思過程。[33]在鑑賞模擬（模仿）作品時，觀眾不僅必須認知到當中肖像是一只貓的模仿，更必須在推理過程中，運用其對貓的特徵之理解，方能得出結論：「這是一幅貓的圖片。」

觀眾不需要像科學家一樣，對「貓」有深入的理解。科學（epistēmē）是尋求知識的活動，與哲學類同。它所關涉的是事物的第一因的探求，其目的是知識本身。雖然觀眾或可準確判斷圖片中的形象是貓，甚至辨認出屬於所有貓的特徵，例如鬍鬚、四隻腳、尾巴、毛皮等等。可是，這些特徵未必全然符合科學角度下的貓種本質、定義。

儘管如此，亞里斯多德強調，運用對貓的理解，作爲辨認圖象主題之方式，與哲學家的推理和理解過程類近，但其模式更爲初階。承如他所言：「理解不僅使哲學家感到愉悅，同樣也使其他人感到愉悅，雖然後者所獲得的較少」（4，1448b13）。由此可見，所有形式的模擬藝術，都是學習和理解的機會。觀眾之所以能在圖象中辨認出貓的形象，並理解它與經驗中的貓的異同，這正是觀眾在這幅模擬作品所感受到愉悅的關鍵所在。

亞里斯多德認爲模擬所帶來的愉悅，源自對事物的理解，這一觀點與在柏拉圖《理想國》第十

---

33 Heath, 2009：頁六十二—六十八；和 Heath, 2013：頁六十六—七十二。

卷（595a-608b）中，蘇格拉底的觀點相映成趣。與亞里斯多德相近，蘇格拉底也使用視覺藝術的例子，說明他對模擬本質的看法。蘇格拉底同樣認爲繪畫是對現實的模仿，但他指的是對感知事物的外觀進行複製。問題在於，外表往往會誤導：

> 模仿藝術與真相相去甚遠，這似乎是它可以產生一切的原因，因為它僅觸及或抓住對象的一小部分，而且是一個幻象。例如：一個畫家會畫一個鞋匠、木匠和其他工匠，儘管他本身對這些藝術一無所知，但如果他是個優秀的畫家，通過遠距離展示他的木匠畫像，他會欺騙兒童和愚蠢的人，使他們相信這是一個真正的木匠。（《理想國》，10.，598b；Hamilton and Cairns 1961）

如果我們像蘇格拉底一樣，認爲繪畫僅僅是再現某些感性事物的外觀，不難理解他何以憂慮其抓住了對象的「一小部分」。當我們試圖全面了解一個對象時，外觀是不完整的。例如：畫家可能只從某特定角度，描繪床的外觀，但這並不能給出床從所有角度看起來的「全貌」。從柏拉圖的角度來看，感官對象只是眞正知識對象（形式）的粗劣模仿。形式是非物質的、永恆的對象，其穩定性和恆常性，使它們成爲正確的知識對象。形式的不變性使我們能夠擁有眞正的知識，而感官對象的本質則容易衰敗，外觀也不具恆常性。根據柏拉圖的觀點（藉由蘇格拉底所呈現），智思活動是獲得形式知識的方式。因此，若觀眾試圖通過觀看畫作，獲得現實的知識，乃是徒勞無功的。因爲畫作只是在感知層面上運作，無法促使觀眾的智思參與。

亞里斯多德與蘇格拉底的論點存在若干主要分歧。

首先，亞里斯多德是一位經驗主義者。他認同知識是具有普遍性的，例如「貓」或「人類」，非專屬於特定的貓或人。可是，據他的形上學與本質的觀點，合乎知識的普遍概念，與具體的感知對象並非割裂之區分，反而是透過感官對象體現出來。他認爲，通過研究特定的感知對象，如特定的貓，可以藉此理解它們共有之普遍形式或物種（*eidos*）。因此，他不認爲畫面中的感知呈現，使得觀眾遠離知識，因爲感官的愉悅是深入了解世界的起點。[34]

第二，蘇格拉底憂慮模仿藝術，或會欺騙觀眾。故愚蠢的人在遠方誤以爲木匠的畫像是眞正的木匠。然而，與蘇格拉底不同，亞里斯多德並不擔心畫中的貓會造成誤解與矇騙。如果畫作欺騙小孩，那麼它就不難以稱爲成功的模仿作品，因爲模仿藝術作品的樂趣，需要觀眾意識到作品是模仿原型（4.，1448b18）。觀眾在連繫作品與其模仿的主題時，需要區分兩者（如畫面是二維的，而眞實的貓是三維的），且推斷兩者之間的差異。

關於這一點，亞里斯多德藉由觀眾對厭惡動物與屍體畫像產生喜悅，清楚指出（《詩學》，1448b9-12）。要欣賞此等畫像，觀眾一方面需要連結畫像與原物，另一方面亦需要有所區分。否則，歡眾對畫像產生感覺，會與對原物的感覺一樣厭惡。因此，如果觀眾誤以爲畫像視爲原物，模擬作品所帶來的樂趣將會消失無蹤。[35]

34　參見《形上學》，1.1.，980aa23-28。

35　同時參見《詩學》，24.，1453b10-11。

第三，蘇格拉底論點的關鍵，在於繪畫和詩歌屬於事物外在的模仿。而事物外觀具有誤導性，並非合適的知識對象。然而，亞里斯多德不同意畫像所模仿的，是貓的外觀。恰恰相反，繪畫所模仿的是感官對象，一隻具體的貓，是「貓」的普遍概念與種類的具體體現。人對於普遍性的認知，是藉由感官感知具體體現的事物來實現的。倘若藉由感官感知具體的體現，可以認識普遍性。那麼，即沒有理由認爲感官對象的呈現，會使人無法接近知識對象的普遍性。

亞里斯多德比較技藝（*technē*）與自然，指出藝術家在質料上加諸某種形式或結構。正如我們在《動物的組成》中所見，上述的說法在模擬藝術家身上同樣成立。一幅簡單、樸素的貓的圖畫，或只有貓的輪廓（參見《詩學》，第六章，1450a37 節）。因此，若謂藝術家是從某一個角度複製貓的外貌，是有誤的。藝術旨在揭示給予人類經驗的共同結構、形式、模式，種種更爲普遍的意義。亞里斯多德聚所關注的，在於情節的組織，以及當中如何揭示統一而連貫的人類行爲模式。故此，上述所言的普遍意義成爲《詩學》的論點核心。

亞里斯多德在《詩學》第四章「1448b3-19」處中解釋道，即便是最基本的模仿形式中，也涉及到認識和理解的愉悅。然而，我們也能理解哈利韋爾（Halliwell）的觀點：《詩學》第四章討論的，不僅僅是藉由認識圖畫形象，而獲得學習的愉悅。假如在認識圖畫形象的基本過程，能夠獲得樂趣和學習的體驗，也可同理類推，更複雜的模仿藝術形式，同樣可以提供某種愉悅的理解，因爲當中涉及更複雜的認識和推理過程。

換句話說，按《詩學》第四章的論點，在最基本的模仿藝術形式中，也存在愉悅的理解。那麼，模仿（mimēsis）作品，或可能涉及認識和理解的愉悅。這並不是說，像悲劇如此複雜的模仿藝術形式，可化約爲所有模仿形式中皆可獲得的學習愉悅。情感體驗對悲劇獨特愉悅的產生至關重要（《詩學》，24.，1453b10-11）。儘管如此，這一觀察並未否定所有模仿作品存在認知愉悅的論點，因爲它們涉及觀眾、聽眾對作品主題與原型之間的異同的推斷活動。

亞里斯多德指出，詩歌以及其他形式的模仿藝術，予觀眾開展辨識、推理和理解的過程：

> 由於學習和思索是令人愉悅的，因此關乎模仿的行為，必定也是令人愉快的，如繪畫、雕刻、詩歌以及所有熟練模仿的作品。即使被模仿的對象本身與愉悅無關，這些作品仍然能帶來愉悅；因為愉悅並不來自對象本身，而是出於觀眾藉由推理（*sullogismos*）中學習（*manthanein*）：「那是一個某某。」（《修辭學》，1.，1371b4-10；巴恩斯〔Jonathan Barnes〕，一九八四年，第二卷）

上述《修辭學》第一章第一節與《詩學》第四章相關。兩者同樣指出，模仿藝術更爲普遍引起學習的愉悅（manthanein）：觀者透過推理活動（「那是什麼」）而實現的愉悅。

如亞里斯多德所言，包括詩歌在內的所有模仿藝術形式，促使觀眾進行思考和理解的過程，這一點十分明確。然而，他所指的觀眾，在這些作品中「學到了什麼」，則不甚清晰。這個問題可通過情況的設想來理解，例如：在畫中認識一個形象。人在觀看畫中的貓，學到了什麼？他必須對貓有些概念，或有些與貓有關的經驗，才有理解作品的主題是一隻貓之可能。觀眾運用對「貓」的理解，來確認畫中的形象是一隻貓。觀眾如何在模仿藝術作品中，尋獲新知？如果模仿藝術作品，要求觀眾將作品與經驗中的事物相連結，新知從何而來？

從識別到新知

在亞里斯多德的知識觀中，對於一個探究如何在前提的基礎上促進我們對某事物的理解並沒有問題。在《分析論後編》第一卷第一章中，亞里斯多德說：「一切的教學和智思學習皆來自既存的知識。」[36]這意味著，理解必須始於某處，而非無中生有。

舉例來說。如果有人探問何謂美德（virtue），至少必須從某些美德的例子開始，這些例子源於自己的經驗中，匯聚而成，繼而進一步消化，得出概念範疇的更爲恰當理解。否則，很可能陷入柏拉圖《美諾篇》（*Meno*）中著名的悖論：對於某個主題 x 的探究，變得無意義或徒勞無功。[37]如果對於主題 x 已經全然了解，那麼探究它就沒有意義；而如果對於主題 x 一無所知，那麼對 x 的研究就是徒勞無功，因爲你無法辨識自己所尋求的東西。

亞里斯多德藉由理解的不同程度和層次，回應這個問題：

36 《分析後篇》，1.1.，71a1。
37 《分析後篇》，1.1.，71a30。

> 我認為，沒有什麼可以窒礙我們在學習上理解與無知：荒謬的，並非在某種意義上了解一己之所學，而是在你學習的方式和意義。（《分析論後編》，1.1.，71b6-9）

從亞里斯多德的知識理論來看，模擬藝術品是如何預設對主題的某種知識，同時又能轉化和提升觀眾的理解，這一點並不存在問題。

亞里斯多德認爲，當我們觀賞模擬藝術時，我們的知識可能會得到轉化或深化。其中一種可能解釋，是亞里斯多德在《修辭學》第三卷第十章。當中討論了隱喻的問題，也是《詩學》的討論主題。[38]行文中提及荷馬的《奧德賽》第十四卷二一三行，通過隱喻傳達學問。因此，該段文字是理解《修辭學》第一卷第一章之論點的重要文本。該論點認爲模仿藝術（更廣泛地說）藉由推理和理解的過程，讓觀眾有所學習。

隱喻涉及兩個相異的事物之間的比較，其中含有意義的轉移，從而促進對相似之處的認識。亞里斯多德認爲，隱喻也會引發「這就是什麼」的推斷過程。在這過程中，讀者尋找聯繫兩個字詞的共通概念（《修辭學》，3.10.，1410b18）。亞里斯多德以荷馬《奧德賽》中的隱喻爲例，當中奧德修斯，經歷了漫長的旅行後，將自己比作一根「枯萎的植物」：

38　亞里斯多德在《詩學》中對隱喻的主要描述，請參見21.，1457b7-32和22.，1459a6f。關於隱喻和明喻的區別，請參見《修辭學》，3.10.，1410b15-24。關於《詩學》和《修辭學》中隱喻的有用討論，請參見Fran O'Rourke, 2006。

> 陌生的詞語只讓我們感到困惑，一般的詞語只傳達我們已知的事物。而從隱喻中，我們理解一些新事物的最佳方法。當詩人把老年比作「枯萎的植物」時，他藉著「失去花朵」這個共同的概念，向我們傳達了一個新的想法，一個新的事實。（《修辭學》，3.10.，1410b12-15）

荷馬的比喻，促使觀眾尋找並推斷出，老年和枯萎的花莖共有的群體或種類，即「失去花朵」。

失去的花朵（共同的群組）

枯萎的花莖　老年

聆聽者必須對「老年」的概念有所了解，否則這個隱喻則毫無意義。這個隱喻提供了一個新的方向或觀點，加深聽者對老年的理解。

如果所尋的答案十分明顯且「對所有人都易於明白」，那麼相應得愉悅則會減少。另一方面，亞里斯多德說，隱喻中的共通線索，既不應太長，也不應太難把握或太膚淺，否則無法帶來新的啟示。隱喻意義在反思一番後，方能明白，這樣才能提供知識。[39]

---

39 《修辭學》，3.10.，1410b24-25。

正因為隱喻涉及到「這就是什麼」的推論，其中有學習新知的愉悅，惟這種學習不應這份困難，也不應耗費過多時間。

亞里斯多德對隱喻的討論，是對《詩學》第四章中，比擬觀眾對畫作中人物的辨識過程。[40]如同荷馬的隱喻例子一樣，推理和理解的過程，可能涉及經驗中的概念運用，同時藉由新的觀點啟發而有所轉變。這種新解，甚至是在最基本的模仿作品中也能實現。雖然一幅描繪貓的畫，是對特定貓的模仿，但觀眾所理解的，是更為普遍和抽象的東西，那就是畫與經驗中的貓所共有的形式。這即使得觀眾應用已知的概念來深化其對貓的理解。

小結：模擬之為模擬的愉悅

綜合《詩學》第四章的內容，我們就模仿的愉悅論題作結。亞里斯多德使用在畫中形象辨識為例強調，即便是最簡單的模仿藝術，如畫一隻貓，也會開展觀眾使用理性的過程，通過對異同的推理，來推斷作品中的形象與被模仿的對象之對應關係。在辨認畫中形象的過程中，觀眾必須運用自己對「貓」的理解，以理性的方式推斷出畫中形象的身分。這種形象的辨認過程，是一種令人愉悅

40 Malcolm Heath, 2009：頁六十五—六十六中指出了這一點。

的理解，因爲觀眾必須運用自己對貓的理解，來推理和辨認畫中的形象，這使得辨認畫中形象的過程變得愉快，並且豐富了觀眾的理解。

如果說最基本的模仿形式中令人愉悅，那麼可以確立以下的普遍觀點：所有的模仿作品，即使是那些描述醜陋和令人不愉快的事物，都提供了理解的樂趣。因爲所有人類本質上都渴望知識，並且從中獲得愉悅。《詩學》第四章的論證，確立了我們在本章開首所言及的觀點：模仿所帶來的樂趣，源於人類本性。

亞里斯多德指出，愉悅是人類本能無所窒礙的發揮，如感知或推理（《尼各馬可倫理學》，7.12.，1153a10 和 10.4.，1174b23-33）。因此，模仿藝術作品是令人愉悅的，因爲觀眾需要行使人類本能。這些本能的發揮，是愉悅的來源。所有形式的模仿，使得觀眾發揮感知、理解和推理等自然能力。那麼，若說人在幼年時期即出現模仿的情形，亦是不難理解。

因此，《詩學》第四章的論證突顯了一重要對比。現代（十七世紀至二十世紀）哲學中具影響力的流派，尤其關注於藝術作品所帶來的愉悅。在十八世紀，亞歷山大·鮑姆加登（Alexander Baumgarten）創造了「美學」（aesthetics）一詞（來自希臘詞 *aisthēsis*，感知〔sense perception〕），用以指稱藝術作品與自然界所帶來的美感，以及感官愉悅的經驗。

這種觀點認爲，藝術作品提供了一種獨特的體驗，名爲美學體驗，遂成爲哲學家關注的焦點，並開拓名爲「美學」的哲學新領域。隨著美學概念的提出，人們始認爲藝術作品的體驗本身就具有價值，而不是只有工具與手段的目的。這促使一學派的思想形成，認爲藝術可自足獨立於生活之外。藝術提供了與日常經驗截然不同的獨特體驗，因此人們應該追求藝術。

近年來，藝術哲學家對藝術的獨立自主性有異議。他們主張藝術作品所提供的經驗，在某程度上與現實生活可得的體驗一脈相連。[41]其論點建基於模仿藝術上，說明模仿藝術旨在呈現類似現實生活中情境和困境。當中的原理有賴於人在日常生活中運用心理和認知能力，如理解故事情節的能力。

模仿作品所提供的愉悅，是豐富多元的。音樂、舞蹈的聲音、視覺、節奏以及各種詩歌形式的韻律，帶來感官上的愉悅。模仿藝術作品，使人了解作品的各個部分，組織成一整體的過程，工藝技術上帶來愉悅。可是，在《詩學》第四章中，特別關注模仿作品所帶來的愉悅，這種愉悅與認識和理解相關聯。

參考文獻

Barnes, Jonathan (ed.), 1984. *The Collected Works of Aristotle*. Volumes One and Two. Princeton, NJ: Princeton University Press.

Beardsley, Monroe, 1966. *Aesthetics from Classical Greece to the Present*. New York: Macmillan.

——, 1967. *Aesthetics*. New Haven, CT: Yale University Press.

Carroll, Noël, 2005. “Art and Human Nature.” *Journal of Aesthetics and Art Criticism*, 62 (2): 95-107.

---

41 參見 Noël Carroll, 2005、Schellekens 和 Goldie, 2012 中的論文集。

Davies, Stephen, 2013. *The Artful Species: Aesthetics, Art and Evolution*. Oxford: Oxford University Press.

Destrée, Pierre, 2013. "Aristotle and the Paradox of Tragic Pleasure," in Jerrold Levinson (ed.), *Suffering Art Gladly*. Basingstoke: Palgrave Macmillan: 3-27.

Dutton, Denis, 2010. *The Art Instinct: Beauty, Pleasure and Human Evolution*. London: Bloomsbury Press.

Ferrari, G. R. G., 1999. "Aristotle's Literary Aesthetics." *Phronesis*, 45 (13): 181-198.

Fisher, John Andrew, 1993. *Reflecting on Art*. Mountain View, CA: Mayfield Publishing Company.

Gallop, David, 1990. "Animals in the *Poetics*." *Oxford Studies in Ancient Philosophy*, 8: 145-171.

Halliwell, Stephen, 1998. *Aristotle's Poetics: With a New Introduction by the Author*. Chicago: University of Chicago Press.

——, 2002. *The Aesthetics of Mimesis: Ancient Texts and Modern Problems*. Princeton, NJ: Princeton University Press.

——, 2003. "Aristotelian Mimesis and Human Understanding," in Øivind Andersen and Jon Haarber (eds.), *Making Sense of Aristotle: Essays in Poetics*. London: Duckworth: 87-108.

Hamilton, E. and H. Cairns (eds.), 1961. *The Collected Dialogues of Plato*. Princeton, NJ: Princeton University Press.

Heath, Malcolm, 2009. "Cognition in Aristotle's *Poetics*." *Mnemosyne*, 62 (1): 51-75.

——, 2013. *Ancient Philosophical Poetics*. Cambridge: Cambridge University Press.

Lear, Jonathan, 1992. "*Katharsis*," in Amélie Oskenberg Rorty (ed.), *Essays on Aristotle's Poetics*.

Princeton, NJ: Princeton University Press: 315-340.

Nussbaum, Martha, 1986. *The Fragility of Goodness: Luck and Ethics in Ancient Greek Tragedy and Philosophy*. Cambridge: Cambridge University Press.

O'Rourke, Fran, 2006. "Aristotle and the Metaphysics of Metaphor." *Proceedings of the Boston Area Colloquium of Ancient Philosophy*, 21 (1): 155-190.

Redfield, James, 1994. *Nature and Culture in the Iliad*. Durham, NC and London: Duke University Press.

Schellekens, Elisabeth and Peter Goldie, 2012. *The Aesthetic Mind: Philosophy and Psychology*. Oxford: Oxford University Press.

Walton, Kendall, 1990. *Mimesis and Make-Believe. On the Foundations of the Representational Arts*. Cambridge, MA: Harvard University Press.

推薦閱讀

Rorty, Amélie Oskenberg, 1992. "The Psychology of Aristotelian Tragedy," in Rorty (ed.), *Essays on Aristotle's Poetics*. Princeton, NJ: Princeton University Press: 1-22.

Wolff, Francis, 2007. "The Three Pleasures of Mimēsis According to Aristotle's *Poetics*," in Bernadette Bensaude-Vincent and William R. Newman (eds.), *The Artificial and the Natural: An Evolving Polarity*. Cambridge, MA: The MIT Press: 51-66.

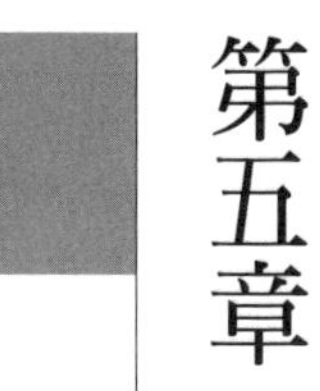

第五章　悲劇的定義

導言：歷史起源與哲學旨趣[1]

《詩學》的開章，表明文本立意爲「一般」詩歌的討論，惟大部分篇幅卻集中討論悲劇。這反映了亞里斯多德對這種文體的高度重視。[2]在亞里斯多德的觀點中，悲劇包涵了其他詩歌形式的成就，在效果上更爲優勝。悲劇（*tragōidia*，意爲「山羊之歌」）[3]起源於〈酒神頌〉（dithyramb），本爲獻給戴奧尼修斯神的列隊行進的合唱表演，於圓形劇場的表演區（orchestra）中進行。合唱團在此表演、跳舞和唱歌。[4]在悲劇和喜劇出現之前，合唱團領袖已爲首位演員（*hupocritēs*，這是英文詞 hypocrite 的來源）。此角色對合唱團的問題進行回答，完成對話（4.，1449a1-19）。後來，悲劇和喜劇或是在合唱團的基礎上，進一步發展出〈酒神頌〉和〈陽物歌〉（4.，1449a18；4.，1449a24）。由希臘悲劇之父埃斯庫羅斯（Aeschylus）推動，演員人數增添至兩名。接著，索福克勒斯（Sophocles）引入了三個演員和舞臺畫面（4.，1449a19）。第二個和第三個演員的加入，大大削減合唱團的角色戲份。悲劇從〈酒神頌〉歌中誕生，悲劇的內容得以擴展，包括諸神和英雄的古老神話主題。

1 相關文本：《詩學》第六、七和八章；《詩學》第九章，1452a1-9；《詩學》第十八章，1455b23-32。

2 然而，內部和外部證據也表明，《詩學》曾有一部失落的第二卷，以喜劇為主題。

3 名稱的起源並不完全確定。有人認為悲劇之所以被如此命名，是因為在詩歌比賽中獲勝者會得到一只山羊。另一推測，是認為這個名字源於演員穿著山羊皮（和面具）的事實。

4 有關古希臘悲劇起源的歷史概述，請參見 Albrecht Dihle, 1994：頁九十一—一〇八。

公元前五世紀是古典希臘悲劇盛行的時代，有大量的戲劇作品出現，卻只有三位劇作家（埃斯庫羅斯、索福克勒斯和尤里比底斯〔Euripides〕）的悲劇作品保存了下來。前兩位詩人只有七部完整的戲劇作品保存下來，而尤里皮底斯則有十八部完整的悲劇作品留存。[5]亞里斯多德指出，詩歌形式都有其自然適應的格律，悲在採用與日常語言節奏相近的抑揚三步格格律，便成就其自然本性。（4.，1449a23-25）。

哲學家對悲劇有著悠久的興趣史。一個原因是悲劇被認爲揭示了有關人類狀況的某種深刻見解，因爲它展示了運氣和必然性在人的一生中所起的作用，導致令人不安的命運逆轉，角色們儘管如此，仍必須盡其所能。悲劇能夠向我們揭示有關人性的眞相，因爲它展示了人類生活的可能性，因此提供了對人類狀況的某種洞見。[6]第二個對悲劇感興趣的來源是它提供了一種獨特的體驗。亞里斯多德通過提到詩人應該「通過模仿創造來自憐憫和恐懼的快樂」來指出這一點。[7]因此，悲劇吸引了哲學家的注意，因爲(a)它似乎提供了學習有關我們生活的重要眞相的機會；以及(b)它提供了一種獨特的情感體驗。

亞里斯多德談到悲劇的演變是爲了一個特定的目標，即實現其自然本性（*phusis*）：

---

5 Peter Levi, 2001。

6 關於這種悲劇觀點，請參見 Martha Nussbaum, 1986；Malcolm Budd, 1995：頁八十三—一二三；和 James Shelley, 2003。關於西方哲學傳統中悲劇主題的概述，請參見 Aaron Ridley, 2003 和 Alex Neill, 2005。

7 《詩學》，14.，1453b10-12。

> 悲劇起源於即興創作，後來逐漸發展，詩人們發展其中潛力。經過多次變革，悲劇已然建構其自然形式，演變過程至此為止。（《詩學》，4.，1449a8-15）

然而，悲劇演變的目的依然有未明之處。悲劇是爲了提供學習來源嗎？還是正如《詩學》第六章中的悲劇定義，爲了提供哀憐和恐懼的淨化？[8]抑或是爲了提供「藉由模仿而產生哀憐和恐懼的愉悅」之獨特體驗？[9]爲了回答這些問題，必須仔細審視《詩學》第六章中的悲劇定義，考慮具爭議性的淨化概念，以及審視悲劇所提供的情感體驗，考察觀眾是否從悲劇中有所學習。以上的問題，是接下來數章的論述重點。

《詩學》第六章：悲劇的定義

亞里斯多德採取的進路，爲研究主題給予充分的定義，因爲合理的定義有助於理解事物的本質。因此，亞里斯多德在《詩學》第六章中，爲悲劇進行義界，綰合先前的論述。同時，也確立引

8 《詩學》，6.，1449b22-30。
9 《詩學》，14.，1453b12-13。

起哀憐和恐懼淨化的悲劇效果：

> 悲劇是對一個高貴的、完整的和一定規模的動作的一種模擬；在語言中使用各種藝術的裝飾加以修飾，數種分別見於劇本不同的部分：由人物表演而非敘述形式；通過哀憐與恐懼的事件使這些情緒得到適當的淨化。（《詩學》，第六章，6.，1449b24-28）[10]

一些定義：

嚴肅的：令人欽佩或良好的行動。

完整的：具備開章、中間和結尾的情節，並且必然或可能具有同一性。

宏大的：情節的大小符合行動的必然或可能的結果，完成從好運轉變爲厄運、或從厄運轉變爲好運的形式（6.，1451a15）。

裝飾性語言：帶有節奏、旋律和歌曲的詞語。

戲劇模式：故事由演員表演，而非由敘述者講述。

哀憐和恐懼的淨化：即哀憐和恐懼情感的淨化、淨化或淨罪等字面意思。

悲劇					
模擬（模仿）行動為					
嚴肅的	完整的	宏大的	裝飾性語言	戲劇模式	哀憐和恐懼的淨化

10 所有來自《詩學》的引文，無論是希臘文還是英文，都來自 Stephen Halliwell, 1999，除非另有註明。

上述戲劇定義，引起最多批判的概念是「淨化」（*catharsis*），主要原因是這個詞出現在結尾。而許多人認為，亞里斯多德在定義事物的目標有所保留。關於「淨化」一詞，亞里斯多德並未提供具體定義。在《詩學》中，僅僅只出現兩處。[11]亞里斯多德使用此詞的可能原因，最有影響力的解釋方式，是遵循該詞的主要根本含義：排解（purgation）、澄清（cleansing）或純化（purification）。對於「淨化」（*catharsis*）的對象，還有進一步的辯論：根據上述翻譯中的定義，這是否為「哀憐」和「恐懼」的情感？或者，如某些學者所認為，「淨化」是淨化或澄清情節中令人哀憐和驚恐的事件？

有時，「淨化」這一概念是《詩學》中悲劇討論的起點，甚至認為「淨化」亞里斯多德對悲劇分析的核心。我將採用稍微不同的方式進行。學生確實需要熟悉這一概念的相關辯論，因為這對於許多《詩學》的讀者來說是十分重要。然而，如果我們先掌握定義中其他核心概念，將能更好地審視種種爭議，得出關鍵的結論。這是我在繼續討論之前的預設。因此，在我們考慮亞里斯多德對悲劇定義中的其他要素後，我們將在第九章探討有關「淨化」概念的爭議。

在亞里斯多德的觀點裡，有一點是無庸置疑的，是悲劇能喚起情感，尤其是哀憐和恐懼。除了悲劇的定義中提到以外，亞里斯多德在其他地方也有提到悲劇是一種喚起哀憐和恐懼的行為模仿（《詩學》，第九章，1452a2-3）。在《詩學》第十三和第十四章中，亞里斯多德對悲劇情節的

---

11 除了定義外，「淨化」（catharsis）在《詩學》第十七章中第二次提出，也是最後一次出現。亞里斯多德在討論尤里皮底斯的戲劇中的淨化或淨化儀式，偶然提到。

評價，是基於此觀點：爲了成爲良好和適當的悲劇，角色和行爲必須引起哀憐和恐懼（《詩學》第十三章 1452b30-1453a8，b10-22）。此外，亞里斯多德在《詩學》第十四章「1453b12-13」中言道，詩人應該通過模仿，創造哀憐和恐懼所帶來的愉悅。顯然，亞里斯多德認爲悲劇的目標（若不是最終目標），是爲觀眾產生一種特定的心理效應：體驗哀憐和恐懼的情感（*pathēmata*）。因此，對悲劇的定義，可以在這一更廣泛的目的予以理解，即在觀眾中喚起這種特定的情感體驗。

嚴肅或令人欽佩的行爲

悲劇是行動和生命的模仿（6.，1450a19），特別是嚴肅或令人欽佩（*spoudaios*）的行動。一個行動之所以稱爲良好的，前提是由良好或令人欽佩的人進行。[12]這悲劇行動的條件，此部分與《詩學》第二章的觀點呼應，悲劇中的角色必須是良好或令人欽佩的，與喜劇中的角色形成對比。在古希臘的思想中，「*spoudaioi*」是指美德（*arête*）優秀的人，既指優越的社會地位，也指道德美德的高尚。亞里斯多德在悲劇中的優秀角色中，同樣包含道德和社會的意義。如在《詩學》第二章中提及，悲劇的角色之所以令人欽佩，是因爲他們具有美德的（《詩學》，2.，1448a1-4）。而社

12 《尼各馬可倫理學》第二章。

會上的意義，則如同亞里斯多德所說的（《詩學》，13.，1453a7-12），悲劇的理想角色屬於那些「著名的人」和「享有偉大名望」的階級。

為何亞里斯多德認為悲劇應該專注於具有道德良善的個人行為？悲劇展示了各種追求幸福的角色，但最終卻遭遇命運的巨大逆轉：從好運（eutuchia）轉變為厄運（dustndria），或者反之（7.，1451a13-14；13.，1452b35-37；13.，1453a13-14；18.，1455b27f.）。為了引起觀眾的恐懼，角色必須「與我們相似」（《詩學》，13.，1453a3-5）。此處所言的相似，並不是指社會地位和財富，而是指他們基本上皆為善良和正直的人。此外，對於不應遭受逆境的受害者，我們會感到哀憐，而對於「與我們相似」的人，我們感到恐懼（《詩學》，第十三章，1453a3-5）。當角色是道德良好的個體，雖然會犯錯，但並未犯下嚴重的道德錯誤。因為他們所遭受的苦難，與其犯下的錯誤不成正比，故他們的命運轉變引起哀憐。

為什麼在悲劇中能夠激起同情和恐懼的角色，往往是「名聲顯赫且幸運的人」（《詩學》，13.，1453a10f）這一點不易理解。其中一個簡化的解釋為：這樣的人事實上就是古希臘悲劇中的角色。然而，這答案並不完整，因為亞里斯多德並不僅僅是描述古希臘悲劇中實際出現的角色。他的目標是具規範性的：規定「應該」（ought）在悲劇中出現的角色類型，以要達到其的目標。[13] 亞里斯多德認為，金錢和社會地位本身，並不等同於幸福（*eudaimonia*），也不是其構成條件。

---

13 這在《詩學》第十三至十四章中尤為明顯。

悲劇中的角色是否幸福，取決於其行爲。而行爲的來源，是其固有和明確的品格（《詩學》，6.，1450a7）。此外，亞里斯多德在《修辭學》第二卷第八章中解釋道，同情的心理條件涉及種種不幸，如失去朋友、缺乏食物和身體受傷，但其中並沒有論及失去財富或高尚社會地位（《修辭學》，2.8.，1386a4-13）。

亞里斯多德曾論述，驚奇如何增強同情和恐懼，或許可以提供一些線索。他表示當「事件與預期相反，但彼此又相關聯」時，同情和恐懼會極爲強烈地受到激發（《詩學》，10.，1452a2-4）。亞里斯多德似乎是指，事件之間存在著因果關係，但以觀眾的期望方式來看，同情和恐懼會得到加強。因此，這種意外卻又有因果聯繫的並置是令人驚訝的。當像國王、女王或神話英雄這樣的人，經歷了命運的逆轉，這種局勢的逆轉是令人驚訝的。而且，只要命運的變化不是隨意或突然出現的，而是之前事件的結果，這將增強對角色的同情和恐懼之感。

此外，亞里斯多德在《修辭學》中，觀察到聽眾聽信某種毀滅性的災禍後，認爲災禍「可能」會發生在「他們」身上，恐懼感即油然而生（《修辭學》，2.5.，1383a7-12）。他說，這種情況可能發生在聽眾聽一篇演講時，發現比他們社會地位更高的人遭受了某種毀滅性的災禍。因爲聽眾會推斷：如果這樣的人會經歷命運的逆轉，他們自己也可能會。像國王、女王以及那些擁有崇高社會地位和榮譽的人，向觀眾傳達了如此的可能：他們也容易遭受悲劇所描繪的命運逆轉。聽眾會如此推斷：假如富有和有名望的人會遇到這樣的命運變化，爲什麼我們就不會呢？

完整性和情節規模

完整性：情節是事件的組織或安排（《詩學》，7.，1450a15），並且是使事件變得明晰的手段。爲了喚起哀憐和恐懼，情節必須具備某種固定的結構：必須模擬一系列完整的行動。情節必須有一個開始，中間和結尾（7.，1450b22-28），方能稱爲完整。情節的開始爲「非自然而然地由其他事物隨之而來，而是之後自然發生的另一個事件或過程」（7.，1450b26-28）。中間部分是「既接續先前的事件，又有進一步的後果」（7.，1450b29-31）。結尾是「自然發生的，無論是必然的還是通常的，在先前的事件之後，但不需要接續其他任何事物」。（7.，1450b28）。

我們可以假設，事出必有因，這是一個形上學層面的眞理，因此沒有原因的事件是不合乎邏輯的。同樣地，若不是宇宙的終結，每一個事件都會被另一個事件所接續。因此，若說結局是沒有後續事件的概念，實在是令人困惑。那麼，亞里斯多德所言「開始」和「結局」的概念，究竟如何成立呢？

這個反面意見顯示，有需要將情節視爲將一系列事件，且井然有序地選擇和組織，成爲自足、有明確的開端和結局的故事。就像亞里斯多德所思考的那樣，要構建人生的情節，必須從整個生活故事事件中進行選擇。這些事件組成後，能夠合乎情理地連貫起來。例如：假設在你十七歲生日時，你熱情地宣布成爲素食主義者，但第二天你卻出去享受一頓牛排晚餐！儘管每個人的生活都有矛盾（！），但這樣的事件序列，將從你的生活故事情節中剔除，因爲如此的心意轉變是不一致的。因此，詩人不能將角色的整個生活故事中，所有事件都納入情節中，就如同荷馬這樣優秀的詩人所意識到的一樣（《詩學》，9.，1451a22-30）。

可見按照亞裡斯多德的理解，如何建構一個完整的情節，如下所示。首先，我們需要一個獨立的開端事件，讓故事開始（7.，1450b25-27），如「山姆聲稱街頭流浪的黑貓是他的貓，所以他從費莉西亞那裡把貓帶走了，費莉西亞也一直在餵養它。」中間部分由一個從開端事件中產生的行動組成，且至少有一個事件作爲結果（7.，1450b29-30），如「當山姆離開兩個星期後，費莉西亞又開始餵養那隻貓，貓一直成爲費莉西亞忠實的伴侶，直到結束生命。」結局是從中間部分產生的行動，使故事完成或結束，例如「山姆對費莉西亞搶走貓感到非常沮喪，他們從此再也沒有說過話。」

亞里斯多德將情節（*muthos*）與戲劇區分開來。情節爲故事中發生的事件，而戲劇則是故事在舞臺上的呈現方式。有時情節中的事件，和戲劇中的事件是相同的，但亞里斯多德暗示情節中的事件，和戲劇中的事件可能會有所不同。[14]

舉例來說，在索福克里斯《伊底帕斯王》（*Oedipus the King*）的故事中，一個對情節至關重要的行動，是伊底帕斯在十字路口無意間弑父：這是在戲劇開始之前發生的事情，卻是是「戲劇之外」的部分情節或故事。因此，有些事件是「戲劇之外」，卻對情節至關重要。[15]

---

14 參見《詩學》，14.，1453b29-34，亞里斯多德認為劇情或故事的中心行動，可能在戲劇之外，以及《詩學》，18.，1455b23-26，亞里斯多德提出，劇情複雜（desis）通常是涵蓋戲劇或悲劇之外的事物。有關《詩學》中劇情和戲劇區別的討論，請參見 Heath, 1991：頁三九四；Roberts, 1992：頁一三六—一三七。

15 包括 Seymour Chatman 在內的現代敘事學家，已意識到《詩學》所稱「劇情」和「戲劇」之間的時間獨立性，當中使用「故事」與「話語」來標示個中區別。參見 Chatman, 1980：頁十九—二十一，頁一二一—一二三。

詩歌統一的標準，要求情節中的每個事件必須有重要的貢獻。假如只有一個事件被刪除，或放在情節中的不同位置，情節作爲完整整體即受到破壞（9.，1451a30-35）。

情節不應該過長，原因有二。首先，觀眾能記住的範圍有實際限制（這與情節規模〔*magaitude*〕有關，我們將會討論這一點）。其次，結局必須使觀眾感覺到，開場的行動得到了自然的完成。這使得觀眾有一種完整體驗的感覺，情節達致所謂的「敘事結束」。

情節規模：與完整性密切相關的，是悲劇情節必須有足夠的大小規模（8.，1451a9-15）。悲劇是對行動的模擬，而這個行動推進至幸福或不幸的結局。大小是指情節的大小，使其能夠遵循行動的必然或可能的後果，以自然的方式完成，允許從幸運到不幸或其相反的轉變（6.，1451a15）。在時間上，長度必須足夠短，以便記住所有的事件（8.，1451a5）；而在空間尺度上，它的規模必須是能夠連貫觀察，不超過觀眾視覺範圍的程度（8.，1451a5）。

亞里斯多德並不認爲，情節的長度應該由偶發事件來決定。例如：劇作家在節日中只有二十分鐘的時間來演出她的劇本（8.，1451a8-9）。情節的設計，應考慮到觀眾的記憶和感知能力的限制，同時爲行動的發展和解決提供足夠的時間。

以索福克里斯《伊底帕斯王》情節變化爲例，信使在瘟疫爆發之初帶來了消息，指控伊底帕斯在十字路口殺害了他的父親萊俄斯（Laius），並與母后約卡斯塔（Queen Jocasta）結婚。伊底帕斯（Oedipus）很快便相信自己將災禍帶到城市，剜掉了自己的眼睛，然後流亡他鄉。這個情節具有一定規模，因爲其中包含了一些事件。但據亞里斯多德的說法，它被稱之爲「輕微」，因爲行動發展的時間，不足以使觀眾對事件的重要性有充分理解，也無法引發適當的情感回應（8.，1451a12-

15）。觀眾可能會對信使帶來的壞消息，和伊底帕斯的反應感到震驚。但是，一個適當的情感回應需要在較長的時間內發展，包括對角色的哀憐和恐懼。太短的情節，讓行動發展，不足以彰顯悲劇嚴肅的威嚴（4.，1449a19）。

在情節中，規模（magnitude）賦予美的特質（7.，1450b35）。這裡的美，指的是比例和大小（參見《形上學》，13.3，1078a31-b5；《政治學》，7.15，1248b8-10），而不僅僅是其感知屬性的審美吸引。事物的設計能夠履行其自然功能，其部分的設計或組織本身，就是一種美的對象，不論其外觀美觀與否（《動物的組成》，1.5.，645a23-25）。

裝飾性語言與戲劇模式

第四個構成悲劇定義的要素，是裝飾語言（embellished language）。節奏、旋律和歌唱是悲劇語言的「調味品」或裝飾（*hēdusmata*）（6.，1449b28-31）。「調味品」或「裝飾」是烹飪中用來指添加香料、調味料和其他添加劑，來增強食物風味的比喻。我們可以理解亞里斯多德的觀點是，修飾語言是非必要的項目，僅是一種感官上的愉悅，並不涉及悲劇作爲模擬的功能。相比之下，在《詩學》第二章中，亞里斯多德將節奏、旋律和語言一同列爲實現對人生和行動模仿的三種悲劇基本媒介。因此，儘管情節（劇中事件的組織）是悲劇的核心組成部分，但修飾語言仍然對人類行動模仿的組成有所貢獻。

第五個悲劇定義是獨特的敘事模式。透過戲劇化的敘事模式，來達成角色的活動、悲劇目的的行動模仿。一方面，亞里斯多德認爲，戲劇形式是模擬的優越形式。他稱讚荷馬脫離其他史詩詩人的方法，把敘述降到最低限度，並將「舞臺上」角色，帶到舞臺上進行講述和演繹戲劇。[16]然而，敘事形式也有優勢，因爲它可以同時呈現許多行動的部分。如果這些事件皆與整體主題相關，那麼，敘事形式即能夠增強詩的嚴肅性和分量。[17]

一致的情節：事件之間的必然／可能聯繫

與情節的完整性密切相關的，是模仿一致行動的要求（7.，1451a1；7.，1451a16-17；26.，1462b4）。爲了使情節統一，事件必須以必然性或可能性相互關聯。[18]這些聯繫，是將情節中的事件緊密結合成整體的黏合劑。這意味著，有序的情節不僅是將一個事件接續另一個事件排列，就像

16《詩學》，24.，1460a10f。

17《詩學》，24.，1459b26-28。有關敘述和戲劇模式之間差異更廣泛的討論，請參閱本書第三章。

18《詩學》，9.，1451a37-38；9.，1451b9；11.，1452a17-21；15.，1454a33-36。

事件序列中的情況：「國王死了，然後女王也死了。」[19]亞里斯多德稱此插曲式和零散的情節。[20]如果詩人改寫道：「國王死了，然後女王因悲傷而死」。讀者就能理解導致了女王死亡的原因，以及國王的死對女王的離世的重要意義。

這說明了亞里斯多德對情節的一個基本限制。事件發生是情節的「前因」，而不僅僅是「接續發生」（11.，1452a20-22）。在適當構建的情節中，無論是悲劇、喜劇還是史詩，模仿的事件都應該「由必然性或可能性」相互跟隨。當情節如此構成時，情節揭示事件之間的因果關係。這一點是事件的條列清單以及年表無法完成的。

爲何亞里斯多德堅持在情節中建立事件之間的聯繫？這種事件之間的聯繫，使得情節具有以下效果：(1)可信性；(2)連貫性；以及(3)能夠使觀眾感到驚奇和驚異，增強對角色及其困境的同情和恐懼。[21]

首先，悲劇是對人類生活和行動的模仿。悲劇的獨特特徵，是角色們置身於極不尋常的情況中。儘管情況不尋常，情節仍必須在這些人物及其處境下，保持可信性。假如現實中沒有伊底帕斯，而他處於這特定的情境中，情節中的事情是否可信？按照可能性、必然性來安排事件的發展，

---

19 E. M. Forster, 1927：頁三十。

20 《詩學》，1451a37-38；1451b9；1452a17-21；1454a33-36。

21 這樣的事件聯繫，可能不是使劇情能讓人信服的唯一方式（參見《詩學》，24.，1460a26-27，亞里斯多德描述荷馬所使用的其他技巧，使劇情中不太可能的事件變得可信）。但亞里斯多德認為，事件之間的必要和可能的聯繫，無疑是讓觀眾認為行動可信的首選方式。

是實現可信性的要求（《詩學》，9.，1451b15-32；17.，1455a30）。

其次，情節必須具有敘事層面的意義。這意味著事件必須「連貫」（coherent），且可理解。在情節之中，創建事件之間的因果關係是實現連貫情節的方法。想像一個不連貫的事件序列：你深愛的家貓 Fluffy 去世了，在檢查了 Fluffy 的屍體後，你的獸醫告訴你和你的家人，Fluffy 的死亡是沒有原因的。你肯定會對愛貓的離世要求解釋！這是因為你相信因果關係調節著世界上的事件，包括貓的死亡。Fluffy 的去世沒有原因，這根本上是不連貫的。

必然性和可能性，規定著因果相關的事件。如果一事件發生了，另一個事件必然或可能地跟隨。事件之間的必然聯繫，是科學家觀察事件經常接續某一事件，所尋求的最高標準。這表明了因果關係，不僅解釋了事件發生的原因，還解釋了當中的必然性，即「不可能有其他的結果」。[22]例如：兩個事件（例如使用 iPhone 和心臟疾病病例增加）可能在空間和時間上連接，但未必揭示出深層的因果聯繫，而只是偶然的相關性。因此，只有當科學家發現兩類事件必然相聯時，才能揭示當中的因果關係。

然而，當一種事件在大多數情況下，與另一種事件聯繫在一起時，這仍然可以表明一種因果關係。在物理層面的領域中，有些因果關係僅在大多數情況下成立，因為物質可能會有其他情況，並且可能發生偏差。例如男性通常在下巴上長鬍鬚。[23]儘管如此，即使事件「大多數情況下」發生，

22 參見《形上學》，5.5-5.6.，1015a35-b15。
23 亞里斯多德《分析後篇》，1.，30.87b19-27。

仍然可能存在因果關係，只要我們有充分的理由，認爲這種聯繫不是暫時性或偶然的。[24]悲劇，以及喜劇和史詩，可以涉及虛構的角色（9.，1451b20-25），就像阿伽頌的《安泰俄斯》（*Antheus*）一樣，詩人在這部劇中，創造了角色名字和事件（9.，1451b22）。也許，情節可以使用眞實存在的名字，如某些悲劇作家使用傳統神話中的角色名字，增添故事的眞實感（9.，1451b20-22）。不管是眞實存在還是虛構的，情節應該展現出觀眾對角色的說話和行爲的期望。透過順序連接事件，可以完成情節的可信性和連貫性。

第三點（也是最重要的一點），亞里斯多德認爲，當事件的發生原因是與其他事件有關，而令觀眾感到驚訝時，總會引發驚奇的情緒：

> 悲劇不只是模仿一個完整的動作，而且事件要能激發哀憐與恐懼。當事件發展令我們驚奇就能產生最大的效果；同時當他們依循因果關係時效果會增強。如果是他們本身所發生的或出於意外，悲劇的驚奇也會隨之變大，當他們有一種設計的氣氛甚至巧合時，才是最具衝擊力的。我們可以舉提司在阿戈斯雕像一節為例，雕像倒來壓到他的謀殺者，其時他只是一個節慶旁觀者，並且砸死了他。這樣的事件似乎不只是歸於機運。因此，情節建構在這些原則上必然是最好的。（《詩學》，9.，1452a1-9）

---

24 《物理學》，2.8。

亞里斯多德在這段文字中揭示，情節中的事件具有必然或可能的聯繫的第三個原因。亞里斯多德觀察到，悲劇中的同情和恐懼，尤其是被意外事件觸發的，這些事件往往讓觀眾感到驚訝、敬畏。回顧起來，卻顯示出深層的因果聯繫。這是因爲驚奇和學習之間有一個聯繫：

> 大多數情況下，學習和對事物感到驚奇同屬於愉悅。驚奇暗示著對學習的渴望，因此驚奇的對象成為渴望的對象；而在學習中，人們被帶回自然的狀態。（引自《修辭學》，1.11，1371a30-32，收於巴恩斯（Barnes），一九八四年）

當一系列事件突然發生時，無疑是令人震驚的，並且會產生想要了解意外事件發生原因的欲望。[25] 當事件關係聯繫起來時，觀眾可以回顧情節的結構，並在事後理解事件雖屬意外，但卻是之前行動的結果。[26]

以伊底帕斯引發瘟疫的消息爲例，他弒父娶母，這使觀眾感到驚訝；然而，在情節中的聯繫層面而言，一個事件發生是源於先前的行動，回顧情節後發現事出有因。因此，結果對觀眾來說是可以理解的。情節的組織原則，是「因果相關但不可預測的結果」。

25 參見《形上學》，1.1，亞里斯多德說哲學源於我們對世界的驚奇和驚訝，以及我們理解事物之所以然的根本原因。

26 驚訝是史詩和悲劇的一部分，但史詩可以使用與理性相悖或不太可能的事件，來產生驚訝感，因為觀眾實際上沒有在舞臺上看到這些不太可能的事件（《詩學》，24，1460a11-18）。

機遇、非理性和「劇外因素」

米提斯（Mitys）的雕像殺死了謀殺他的兇手是偶然事件，因爲米提斯的謀殺和兇手死亡的事故之間沒有關聯。謀殺犯會自食其果，似乎是在詩作中的正義。[27]而那些具目的與意圖的偶然事件，遠比完全隨機的偶然事件更令人驚訝。然而，亞里斯多德認爲，如果要保持情節的統一和連貫性，將任何偶然事件納入情節是一種錯誤。

這一點，考察亞里斯多德的自然哲學，可以證實偶然性與必然性相互矛盾，偶然性也與可能性截然不同。

首先，因果關係的事件，涉及目的和某種結果的實現；而偶然性則是偶然發生，以一種跳脫自然過程規律的方式。偶然事件並不是隨機且無原因的：它們發生「爲了某件事」或爲了某個目的，但其過程並非與自然相關的目標。[28]

例如：瑪麗亞到市場購買節日的食品，遇見哈利，他也在市場購物。哈利欠瑪麗亞錢，最終償還了債務。如果瑪麗亞早知道可以償還債務，她會爲了這個目的而去，但事實上，她的購物行程與這個目標無關，結果是亞里斯多德所謂的「運氣」的偶然事件。[29]這個結果是偶然或偶然的干預，

27《詩學》，10.，1452a5-10。
28《物理學》，2.5.，196b18f。
29《物理學》，2.5.，197a3-5。所謂運氣是發生在具思考和決策能力的自然生物（人類）身上的偶然性。

因爲這情況不是時常發生的：我們通常不會在去購物時償還債務！

其次，必然性和可能性，或者時常發生的事情，我們可以給予陳述（*logos*）或合理解釋。而偶然或幸運發生的事情則是「對人類推理無法計算的原因」（《優德勉倫理學》，7.14.，1247b8）。必然或通常發生的行動可以從理性層面理解，但偶然事件是無法解釋的（*paralogos*）。因爲人類無法理解旨在實現某個目標的行動（購買晚餐），最終實現了另一個完全無關的目標（償還貸款）。

基於偶然性和非理性，與必然或時常發生的情況相對立，可以得出結論如下：在正確構建的情節中，沒有偶然或非理性的地方。偶然事件的問題，在於削弱了情節中事件之間的因果關聯，以及其規律性和目的性。如果沒有必要的理由，非理性事件也應該排除在情節之外。[30]詩人不應該設計如此情節：你在一天成爲純素主義者，然後在第二天享受牛排晚餐。除非增加事件說明這種心意的改變，否則這樣的轉變實是令人費解。

同理，亞里斯多德批評古希臘悲劇中的情節，當中有詩人訴諸非理性和不可信來處理情節。尤里比底斯在《美狄亞》（*Medea*）中使用的「神從天降的機器」（拉丁文爲「*deus ex machina*」；希臘文爲「*theos apo mēkhanēs*」）設計是毫無依據的。在戲劇結尾時，米迪亞乘戰車離開，實屬特定的解決方案，不符合整個劇情的發展（《詩學》，15.，1454a37）。[31]

---

30 參見《詩學》，25。

31 尤里比底斯在他的戲劇中使用「機器神」（deus ex machina）這一戲劇手法而聞名。隨著戲劇接近結尾，飾演神的演員被機器（拉丁語的 machina）或起重機吊起，解決爭端並恢復秩序。某些文學評論家認為，尤里比底斯故意戲弄結局，能夠奇跡般地「解決」戲劇中提出的所有問題。在《美狄亞》中，被吊起在太陽神的戰車上方的是主角，而不是神，然後被帶走。

亞里斯多德指出，非理性現象也有在史詩中出現，如荷馬《伊利亞特》第二十二卷。當阿基里斯靠近赫克托爾（Hector）時，赫克托爾隨即逃跑。而阿基里斯的軍隊聽從其命令，命令他們不要干預（《詩學》，14.，1460a14-16；14.，1460a15）。在荷馬《奧德賽》第十二卷中，奧德修斯乘坐超快速的船，抵達伊薩卡（Ithacn）的海岸，直至上岸時，仍然沒有醒來（《詩學》，14.，1460a34-36）。

然而，亞里斯多德認爲，詩人在必要的時候，有一處理非理性情節的方法。也就是把無法解釋的事件，歸類爲「劇外事件」或「劇外因素」一類，乃是超出戲劇性事件的範疇。[32]例如：我們無法理解伊底帕斯如何能夠登上王位，且對前任國王萊俄斯的死亡一無所知（《詩學》，15.，1454b5-7）。理論上，合理的想法應該是，像伊底帕斯這樣具好奇心的人，會詢問國王死亡的方式，繼而得知萊俄斯是在十字路口與陌生人爭吵後逝世。既然這些正是伊底帕斯曾殺陌生人的情況，肯定會與父親的情況聯想起來。

承如情節所顯示，伊底帕斯的無知是難以解釋的，甚至可以說是故事情節中的缺口。然而，這不會影響悲劇的統一性和連貫性。亞里斯多德說，以上這些皆是屬於「劇外事件」或「劇外因素」。他的意思是，伊底帕斯對萊俄斯死亡方式的無知，並沒有在戲劇事件中呈現。然而，伊底帕斯實際上對國王的死因不知情，正是情節的一部分。

32　參見《詩學》，14.，1453b30，亞里斯多德使用「戲劇」（drama）和「悲劇」（tragōidia）表達同一意思。其他提到「戲劇之外」或「悲劇之外」的引用，出現在15.，1454b6-9和24.，1460a11-17以及27-32處。

亞里斯多德允許情節中存在不合理或非理性的事件，而不允許在劇中出現，讓人產生疑問。將偶然事件從劇中消除的原因是，它們會削弱劇中所需的一致性和統一性，使觀眾對劇中人物和事件無法產生適當的情感反應。如果將偶然事件（和其他非理性事件）轉移到情節中，則需要進一步解釋何以不合理的事件需要從「劇」（play）中排除，但不需要從「情節」（plot）中排除。[33]

劇情中的情節是對悲劇中部分事件的選擇性描寫。[34]然而，正如我們之前所說，戲劇和情節通常遵循不同的時間順序。情節中的事件可能早於劇中的事件，而劇中的事件才隨之而來。亞里斯多德認爲，喚起哀憐和恐懼的關鍵，在於讓觀眾感覺這些事件並非遠在天邊，而是近在眼前。[35]情節中開始的事件，與劇中情節的時間距離，可能是解釋情節中存在偶然或非理性事件，而劇情中卻不能的原因。儘管偶然事件是情節的一部分，也與觀眾所想象的故事如出一轍。可是，這些事件無法如同悲劇文本中描繪的事件一樣，吸引觀眾的注意力。

劇前發生的事件，對於劇情的發展至關重要。這類似於史詩中報導的事件。亞里斯多德認爲，史詩較爲容易運用不合理或非理性的事件。例如：在荷馬的《伊利亞特》第二十二卷中，赫克托爾

---

33 評論家也擔心亞里斯多德的武斷：將不太可能的事件排除在戲劇之外。參見 Cynthia Freeland, 1992：頁一一五；Stephen Halliwell, 1998：頁一五〇—一五一；以及 H. D. F. Kitto, 1964：頁八十八。劇情和戲劇的發展影響觀眾的不同方式（在以下部分），有可能解答這些學者的擔憂。

34 在《詩學》，24，1460a28-20，亞里斯多德甚至將情節（此處稱為「情節結構」（mutheuma））與戲劇等同，但此段可能是個特例。有關這一段文字中「情節結構」與「戲劇」之間聯繫的重要性，請參見 R. Janko, 1987：頁一四四。

35 有關此點，請參見《修辭學》，2.8，1386a34f。

失去對抗阿基里斯的勇氣，在逃跑時被阿基里斯追趕。而阿基里斯後來命令他的軍隊停下來，不要干預。亞里斯多德表示，如果把赫克托爾的追逐與士兵的止步置於舞臺上表演，將顯得荒謬可笑。因爲此事件是在舞臺上報告說明，而非戲劇呈現，觀眾有可能沒有意識到其荒謬性。[36]

同樣地，情節中的不協調性，特別是劇前事件，可能無法與舞臺上戲劇表演的情節一樣，在觀眾面前表演引起其想像力。亞里斯多德認爲，將非理性和偶然事件放在劇外，而非劇中，觀眾或許更容易接受。在劇中完整演繹的情節，比宣讀說明（非戲劇化呈現的情節），更能引起觀眾的注意。[37]舉例來說，如果索福克勒斯《伊底帕斯王》的劇情中保留以下情節：當伊底帕斯成爲國王時，像伊底帕斯這樣具好奇心的人，卻沒有意識到自己殺了萊俄斯，這種荒謬明顯是難以忽視。可是，如果伊底帕斯只是口述，自己對前國王的死因一無所知，這就沒有那麼大的影響，因爲觀眾沒有親眼目睹此不協調的場面。

---

36 「在悲劇中需要創造一種敬畏感，但史詩對非理性（敬畏的主要原因）有更大的包容度，因為我們實際上並未看到行為者」（《詩學》，24.，1460a12-14）。

37 請參見《詩學》，24.，1460a3-11，亞里斯多德在此讚揚荷馬，極少使用「自己的聲音」，並介紹角色來講述自己的故事。這代表演出場景比起敘述者講述，對觀眾的影響更大。關於敘述和戲劇模式之間的區別，請參見《詩學》和本書第三章。

《詩學》與諸神

諸神在古希臘悲劇中扮演著重要角色。例如：在尤里比底斯《俄瑞斯忒斯》（*Orestes*）中，阿波羅（Apollo）神到場解決看似無法解決的衝突。在尤里比底斯《希波呂託斯》（*Hippolytus*）中，女神阿提米絲（Artemis）對衝突的解決至關重要，她向忒修斯（Theseus）解釋希波呂託斯（Hippolytas）的清白。在埃斯庫羅斯《歐門居德斯》（*Eumenides*）中，復仇女神厄里倪厄斯（Erinyes）對奧瑞斯忒斯（orestes）施以折磨，因他弒殺母親克呂泰涅斯特拉（Clytemnestra）。在此之前，克呂泰涅斯特拉殺害了奧瑞斯忒斯的父親阿伽門農。

史蒂芬·哈利韋爾（Stephen Halliwell）認爲，亞里斯多德在《詩學》中將諸神及其行爲視爲一種非理性的元素，需要從悲劇的情節中被排除掉。[38]哈利韋爾以《詩學》的第十五篇爲證，以兩個例子說明神明作爲解決戲劇情節的非理性行爲：在《美狄亞》（*Medea*）中，神協助她在戲劇結束時逃走；在《伊利亞特》第二卷中，雅典娜的介入阻止希臘人返鄉（15，1454a36-b2）。

然而，承如其他評論家所主張的那樣，亞里斯多德所反對的，並非神明本身的使用，而是一種引入神明行爲的方式。此等方式似乎與前面的情節不一致，也缺乏動機。[39]例如：對於美狄亞來

---

38 請參見 S. Halliwell, 1987：頁一五〇—一五一和 S. Halliwell, 1998：頁二三一—二三四。

39 請參見 Leon Golden 和 O. B. Hardison, Jr. 1981：頁二〇九—二一〇；M. Heath 1991：頁三九六—三九七；D. Roberts 1992：一三八—一四〇。

說，一切看起來都無望，直到太陽神的戰車出現，她才乘坐戰車逃走。正如O. B. 哈迪森（O. B. Hardison, Jr.）所主張的那樣，「對《美狄亞》的批評，並不在於戲劇以太陽戰車結束，而在於『魔力』在早期場景中未有充分強調，故沒有令人信服和有效的理由解釋最終的奇蹟。」[40]

例如：假設一個受歡迎的角色哈利・索特（Harry Sotter）身陷困境之中，似乎無法逃脫。接著他拿出魔杖，揭示自己是一名具有魔法能力的巫師。然後他使用一種特殊的魔法來擺脫困境。如此魔法能力的引入，似乎只是爲了解決困境之便。相比之下，在《哈利波特》（*Harry Potter*）系列小說中魔法能力處理的方式。在這些虛構故事的世界中，假設存在具有魔法能力的巫師，像哈利波特（Harry）、妙麗（Hemione）、麥米奈娃教授（Professor McGonagall）等人皆爲巫師。因此，哈利波特使用魔法能力來擺脫困境的動機是合理的。

因此，亞里斯多德開展一個可能性，神明的行爲無疑是可以引入的，前提是其出現具有因果關係。[41]詩人還有其他方法將神明引進故事中。神明的預言可以在悲劇或戲劇化的情節之外發生。在開場白或結尾中，神明預知劇情的後續發展（15.，1454b1-3）。又或者是，對神明的信仰可以出現在「人們所信和說的事物」中（25.，1460b10），在虛構世界中被認爲是眞實的事物，就像J.K. 羅琳（J. K. Rowling）小說描繪的虛構世界中，魔法能力好像是眞實的一樣。

---

40 Golden 和 Hardison，頁二〇八。

41 這個討論由於篇幅所限，未能完全公正處理整個爭議脈絡。有關完整辯論，請參見註釋 38 中對 Halliwell 的引用。對他質疑的回應，請參見註釋 39 中引用的 Golden 和 Hardison, Jr., Heath 和 Roberts。

異議與回應

總結這一部分，我們可以回顧亞里斯多德對所言，情節必須按照可能性和必然性發展的要求。這是實現悲劇情節統一性的核心方法。然而，亞里斯多德的論證是否合理？我們可以藉由反對意見來判斷其合理性。

一、故事情節中事件之間有聯繫的必然性嗎？情節之進行，是否必然由之前的事件產生，這一點對某些人而言可能十分困惑。即便是心理學家，預測人類的行爲也非常困難的事。在人類行爲領域，事件之間是否存在必然聯繫嗎？

既然倫理學是關注行動（*praxis*）的科學，那麼，我們不妨參考亞里斯多德的《尼各馬科倫理學》，回答這個問題。一方面，倫理學的基本原則是，所有人都渴望幸福或昌盛（*eudaimonia*）。[42]此爲人類的必然眞理，對於悲劇的理解尤其重要。因爲悲劇的情節展示了行動者爲追求幸福而奮鬥之過程，不論最終結果是成功還是失敗（《尼各馬科倫理學》，6.，1450a20）。

對於倫理學而言，亞里斯多德指出，必須就人類行爲的第一原則，採取「大多數情況下」成立的態度。因爲在討論人類行爲時，很難作出適用於所有人的絕對判定，例如「物質財富會摧毀幸

42 《尼各馬可倫理學》，1.1。

福」或「勇敢的人會年輕死去」。[43]或許有些富有的人，不會因爲擁有大量財富而破壞幸福；也有可能勇敢不會因履行英勇行動而招致死亡，這些都是例外。因此，在人類行爲與幸福之間的領域中，很難進行絕對的歸納。

然而，假如了解某人的性格，即可以預測在特定情況下，他會做出什麼樣的行爲。亞里斯多德相信，通過習慣、教養和個人選擇的結合，個人形成了固定的性格，這塑造了其思維方式和行爲模式。[44]人類行爲的起源是選擇（*prohairesis*），其中選擇是帶有某種目的性的理性渴望。[45]亞里斯多德認爲，人類行爲者必然按照渴望而行動；[46]這些渴望則是由道德品格所決定的。舉例來說，一旦某人發展出不公正或自我放縱的性格，某些特定的渴望和行爲就必然會隨之而來。[47]

因此，要確定某人在某種情況下必然會做什麼，關鍵就在於了解他具有何種性格。在實際生活中，這可能是具挑戰性的任務，因爲我們可能無法收集到足夠多的行爲和動機的相關證據，從而確定他是什麼類型的人。在這種情況下，比較可行的是，根據對某人的性格進行評估，來談論他可能會做什麼。

詩人處於不同的情況：能夠創造角色及其處境，因此可以合理情況下，塡寫情節故事中的事

---

43 《尼各馬可倫理學》，1.2.，1094b14-22；2.2.，1103b34-1104a10。

44 《尼各馬可倫理學》，1.1。

45 《尼各馬可倫理學》，6.2.，1139a30f。

46 《形上學》，9.5.，1048a10-16。

47 關於這一點，另請參見 Dorothea Frede, 1992：頁二〇三和 Paul A. Taylor, 2008：頁二六九。

件。或許，並非所有情節和角色都能實現必然的聯繫，這也解釋了爲何亞里斯多德只提到詩人一系列事件的創作，其中一個行動根據先前的行動中產生。[48]情節之間若構成必然聯繫，將爲行動創造出更佳的統一性。如我們稍後詳細討論所言，這是激發觀眾適當情感回應的關鍵。

二、觀眾對角色產生情感，是否需要因果關係？亞里斯多德認爲，觀眾在戲劇的情感參與，取決於他們是否能夠理解情節中事件之間的因果關係。然而，大衛．韋爾曼（David Velleman）認爲，只要情節對我們情感上有意義，我們是否理解事件發生的原因並不重要。[49]舉例來說，我們可能理解國王死了，然後皇后也去世了，但我們可能不知道她爲什麼死。然而，假如這些事件的連續性，在情感上對我們有意義（我們可能會想：「當然，這就是皇后在她的伴侶去世後所做的。她因悲傷而死！」），那麼，這一系列行動可以引起情感反應，即使我們不知道事件的眞正發生原因。

在此，亞里斯多德與韋爾曼根本上存在分歧。亞里斯多德可能會回答：是的！即使未能理解事情發生得原因，觀眾對皇后的故事可能產生情感反應。然而，假如觀眾未能理解事件的眞正情感意義（或缺乏情感意義），那麼他們將無法適當地產生情感反應。如果皇后的去世與國王的死無關，那麼觀眾對事件所賦予的情感意義，在戲劇之中實際上並不存在。因此，對角色的適當情感反應，必

48 「大多數情況下」所持有的觀點在《詩學》，7，1450b29中提到，而「可能」（*eikos*）的觀點在1451b11-15和29-32中提到。而「必然或可能」所持有的觀點在1451a37-38；1452a17-21；1454a33-36；1455a16-19；1461b11-12中提到。

49 David Velleman, 2003：頁二十一。

須建基於情節中事件之間因果聯繫的理解。

這裡所指的「適當」情感回應是什麼？亞里斯多德認爲，驚奇（*to thaumostos*）和驚愕（*ekplēxis*）的體驗，是觀眾對悲劇和史詩中的重要反應。他認爲，驚奇的激發，在史詩中和悲劇中同樣重要。[50]史詩有更多的範疇，用以容納不合理和不可思議的事件。在敘述事件（這是史詩中使用的模仿方式）時，觀眾更容易忽視其荒謬之處。對觀眾來說，有目的的偶然事件（如米提斯的雕像殺死米提斯的凶手）會在意想不到的情節轉折時，產生敬畏感。但亞里斯多德更傾向於，讓這種敬畏感來自具有聯繫的情節。他還認爲，驚奇和敬畏最好由一個與預期相悖的命運逆轉所激發，在事後又能被理解爲是先前事件的概然或必然結果（《詩學》，10.，1452a3-5）。這是因爲驚奇和敬畏激發了對不理解之事的求知慾望。因此，一個情節中有驚人的轉折，但事件之間有必然或可能的聯繫，是滿足對理解的渴望的最佳方式。這樣的情節激發出的情感回應伴隨著對事情爲何如此發生的理解。

50 關於史詩中的驚訝，請參見《詩學》，24.，1460a11-18，關於史詩中的驚奇，請參見 24.1460b25。

小結

亞里斯多德的回答，雖然不難理解，但也引發許多有待釐清的問題。科學追蹤世界上事件之間的必然和可能聯繫，但爲何認爲詩的情節也必須如此做呢？畢竟，詩人是一位藝術家，而不是社會科學家或心理學家。此外，科學家和哲學家之所以尋求因果原則，是因爲他們的目標是探究關於世界的眞理。詩的目標也是如此嗎？這些問題將在接下來的章節中加以探討。

參考文獻

Barnes, Jonathan (ed.), 1984. *The Complete Works of Aristotle*. Volume Two. Princeton, NJ: Princeton University Press.

Budd, Malcolm, 1995. *Values of Art: Pictures, Poetry, and Music*. London: Penguin Press.

Chatman, Seymour, 1980. *Story and Discourse: Narrative Structure in Fiction and Film*. Ithaca, NY: Cornell University Press.

Dihle, Albrecht, 1994. *A History of Greek Literature: From Homer to the Hellenistic Period*, translated by Clare Krojzle. London and New York: Routledge.

Forster, E. M., 1927. *Aspects of the Novel*. New York: Harcourt Brace and Company.

Frede, Dorothea, 1992. "Necessity, Chance, and 'What Happens for the Most Part'," in Amélie Oskenberg Rorty (ed.), *Essays on Aristotle's Poetics*. Princeton, NJ: Princeton University Press: 197-220.

Freeland, Cynthia, 1992. "Plot Imitates Action: Aesthetic Evaluation and Moral Realism in Aristotle's *Poetics*," in Amélie Oskenberg Rorty (ed.), *Essays on Aristotle's Poetics*. Princeton, NJ: Princeton University Press: 111-132.

Golden, Leon and O. B. Hardison Jr., 1981. *Aristotle's Poetics: A Translation and Commentary for Students of Literature*. Tallahassee: University Presses of Florida.

Halliwell, Stephen, 1987. *The Poetics of Aristotle*. Chapel Hill: University of North Carolina Press.

——, 1998. *Aristotle's Poetics: With a New Introduction by the Author*. Chicago: University of Chicago Press.

——, 1999. *Aristotle's Poetics Edited and Translated by Stephen Halliwell*. Cambridge, MA: Harvard University Press.

Heath, Malcolm, 1991: "The Universality in Aristotle's *Poetics*." *The Classical Quarterly*, New Series, 41 (2): 389-402.

Janko, Richard, 1987. *Aristotle, Poetics: With the Tractatus Coislinianus, Reconstruction of Poetics II, and the Fragments of the On Poets*. Indianapolis, IN and Cambridge: Hackett Publishing Company.

Kitto, H. D. F., 1964. *Form and Meaning in Drama*. Second Edition. London: Methuen.

Levi, Peter, 2001. "Greek Drama," in John Boardman, Jasper Griffin and Oswyn Murray (eds.), *The Oxford Illustrated History of Greece and the Hellenistic World*. Oxford and New York: Oxford University Press: 150-179.

Neill, A. 2005., "Tragedy," in Berys Gaut and Dominic McIver Lopes (eds.), *The Routledge Companion to Aesthetics*. Oxford and New York: Routledge: 415-424.

Nussbaum, M., 1986. *The Fragility of Goodness: Luck and Ethics in Ancient Greek Tragedy and Philosophy*. Cambridge: Cambridge University Press.

Ridley, Aaron 2003., "Tragedy," in Jerrold Levinson (ed.), *The Oxford Handbook of Aesthetics*. Oxford and New York: Oxford University Press: 408-420.

Roberts, Deborah H., 1992. "Outside the Drama," in Amélie Oskenberg Rorty (ed.) *Essays on Aristotle's Poetics*. Princeton, NJ: Princeton University Press: 133-154.

Rorty, Amélie Oskenberg (ed.), 1992. *Essays on Aristotle's Poetics*. Princeton, NJ: Princeton University Press.

Shelley, James, 2003. "Imagining the Truth: An Account of Tragic Pleasure," in Matthew Kieran and Dominic Lopes (eds.), *Imagination, Philosophy and the Arts*. London: Routledge: 177-186.

Taylor, Paul A., 2008. "Sympathy and Insight in Aristotle's *Poetics*." *Journal of Aesthetics and Art Criticism* 66 (3): 265-280.

Velleman, David, 2003. "Narrative Explanation." *The Philosophical Review* 112 (1): 1-25.

推薦閱讀

Carroll, Noël, 2007. "Narrative Closure." *Philosophical Studies*, 135: 1-15.

第六章　詩歌創作的六大要素[1]

1　本章閱讀的是《詩學》第六章和第十九章。

關於情節

對情節、故事和動作的喜愛，是你閱讀書籍或者觀看戲劇和電影的原因嗎？你特別喜歡演員的表演嗎？你對電影中的特殊視覺效果是否感到愉悅？角色及其發展給你帶來最大的滿足感？有些人可能會說，他們特別喜歡偉大小說中的角色，喜歡看到他們的變化、成長和進步。《魔戒》（*The Lord of the Rings*）和《駭客任務》（*Matrix*）等電影的粉絲會告訴你，這些電影的特殊效果，是他們的特別喜悅來源。戲劇愛好者會告訴你，他們尤其喜歡戲劇是因爲演員的表演，而電影愛好者則可能會尋找演技優秀的電影。以上種種，表明讀者和觀眾在戲劇和虛構作品中，找到了許多不同的愉悅來源。

亞里斯多德在《詩學》第六章中，關於情節和行動的重要性的論點，令人驚訝。此論點將情節置於人物、表演和其他戲劇元素（如音樂）之上。無疑是使讀者感到困惑，同時引發評論家之間的分歧。在戲劇中，角色性格（*ēthos*）是僅次於情節的要素，爲戲劇事件的安排或組合。角色性格這個元素展現了戲劇行動者的道德抉擇本性，關乎行動者所選擇或拒絕的事物類型（6.，1450b7-9）。鑒於亞里斯多德倫理學中行動與角色性格間的重要聯繫，某些評論家對他所言的「無角色性格」悲劇的觀點嚴肅以對。對《詩學》的讀者來說，亞里斯多德爲何如此強調情節的重要性，實在令人困惑。畢竟戲劇的其他要素（如開篇討論所述），爲虛構作品的讀者和觀眾帶來許多的樂趣。在本章中，我們試圖理解亞里斯多德對情節的論點。我們將以合理的解釋方式說明情節的重要性，同時彰顯戲劇其他要素的貢獻。

悲劇的六大質性要素

提供了亞里斯多德對悲劇的定義後，他繼續列出六個必要的要素，使悲劇具有其特性：情節、人物、推理、措辭、場面和抒情詩（歌曲）（《詩學》，6，1450a7）。

與模仿對象（行動）相關的要素：[2]

・**情節**（*muthos*）：事件的組成或安排（*sustasis*）（6.，1450a4和15）。
・**角色性格**（*ēthos*）：個人固有的德性，憑此做出道德抉擇（6.，1450b6-7）。
・**推理**（*dianoia*，有時翻譯爲「思想」）：戲劇角色對某事進行推理，與表達觀點的部分（6.，14505-8）。

與模仿手段（節奏、語言和旋律）相關的要素：

・**措辭**（*lexis*）：戲劇中的對白詩句，不包括歌曲中的歌詞（6.，1449b35）。
・**歌曲**（*melos*，*melopoiia*，有時稱爲「抒情詩」）：指戲劇中頌唱的部分。

與模仿方式（作爲一種表演戲劇）相關的要素：

・**場面**（*opsis*）：指與表演有關的戲劇部分，例如舞臺布置、演技和視覺效果。

悲劇					
六大質性要素					
情節	人物	推理	措辭	抒情詩（歌曲）	場面

2 參見《詩學》第二—三章對對象、手段和模仿方式區分的討論，並在第三章中進一步討論。

悲劇具有所謂「量性」的部分，可將一齣戲劇劃分爲序場、插話、合唱歌和插話（《詩學》，12.，1452b15f.）。還有其他部「質性」的部分，這有助於悲劇的整體功能和目的。亞里斯多德爲何要討論悲劇的特質呢？如果他已爲悲劇作定義，這些特質的討論豈不是多餘的嗎？

亞里斯多德說，悲劇是對動作的模擬，並且蘊含著由人親自做的一個動作（6.，1449b37）。亞里斯多德接著列舉質性的元素，藉此對悲劇進行更深入的剖析，以了解當中的必備元素。打個比方，哲學家認爲人具有心智，接著探究心智的哪些方面（例如意識），有助於人的理性、睿智等等的表現。因此，在定義悲劇之後（6.，1449b22f.），亞里斯多德繼續列舉悲劇的質性部分。這些質性部分，有助於實現引起觀眾的哀憐和恐懼。

首先，有三個質性部分，分別是情節、角色性格和思想（按重要性降序排列），與模擬對象與動作相關。每部悲劇首先必須有情節（*muthos*），這是事件或情節的安排（6.，1450a4），但它並不等同模擬行動（6.，1452a13）。我們可以在悲劇中模擬一系列動作。可是，在這些行動構成次序、結構之前，情節並不存在。情節十分重要，甚至是「悲劇的根本原則，可以說是其靈魂」（6.，1450a38-39）。正是情節激發了劇中的元素，就像靈魂（*psuchē*）賦予動物的身體生命，使特定物種獲得生命。[3]爲什麼情節具有如此卓越的地位？關於這個問題，稍後會有更多的探討。

接著，還有兩個與行動相關的質性部分，分別是角色性格（*ēthos*）和推理（*dianoia*，有時譯

---

[3]《靈魂論》（*De Anima*），2.1。

作「思想」），這兩者是行動產生的兩個原因（6.，1450a1-2）。[4]必須注意的是，亞里斯多德在此所運用的術語。在《詩學》第六章中，亞里斯多德所謂的「角色性格」（*ēthos*），並不是指角色的個性或氣質，如哈利波特的想法、喜好、厭惡，他對朋友、家人的態度等等。恰恰相反，他指的概念，源於倫理學中對德性行動的討論。角色性格是「揭露道德的目的」（《詩學》，6.，1450b7）：是堅定的意向，導出行動的選擇。人物（*ēthos*）是動機和欲望的根源（1450a12；1450b8）。[5]

「推理」是行動產生的第二個原因，由行動者依據實踐智慧選擇的最佳行動方式，實現目標。「推理」或「思想」（*dianoia*）指的是劇中個人的理性思維，包括他們進行的論證、思考以及持有的觀點。角色性格（*ēthos*）和推理，共同揭示了行動者對行動的看法：希望實現為何，以及什麼樣的思考促使其行動方式。

與模擬手段相關的質性要素有二，分別是措辭和歌曲。悲劇中的模仿，藉由語言、歌曲的手段進行（6.，1449b32）。措辭（*lexis*）是悲劇的第四個質性元素，指的是對話中所有口述詩句（《詩學》，6.，1449b35）。詩人必須區分音節與動詞、名詞以及其他詞類。也必須了解角色言談方式的差異，如祈禱、命令、敘述、威脅、提問、回答等等（19.，1456b9-10）。[6]在《詩學》第六章

---

4 「角色性格」（*ēthos*）不應與戲劇中的「戲劇角色」概念混淆。為避免此討論中的誤解，我將使用「戲劇人格」或有時「戲劇行動者」來指戲劇中的角色。一個「行動者」（例如伊底帕斯、奧德修斯、安蒂岡妮）能夠做出選擇、付諸行動，並操控其環境以達成目標。

5 參見《尼各馬可倫理學》，2.6。

6 亞里斯多德在文中後面提到，措辭並非屬於詩人的工藝，而是屬於演說或修辭的藝術（見《詩學》，19.，1456b10-15）。

中，亞里斯多德對悲劇的這一要素，著墨不多。

歌曲（*melos, melopoiia*，有時稱爲「抒情詩」）是悲劇的第五個質性要素。當中涉及悲劇的模擬手段或媒介：節奏、語言和旋律（或音樂）（《詩學》，6.，1450b15）。歌曲藉由節奏、語言和旋律（或音樂）來進行模擬（1447a22）。在此，亞里斯多德對歌曲著墨甚少，僅有以烹飪的「調味」或「增甜」比喻，稱其爲最偉大的「修飾」（*hēdusmata*）。後來於在《詩學》第二十六章），亞里斯多德提及，音樂在悲劇中扮演重要的角色，帶來最生動的愉悅（26.，1462a16）。

承如亞里斯多德所觀察，合唱團的演唱歌曲使情節變得更爲豐富，而非與之爭豔：

> 合唱團也應當作為演員之一：它應該是整體的一部，參與動作，要像索福克勒斯所處理的樣式，而不是尤里比底斯。正如近來的詩人，其合唱歌與這部戲的主題少有關聯，跟其他任何悲劇放在一起亦無不可。因此，他們只是把合唱歌作為插曲——實際上是首先從安伽頌開始的。（《詩學》，19.，1456a22-29）

正如亞里斯多德所言，合唱團是以歌舞元素，兼具調節者和觀察者的群體，屬於戲劇角色之一。亞里斯多德似乎是指，合唱團的歌舞與劇中的動作融爲一體，而不是像橄欖球聯盟半場休息表演般，提供與情節無關的插曲。

亞里斯多德以索福克勒斯之合唱團爲典範例子，並對尤里比底斯劇中的合唱團表示批評。雖然他並未說明原因，但可以想像，亞里斯多德何以認爲索福克勒斯將合唱團融入劇中行動。如在《伊底帕斯王》中，合唱團所代表的城市裡的人民，懇求伊底帕斯幫助找出忒柏斯（Thebes）發生瘟疫的原因；他們在伊底帕斯離題時糾正他，阻止他與克瑞翁（Creon）爭吵。當伊底帕斯的眞實身分揭曉之時，他們向神祈求寬恕。可見，合唱團有助於戲劇的元素整體統一和連貫性。合唱團並非戲劇與，轉移觀眾對劇情發展的注意力。[7]

第六個戲劇性質元素，也是較爲次要的元素是「場面」（*opsis*），與表演方式相關：悲劇是舞臺上的演員表演或演繹的動作，故需要視覺方面的要素。相較前面的要素而言，場面是悲劇中最爲次要的。因爲亞里斯多德主張，就算只能聆聽劇中發生的事件，也有產生恐懼和哀憐感覺之可能：[8]

> 因為情節應該是如此建構，即令不藉助眼睛，只因聽說這個故事就恐怖的發抖，且對發生的事溶進了同情，我們應該會從聽到《伊底帕斯》的故事得到這種印象。然而僅從場面產生這種效果是一種較少藝術性的方法，並是靠著外來的輔助。他們利用場面的方式創造的不是一種恐怖感而是只有怪異，就悲劇的目的而言都是外行。（14.，1453b3-10）

7　人們普遍認為，亞里斯多德在說合唱團不應使用「以尤里庇得斯的方式」，是批評尤里庇得斯在現今常出現的觀點：他的戲劇中合唱歌詞與戲劇動作無關。關於合唱團應被視為演員的解釋，可參見 Albert, Weiner 1980，特別是頁二〇八—二一〇。有關尤里庇得斯作品中合唱團的重新評估，參見 Rush Rehm, 1996。

8　正如 G. M. Sifakis（2001: 10）所指出，當亞里斯多德寫作時，悲劇和史詩並未在公眾宣讀，因此亞里斯多德深知觀眾欣賞悲劇的方式，是通過表演，而非像小說般的閱讀。

假如亞里斯多德活在現代，他顯然對缺乏情節構建的小說、電影或戲劇作品感到乏味。這些作品常常以所謂的「特效」，或依賴演員的演技來取悅觀眾。雖然場面具有情感力量（14，1453b1-3），然而這屬於激起觀眾情感的次等方式，類似於服裝設計師的藝術，或是今人所稱之舞臺總監（7，1450b15-20）。

然而，亞里斯多德認爲，場面（以及悲劇表演的其他方面，包括歌舞）與情節的模擬內容融合爲一，不失爲喚起觀眾情感的有效途徑。[9]甚至，亞里斯多德建議詩人在創作劇本時，藉由動作來構思情節。這即暗示表演增強情感影響的方式：

> 詩人在設想他的劇本時，應充分運用適當的姿態表情；因為他們感覺到的情緒在通過其所表現的人物產自然的共鳴，才是最具說服力的；某人陷入感情的風暴，某人憤怒的發狂，都賦予最逼近真實的表現。（《詩學》，17，1455a29f.）

假如表演有助於詩人感受情節中的情感影響。那麼，演出對於觀眾或許也具有同樣的效果。如此，合唱團的演出若能夠增強情節的效果，而不是喧賓奪主。那麼，視覺效果在戲劇中依然可以有一席之地。然而，亞里斯多德明確表示，沒有戲劇能夠忽視情節，而僅單靠視覺效果激發觀眾的情感。

---

[9] 有關此論點的發展，參見 Gregory Scott, 2000。

亞里斯多德論無角色性格悲劇的可能性

亞里斯多德在《詩學》第六章提出了幾個論點，確立情節作爲悲劇主要元素的中心地位。他甚至進一步主張，只要情節建構得很好，不需要角色性格就即可促成一部成功的悲劇（6.，1450a23-25）。這一論點使讀者感到困惑，並引起評論家的分歧。在悲劇中，角色性格（*ēthos*）是第二重要的質性元素，其重要性僅次於戲劇事件安排或組成之情節。性格是悲劇中揭示戲劇行動者道德抉擇本性的元素，關乎行動者所選擇或拒絕的事物類型（6.，1450b7-9）。承如亞里斯多德倫理學中，論及行動和角色性格之間的重要聯繫，固定的道德意向與抉擇一脈相連。某些評論家對於亞里斯多德闡述的無角色性格的悲劇觀點，予以懷疑。現在，我們將探討亞里斯多德在情節主導性的主要論點。

在《詩學》第六章中，我們解釋問題時面對不少疑難：無角色性格的悲劇如何可能？此外，還有更爲關鍵問題：角色性格的情節是否眞的可以成功感動觀眾？在此，先對問題本身進行剖析。

第一個關於情節優先性的論證如下（6.，1450a15-22）：

論證＃1：

(1) 所有人生的終極目標是幸福（*eudaimonia*）。
(2) 幸福取決於人的行爲。
(3) 情節是對行動的模仿（*mimēsis*）。
(4) 因此，情節是悲劇最重要的特徵。

前提(1)，指出人生的終極目標是幸福或繁盛，是亞里斯多德倫理學的核心。[10]這也是情節構建的一個關鍵假設，因爲幸福是悲劇角色所追求的目標（前提(2)：1450a30）。人們是否快樂取決於他們的行爲（前提(2)：1450a19）。因此，情節作爲對行動的模仿，是悲劇最重要的特徵。

論證＃2：

(1) 情節是對行動的模仿。

(2) 悲劇若有行動的部分，但缺乏角色性格（*ēthos*）的元素，仍然可能是一部成功的悲劇。

(3) 一部悲劇如果有角色性格的元素，但欠缺行動的元素，就不能成功。

(4) 因此，情節對於悲劇至關重要，而角色性格則不是。

據定義，情節是對行動的模仿（前提(1)）。亞里斯多德辯稱，若悲劇具有行動的部分，即便在性格上有缺陷，仍然能夠在觀眾中引起哀憐和恐懼（前提(2)）。另一方面，一部悲劇如果有角色性格，例如通過戲劇性演員的一連串演講，但沒有行動，將無法成功地引起觀眾的適當情感反應（前提(3)）。因此，結論是情節對於悲劇至關重要，而性格則不是（結論，前提(4)）。

說（如前提(2)所論及的）悲劇「缺乏性格」但具有行動的意思是什麼？一些評論家認爲，前提(2)必須意味著該劇確實包含「角色性格」，但性格是通過行動顯現出來的，而非演說等方式。

在亞里斯多德的倫理學中，角色性格和行動是相關的。德性行動會建立一個善良的性格，而德性是

10《尼各馬可倫理學》，1.1。

角色性格在行動中的積極實現。[11]鑒此，缺乏角色性格的悲劇，是指角色性格（*ēthos*）通過一貫的行動模式展現出來。約翰．瓊斯（John Jones）亦如是說：「他（亞里斯多德）所說的是，人類的自我體現於行爲當中；而且，此體現遠比其他方式更爲完整和有效。」[12]因此，當觀眾看到戲劇人物反復執行公正、節制的行動時，他們會推斷這些行動的源頭，是來自一個固有的善良角色性格。

上述的詮釋涉及的問題在於，人物不必通過行動來明確顯示：「角色性格是揭露道德選擇的目的。也就是說，當其他方面不明確時，它顯示著一個人選取與避免或的事物種類」（6.，1450b7-9）。這表明，雖然行動顯示人的道德選擇，但其他行動（如國王向窮人施捨食物）則不必然。

另一種解釋方式，是直接理解亞里斯多德的話：可能存在有行動但沒有「角色性格」的劇本。[13]這種解釋的優點是按照字面意思解讀。在上述引用的段落中，暗示悲劇可能在缺乏角色性格的情況下，取得成功。然而，承如上文所述，解讀爲有行動而沒有性格的問題，在形上層面是不一致的，類似說有效果但沒有原因一樣，不太合理。

亞里斯多德所指「無角色性格的悲劇是可能的」，意思爲何？他在前提(2)中的觀點必定爲認

---

11 《尼各馬可倫理學》，2，特別是2.4。透過行動培養德行的性格，「通過執行正義的行動而變得正直，通過自我控制的實踐而變得自律」（《尼各馬可倫理學》，2.4.，1105a17–18）。反過來說，行動者執行的行動是其性格的表現。當一個人沒有別的動機，他「說話、行動和生活都展現他的真實性格」（《尼各馬可倫理學》，4.7.，1127a27f.）。

12 John Jones, 1962：頁三十三。另參見 Stephen Halliwell, 1998：頁一五一—一五二；和近來的討論 Silvia Carli, 2010：頁三三〇，注腳一三一。

13 參見 Catherine Lord, 1969：頁五十五—六十二和 Elizabeth S. Belfiore, 1992：頁一〇八—一一〇。

識論的觀點：所謂「無角色性格的」悲劇，是指劇中戲劇人物的倫理特性和性格傾向，並未透過行動或發言向觀眾清晰傳達。[14]舉例來說，假設國王不斷爲他的城市人民做好事，這告訴我們關於他性格的內容。可是，如果他的道德選擇的本性，在劇中的行動或發言中並不完全明確（如，他的行動是否是出於眞正想幫助市民的願望，還是只爲了顯示自己是公正的統治者？），那麼，他的動機和選擇就不甚清楚。如此，這部劇即有行動，但缺乏明確的角色性格（*ēthos*）。根據這種解釋，亞里斯多德在論證＃2中的論點是，悲劇即使沒有完全揭示戲劇行動者的角色性格（*ēthos*），只要有一精心構建的情節，仍然可以取得成功；惟反之則不成立：如果劇作以一連串的發言來揭示角色性格，但缺乏重要的行動，將無法成功地引起觀眾的哀憐和恐懼——爲成功悲劇所需的情感元素。

如果悲劇可省略角色特性，引起了《詩學》整體論證一致性的關鍵問題。特別是伊麗莎白·貝爾菲奧雷（Elizabeth Belfiore）提出幾個要點。[15]在《詩學》的第二章中，亞里斯多德通過說悲劇描繪了崇高或令人欽佩的人物（即 *spoudaioi*）的行動，而喜劇則描繪了那些「卑鄙」（*phaulos*）的人的行動，這兩種人在角色性格上有所不同（1448a1-3）。在這裡，令人欽佩的行動是由行動者的性格所決定的。那麼，一個悲劇如何能省略戲劇行動者的性格呢？如果沒有戲劇行動者的性格，甚

14 角色性格（*ēthos*）在戲劇中的展現有兩種方式：行動和思想。

15 Elizabeth Belfiore, 1992：頁一〇一—一〇七。

至還能判定這部戲是悲劇還是喜劇嗎？

此外，在《詩學》第十三章中，亞里斯多德將理想的戲劇行動者，描述爲一個平庸的角色，但「不是德行和正義上的卓越，他之所以遭遇逆境是某種過失使然，而非邪惡和墮落」（1453a7-12）。伊麗莎白·貝爾菲奧雷問道，假如一部悲劇沒有以某種方式涵攝角色性格，那麼模擬的活動如何可能？最後，我們可以加上第三個疑點。哀憐是出於對不應受逆境之苦的受害者之感受（13.，1453a2-3）。難道我們不需要了解戲劇人物道德抉擇的本質，來得知他是否不值得受苦？就伊底帕斯無意間殺害父親，毫不知情一樣，這讓觀眾爲他感到同情。哀憐似乎涉及對行動者行爲的某種評估，這需要知道他的抉擇以及動機意圖。

綜觀而言，亞里斯多德何以論述無角色性格的悲劇是可能的？排除亞里斯多德在這一點上有所混淆，則必須考慮其他的可能性。首先，將亞里斯多德對悲劇性質部分的排序，想像成一個金字塔，行動和情節形成底座。沒有底座，金字塔則不成。確立了這一點，悲劇的其他部分，如人物、推理、措辭、歌曲和場面，都建立在情節提供的情感基礎上。

情節是悲劇的情感基礎，就像悲劇的靈魂（6.，1450a37）。靈魂是生物的本質：它使所有穩定的特徵成爲可能，包括生物區分的必要特徵。因此，靈魂是動物不可省略的一部分：它是事物的自然或本質，使得所有穩定和固定特徵成爲可能。因此，將情節比喻爲悲劇的靈魂（6.，1450a37），意思是情節不僅是悲劇的必要要素：它是悲劇的本質，使得所有其他質性部分成爲可

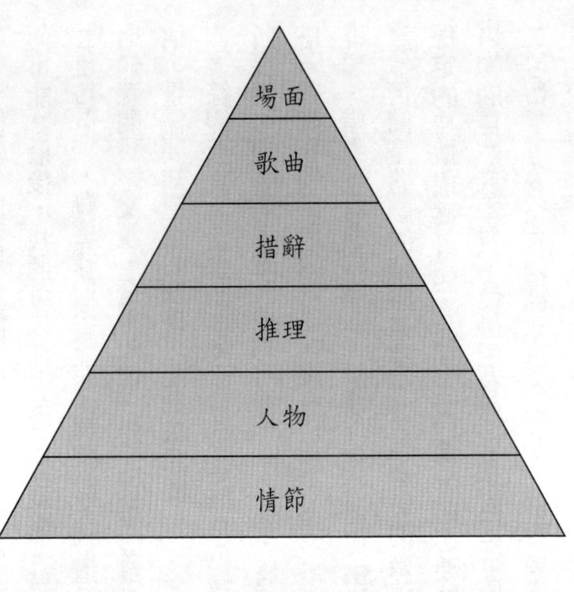

能。[16]

據此，亞里斯多德認爲悲劇是對行動本身的模擬，而僅次於對行動者的模擬（6.，1450b3-4; 6.，1450a20-22）。行動不是抽象的東西，而是在特定情況下，由特定行動者執行的具體行爲（《尼各馬可倫理學》，3.1.，1110b6-7）。因此，如果亞里斯多德主張，一個沒有行動者的行動，是完全不合理的。行動不能脫離行動者而獨立存在。而那些執行行動的個體，如伊底帕斯、阿爾克斯提斯、安蒂岡妮等人，才是引起同情和恐懼的對象。因此，詩人在進行行動的模擬，必須包含執行行動的戲劇人物（《詩學》，6.，1450b3-4）。

正如亞里斯多德所認爲，沒有人會因爲路人甲而感到同情和恐懼；這些情感是針對特定的個體而產生。因此，他們所感受的，皆爲悲劇中的角

16 參見 Catherine Lord, 1969，她主張悲劇就像一個有機整體，每個部分（包括情節）都並非必要的，因為一個部分的工作可以由其他部分接管。

色所感受和導向的哀憐和恐懼（《詩學》，13.，1453a1-3）。然而，劇情有一些基本元素適合引發哀憐和恐懼。其中一個元素是苦難（*pathos*），是一種破壞性或痛苦的行動，如公開場合下死亡、身體上遭受的磨難等（11.，1452b7-10）。亞里斯多德認爲，這些苦難發生在家庭內部時，其中一個家庭成員傷害（或威脅）另一個家庭成員，自然會在觀眾中引發哀憐和恐懼（《詩學》，14.，1453b13-22）：

> 詩人應該提供的快感，是經由模擬而來的哀憐與恐懼，很顯然這種性質必定要利用事件達成。那讓我們來決斷帶給我們強烈的恐懼和哀憐的條件是什麼……然而當悲劇的事件發生在他們之間他是另外一個人的親人或親密的人——舉例而言，如果是手足相殘，或意圖殺害一個兄弟，子弒其父、母害其子，或子弒其母，或任何其他這類關係人之作為——這些情況都是詩人所尋找者。（14.，1453b10-22）

亞里斯多德暗示，在這些情況下對角色感到哀憐和恐懼才是可能的。僅需理解事件的本末，無需了解戲劇人物的道德品格。某些如家庭暴力事件之情況，據其本質，會觸發觀眾對劇中人的哀憐和恐懼。不管是何人造成傷害，其道德品格並不影響這種情感的產生。

逆轉和醒悟作爲劇情中的組成部分，同樣會引發哀憐和恐懼。逆轉（*peripeteia*）是與預期相反的命運轉變，卻是按照可能性、必然性發生的轉折（1452a22-29）；而醒悟（*anagnōrisis*）是一種從無知到了解的變化（1452a29-32）。這兩個組成部分是劇情結構的特徵，與觀眾對戲劇行動者的道德品格（*ēthos*）的掌握沒有關無。此兩者可以引起觀眾的同情和恐懼。

一個沒有角色性格的悲劇，能夠引起同情和恐懼，亞里斯多德的主張在邏輯上似乎可以成立。某些不幸事件，如家庭暴力的情況，本質上就是使觀眾對戲劇行動者產生同情和恐懼的情節。詩人將情節圍繞這些事件建立起來，構建了人物的情境遇。這就是悲劇的基礎。接下來，詩人通過明確揭示戲劇人物的性格（*ēthos*）和推理，來建立這個基礎結構。其餘的元素，諸如措辭、歌曲和場面，皆在情節基礎上，發展情感力量，以及協調統一性之用。

以上對詩人故事創作方法之解讀，爲無角色性格悲劇的概念帶來潛在問題。因爲亞里斯多德指出，情節是建立在某種性格的人，可能或必然言行的事情爲基礎。詩歌是基於「所謂普遍……某一類型的人按照概然或必然律會如何說或如何做」（《詩學》，9.，1451b5-7）。這說明了，詩人通過戲劇行動者角色性格（*ēthos*）的發展來構思劇本的情節。

此問題關係著戲劇行動者的角色性格何以影響情節的構建。假設情節涉及到索福克勒斯的《伊底帕斯王》中的一系列事件：詩人借助戲劇行動者的角色性格來構建情節。舉例來說，國王發現自己或與城市毀滅的原因有關，他可能會做什麼？當他發現自己的眞實身分時，他可能或必然會做什麼？詩人似乎必須基於戲劇行動者的角色性格，來決定何以事件次序的安排。假如戲劇行動者的角色性格，對於情節的構建是必要的，那麼，怎麼可能有一個無角色性格（*ēthos*）的悲劇呢？

在《詩學》第十五章關於角色性格的討論中，亞里斯多德澄清了詩歌創作中的兩個獨立步驟：首先，情節的結構應該按照必然性和可能性來發展；其次，戲劇人物的言行，也應該根據必然律或概然律來展現。

> 角色性格與事件的結構恰好一致，他應該常注意到合乎必然性或概能性。因此，其所設定角色性格的這個人物，在一個設定的方式中，應該按照必然性或概然性的規律說話和做事，正如某件事依循必然性或概然性的序列。（15.，1454a32-33）

在此，可以整理出亞里斯多德的論點，他認爲詩歌遵循金字塔模型而完成，首先是情節的組成，然後添加第二層，通過戲劇人物的言行，揭示道德抉擇的本質（參見15.，1454a17-18）。這樣的論述，符合他在詩學中對悲劇創作的理解。

舉例說明，詩人先設計基本情節：任何人在發現自己無意中弒父娶母時，都會感到恐懼。當詩人加入道德正向的伊底帕斯，「在德行和正義方面中規中矩」的人，其命運的改變是由一個錯誤（*hamartia*）而成，而非因爲邪惡的性格或墮落所引起的（《詩學》，13.，1453a5-7）。接著，鋪展後續可能會發生其他行動，如他會因羞愧而刺瞎雙眼，並自我放逐，離開他所愛的城市。

亞里斯多德主張，沒有性格的悲劇，「某種程度上」仍然可能取得一定的成功。反之，一個有性格但缺乏情節和行動的悲劇，將完全無法成功。然而，他並未提出沒有性格的情節，其程度能夠與蘊涵性格、推理和其他質性部分的悲劇相比：

> 如果只是展示一連串的措辭和思想，將無法實現悲劇的功能：若一悲劇在其他方面有所欠缺，但具有情節和事件結構，相比之下是**更**為理想的。（6.，1450a28-32，強調部分為作者所加。）

小結

將悲劇的六個質性元素看作一個金字塔，情節形成基礎，其他元素共同促成悲劇的效果。這樣的理解方式，使我們能夠掌握情節在悲劇中的首要地位；與此同時，釐清其他元素對悲劇貢獻的可能誤解。以上的分析，說明角色性格的重要性何以在情節之下，以及爲沒有性格的悲劇如何可能。此外，正如金字塔模型所暗示的那樣，角色性格、推理以及其他元素（如辭藻、思想、歌曲，甚至是場面）在悲劇的情感產生，扮演著重要角色，故亞里斯多德並非對情節以外的元素不敏感。事實上，他將這些列爲每一部悲劇都應該具備的必要元素（6.，1450a8-9）。

同時，可見亞里斯多德對情節優先性的論點，如何符合他在《詩學》第七至八章中闡述的統一觀。首先，情節中的必然和可能聯繫，使得行動變成可信、可理解，並且能引起哀憐、恐懼和敬畏之情。因此，悲劇的情感力量，主要不是來自戲劇人物的性格、思想或雄辯的演講；也不是來自場面或音樂。當然，這些悲劇元素都對作品的情感效果有所貢獻。[17]可是，悲劇所引起的情感反應，建立在可理解的人類行動模式上。此等意義和重要性正是情節的職責所在。

17 亞里斯多德並未貶低表演在悲劇中的重要性，相關論據請參見 Gregory Scott, 2000。

參考文獻

Belfiore, Elizabeth S., 1992. *Tragic Pleasures: Aristotle on Plot and Emotion*. Princeton, NJ: Princeton University Press.

Carli, Silvia, 2010. "Philosophy is More Philosophical than History: Aristotle on Mimēsis and Form." *Review of Metaphysics*, 64 (2) (December): 303-336.

Halliwell, Stephen, 1998. *Aristotle's Poetics: With a New Introduction by the Author*. Chicago: University of Chicago Press.

Jones, John, 1962. *On Aristotle and Greek Tragedy*. London: Oxford University Press.

Lord, Catherine, 1969. "Tragedy without Character." *The Journal of Aesthetics and Art Criticism*, 28 (1): 55-62.

Rehm, Rush, 1996. "Performing the Chorus: Choral Action, Interaction, and Absence in Euripides." *Arion: A Journal of Humanities and the Classics*. Third Series, 4 (1), The Chorus in Greek Tragedy and Culture, Two (Spring): 46-60.

Scott, Gregory, 2000. "The Poetics of Performance: The Necessity of Spectacle, Music, and Dance in Aristotelian Tragedy," in Salim Kemal and Ivan Gaskell (eds.), *Performance and Authenticity in the Arts*. Cambridge: Cambridge University Press: 15-48.

Sifakis, G. M., 2001. *Aristotle on the Function of Tragic Poetry*. Herakleion: Crete University Press.

Weiner, Albert, 1980. "The Function of the Tragic Greek Chorus." *Theatre Journal*, 32 (2) (May): 205-212.

第七章　哲學、詩歌和知識

藝術與知識的古今論衡

我們能否從藝術中學習？[1]從蘇格拉底在柏拉圖的《理想國》第十卷，直到現在，哲學家們一直針對此問題進行激烈辯論。他們試圖探問，藝術是否爲知識的來源？若答案爲是，我們從藝術中學習了什麼，這種學習又是如何進行的？

模仿藝術，是描繪、代表某物的藝術。模仿藝術對於藝術的認知價值，提供充分的根據。[2]這種藝術價值，體現在表現或模仿的準確性。我們可以從一幅維妙維肖的繪畫中，了解人物、歷史時刻與風景；例如：從吉恩－皮埃爾．胡爾（Jean-Pierre Houël）《攻占巴士底監獄》（*Prise de la Bastille*）中，可以了解法國平民過去如何攻占巴士底監獄，抗議路易十六（Louis XVI）的暴政，並開啟了法國大革命的序幕。從偉大的小說中，我們可以了解在維多利亞時代的英國生活，或是十八世紀美國南方奴隸的環境。這種知識是哲學家所稱的「事實知識」（knowledge of fact）。有人或許認爲，觀察和研究胡爾的繪畫，可以了解法國大革命的原因；同時，可以得知巴士底監獄的占領，如何成爲法國歷史上的重要時刻。[3]

---

1 本章的閱讀內容是《詩學》第九章和第十章第十章第十章。推薦閱讀《詩學》第十七章和《形上學》第一卷第一章。

2 在當代哲學中，「認知」通常用來指出一個當我們相信、斷言、識別或想像某些事態時起作用的心靈能力。藝術認知主義是這樣的觀點：(a)我們可以從藝術中學習；並且(b)藝術的價值部分在於藝術作品所提供的學習。參見 Berys Gaut, 2003 和 Eileen John, 2005。

3 Elisabeth Schellekens, 2007：頁四十五。

如同胡爾的記載歷史事件的繪畫作品，藝術作品中可以學習外在世界。然而，這一論述受到強烈的質疑。我們如何知道事件的表現或模仿是準確的？我們從一幅呈現法國歷史上重大時刻的繪畫中，無法學到錯誤、扭曲、感傷或理想化的觀點。僅僅觀看胡爾的繪畫，如何得知我們所看到的，是一個準確的描繪，而非極度失真的呈現呢？[4]偉大藝術作品的魅力，在於能夠捕捉我們的想像，使得我們（錯誤地）認爲，通過鑒賞活動可以了解歷史上某一天的眞實樣貌。[5]奧斯卡．王爾德（Oscar Wilde）曾嘲諷道：說謊，是講述美麗卻不眞實的事物，乃爲藝術的正確目標。[6]

傳統的知識觀念中有三個條件。我們說：

S知道某個事實p（例如：草是綠色的），若且唯若：

一、S相信p。

二、S是有理由相信p。

三、p是真實的。

第一個條件爲「信念」，是人相信、確定p是眞實的必要條件，至少也以此方式看待世界。第二

4 正如David Davies（2007：頁十四）所觀察的，如果我們想了解英國君主的來歷，我們最好是查閱歷史作品。而非虛構作品，因為假設後者是可靠的話，作者必定參考前者。這暗示，如果我們從作品中學習，所學習的並非事實知識。

5 感謝Malcolm Heath提供此觀察。

6 Oscar Wilde, 1891：頁一—三十四。

和第三個條件，揭示知識以信念基礎而立的觀念，而知識不僅是相信某件事而已。最後，假如你聲稱，你知道月亮是由綠色的奶酪製成，我會期望看到證據。因為知識等成立需要有理由支持（第二個條件）。此外，一個人所相信的，必須為真實的（第三個條件）。我們不會說像「在公元前六世紀，希臘的人們知道地球是平的」之類的話，因為知識蘊涵真實。

第一，藝術的真實性主張（第三個條件）存有疑慮。藝術是否宣稱關於世界的事物？而這些宣稱又是否成立？真理的重要關鍵是在理論層面上屬實。對現實的描繪，只有在與現實相對應的情況下方為真實的。這種真理觀念，是客觀且獨立於心靈。[7]那麼，藝術是否將真理傳達給觀眾？還是像王爾德所言的，藝術只是說美麗的謊言？

第二，知識的證據或保證條件有否符合，亦存在著疑慮。觀眾、觀看者是否有理由相信，從藝術中所獲得的關於世界之想法？這涉及到合理性的問題：藝術在觀眾中引起的想法和情感的改變，是否存在某種理由去接受和信任？

藝術是否傳達真理和知識的難題，可追溯到柏拉圖。柏拉圖認為，知識的普遍對象為「理型」（Forms）：而感知個體，像是美麗的玫瑰或某種正義的行為，類似於或「分有」美的理型本身或正義的理型本身。然而，柏拉圖主張，這些感知個體並不是知識的正確對象。因為這些個體並非恆常真實展示其模仿的普遍對象。玫瑰今天很美麗，但幾天後隨著它的腐爛，它的美麗將會褪去。一

7 這確實是亞里斯多德提出的真理解釋。參見《形上學》，9.10 和《範疇論》，12.，14b18-23。

個行爲可能對一個人或一個社會而言是正義的，對另一個人或社會而言可能並不是。這意味著非物質、永恆、非感知的「理型」是抽象對象，必須爲正確的知識對象。這知識對象無法以感官把握，只能通過智思來獲得或理解。

根據《理想國》第十卷中蘇格拉底所進行的論證，模仿藝術家是於感知層面工作，因此詩人或畫家的作品皆爲對感知個體的模仿。模仿藝術家或嘗試模仿知識的眞正對象——「理型」。但是模仿藝術家僅限於複製感知事物的外觀，在柏拉圖的形上學觀點中，模仿藝術與「理型」相去甚遠。

從藝術中學習究竟孰眞孰假，目前看似無從證實。某些認知主義學者尋求從藝術中學習的其他方式。[8]我們究竟是否能夠從虛構作品中「學習」，此一問題未經檢驗，則無法確定。[9]也許藝術給我們的是與可能性相關的知識，不是事實。包括悲劇在內的藝術品，在本質上喚起觀眾的想像力。藝術家創造虛構的世界，要求觀眾想像其中所描述的可能性。沉思虛構的世界，可以引導對道德理解的重要概念知識。舉例來說，杜斯妥也夫斯基（Dostoevsky）小說《罪與罰》（*Crime and Panisharent*）中的主角拉斯克尼科夫（Raskolnikou）的行爲，讀者將進入一個虛構世界。在這個世界裡，拉斯克尼科夫謀殺了他認爲是一無是處、邪惡的當鋪老闆娘。這種對可能性（而非實際）的沉思，促使讀者對善惡的理解進行修正、測試，從而獲得對理解道德至關重要的概念知識。[10]

---

8 ilary H. Putnam, 1978。

9 Putnam, 1978：頁八十九—九十。

10 另請參見 Cynthia Freeland, 1997 和 Noël Carroll, 2002。

可能性的知識是有所助益的。然而，有些人認爲藝術不僅可帶來可能性的知識，更可以帶來對現實的知識。[11]有些人通過模仿藝術，可以獲得更深刻的知識，從而對人性有更深入的理解。正如前文提及，一些哲學家主張，悲劇能夠向觀眾和讀者傳授更深刻的眞理。[12]這種觀點在閱讀索福克勒斯的《伊底帕斯》或莎士比亞（Shakespeare）的《哈姆雷特》（*Hamlet*）等作品時，得以體現。是故，人們會說這些作品「具啟發性」、「意義深遠」或者「具教育意義」。

藝術作品傳遞更深刻的見解，這說法亦有待解釋。作品之所以能夠帶來更深入的理解或知識，是因爲其影響觀眾對自己和／或（and/or）眞實世界的看法。[13]因此，藝術和知識的辯論已然觸及以下的問題：觀眾、讀者或聽眾從藝術作品中學到了什麼？或者，他們在藝術作品中獲得了什麼前所未有的見解？

這對當代藝術認知學家來說，實是難以解惑的問題。包括杰羅姆．斯托爾尼茲（Jerome Stolnitz）在內的美學家，認爲藝術所提供的眞理，過於抽象以至於微不足道（「固執的驕傲和偏見讓兩個有吸引力的人分開」），或僅適用於虛構作品中的特定角色。因此，根本稱不上是眞理。虛構作品中的洞察力必須具有日用平常的特質，才能對我們的生活有用和相關。[14]不同的藝術認知學

---

11 B. Gaut, 2003：頁四三七。
12 參見本書第五章的〈導言〉。
13 Catherine Wilson, 2004。
14 Jerome Stolnitz, 2004：頁三一八。

家，已經開始回應斯托爾尼茲的批評。[15]

亞里斯多德：藝術與知識之論辯

許多當代藝術認知學家引用亞里斯多德的《詩學》，支持「藝術可爲知識和學習來源」的論點。原因是亞里斯多德在《詩學》第九章中，暗示詩歌可以超越特定主題的所作所爲或言辭（如奧德修斯或安蒂岡妮所做的事情），轉向具普遍性的事物。承如他解釋道「某種人依概然或必然性而言說或行動」（9.，1451b7-8）。詩歌比歷史更具哲學性，因爲它「更多地談論普遍性，而歷史則是與特殊性相關」（9.，1451b6-7）。

本章的內容，將聚焦於亞里斯多德論詩歌「多言」普遍性的意涵。同時，亦說明這觀點如何影響亞里斯多德對哲學、詩歌和歷史之間的比較關係。明乎此，我們必先對亞里斯多德的知識論進行背景說明。

15　Berys Gaut（2003：頁四三九—四四四）主張，通過想像力，藝術可以為我們提供選擇的思考、自知以及他人和道德的相關知識。

亞里斯多德的知識論略解

在亞里斯多德的形上學中，「普遍」（*to katholou*）是指在自然層面適用於許多事物的概念（《論解釋》，17a35-37）。[16]亞里斯多德遵循了蘇格拉底開創、柏拉圖發揚的傳統。知識非專指特殊的事物（如個別的人、馬），而是關於普遍的人類或馬。知識乃爲許多個別的人類和馬所共有且相同的特徵。[17]雖然亞里斯多德同意知識（*epistēmē*）是普遍且非特定的。然而，他對於普遍性存在的地方，以及認識的方式，與柏拉圖的觀點存在著分歧。

亞里斯多德反對普遍性存在於感知事物之外的觀點。他認爲，以「人之存有本身」的無形概念，來解釋你、蘇格拉底和我都是人類，是毫無意義的。他認爲，「假若普遍性不存於個別事物中」（《形上學》，1.，991a14），普遍性即無法對知識作出貢獻。因此，雖然亞里斯多德同意知識探究的對象是形式與普遍性，而不是個別事物。但是，他否定了普遍性（如人類、馬）存在於具體事物之外的觀點。

普遍性（人類、馬）體現於感知事物之中（這個人類、那匹馬）。職是之故，感知是個體達致知識（*epistēmē*）普遍性之起點。個體在理解的過程中，經歷了各種認知階段。[18]感知世界具有一

16 形上學是研究現實、真實存在的事物的學問。
17 《形上學》，999a28-29。
18 參見《形上學》，1.1 和《分析後篇》，2.19。

定的結構或秩序：感知對象屬於自然種類。自然種類是根據對象共有本質或基本性質，將特定事物分類爲共同類別的集合。自然種類的例子包括物種，如貓、斑馬、海豹和人類。

亞里斯多德認爲人類天生具備理解自然種類本質的能力。這種能力始於感知（perception）和記憶（memory）。在幼年階段，心靈保有感知的能力，繼而根據相似性和差異性義事物進行分類。在這個過程開始時，或有所紕漏，孩子可能會把所有成年女性歸爲「母親」這一類別。[19]孩子進入下一階段，能夠正確地使用「母親」這個詞。

接著，進入第三個階段，「經驗」（*empeiria*）是人類獨特的認知狀態，亦同時保留的感知記憶，與之逐漸匯聚。在這個階段，擁有經驗的人能夠正確地辨識自然的分類。例如卡利亞斯（Callias）和科里斯科斯（Coriscus）同爲受到特定藥物幫助的人，但他並未能夠解釋藥物如何治癒他們。當人獲得技藝（*technē*）時，知識和理解隨之出現。技藝是基於對原因的理解而產生效果的狀態，就像醫生能夠根據對病因的理解來進行診斷：「具有某種症狀的病人之所以被藥物 z 治癒，『原因』是 x 和 y 因素。」

最高層次的知識是智慧（*sophia*），是探索事物的最根源和普遍的原因：出於尋求眞理的欲望，純粹是爲了追求眞理本身。[20]於此，人會對宇宙本質和各種事物的普遍眞理，進行理論化

19《物理學》，1.1。

20《形上學》，2.1；《尼各馬可倫理學》，10。

（theorizes，來自「*theōrein*」）。[21] 哲學是智慧的形式，所關注的是眞理知識。智慧則是人類渴望知識最純粹的實現，這個過程始於人類感官知覺的愉悅，最終爲了追求眞理本身，導向對事物的普通原因之知識追求。

完成以上關於知道論的簡介，接下來轉向討論《詩學》第九章的論點。

從詩的統一性到普遍性

亞里斯多德在《詩學》第九章中，比較詩歌、歷史和哲學三者：

> 詩人的職能不是講述實際事件，而是講述可能發生且符合概率或必然性的事物類型……歷史學家和詩人之間的區別……在於：前者講述實際事件，後者講述可能發生的事物。因此，詩歌比歷史更具哲學性、高尚，因為詩歌與普遍性更為接近，而歷史則關聯到具體事物。「普遍性」（*katholou*）是指某種類型的人在概率或必然性的情況下適當言行。
>
> （9，1451a36-b9）

21 《形上學》，2.1.，993b20。

這段引文論述始於第八章的《詩學》中的概念：詩人的工作是構建一個由概然或必然性相連的事件情節。[22]精心設計的情節，串連一系列動作，成爲一貫且有組織的整體，其中事件之間的因果關係和聯繫是顯而易見的。亞里斯多德認爲統一情節的標準，是概然和必然性（1451b25f.、1451a14-15、1460b12）。情節中的事件，必須根據可能性或大多數情況下發生的情況進行。符合必然性的情節，符合更高的詩學統一標準：涉及一種不斷發生的事件模式。亞里斯多德認爲情節必須按照概然或必然性進行。因此，在他的論述之中，詩歌體現了「普遍性」，即所謂根據概然和必然性發生的事物類型（9.，1451b7）。

詩歌與可能性

在《詩學》第九章，亞里斯多德發展了一個觀點，即合理結構的情節必須按照可能性和必然性進行。他在詩歌和歷史之間，一方面，在詩歌和哲學之間，另一方面，進行了對比。歷史學家的寫作涉及實際情況，而詩人的情節傳達的是可能性，「可能」發生的事情（9.，1451a38-b1）。這是他在詩歌和歷史之間第一個核心區別。

22 參見本書第五章。

舉例而言，歷史學家書寫的是，發生在希臘人和波斯人之間戰役的實際情況。詩人所寫的是情節，廣涉兩個團體之間可能發生的戰鬥。可能事件，是合理相信有可能發生的事情。即使這些事件實際上有沒有發生。這裡的「可能」涉及的，是合乎邏輯的可能性。也就是說，這些事情在邏輯上既非矛盾，亦不荒謬（如四方圓這樣的矛盾）。詩人處理的，是可能發生的事件，這些事件與過去的人類經驗中一致，即便不知道是否在眞實世界曾發生過（9.，1454b3）。

亞里斯多德陳述歷史和詩歌之間的區別，實是不難理解。歷史處於事實層面，而詩歌使用虛構和想像力來構建情節。伊底帕斯王無意中弒父娶母，並且令王國慘遭瘟疫之禍，歷史上根本不存在這件事。詩人在劇情中激發觀眾的想像力，要求他們進入故事思考，講述「某人可能會發生了一些事情」。雖然可能沒有如此不幸的國王，索福克勒斯藉由情節的構建，使觀眾想像伊底帕斯事件，是「可能」發生的事情，而且符合人類的知識和經驗。

在《詩學》第九章中，有一相當困難的部分。亞里斯多德收回了「詩歌處理可能性而非實際事件」一說；有些悲劇處理的事件被認爲是歷史事實，例如特洛伊戰爭，亞里斯多德試圖回應之：

> 不過悲劇家仍然維持了真實的姓名，理由可能是為了取信於人：沒有發生，我們就不會立即感覺真的有此可能，但是已經發生則是明顯地可能：否則它沒有發生。（9.，1451613-19）

第一，亞里斯多德是指他相信傳統故事中講述事件是眞實的嗎？還是他只是在說明聽眾傾向相信像特洛伊戰爭這樣的事件，實際上曾經發生過？評論家們認爲這是後者，而非前者。是亞里斯多德是在說明普通人接受傳統故事爲眞實的信念，而不是說這些故事中的事件實際發生過。[23]

其次，更緊迫的問題在於亞里斯多德論證的邏輯。他似乎解釋了在某些情況下悲劇作家會使用傳統故事中角色名稱的原因，比如赫拉克勒斯（Heracles）或伊底帕斯：

前提(1)可能的事情看似是可信的（*pithanos*, credible, believable）.

前提(2)那些實際發生的事情皆是可能的。

結論(3)因此，那些實際發生的事情是可信的。

可能的事情，是在人類經驗範圍內可能發生的事情，故可能的事情是可信的（前提(1)）。實際上的事情也是可能的，大概是因爲不可能的事件無法發生（前提(2)）。因此，實際上的事情是可信的（結論(3)）。換句話說，悲劇作家使用實際的名稱以確立可能性和增進可信度。

評論家所遇到的問題，在於論點中的前提(2)。亞里斯多德是否說，一切實際上發生的事情都是可能的，與過去的人類經驗相符？這顯然是錯誤的，因爲確實會發生超出人類經驗範圍的隨機、違反常理之事。亞里斯多德稍後在《詩學》第九章中也承認了這一點：

---

23 例如：參見 Gerald Else, 1957：頁三一六和 Stephen Halliwell, 1999：頁六十，注腳。

> 詩人或製作者應該是情節的製作者猶勝於韻文，他是一個詩人因其模仿的緣故並且模仿行動。甚至如果他有機會處理一樁歷史題材，也會不下於一位詩人：因為真實發生的某些事件，沒有理由不應該符合概然律和可能性，就憑藉處理他們的性質，無礙於他是一位詩人或製作人。（9.，1451b26-32，強調部分為作者所加）

亞里斯多德在此自述個人之洞見，詩人的創作與實際事件情節關係並不成問題。因爲他的觀點是，某些實際事件是可能的。也就是說，這些事件並不超出人類知識和經驗的範圍，同時也是有可能的。這些事件符合一種可能發生的模式。這意味著，他意識到，某些實際發生的事件，既不可能也不合理。因此，亞里斯多德在上文的論證，暗示著對上述第二個前提之否定（那些實際發生的事情皆是可能的）。

因此，更有可能的情況是，他並非自陳觀點，恰恰相反，他試圖推敲詩人的思路，何以他們使用「實際名稱」（即傳統故事中角色的名稱），以建立可信度。假若詩人使用傳統名稱是不對的，爲何亞里斯多德會覆述他們的論點呢？亞里斯多德以經驗爲本的方法與態度，成就他觀察詩人的視角。假如那些使用傳統故事的詩人常常獲得成功，那麼他們的成功，很可能有根本的原因。即便這些詩人無法明言引入傳統故事發揮作用的原因，也不能否認其成功之原因。

他對這些詩人言道：「我們不一定要維持悲劇所常用的傳說爲題材」（9.，1451b23）。反之，他提出傳統故事只有少數人了解。涉及虛構角色和事件的劇本，也能像那些古代神話故事的戲劇一樣，廣受觀眾的喜愛。

綜合這些觀點，可以看出亞里斯多德的整體觀點是清楚的，歷史處理實際事件，而詩歌則構建了有因果關係的情節，或是確實發生過，或只是有發生之可能。實際事件同時是可能的和具有概然性。換句話說，實際事件與先前事件是有因果上的聯繫，不僅是接著先前事件之後發生，更是因為之前事件而發生（9.，1450b27-28；9.，1452a20-21）。因此，詩人並不避諱使用與歷史學家同樣的素材。然而，詩人以不同方式處理這些素材，將事件按照可能性或必然性納入情節中。亞里斯多德稱讚喜劇詩人對此十分嫻熟，因為他們「在喜劇裡這一點很清楚：因詩人首先建構情節於概然的線索上，然後再嵌入具有特徵的名字」（9.，1451b12-14）。

詩「言」普遍性

在《詩學》第九章中，亞里斯多德對比歷史和詩歌之間的第二個特點。詩歌與哲學的旨趣更為一致，因為詩歌情節「談論」普遍性，而歷史關注具體特殊事件。普遍性是「指某一個類型的人按照概然或必然律，在某一場合中會如何說或如何做」（9.，1451b7-9），而具體特殊事件則是指特定人物（例如阿爾西比亞德斯〔Alcibiades〕）所做或經歷的事情（9.，1451b11）。詩歌比歷史更接近哲學，因為情節以某一個類型的人按照概然或必然律，在某一場合中會如何說或如何做，來構建角色之間的動作和互動（1451b8）。

這意味著詩人能夠傳達比歷史更具普遍性的事物。在亞里斯多德看來，歷史更傾向於特定事件之報導，如希臘人和波斯人之間於某特定日期發生的戰事。詩歌並不僅僅陳述、報導過往的事情，亦非停留在特定事件的層面。情節的統一結構，將事件置入有條理和統一的整體之中。在結構完整的情節裡，觀眾理解當中的因果關係，把握人類經驗的普遍模式。

詩人著眼於情節的創作，使其中的動作符合事件之間因果關係。這並不意味著詩人漠視特定的角色和情況。在亞里斯多德的形上學中，個體在行動中體現（《尼各馬科倫理學》，2.6.，1107a31、《尼各馬科倫理學》，3.1.，1110b6-7、《尼各馬科倫理學》，6.4.，1140a1-23）。詩歌是對人類動作和生活的模仿。因此，必須模仿必須是特定個體在特定情境中的動作。因此，我們不宜誤解亞里斯多德所言：詩歌是對普遍性的模仿。

此外，情感在亞里斯多德的觀點中是關乎個體的，故情感有具體的對象或目標。悲憐、恐懼和哀憐（*philanthrōpos*）的對象是悲劇中的人物（13.，1453a3-5），而不是針對一般情況。亞里斯多德在《詩學》第十七章中描述，詩人要盡可能在置身「心靈之目」進行「最生動」的工作，就如身歷其境一樣（1455a22-23）。因此，觀眾的情感是由生動描述與具體的角色描繪所導向的。因爲亞里斯多德意識到，能夠引起觀眾情感共鳴的是那些寫實的角色。假如角色以「典型」或「刻板印象」的身影出現，情節則將無法感動觀眾。

然而，個別對象是普遍性的承載者。一切個別的基本實體或「本體」，皆爲普遍種類的具體體現。[24]這是亞里斯多德形上學的一般原則。這意味著，個別的狗和斑馬不會被視爲「純粹的個殊事物」。[25]人類思維結構能夠將特殊事物，看作其所屬的一般類型或普遍性（狗和斑馬）之實例。亞里斯多德認爲，我們在現實生活中對感知個殊事物的認知能力，同樣作用於觀看劇本或聆聽史詩詩歌之時。因此，觀眾在詩歌中看到人物和動作時，也會把他們預設爲更大種類或模式的實例。

情節是對人類動作和生活的模仿，它亦賦予人類動作在現實生活中不明顯的秩序和結構。在日常生活中，特別是涉及人類苦難的情況，事情總是隨機發生，原因不明。相比之下，在詩歌情節中，事件已經結構化爲統一的整體，分爲開始、中間和結尾，事件之間通過因果關係相互聯繫。詩歌的統一性使我們能夠理解這種因果一致的動作背後更基礎的模式，從而幫助觀眾理解情節中的事件是先前事情所導致的。

爲了達到這個目的，亞里斯多德在《詩學》第十七章中，建議詩人以情節的整體結構概要爲創作的起點（1455b1-3）。[26]詩人從心中構想出事件的整體輪廓，然後進一步爲角色命名。繼而解釋情節中各個片段之間的必要和可能聯繫。亞里斯多德以尤里比底斯《伊菲革涅亞在陶里斯》

---

24 亞里斯多德也接受這一原則：沒有在特定事物中的具體化，就不可能有任何普遍類型的事物（例如「斑馬」或「橡樹」）。因此，個體與更大類型或普遍之間的關係是互相而立。

25 參見亞里斯多德的《範疇論》，5.，1a15-25。正如 Gareth Matthews 和 Marc Cohen 所解釋的：「每個個體都是某個特定的個體。對 Felix 來說，成為個體就已經意味著他是一隻貓。對蘇格拉底來說，成為個體就已經意味著他是人」（Matthews 和 Cohen, 1968：頁六三五）。

26 在《詩學》第十七章中，亞里斯多德使用「普遍」（*katholou*）來描述這一結構，但他並未指的是在《詩學》第九章中提到的「普遍」（katholou），是指按概然和必然律發生的事物類型。

（*Iphigenia in Tauris*）爲例，說明詩人如何從心中構想出整體結構爲創作的起點：

> 一個年輕的女孩被犧牲；她從犧牲她的那群人眼前神祕地消失；她被送到另外一個國家，該國在習俗上是要把所有的異鄉人獻給女神。她授命執行這項任務。後來有一次她自己的兄弟偶然來到這裡。事實上為了某種理由神諭命令他到那兒去，但這是劇概括的大綱之外的事。再者，他來的目的不屬於動作特定的範圍。無論如何，他來了，他被擒住，然而就在要去獻祭的關頭，揭露了他是誰……隨著他的感慨獲救了。人名是從前就有的，接下是要充實各個神話。（18.，145563-13）

詩人以整體的結構爲出發點，然後提供角色的名字，並透過必然性或可能性相連進行情節創作。整個情節得以塡滿之際，將體現出人類經驗的因果關聯模式，使觀眾能夠理解動作及其意義。

詩歌何以「談論」普遍性的意義，這一點有澄清之必要。前文已有提及，此說法不代表情節「模仿」普遍性；相反，情節是模仿個別動作，但所體現的，是與人類經驗相關共通的模式。觀眾在理解動作前，必須了解這模式。然而，這並不代表情節中體現的普遍模式會由旁白或人物明確交代。人物可藉由言語來證明或駁斥某件事，或者傳達她的情感。事件序列的安排是否重要、値得哀憐和恐懼，在沒有言語對話的情況下顯而易見（19.，1456b3-5）。普遍模式隱含在事件的結構中。

觀眾在情節的動作中識別某些熟悉的事物，並且樂於推理出詩歌或劇本中的行動序列，和過去經驗中的共同之處。假如詩人以旁白或角色的發言，向觀眾講述共同模式，如此說教之方式，會削減觀眾自己解開謎團的感覺。[27]此外，在《詩學》第九章中，亞里斯多德論述「驚奇」（*to thaumaston*）在引起觀眾的哀憐和恐懼所扮演的重要角色。引起這些情感的事件「最重要的是，當事件發生與預期背反，卻又彼此的關係密切時」（9，1452a3）。尤其是情節出現了意料之外的命運逆轉（*peripeteia*），這即引起觀眾的敬畏感。此舉促使觀眾尋找一種隱含的行動模式，使得事件的轉變可以理解。而在論述「驚奇」的部分，並沒有詳細記述觀眾對人物與動作的普遍規律的找尋。這一點在《詩學》第十章中闡述，亞里斯多德讚揚了「複雜」的情節，其中包括發現（*anagnōrismos*），從無知變爲知曉，或者逆轉（*peripeteia*），或者兩者兼備（10，1452a16-17）。亞里斯多德說：

> 這些（逆轉與發現）應該**來自情節內在結構**的延續，所依據的將是先前動作的概然或必然的結果。任何設定的事件是發生在前在後為因為果情況全然不同。（10，1452a17-22，強調部分為作者所加。）

27 參見本書第四章和《修辭學》3.10.，1410b12-15，以了解間接使用語言的隱喻，精進某種新見解或認識的例子。

作為知識形式的詩歌

亞里斯多德比較歷史、詩歌和哲學的目的並不明顯。至少，亞里斯多德似乎想要讚揚詩歌的嚴肅（*spoudaios*，也可翻譯為「高貴」），正是歷史所缺乏的。詩歌之所以比一般歷史記載更高貴，是因為詩歌處理的是可能性和普遍性。這使得詩歌所涉及的，與哲學家和科學家有相近之處，以對象自身為目的，致力於闡述事物的普遍原因。

在《詩學》第四章中看到，作品作為模仿的愉悅，就是學習的愉悅。[28]然而，在《詩學》第四章或《動物的組成》「1.5，645a5-25」或《修辭學》「1.11，1371b4-12」等相關文本中，並沒有證據表明，亞里斯多德把模仿作品提供的知識，連繫哲學家的研究和學習。[29]然而，在《詩學》第九章的文本中，情況似乎有所不同。亞里斯多德並沒有說詩歌承擔了哲學的工作；但他說詩歌更具哲學性（*philosophōteron*）。並且，提出詩歌比歷史更類似於哲學，背後與結構完整的詩歌情節中的普遍性有關。

比較詩歌和哲學的方法進路，帶出些有待探討的重要問題。首先，詩歌將普遍性嵌入情節中的目的為何？其次，情節中的普遍性的確切性質是什麼？與《尼各馬可倫理學》第十卷所言，哲學家

---

28 參見本書第四章。

29 有關 Stephen Halliwell、David Gallop 和 Martha Nussbaum 提供的這些文本的另一種理解，參見本書第四章。

尋求人類生活和行爲的普遍性理解接近嗎？

首先，爲什麼要將這普遍性嵌入情節中？原因如下。首先，通過必然性和可能性的聯繫統一整個情節，觀眾能夠從中感受到，情節中的動作形成一完整的結構。正如阿梅莉・羅蒂（Amélie Rorty）解釋道：「因爲它在完整自足的故事中呈現，未受到日常生活中不相干的事情和雜物的干擾，戲劇帶來了一種閉合感的愉悅。」[30]情節的內部連貫性進入觀眾眼簾，而成爲作品的形式和結構。[31]

再者，這種鑑賞方式將動作結構成一個完整整體，也可能帶來智思或認知上的愉悅。亞里斯多德認爲，人們感覺到自己正在進入自然狀態時，就會感到愉悅。[32]所有人類天生喜愛學習和理解。對行動中深層因果關係模式的感知愉悅，使得智力愉悅成爲可能。[33]而這些愉悅在日常生活中往往很難獲得，因爲人們在行動時並不完全了解其背後後果，以及行動所產生回響，也鮮有注意與他人的行動交流的情況。

當事件「出乎意料卻彼此相關」時（9.，1452a3），情節也能引發重要的情感反應：驚奇和驚訝的感覺。亞里斯多德認爲這感覺本身正是愉悅。驚奇激發了理解不理解之事的好奇心。事實上，

30 Amélie Rorty, 1992b：頁十七。
31 參見本書第四章對形式帶來的愉悅的討論。
32 《修辭學》，1.11.，1370a3-4。「愉悅是靈魂的某種運動，是突然且可察覺的方式，回歸其自然狀態，而痛苦則反之」（Barnes, 1984）。
33 《形上學》，1.1.，980a23。

承如亞里斯多德說，哲學正是源於人類對周圍環境的驚奇。[34]

> 由於他們的驚奇，人們開始進行哲學思考；他們一開始對往往難題感到驚奇，然後逐漸步入更深層次事物的難題，諸如月亮、太陽和星星的現象，以及宇宙的起源。感到困惑和驚奇的人會認清自己的無知……因此……他們進行哲學思考，目的是為了擺脫無知。（《形上學》，1.2.，982b12-20；巴恩斯〔Barnes〕，一九八四）

對知識的渴望是人性的一部分，故能夠促使觀眾渴望理解謎團的所有活動，都會使人進入自然的狀態。令人意想不到的發展爲觀眾震撼，而他們先前未曾預見的，往往爲他們帶來驚奇的愉悅。當觀眾能夠回過頭來，反思這些令人驚訝的結果何以不符期望，驚奇所激發的好奇心便得到滿足。

第三，情節所激發的學習愉悅，並不是一種純粹抽象，或是脫離日常經驗和情感的智識愉悅。這一點尤其重要。與悲劇的愉悅密切相關的，是對人物感到哀憐和恐懼的情感。戲劇按照概然律和必然律的結構，引起觀眾這些情感。正如亞里斯多德解釋道：

> 我們必定要知道悲劇不需要每一種快感，只要它獨特的。詩人應該提供的快感，是經由模

---

34 《形上學》，1.2.，982b12。

> 擬而來的哀憐與恐懼，很顯然這種性質必定要利用事件達成。（14.，1453b11-13）

正是悲劇事件的結構，當中事件按照一個普遍的模式發生，即「某種人依概然或必然性而言說或行動」（9.，1451b8-9），使得觀眾能夠對角色產生哀憐和恐懼。

我們可以進一步解釋個中的原因。觀眾得悉人物的命運逆轉，不是偶然或隨機發生，故他們會爲角色感到哀憐和恐懼；反之，命運逆轉是根據必然和可能性行動模式發生的。現實生活中，我們並不需要理解深層次的模式，就能爲他人感到哀憐和恐懼。那麼，何以在悲劇中會需要這一點呢？情節展示人物的經歷是必然或可能性，意味著人物命運逆轉的原因是有理的。而此理由是普遍的，而非個別的。逆轉的原因適用於某一種類下的所有人。展示適用於角色和觀眾的行動模式，促使觀眾對人物產生哀憐和恐懼。人們皆會爲「與我們一樣的人」感到恐懼（13.，1453a5）。當他人遭受我們或身邊的人可能遇到的不幸時，我們會對他們感到哀憐（《修辭學》，2.8.，1385b12-16）。[35]

因此，情節中蘊含著人類行爲和本質的普遍規律，並非與實際經驗無關的抽象眞理。悲劇所模仿的世界，就是我們的世界。當觀眾通過情節的結構意識到這一點，情節中事件的情感重要性即得以確立。[36]

---

35 參見本書第八章對悲劇情感的討論。

36 因此，情節是向觀眾提供某種情感理解的關鍵。這種理解的本質在本書第十一章中討論。

從這個角度來看，觀眾在戲劇中獲得的愉悅，不僅是智力解謎的偵探小說式樂趣。因爲哀憐和恐懼是我們對情境的回應：痛失家人、朋友和社區，或者關係破碎的威脅。觀眾不僅在智力上發揮作用，更覺悟到人物所經歷的一切，有可能會發生在自己身上。此時，悲劇會激發觀眾正確的情感回應。

這即我們進入第二個重點：情節中普遍性的本質究竟爲何？是否接近《尼各馬科倫理學》第十章中所說，是人類生活和行動的普遍性概括？是哲學家尋求理解和思索的內容？詩歌情節中的普遍性，與哲學所尋求的普遍性，皆涉及人類事件和行動的模式。然而，兩者之間存在著程度上的差異，亞里斯多德稱之爲「可理解性」的程度差異。

信念對象越純粹與普遍，其可理解性和準確度則越高（《形上學》，1.2.，982a25-27）。[37]亞里斯多德把準確度和可理解性，與解釋效力聯繫在一起。這是哲學家探求事物第一因所追求的。據此，關乎所有人類行爲的原則，與僅是擁有寵物的人類行爲相比，前者涵蓋範圍更具解釋效力。爲了達到哲學對事物根本原因的研究程度，需要達到一定程度的抽象和高度的普遍性。正是普遍性和抽象性程度上的差異，區分了詩歌情節中的普遍性和哲學所尋求的第一原則。

亞里斯多德認爲詩歌運用一定程度的普遍性原則，如他在倫理學中討論的原則：所有人類都追求幸福（*eudaimonia*）。而人們是否幸福取決於他們的行爲（《詩學》，6.，1450a19）。然而，詩

---

37 關於此點，參見 Deborah K. Modrak, 2001：頁一〇五。

歌情節中滲入普遍性，亞里斯多德具體是指「某種人依概然或必然性而言說或行動」。

上述區分，可以從詩人和哲學家的不同目標來理解。後者關心理解事物的客觀第一原則。這種活動始於感知的具體事物，終於高度抽象層次的第一原則。前者在情節中嵌入普遍性，使觀眾能夠對角色感到哀憐和恐懼。意識到發生在角色身上的事情，是可能發生在自己身上的類型。

詩學行動的整體架構，關乎人類行爲的概念，不能過度脫離觀眾的實際體驗，而情節必須在充滿生動豐富的具體動作和人物中展開，以達到詩人所追求的情感力量。藉此方式，悲劇能夠深刻呈現出觀眾生活經驗之面貌。

反對的見解及其他解釋

有反對的見解指出，悲劇的情節預設觀眾理解主導人類行爲和性質的模式或原則。因此，悲劇無法增進觀眾對這些問題的見解。[38]例如：觀賞索福克勒斯《伊底帕斯王》的觀眾，必須已知悉年輕人容易衝動；也應該知道好奇之人即使知道招來災禍，也會設法追求找出答案的心理情況。如果《伊底帕斯王》的觀眾必須能夠意識到，情節體現了人類性格和行爲的某種眞理。那麼，他們已經

38 參見 Malcolm Heath, 1991：頁三九九 f. 和 Paul Woodruff, 2009：頁六一八。

掌握相關的洞察力，並將其應用到劇中具體的情況中。

亞里斯多德認爲，哀憐和恐懼尤其是在「事件發生與預期相反，卻彼此具有關係」（9.，1452a3-4）時產生，這提供我們回應上述異議的線索。首先，引文表明，悲劇所依賴的因果原則，在動作展開之前並不易察覺。劇情行動需要合理的模式，太容易或太明顯的學習並非愉悅或快樂的源泉（《修辭學》，3.10.，1410b10-12 和 b23-25），這符合亞里斯多德的觀點。這一點與多羅西婭．弗雷德（Dorothea Frede）的觀察相符。許多古希臘悲劇都以處於非典型遭遇的人物爲特色。[39]像伊底帕斯、奧德賽、安蒂岡妮等悲劇和史詩人物，超出了人類日常經歷的正常範圍。所以，觀眾不僅套用老生常談的日常智慧，例如「年輕人容易衝動」或「好奇的人即使知道前方潛藏危險也會追求答案」；戲劇揭示的人類行爲是複雜和不尋常的，而戲劇的工作就是使其中的相關性變得清晰。

其次，劇情中「與預期相反，彼此卻存在關係」（9.，1452a3-4）的事件發生時，觀眾發現人物和自己的處境之間的聯繫和相似之處，以新角度審視個人生活的可能性。悲劇藉此讓人們「發現」新事物，就像亞里斯多德言及隱喻一樣。[40]隱喻激發讀者發現新奇的聯繫，看到新的相似之處，並建立新的聯繫（例如「老年就是一根枯萎的莖」），從而豐富我們已知的事物。通過類比「將事物呈現眼前」（*pro hommatōn*），從而使之栩栩如生。[41]同樣，向讀者展示出乎意料的事

39 Dorothea Frede, 1992：頁二〇九—二一〇。
40 參見《修辭學》，3.2.，1404b10-15。
41 《修辭學》，3.10.，1411b21-1421a3。有關隱喻功能的討論，參見 Fran O'Rourke, 2006：頁一七二—一七六。

物，但卻按照可能性和必然性展開，或以理智或抽象的方式，使之重新理解已知的眞理。[42]

以當代電影戲劇《自由之心》（*Twelve Years Aslave*）（史蒂夫．麥昆〔Stere McQueen〕，2013）爲例。劇情的藍本是所羅門．諾薩普（Solomon Northrup，奇韋特．埃吉奧福〔Chiwetel Ejiofor〕飾演）的眞實故事。故事發生在美國內戰前，居住在紐約的主角，身分屬於自由人的黑人，後來遭綁架並被賣爲奴隸。他以奴隸的身分生活了十二年，忍受著極端殘酷的對待，且失去自由。唯一支撐他的，是與妻兒重逢的希望。對於那些從未經歷過奴隸制的人來說，很難理解在美國和其他地方奴隸制合法的時代，奴隸所忍受的苦難和屈辱是什麼感覺。然而，藉由講述從自由身淪爲奴隸的故事，與一般觀眾的經驗產生聯繫。劇情能夠讓觀眾明白自由對美好生活的重要性。

劇情中的普遍性是知識來源，這一觀點亦有反對的聲音。保羅．伍德拉夫（Paul Woodruff）和馬爾科姆．希思（Malcolm Heath）認爲，亞里斯多德在《詩學》二十四章中意識到，劇情中必要和可能的普遍化，很可能修改成符合觀眾眼中信念的形狀。即便這種信念在客觀上是錯誤或不可能的。換句話說，詩歌的核心關懷是說服力和合理性。[43]理解和知識的核心關懷則是眞實性和準確度，兩者不必一致。

仔細回顧《詩學》第二十四章的文本，提及詩歌提供理解人類行爲原因的愉悅，這一主張值得

42 亞里斯多德意識到當代藝術認知主義者近年發現的事實：藝術作為理解的來源是有價值的，因為它改變和加深我們已有的知識。參見 John Gibson 2008：頁五八五—五八七和 Noël Carroll, 1998。

43 「應選擇可行（eikos）但不可能的事物，而不是可行但不合理的事物」（24.1460a25-26）。參見 Heath 1991: 400 和 Woodruff 2009: 618。

關注。[44]亞里斯多德承認，詩歌與哲學的工作不同。我們不應該期望在詩歌中，找到與哲學所追求的準確度和眞實性。他還意識到，詩人有時會根據觀眾情感或心理的意義，或者是否能劇情的有效性來作出決策。

如在荷馬《奧德賽》中，當奧德賽被放在伊薩卡沉睡不醒時，能夠在劇情中逃脫，當中的非理性技巧，亞里斯多德對此表示欽佩（25.，1460a25-b2）。亞里斯多德說，只要能「達到目的」（25.，1460b23-26），在劇情中運用非理性事件也是可以接受的。目的的達成係指引起觀眾的適當情感和認知反應。亞里斯多德如是說：「如果有更合理的選擇情況下，詩人依然提出非理性的觀點，無疑是荒謬的」（25.，1460a33-35）。可是，希思和伍德拉夫或者會利用這段文字來強調，只要能達到適當的情感反應，亞里斯多德對劇情中的非理性事件持寬容態度。

回到本章開頭的討論，我們曾言及，人們目睹胡爾《攻占巴士底獄》畫作，很可能會確信自己所看到的，就是巴士底獄被攻占的情景。即便沒有額外的證據證明該畫作所描繪的是準確。同樣地，像荷馬如此優秀詩人，即使劇情中記錄了多麼不合理且不可能的虛假事件，可以使觀眾相信他們所看到的是合理且眞實的。假如亞里斯多德對劇情中出現不合理且不可能的事件，抱持開放的態度，那府，爲什麼他會認爲觀眾能從悲劇、史詩中有所學習？觀眾如何能從虛假的事物中學習？

如果亞里斯多德願意接受劇情中存在不合理之處，那麼觀眾從戲劇中得到的，並不是眞正的理

44 參見第十章的討論。

解。觀眾得到的是與生活相符的幻覺——即王爾德（Wilde）所說的「美麗的謊言」。然而，詩歌中的事實呈現並不等於眞正的學習或知識。知識所依據的是眞理。[45]

確實，詩歌的劇情是立足於觀眾生活經驗中可能性或必然性。故亞里斯多德強調，模擬合理卻不可能之事，要比模擬不合理的可能之事更理想（24.，1460a27）。然而，在提出此觀點後，亞里斯多德立即強調，應避免使用不合理的元素，劇情中的不合理性是像荷馬這樣的優秀詩人方能駕馭，而不是他或任何其他詩人應該追求的（25.，1460a33-1460b3）。

詩人必須在觀眾認定合理的範圍內著筆。然而詩人也需要讓觀眾感到驚訝，讓他們回想事件轉折，與之前的事情相連的契機，藉此滿足其驚奇之感受（10.，1452a1-5）。職是之故，劇情應該向觀眾揭示他們以前不知道的事情。故此，劇情既倚賴、卻又動搖觀眾對事物進行方式之期望。

最後討論至爲關鍵的異議：《詩學》中亞里斯多德無意承認詩人具有教師的角色，或者可以傳授有關人類行爲的知識。知識（*epistēmē*）暗示可傳授的活動，有知之人亦能以一般術語表述之（《形上學》，1.1）。然而，正如我們之前所見，儘管有充分證據，證明詩歌體現了亞里斯多德《詩學》中詩歌構成原則，亞里斯多德不認爲詩人懂得詩歌的技藝（*technē*）規則，即便是他推崇備至的卓越詩人荷馬，亦當如是。[46]

---

45 正如伍德拉夫所說：「在最終的測試中，eikos（可能的）在特定情況下是合理的，而在另一個情況下可能不是（或可能不以相同的方式）」（2009：第六一八）。

46 參見《詩學》，8.，1451.21f. 以及本書第二章。

《詩學》第九章提出，詩歌才是人類生活和行爲的普遍性源泉，而不是詩人。他在此提出，即便詩人不具有教師的角色功能，觀眾仍然能夠把握普遍性過程中感到愉悅。的確，亞里斯多德在《詩學》第十七章對詩人的描述，不像是人類心理學的乖巧學生，更像是一個想像力活躍的人。他寫道：「因此詩蘊含著需要一種特殊稟賦者或者有一種瘋癲傾向的人。按第一個情況此人能採用任何性格的模子，而另外一個情況使得他從其獨特的自我中提煉。」（17.，1455a32f）

因此，亞里斯多德在《靈魂論》（*De Anima*）中明確表明，想像力的定義是人類產生形象的能力（3.，3.428a1-3），在詩歌中起著重要作用。然而，他並未肯定詩人有洞察人類行爲的能力。他只輕描淡寫道，模仿詩人是情節的創造者，而不是詩句的創造者（《詩學》9.，1451b26-27）。

如果詩人在掌握人類行爲和心理的主導原則上，無法獲得肯定，那麼，這是否代表詩歌作品無法成爲理解的來源？答案是否定的。即使創作者無法表述、傳授知識，亞里斯多德認爲詩歌作品有體現知識之可能。[47]同樣地，觀看結構完整的詩歌，我們可以看到情節體現人類行爲的普遍性。雖然（從亞里斯多德的觀點來看）詩人是否有教授和表述普遍模式的能力，依然令人懷疑。因此，詩歌作爲理解的文本場域，並不取決於詩人是否具有眞理傳授者的角色。

47 參見第二章的討論。

小結

在《理想國》第十卷中，蘇格拉底對此觀點提出挑戰：詩歌可視作爲哲學之替代路，探索眞理和知識。那麼，究竟如何理解《詩學》第九章的論據，以切入哲學家對詩歌提出的挑戰？亞里斯多德的回答比之前的說法更爲微妙。雖然詩歌與哲學皆關注普遍性，但精心構造的詩歌情節中嵌入的普遍性，與哲學所追求的基本解釋原則不類同。亞里斯多德似乎指出，假若有人追求哲學性的精準解釋原則，不應該期望在詩歌中能夠獲得。在這個意義上，詩歌不是哲學的有效替代品。

另一方面，亞里斯多德並不認爲詩人追求的普遍性層次，與哲學所追求的相同。詩歌目標是使觀眾獲得獨特的情感體驗。倘若情節中嵌入的普遍性，與故事中的具體事物相距太遠，又過於抽象，那麼，則無法實現這一情感體驗的目標。觀眾必須能夠將情節中的角色和行爲，視爲必然或可能普遍模式的實例。然而，若要對人物產生哀憐，觀眾必須能夠在個別情況下把握普遍性。這意味著，詩歌中的普遍性，無法達到哲學所遠離具體事物的抽象層次。

在《申辯篇》中，蘇格拉底質問詩人詩的意義，並得出如下結論：詩人無法明確闡明詩中重要的事物，如美德或理解行動的動機，所以他們並不具有智慧（《申辯篇》，22b）。亞里斯多德看待詩人的心態，與蘇格拉底根本上並無二致。但他仍提出，即使詩人無法表述人類行爲之知識，模仿藝術的作品也不失爲學習的良好契機。

回溯至本章開首的藝術與知識之辯，透過《詩學》第九章及相關文本的審慎探討，可揭示亞里斯多德對斯托爾尼茲質疑的回應：詩歌中的眞理是否平庸或微不足道。亞里斯多德或會主張，詩人若依靠過於抽象的平凡眞理來構築情節（如形上學的抽象眞理），則其作品將與觀眾生活的關聯性蕩然無存。同時，情節也不應僅限於個別角色的層面，否則，觀眾將難以理解角色遭遇的情況，無法與自身相契合。要發揮其效用，情節中蘊藏的眞理，必須介於哲學的抽象眞理與歷史（依據《詩學》第九章所載）所記錄的特殊事件之間。[48]

那麼，亞里斯多德又如何回應斯托爾尼茲（Stolnitz）的疑問：觀眾在鑑賞戲劇時，何以能夠證明從中有所學習？觀眾或許早已透過自身經歷與他人觀察，驗證情節背後的人類行動模式。即便觀眾在情節中有所醒悟，覺察全新的生活與行動原則，問題的節點在於，觀眾是否認爲該行動，符合他們對人類經歷的認知。此種醒悟，並與科學或哲學所追求的客觀證成標準有關，但正揭示了戲劇深入觀眾內心的任務，讓歡眾領悟到與自身人生相關的洞見。

亞里斯多德因此被視爲當代藝術認知主義（Cognitivism）的先驅：他認爲模仿藝術的作品能成爲理解的泉源，這也是悲劇可貴價值之一。然而，他也意識到詩歌提供了觀者在哲學中無法得到的事物：擁有獨特情感體驗的機會。在隨後的章節中，我們將更深入探索這種情感體驗的本質。

---

48 有關詩歌旨在追求「中等水準」普遍性的另一條路徑，參見 Stephen Halliwell, 2002：頁一九七—一九九。

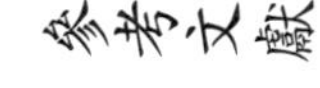

Barnes, Jonathan (ed.), 1984. *The Complete Works of Aristotle*. Volume Two. Princeton, NJ: Princeton University Press.

Carroll, Noël, 1998. "Art, Narrative and Moral Understanding," in Jerrold Levinson (ed.), *Aesthetics and Ethics: Essays at the Intersection*. Cambridge: Cambridge University Press: 126-160.

——, 2002. "The Wheel of Virtue: Art, Literature and Moral Knowledge." *The Journal of Aesthetics and Art Criticism*, 60 (1): 3-26.

Davies, David, 2007. *Aesthetics and Literature*. New York and London: Continuum.

Else, Gerald, 1957. *Aristotle's Poetics: The Argument*. Cambridge, MA: Harvard University Press.

Frede, Dorothea, 1992. "Necessity, Chance and What Happens for the Most Part in Aristotle's *Poetics*," in Amélie Oskenberg Rorty (ed.), *Essays on Aristotle's Poetics*. Princeton, NJ: Princeton University Press: 197-220.

Freeland, Cynthia, 1997. "Art and Moral Knowledge." *Philosophical Topics*, 25: 11-36.

Gaut, Berys, 2003. "Art and Knowledge," in Jerrold Levinson (ed.), *The Oxford Handbook of Aesthetics*. Oxford: Oxford University Press: 436-450.

Gibson, John, 2008. "Cognitivism and the Arts." *Philosophy Compass*, 3/4: 573-589.

Halliwell, Stephen, 1999. *Aristotle's Poetics: Edited and Translated by Stephen Halliwell*. Cambridge, MA: Harvard University Press.

——, 2002. *The Aesthetics of Mimesis. Ancient and Modern Problems*. Princeton, NJ: Princeton University Press.

Heath, Malcolm, 1991: "The Universality in Aristotle's *Poetics*." *The Classical Quarterly*, New Series, 41 (2): 389-402.

John, Eileen, 2005. "Art and Knowledge," in Berys Gaut and Dominic McIver Lopes (eds.), *The Routledge Companion to Aesthetics* Second Edition. Abingdon and New York: Oxford University Press: 417-430.

Matthews, Gareth B. and S. Marc Cohen 1968. "The One and the Many." *The Review of Metaphysics*, 21 (4): 630-655.

Modrak, Deborah K., 2001. *Aristotle's Theory of Language and Meaning*. Cambridge: Cambridge University Press.

O'Rourke, Fran, 2006. "Aristotle and the Metaphysics of Metaphor." *Proceedings of the Boston Area Colloquium of Ancient Philosophy*, 21 (1): 155-190.

Putnam, Hilary H., 1978. "Literature, Science, and Reflection," in Putnam, *Meaning and the Moral Sciences*. London: Routledge and Kegan Paul: 83-94.

Schellekens, Elisabeth, 2007. *Aesthetics and Morality*. London and New York: Continuum.

Rorty, Amélie Oskenberg (ed.), 1992a. *Essays on Aristotle's Poetics*. Princeton, NJ: Princeton University Press

——, 1992b. "The Psychology of Aristotelian Tragedy," in Rorty 1992a: 1-22.

Stolnitz, Jerome, 2004. "On the Cognitive Triviality of Truth," in Eileen John and Dominic McIver Lopes (eds.), *Philosophy of Literature: Contemporary and Classic Reading, An Anthology*. London: Blackwell Publishing: 317-323. Reprinted from *British Journal of Aesthetics*, 32 (1992): 191-200. Citations are to the 2004 version.

Wilde, Oscar 1891. *Intentions*. London: James A. Osgood, McIllvaine & Co.

Wilson, Catherine, 2004. "Literature and Knowledge," in Eileen John and Dominic McIver Lopes (eds.), *Philosophy of Literature: Contemporary and Classic Reading, An Anthology*. London: Blackwell Publishing: 324-328. Reprinted from *Philosophy*, 58 (1983): 489-496. Citations are to the 2004 version.

Woodruff, Paul, 2009. "Aristotle's *Poetics*: The Aim of Tragedy," in Georgios Anagnostopoulos (ed.), *A Companion to Aristotle*. Chichester, England: Blackwell Publishing: 612-627.

第八章　悲劇的情感、情節元素與模式

導　言

亞里斯多德在描述悲劇時，明確將觀眾對悲劇人物的哀憐與畏懼之情感，置於核心。[1]在其《詩學》第六章對悲劇的義界中，明言悲劇能引致對哀憐與畏懼情感的淨化（1449b27-28）。再者，對於情節結構的要求，也源於一個流暢且統一的情節，事件出乎意料卻又「因果相連」，於觀眾心中喚起悲憫與畏懼之理想途徑（10.1452a1-2）。在《詩學》第十三章，討論到最能激發悲憫和畏懼的情節模式，其焦點圍繞著悲劇效果的方式（1452b26f.）。言及完美的情節是詩人透過模仿營造出悲憫與畏懼之愉悅的工具（1453b11），悲劇的情感體驗即被抬高置於首要地位。可見，亞里斯多德指出悲劇的宗旨是悲憫和畏懼的情感。

然而，正如詹姆斯．喬伊斯（James Joyce）《一個青年藝術家的畫像》（*Portrait of the Artist as a Young Man*）中人物史蒂芬．迪德勒斯（Stephen Dedalus）所察覺到，《詩學》中對於哀憐與恐懼的言辭，尚未全面闡明，然而《修辭學》對此兩者內有啟示。對不當受害的人感到哀憐，正如我們期望可能臨到自己或親近者身上之事（《修辭學》，2.8.，1385b13-14f.）。畏懼則是對「與我相似」者所感（《詩學》，13.，1453a3）。想像未來可能發生的不幸與災難之惡產生（《修辭學》，2.5.，1382a22）。苦痛（伴隨著發現和逆轉）是情節的一部分；它是具破壞性或痛苦的動作（《詩

1 本章的閱讀內容是《詩學》第十至十六章。

學》，12.，1452b11-12）。在合適的環境下，悲劇的苦難內容將引發哀憐與畏懼。[2]

因此，在接下來的內容中，我們將首先審視亞里斯多德的其他著作，以描繪出更全面的情感畫像，特別是悲憫和畏懼的本質。接著，我們考慮悲劇的三個喚起悲憫和畏懼的關鍵因素：發現（*anagnōrisis*）、逆轉（*peripeteia*）和苦難（*pathos*）。最後，我們從亞里斯多德在《詩學》十三—十四章中的段落，探討喚起悲劇的適當情感效果之理想方法，達致喚起悲憫和畏懼的目的。[3]

亞里斯多德對情感的闡述

亞里斯多德在哲學心理學的著作中，不乏關於情感的闡述，特別是關於悲憫和恐懼。

首先，對於亞里斯多德如何理解情感的一般問題。哲學上對情感的解釋傾向以三種主要方式看待它們：(1)涉及有意識的經驗或感覺；(2)作爲身體反應；或(3)涉及認知狀態：思想、信念或判

2 有兩位學者在塑造共識方面產生影響，認為要理解悲劇情感的性質，最好超出《詩學》之外的文本：William W. Fortenbaugh 於一九七〇年和一九七五年；以及 Alexander Nehamas 於一九九二年。

3 亞里斯多德認為悲劇達成哀憐和恐懼的淨化（6.，1449b26）的觀點，在本書第九章討論；而詩人應該創造「透過模仿帶來的哀憐和恐懼的愉悅」（6.，1453b11）的觀點在本書第十一章中探討。

斷。亞里斯多德對情感的描述相當複雜，一般最常理解爲情感的認知描述。然而，這同時涵蓋身體與感受層面的情感。

第一，情感富有意向性：意向性（源自拉丁語 *intendere*，旨在「引導」）乃心靈對事物的描摹、表徵或象徵之能。依亞里斯多德觀點，情感有其目的，如你會因爲室友吃掉你的花生醬而感到憤怒，或對失業的無家者失去生計，而感慨悲傷。

第二，情感牽涉身體之狀態：情感爲靈魂的感受。在《靈魂論》中，亞里斯多德言，諸如憤怒、恐懼和哀憐等靈魂的感受，均與身體感受有關（《靈魂論》，1.1，403a16-19）。

第三，情感具感覺的成分，亞里斯多德認爲，擁有情感即是具有愉悅、痛苦的經歷。譬如，哀憐與恐懼涵蓋痛苦，而憤怒則涉及愉悅與痛楚兩者。

第四，情感涉及認知或心理狀態：感知、判斷，或對象滿足特定情感條件的信念。[4]舉例來說，你之所以感到憤怒，是因爲你覺得鮑伯輕視你；或者你對灰熊的恐懼，是因爲你覺得灰熊會對你的生命安全構成威脅。

即便蘊涵著情感與身體反應的感受分析，將亞里斯多德的解釋視爲情感的認知理論，仍然是精確無誤。[5]在亞里斯多德的觀點下，情感非僅是身體反應：需要以特定方式，對情感的對象進行

---

4 近年關於亞里斯多德觀點下情感認知組成部分的辯論，請參見 Jamie Dow, 2009。

5 參考 Jesse Prinz, 2004：頁十—十一，他將亞里斯多德的情感理論，界定為認知和身體反應之間的情感理解混合體。我認為亞里斯多德的理解，應該屬於這一分歧的認知層面，因為他認為情感的認知組成部分（信念、感知或思想）是身體反應的原因。

概念化。例如：在憤怒的例子中，你所憤怒的人，被視爲對你冒犯；你害怕的人或事，被認爲是未來傷害的根源；你所哀憐的人，則被看作是不應受到苦難的人。這意味著情感能夠對理由產生反應（如《尼各馬可倫理學》，1.13.，1102b29-31 所述），並且存在對情感的合理依據。

《詩學》與《修辭學》中的哀憐與恐懼

在《詩學》的第十三章中，亞里斯多德簡言道，描繪窮凶極惡的人從好運墮入厄運的悲劇，並不會引起哀憐或恐懼。因爲哀憐是針對罪不應得的人，恐懼則是針對與我們相似的人（1453a4-6）。相比之下，亞里斯多德在《修辭學》中對哀憐和恐懼的討論相當廣泛，他的評述提供更深入的見解，闡明這些情感的人的心理狀態，以及引起情感的事物和情境。

《修辭學》第二卷第八章解釋了值得我們哀憐的對象。哀憐是一種痛苦的感受，針對他人不應得的苦難。由於我們有能力感受在類似情境下的脆弱（2.8.，1385b12-19），並且涉及一個痛苦的心理狀態，其中「我們回憶自己或身邊的人曾遭遇類似不幸，或預期不幸將在未來發生的情況」（2.8.，1386a1-4; Barnes, 1984）。此外，哀憐還具有自我檢視的一面，惟有我們能夠假設邪惡可能發生在我們或我們的朋友身上時，才能爲某人感到哀憐（2.8.，1385b15-16）。

恐懼，源自於對未來毀滅或痛苦之邪惡的預感（《修辭學》，2.5.，1386a27-28）。亞里斯多德深究，恐懼生於感覺到對自身有極大破壞性或傷害之力的事物（2.5.，1382a26; Barnes, 1984），意味著他視恐懼爲指向自我的情感。

此外，哀憐與恐懼間有著密不可分的聯繫。我們對他人所哀憐的，正是自己所恐懼的；對自身所懼，於他人身上則感同身受（《修辭學》，2.5.1382b25-26; 1386a27-29）。換言之，當同一罪惡降臨不同人身上，便引發哀憐與恐懼。然而，強烈的恐懼可壓制哀憐，亞里斯多德認爲，驚慌的人因沉浸於自身困境，無法對他人產生同情（《修辭學》，2.8.，1385b32-33）。

哀憐與恐懼，兩者皆爲涵蓋對危險傷害的預期或回憶的痛苦情感。哀憐既是回溯，亦是前瞻，勾起我們曾經遭受的相似不幸的回憶，亦提醒我們未來可能遭遇的痛苦災厄。恐懼則完全是與預期有關：當我們預期在不遠的未來可能發生某種災禍時，我們便感到恐懼。

在《修辭學》中，恐懼爲一種對向自我或親近之人，如「父母、子女或配偶」的情感（2.8.，1385b28-29; 1386a17-19）。這一點在評論者之間引起不同的看法，有些學者主張，觀眾對角色的恐懼實際上是對自己的恐懼；有的則認爲亞里斯多德的《修辭學》，是指人們對悲劇人物產生合理的恐懼。[6]沿此理解，亞歷山大．內哈馬斯（Alexander Nehamas）主張，對悲劇角色的恐懼，實則是「對自身的想像性恐懼」。[7]然而，這與亞里斯多德在《詩學》中恐懼及哀憐的陳述相悖

---

6 前者陣營包括 Alexander Nehamas, 1992：David Konstan, 1999 和 2005。後者陣營包括 Stephen Halliwell, 1998：頁一七五－一七八，特別是176。Dana LaCourse Munteanu, 2012：頁七十二和九十二－九十五主要同意恐懼是為自己而感，但也認為觀眾也為角色感到恐懼。

7 Alexander Nehamas, 1992：頁三〇二。

（13.1453a3-5）。

當然，內哈馬斯的解讀與《詩學》的觀點有調和之徑。[8]要對悲劇人物產生恐懼和哀憐的感覺，觀眾不僅需發現人物處境與普世人類經驗的一般模式；人物的處境還必須與觀眾過去的體驗、近來遭受的痛苦相契合，從而產生共鳴。[9]

另一方面，悲劇人物絕非觀眾的影子或精神替身。承如《修辭學》謂，對自我強烈的恐懼會排除哀憐情感：若戲劇引起個人恐懼，觀者會過於沉浸於她想像成眞的自我情境，而無暇顧及人物的處境。在此情況下，強烈的自我導向恐懼會消弭對人物的哀憐。此外，《修辭學》中關於哀憐的說法，排除觀者自我導向的哀憐。亞里斯多德指出，對於與我們有密切關係的人，我們不會感到哀憐。因在這種情況下，我們感到自己正在面臨危險，這則消除哀憐的感覺（2.8.，1386a16f）。

想像你正在觀看莎士比亞的《奧賽羅》（*Othello*），奧賽羅（Othello）對得斯蒙娜（Desdemona）的不信任，觸動你對伴侶忠誠的疑慮。如果這樣的疑慮眞實而迫切，你可能過於關注自己的情況，而無法爲奧賽羅感到哀憐。再者，如果戲劇中的角色的困境，是你所有可能會面臨的，你可能因過於關注自身，而無法對角色感到哀憐和恐懼。

這意味著，關於恐懼的辯論中，折衷的立場或許最爲合適。如《詩學》第十三章亞里斯多德所述，我們對悲劇人物的情感反應，以某種想象的方式引領我們超越自我，且朝向角色。他修正了

8 參見 Nehamas, 1992：頁三〇三。

9 參見第七章的討論。

《修辭學》的描述，承認恐懼不僅是指向自我的感受：在悲劇中，也可以是對悲劇角色的感受。同時，戲劇必須讓我們認識到角色所遭受的痛苦也可能降臨自己，否則情感效果將減弱。

情節的簡與繁：逆轉、發現與哀情[10]

在《詩學》第七章中提到，情節必須具足夠的重要性，使得在好運與厄運的兩個終點之間，能夠進行必要或可能的轉變（*metabasis*）（1451a13-16）。在第十一章中，對情節進行了進一步的區分。有些情節是簡單的（*haplos*）。情節模仿的是一系列具有明確開始、中間和結尾的行爲（1453b23-24），並根據概率或必然性始終朝一個方向發展，從好運轉爲厄運，或者反過來從厄運轉爲好運（10.1452a11-13）。而其他情節是亞里斯多德所稱的「複雜」（*peplegmenos*）：情節模仿的是整體完整的行動，其特點是逆轉（*peripeteia*）和發現（*anagnōrisis*），或兩者兼有（10.，1452a14-16）。

逆轉是「事件反過來的改變，正如上述一樣，符合我們所堅持的概然或必然律而進行」（11.，1452a22-23）。大多數學者認爲「正如上述一樣」所指涉的，是指亞里斯多德的觀點：當事件「與

10　本節的閱讀內容是《詩學》第十一至十二章和第十六章。

預期相反，卻彼此有因果關係」時，就會引起哀憐和恐懼（10.，1452a4-5）。角色的命運發生了眾人和觀眾都沒有預料到的戲劇性變化，從而加劇了觀眾哀憐和恐懼的反應。然而，這種命運的變化並非在因果上無法成立：事件的結構是這樣安排的，當角色和觀眾回顧事件的序列時，他們可以看到，命運的變化在先前行動中的因果關係乃有跡可尋。

有關逆轉是否涉及人物、觀眾或兩者的期望的顛覆，存在一些爭議。根據亞里斯多德在《詩學》第十一章的例子，逆轉涉及人物期望的改變。在索福克勒斯的《伊底帕斯王》中，伊底帕斯希望能消除他對與母親通姦的恐懼，而信使帶來消息，揭示他是約卡斯塔的兒子，以及他將娶母的預言是眞的（11.，1452a23-25）。但《詩學》第十章的回溯表明，逆轉必須「與期望相反，但彼此有因果關係」，這也適用於觀眾對即將發生的事情的期望。因爲意料之外但合乎概然或必然律，是最能激起觀眾的哀憐和恐懼的方式（10.，1452a3-5）。

伊底帕斯的例子，證明爲何逆轉不僅僅是人物命運的改變（*metabasis*），而是顛覆人物對事物眞實狀態的期望。逆轉涉及事物的眞實狀況，與人物預想之間的差距，因而產生驚愕（10.，1452a1-3）。信使告訴伊底帕斯，他的父親波利博斯（Polybus）自然死亡，所以他將弒父的預言不可能成眞。行動似乎正朝著伊底帕斯的好運方向發展。然而，伊底帕斯仍然擔心預言的第二部分：他將與母親同寢。信使安慰他說，這不可能是眞的，因爲波利博斯和梅洛珀（Menpe）不是他的眞正父母。這一消息最終使伊底帕斯了解預言的實現。他殺了多年前在十字路口遇到的父親，並娶了母親約卡斯塔。這裡的行動，似乎正在朝著好運（預言不是眞的）前進，但最終不僅推翻了信使的好消息（伊底帕斯不可能殺了他的父親），更確認另一個最壞的恐懼：預言的第二部分是眞實的，伊底帕斯與母親發生不倫關係。

發現（*anagnōrisis*），按字面的定義，是從無知到知曉的轉變，建立友情或形成敵意，而且涉及順境和逆境的問題（11.，1452a25-26）。「發現」涉及對以下的認識：(1)物體；或者(2)事件；或者(3)人物的發現（11.，1452a33f.）。人物的發現最爲理想，可以整合到情節中，導向好運或厄運（12.，1452a33-b3）。《伊底帕斯王》中的伊底帕斯正爲此例，使者的消息使他的命運逆轉，也揭示他眞實的身分。

因此，《詩學》中的「發現」比戲劇或電影範圍更爲狹義。不僅僅是使角色從對自己或自己情況的無知狀態獲得一些信息，更是情節中的一個事件，影響(i)角色的好運或厄運，因此引起哀憐和恐懼（12.，1452a38-b3）；並且(ii)使情節朝新方向發展，從朋友變成敵人，反之亦然，亦有揭示家庭關係，如《伊底帕斯王》或《伊菲革涅亞在陶里其》。後者中的伊菲革涅亞（Iphgenia）發現她將要犧牲的人的眞實身分，是她失散多年的兄弟奧瑞斯（Orestes）。和情節中的其他事件一樣，發現和逆轉都應該符合可能性和必要性（10.，1452a18-21 和 11.，1452a23-24）。

《詩學》第十六章討論了詩人引入「發現」的六種方式，由差劣到理想的順序論述。最不熟練的發現，是通過蛛絲馬跡或外部標記，例如：奧德修斯通過他的疤痕而被發現（16.，1454b26-28）。這種發現的當代例子，是在阿爾弗雷德．希區考克（Alfred Hitohcock）的經典電影《迷魂記》（*Vertigo*）（1958）中，偵探約翰「斯科蒂」弗格森（Detedive John “Scottie” Ferguson）通過她戴的項鍊，發現裘蒂．巴頓就是瑪德琳（Madeleine），他在調查過程中愛上她，但後來跳樓自殺。

正如在《詩學》第十一章和第十四章中所述，最好的發現是那些根據「事件本身」隨機和必然地發生。這與詩意統一的原則保持一致，激起哀憐和恐懼的事件「出乎意料地發生，但是彼此有因果關係」（9.，1452a3-4）。亞里斯多德給出的例子是他兩個最愛的悲劇，歐里庇得斯的《伊菲革涅亞在陶里斯》和索福克勒斯的《伊底帕斯王》（16.，1455a18-20）。伊菲革涅亞給俄勒斯特斯一封帶回家的信，信中揭示姐姐的身分。這不像通過標記或符號的劣等發現，因爲她很可能希望收回這樣一封信。

雖然發現和逆轉可以相互獨立地發生，但最好的情節涉及兩者的結合（11.，1452a30）。伊底帕斯從牧羊人那裡得知眞相，他年幼遭萊俄斯和約卡斯塔遺棄的孩子，爲他帶來極端的不幸。伊菲革涅亞認出她失散多年的兄弟，這避免了殺死奧瑞斯的極端不幸：行動反而轉向他們密謀逃走。這是一個「相互發現」，因爲兩個角色彼此認識：「伊菲革涅亞的信被奧瑞斯認出，但伊菲革涅亞需要進一步的認識來認出雙方關係」（11.1452b29-31）。

一個涉及類似於亞里斯多德的發現和逆轉的當代電影例子是《靈異第六感》（*The Sixth Sense*）（M. Night Shyamalan，1999），其中兒童心理學家馬爾科姆．克羅（Malcolon Crowe，布魯斯．威利〔Bruce Willis〕飾演）試圖幫助年輕的男孩科爾．西爾（Cole Sear，海利．喬．奧斯蒙〔Haley Joel Osment〕飾演），使他能見在世間遊蕩的鬼魂，並與之交談，因爲他們有未完成的事情。[11]電影以令人驚訝的「轉折」結束，馬爾科姆不知道，自己也是鬼魂，死於憤怒的病人槍下。

11 有關這部電影與亞里斯多德悲劇之間的延伸討論，請參見 Angela Curran, 2003。

雙方認識的時刻發生在電影的最後，當馬爾科姆看到結婚戒指，從他沉睡中的妻子手上滑落，揭示她由始至終也在哀悼他的死，而非如馬爾科姆以前所想，一直醉心工作。因此，馬爾科姆對鬼魂世界的存在所獲得的知識，變成了他自己的重要自我認識。這一新信息讓他痛苦地意識到自己已身故。爲了自己妻子的緣故，他必須離開人世，以便他的妻子停止哀悼並重啟新生活。在此，可以發現如同伊底帕斯和伊菲革涅亞一樣，劇情中出現命運的逆轉，而在馬爾科姆的情況下，從好運轉爲厄運。

逆轉和發現都是劇情的核心元素，亞里斯多德強調，這兩個元素都必須按照可能性和必要性來設計（10.，1452a10-21）。當劇情朝觀眾和角色未預期的方向發展，詩人必須能夠從先前事件的必然結果，產生哀憐和恐懼。因此，這種發現應在劇情的中間部分出現，每一事件緊接前一事件，並引發進一步的結果（7.，1450b29-30）。例如：伊底帕斯知悉其眞實身分和所作所爲，引發一系列後續的行動，如他因羞愧而刺瞎雙眼、自我流放，使劇情邁向結尾。詩人在整個劇情中精心結合逆轉和發現，以保持情節的連貫性。

除了逆轉和發現外，受苦（*pathos*）是《詩學》介紹的劇情第三要素，不論其複雜程度如何，每個劇情中皆有之。受苦涉及圍繞劇情所建立的破壞性或痛苦行爲，例如公開死亡、肉體上的痛苦等（11.，1452b10-11）。而在《詩學》第十四章中，亞里斯多德說在家庭成員和親人之間的受苦，是最具戲劇效果的（14.，1453b14-15）。

舉例來說，雖然在尤里比底斯同名戲劇中特洛伊女人的苦難引起了哀憐和恐懼，但亞里斯多德認爲，這並不是最能激起觀眾哀憐和恐懼的受苦類型。當存在由姐妹對兄弟、兒子對父親等所犯的

「可怕罪行」時，這種破壞性行爲最能引起哀憐和恐懼。當美狄亞殺害她的孩子（1453b28-29），或伊底帕斯殺死他的父親，或伊菲革涅亞差點殺死她的親弟時，這是劇情中最理想的受苦形式。當代電影也使用家庭成員之間的暴力事件來增強情感效果。在恐怖經典片《鬼店》（*The Shining*，或譯《閃靈》）（Stanley Kubrick，1980）中，主人公傑克．托倫斯（Jack Nicholson）是Overlook飯店的管理員，他被飯店的魂魄所附身，威脅著傑克對他的妻子和兒子施暴。

亞里斯多德將受苦作爲劇情的第三個元素，意味著每部悲劇必須至少有一個受苦的行爲（11.，1452b11-12）。《詩學》第十四章澄清，受苦可能只是威脅，不一定確實發生，就如尤里比底斯的《伊菲革涅亞在陶里斯》一樣（11.，1454a5-6）。可怕的暴力行爲可以「在戲劇之外」發生，正如亞里斯多德在《詩學》第十四章中表述，伊底帕斯在十字路口殺死他的父親是《伊底帕斯王》的背景故事的一部分，但並未呈現在舞臺上戲劇化的事件中。

過失：悲劇中的失誤

在《詩學》第十三和十四章裡，亞里斯多德評估了哪些劇情結構最能激起觀眾的恐懼和同情。這兩章讓評論者感到困惑，因爲兩章似乎給出不一致的劇情排名。《詩學》第十四章中，最高排名的劇情模式是歐里庇得斯的《伊菲革涅亞在陶里斯》中所使用的，痛苦和不幸在最後一刻被扭轉。

而排名第二的劇情則是角色無意中危害親屬的情節（14.，1453b30）。索福克勒斯的《伊底帕斯王》劇情在《詩學》第十四章排名第二，卻在第十三章排名第一。

兩章之間的另一個明顯不一致之處，與《詩學》中核心概念有關，也是最容易誤解的概念：這個概念是錯誤（error）或過失（*hamartia*）造成（或威脅造成）角色的悲劇不幸（13.，1454a13）。過失（*hamartia*）的含義引起了激烈的爭議。評論者建議，亞里斯多德所指的「hamartia」是與悲劇角色的性格有關的錯誤，如「性格缺陷」（character-flaw）；或者是用智上錯誤，如計算上錯誤或事實的錯誤；或者包括道德上的過失。亞里斯多德在《詩學》第十三章討論悲劇中的過失，似乎將過失 *hamartia* 與性格相連接，而在第十四章的言論似乎更傾向於認為悲劇錯誤（tragic error）是事實的錯誤。

「*hamartia*」的字根意思是「失之毫釐」（missirg the mark）。亞里斯多德告訴我們，導致角色命運變化的「*hamartia*」的錯誤，與道德上惡劣的性格和／或（and/or）惡意有所區別（13.，1453a7）。理解「*hamartia*」這個概念的挑戰在於，所涉及的錯誤是與道德性格、用智誤算還是事實錯誤有關，以及角色是否應對該錯誤負責而遭受譴責。[12]

最佳劇情含有逆轉和發現二者，某些評論者自然會看到此兩者與《詩學》第十三章中最佳劇情類型特徵——「*hamartia*」概念之間的密切聯繫。據此觀點，過失與行動中的無知細節有關，而這

---

12 Nancy Sherman, 1992 和 T. C. W. Stinton, 1975 支持「hamartia」其指的是一系列錯誤的解讀，而 J. M. Bremer, 1969 支持「hamartia」作為智思錯誤上的狹窄解讀。

些細節與可怕暴力行為有關。在用智錯誤的解讀中，伊底帕斯的錯誤或「*hamartia*」，是不知所作所為背後的完整知識下行動。並不非出於他的「傲慢」或自大、或惱羞成怒的罪過，促使他在十字路口殺人，從而無意間造成父親的死亡。相反，伊底帕斯的錯誤，是因為他在十字路口殺人時，缺乏行動背後眞正知識。

根據這一解讀，過失（*hamartia*）、發現和逆轉是複雜劇情中最理想的相關概念。錯誤是由於對事實的理解不足造成的，這些理解是伊底帕斯需要具備的，以避免弒父的可怕行為。當出現角色需要的信息時，悲劇的主人公經歷了與預期相反的變化。由於伊底帕斯無法對父母隱瞞的信息負責，所以他的痛苦引起了觀眾的哀憐和恐懼。

根據亞里斯多德有關責任行為的描述，當行為：(1)起因於執行者；並且(2)在沒有完全了解對象、使用的工具或行為意圖之結果的情況下完成時，一個人的行為是非自願的（《尼各馬科倫理學》，5.8.，1135a23-25）。因為伊底帕斯不知道在十字路口遇到的人的身分，而且後來得知他所做的事情後，亦深感後悔，所以他的行為是非自願的（1136a5-8）。[13]

問題在於，亞里斯多德在《詩學》的第十三章中並未告訴我們「*hamartia*」是事實上錯誤還是用智錯誤。他解釋「*hamartia*」為「重大錯誤」（great error），這與道德敗壞或道德邪惡相反

13　參考 Richard Sorabji, 1979：頁二九五—二九八的討論，他辯稱伊底帕斯在十字路口弒父的結果，是一個不幸的失誤（*atuchēma*），而不是根據《尼各馬可倫理學》第五卷第八章的錯誤或失誤（*hamartēma*）。有關《尼各馬可倫理學》第五卷第八章與悲劇錯誤相關的不同解讀，請參見 Dorothea Frede, 1992：頁二一一二。

（1453a10）。這意味著可能是事實上的錯誤，或可能是與行動者的道德品格有關的錯誤，但都是可以諒解的過失。將「*hamartia*」視爲道德錯誤還是智力錯誤，區別甚大，這影響我們理解《詩學》中對於戲劇性的論證。

亞瑟．米勒（Arthur Miller）的《吾子吾弟》（*All My Sons*）以主人公喬．凱勒（Joe Keller）爲中心，他基本上是好人，但在第二次世界大戰期間，他把工廠裡已知受損的飛機氣缸頭裝運，釀成道德錯誤，導致意料之外的後果發生，包括失去孩子的尊敬和自殺。但是，如果角色的錯誤或過失（*hamartia*），是用智上的誤算，或對事實的錯誤理解，那麼這部作品和許多其他優秀當代悲劇電影和戲劇，就不能視爲悲劇。[14]

當然，正如馬爾科姆．希思（Malcolm Heath）所指出的，道德上失敗和用智錯誤不必相互排斥。[15]在上面提到的《靈異第六感》，馬爾科姆可能在兩個意義上都有過失：他未意識到自己已死並成爲鬼魂，故錯誤於此；這也可能是他的道德失敗，因爲他無法接受自己的死亡，繼而轉世，實是不難理解。然而，上述無法回應亞里斯多德主要考慮了哪一種意義。

儘管在用智錯誤和道德品格對「*hamartia*」的解讀之間存在差異，當中仍有共通之處。無論悲劇角色所犯的是什麼錯誤，以下必須是眞實的：

一、錯誤引起角色命運改變的因果鏈：角色不是因爲偶然、眞正邪惡的角色或外在原因而陷入不

---

14 Michael Tierno, 2002：頁六十五。
15 Malcolm Heath, 1996：頁 xxxiii。

幸。換句話說，悲劇性角色不是單純不幸的受害者：必須以某種方式促成角色的命運逆轉。

二、無論悲劇性角色犯了道德上、智力上還是兩者兼有錯誤，角色所遭受的痛苦都超出其所犯的任何錯誤。

這些觀點在《詩學》第十三章裡情節結構的篇幅中呈現。仔細檢視當中的討論，我們能更精確勘定「*hamartia*」的可能意義：或是與發現和逆轉相關聯；或者代表從可諒解的道德缺陷、智力錯誤，到對事實的誤解的範圍；或者其他意義。

《詩學》第十三章：最好的悲劇情節

亞里斯多德在《詩學》第十三章開始論證，提醒讀者兩點：首先，最好的悲劇必須擁有複雜的情節，而非簡單的（1452b30）；其次，悲劇必須模仿令人恐懼和哀憐的事件，因爲這是悲劇模仿（mimēsis）的定義特徵，正如《詩學》第六章中對悲劇的定義一樣。因此，《詩學》第十三章所考慮的情節模式，按照在觀眾中激起哀憐和恐懼的方式優劣進行排序。當中所考慮的情節涉及(1)道德角色的類型和(2)角色經歷的變化（無論是從壞到好，還是從好到壞的命運）。以下爲三種角色和命運變化的組合（1452b32f.）：

（13-1）一個在美德方面優於（觀眾的）人，經歷從好到壞的命運變化。

（13-2）一個邪惡的人，命運從壞到好的變化。

（13-3）一個邪惡的人，命運從好到壞的墮落。

亞里斯多德排除了劇情模式（13-1）至（13-3），因爲三者並沒有在觀眾中產生正確的情感反應。理解亞里斯多德爲何排除劇情模式（13-2）和（13-3）相對容易。當某人承受不應得的苦難時，即激起哀憐之情。此外，我們所同情的人所經歷的，是可能降臨到自己或身邊的人身上的痛苦或邪惡。恐懼的對象是與我們相似的人（13.至1453a3-4）。當十惡不赦的人的命運從壞轉爲好（13-2），無法激起哀憐和恐懼。因爲這樣的人不像觀眾（所以不會激起恐懼），也沒有經歷任何不應得的痛苦。而無論角色的道德地位如何，好的結果本身即不會激起恐懼。

另一方面，劇情模式（13-3）模仿邪惡的人從好運到厄運，也引起了錯誤的反應：喚起了「同情」（*philanthrōpia*），這個詞在文意脈絡下爲「詩意的公正」的同情感，或者一個完全不同的意思：對人類受苦的同情感（我們可能稱之爲「同情」）[16]，但行動中並沒有讓人恐懼或哀憐之處。

爲什麼亞里斯多德排除模式（13-1），此問題不太容易。這個模式模仿一種優越美德（*epieikēs*）的人，不是出於個人的錯誤或過失，命運卻由好運轉爲厄運。[17]亞里斯多德說，這個劇

16 有關《詩學》中這一概念的爭議，請參見 C. Carey 1988。

17 亞里斯多德使用「epieikēs」一詞來描述甚有德行的人。這個詞的字面翻譯是「好」或「正派」。稍後在文本中（1453a5-10），亞里斯多德提及，當他討論的三個情況被排除後，仍然存在的劇情表明了悲劇角色，在德行上「居中」於「（與我們）德行優越」的人和邪惡的人之間。這使得在「1452b33」處將「epieikēs」翻譯為「優良美德的人」而不僅僅是「好人或正派人」，這是更合理的選擇。

情模式不會激發哀憐或恐懼，而是令人反感或噁心（*miaros*）。亞里斯多德並非認爲，好人的美德緩和了不幸之遭遇。的確，亞里斯多德的倫理學，探討極度不幸如何使幸福的生活脫軌，就像特洛伊國王中所遭遇的那樣。[18]亞里斯多德亦進一步提出，雖然自然事物和過程具有規律性和目的性，這些過程有明確的終結，前提是環境或生物體中沒有障礙。[19]因此，亞里斯多德知道有各種因素，可能妨礙有高尚美德的人追求幸福。因此，並不是因爲模式（13-1）被排除，而是因爲超出自然過程範圍的結果，包括人類行爲的運作。

模式（13-1）之所以排除，原因與其他兩個劇情模式（13-2）和（13-3）一樣，因爲此模式在觀眾中產生錯誤的情感反應。模式（13-1）所產生的是令人震驚（*miaros*）（1452b36）。亞里斯多德判斷的原因並不是十分清晰。哀憐的邏輯，是人具有的道德美德的程度越高，若非其自身的過錯而陷入不幸時，所激發的哀憐便越強。史丹頓（T.C.W. Stinton）對此提出合理的解釋：當甚有美德的人從好運變爲厄運時，角色所感受到憤怒和震驚感，會引起觀眾道德上的憤怒，這種憤怒排除了哀憐和恐懼之可能。[20]

亞里斯多德在《詩學》第十三章（1452b35）中指出，甚有美德的人陷入不幸並不可怕也不可憐，而是令人反感的（*miaros*）。爲了使史丹頓的解釋成立，需要預設道德層面義憤填膺的感受

---

18 《尼各馬可倫理學》，1.8.，1099a6-9。
19 《物理學》，2.8.，199b15-18；《物理學》，1.1.，641b23-26。
20 T. C. W. Stinton, 1975：頁二三八—二三九。

占主導地位，以致憤慨驅散對人物的哀憐和恐懼。正如南希．謝爾曼（Nancy Sherman）所指，亞里斯多德認爲強烈的恐懼有能力驅散哀憐。[21]因此，史丹頓的觀點（甚有美德的人身陷困境令人震驚，而非可憐或可怕），無疑是合理的。

排除模式（13-1）之原因，也有另一種可能。也許這個情節結構被排除，是因爲在美德上遠超大眾的人，人們無法感到哀憐和恐懼。[22]這與痛苦應得不應得無關。亞里斯多德認爲，與我們相似的人會激起哀憐和恐懼。回想一下，恐懼的對象是與我們相似的人（《詩學》，13.，1453a3；《修辭學》，2.5.，1386a27-28）。當我們開始認爲，自己也可能遭受和哀憐對象同樣的厄運時，也會感到哀憐（《修辭學》，2.8.，1385b15-16）。因此，亞里斯多德之所以消除模式（13-1），是觀眾根本無法理解高尚美德的人的痛苦，反而會因其不幸時感到憤慨。

在(1)極端美德或邪惡和(2)轉爲好運或厄運的兩種範圍內，有一個情節模式是亞里斯多德沒有考慮的：

（13-1-b）一個甚有美德的人從厄運轉爲好運——沒有哀憐和恐懼。

我們可以看到，爲什麼亞里斯多德會認爲這是劣等的悲劇。當中不會激起哀憐，因爲沒有不應得的苦痛；也不會引起恐懼，因爲恐懼對象是「和我們相似」的人，而甚有德行的人對於一般觀眾而言

21 《修辭學》，3.8.，1385b34-5；N. Sherman, 1992：頁一九四，註釋 27。

22 參見上述註釋 13。

太過高尚，所以不會激起恐懼。此外，好的結局也不會引起恐懼。

排除模式（13-1）至（13-3）後，亞里斯多德轉向談論他所偏愛的劇情模式，爲人物和厄運變化的最佳組合。亞里斯多德的觀點是，悲劇應該模仿好人遭遇厄運的行爲，使人物的命運變化是可理解，而且符合因果關係。亞里斯多德的首選劇情模式（13-4），它彌補了第一個劇情模式的缺陷，並符合詩意統一的要求，這對於有效的劇情至關重要。

（13-4）一個「在德行和正義感中規中矩」的人，因某些錯誤（*hamartia*），而不是因爲罪惡和邪惡，而遭受從好運到厄運的變化。

在此，亞里斯多德引入了悲劇人物的錯誤或*hamartia*，作爲悲劇人物從好運到厄運變化方式之解釋。悲劇人物值得觀眾的哀憐，不過依然有所錯誤或*hamartia*，造成人物的命運變化。如果悲劇人物在德行方面並不出色，但僅僅只是犯錯，本身卻不是邪惡。那麼，角色的不幸，其犯的任何錯誤不成比例，即引起觀眾的哀憐和恐懼。角色的錯誤是可以理解的，索福克勒斯的《伊底帕斯王》就是這種情節的典型例子。

亞里斯多德在《詩學》第十三章中對情節模式的排名如下：

（13-1）一個品德非凡的好人從好運走向厄運——引起反感，而非哀憐和恐懼。

（13-2）一個邪惡的人從厄運走向好運——引起反感，而非哀憐和恐懼。

（13-3）一個邪惡的人從好運走向厄運——引起同情、「詩意的公正」感覺（共鳴），而不是哀憐和恐懼。

（13-4）一個「在德行和正義感中規中矩」的人，因某些錯誤（*hamartia*），而不是因為罪惡和邪惡，而遭受從好運到厄運的變化——引起哀憐與恐懼。

例如：《聖女貞德的受難》（*La passion de Jeanne d'Arc*）（卡爾・希歐多爾・德萊葉〔Carl Theoder Dreyer〕，1928）是情節模式（13-1）的實例，當中描繪了勇敢的聖女貞德（Joan）（瑪麗亞・法爾科內蒂〔Maria Falconetti〕）試圖驅逐英格蘭人離開法國，最終被忠於英國的法國神職人員俘虜和審判，並判處火刑。

《黑金企業》（*There Will Be Blood*）（保羅・托馬斯・安德森〔Paul Thomas Anderson〕，2007）是情節模式（13-2）的例子，描繪貪婪和無恥的石油商丹尼爾・普雷恩維尤（Daniel Plainview）（丹尼爾・戴—劉易斯〔Daniel Day-Lewis〕飾演）在二十世紀初的加利福尼亞（California）的崛起和致富經歷。

《教父》（*The Godfather*）（弗朗西斯・福特・科波拉〔Francis Ford Coppola〕，1972）是情節模式（13-3）的例子。電影始於維托・科雷昂（Vito Corleone）（馬龍・白蘭度〔Marlon Brando〕飾演）女兒的歡樂婚禮，終於黑手黨首領與幫派競爭對手衝突時喪子，最後命喪於心臟病發。

《靈異第六感》（奈・沙馬蘭〔M. Night Shgamalan〕，1999）的情節符合（13-4）。其中主人公馬爾科姆・克洛（Malcolm Crowe）（布魯斯・威利〔Bruce Willis〕飾演），是有愛心的兒童心理學家。他鑄成大錯，沒有意識到自己已往生並成為鬼魂，這是他在電影結尾必須接受的悲哀事實。

在《詩學》第十三章中，亞里斯多德並沒有考慮另一個情節模式。這是其中一個人「在美德和正義感中規中矩」從厄運到好運：

> （13-5）一個「在美德和正義方面居中」的人從厄運轉爲好運。

據亞里斯多德在《詩學》第十三章中所云，（13-4）是最好的情節模式，而非模式（13-5）。然而，在《詩學》第十四章的內容，亞里斯多德說（13-5）情節模式是最好的，如《伊菲革涅亞在陶里斯》中尤里比底斯的例子。這正是前述提及的，兩章看似不一致的因素。

《詩學》第十四章：無知之福

儘管《詩學》第十三章和第十四章似乎存在矛盾，但我們能看到在第十四章中與第十三章一致之處。他提出一個理解悲劇人物的命運逆轉與威脅發生的機制，作爲最佳情節模式的論述。當中提出情有可原的情況，是悲劇角色對自己所做之事的無知。

亞里斯多德要談論的，是悲劇事件如何涉及家庭之間的重大傷害或暴力，故第十四章開篇時即言道，情節的結構是詩人激發哀憐和恐懼的最佳工具，而不是視覺效果（*opsis*）。雖然視覺效果具有搧動情感的力量（14.，1453b1-3）。可是，假如沒有把情節視爲激起觀眾情感的主要工具，僅在視覺層面上操作，這樣的戲劇是不適當的（14.，1453b3-10）。

悲劇展示了親人（親屬（*philia*）或親密朋友）之間的行爲，其中一人對親人造成傷害（或即將造成傷害）（13.，1453b15-22）。戲劇的模仿讓我們感到可怕或可憐的行爲，特別是在關係中發生的苦難（pathos），如「手足相殘，或意圖殺害一個兄弟，子弑其父、母害其子，或子弑其母，或任何其他這類關係人之做爲」亞里斯多德考慮四個可能的情節組合，其中悲劇性的核心行爲是：(1)做或不做；(2)有意或無意。

（14-1）行動者知道他正在做什麼（或即將做什麼）；行爲最終沒有完成。

（14-2）行動者知道他正在做什麼（或即將做什麼）；行爲完成。

（14-3）行動者不知道他正在做什麼，行爲完成（然後被發現）。

（14-4）行動者不知道他正在做什麼，行爲受到威脅，但最終免除了。

在古希臘悲劇中，家庭成員在無知的情況下傷害（或威脅傷害）另一個家庭成員的情節，是常見的主題：伊菲革涅亞因爲沒有認出奧瑞斯，幾乎犧牲她失散多年的兄弟。伊底帕斯在不知道自己身分，以及自己所做所爲的情況下，在十字路口無意中弑父；而戴妮拉（Deianira）則以半人馬（Centaur）的藥劑，以爲可以再次贏得海克力斯（Heracles）的愛，卻無意中毒害了他。

最差劣的情節模式是（14-1），其中主要人物知道她在做什麼，但行爲沒有完成或執行。亞里斯多德說這是「令人厭惡」或「令人反感」的（*miaros*：參見「14.，1453b33」；參見1453b36），並且「不是悲劇」。因爲由於沒有痛苦（*pathos*），所以無法引起哀憐和恐懼。

第二差劣的模式是（14-2），其中角色知道在做什麼並完成動作。亞里斯多德沒有說明其爲第二差劣的原因，但確定至少比模式（14-1）好。因爲在（14-2）中至少有些許痛苦。亞里斯多德對（14-2）不合適的解釋，伴隨著他判斷（14-3）是較好之說明：「在無知中完成的行爲，隨後被發現，這裡沒有令人反感的東西（*miaros*），並且發現是使人激動的」（14，1454a2-3）。

最後，在（14-4）情節模式是最好的，角色在無知的狀態下行事，但在最後一刻行爲取消了。尤里比底斯的《伊菲革涅亞在陶里斯》正是如此：伊菲革涅亞即將犧牲她失散多年的兄弟奧瑞斯；兩人相認之後，可怕的行爲在最後一刻免除了。與（14-3）模式一樣，亞里斯多德並未說明何以這個情節是最好。

這個討論涉及「*hamartia*」或錯誤的意義之切入方式。承上文曾提及，「*hamartia*」或悲劇錯誤是否應該給出廣義的闡釋，包括從道德錯誤（但沒有眞正可責備的事情）到用智誤算，再到事實錯誤或狹義詮釋（僅事實或誤算的錯誤），當中存在爭議。身爲「*hamartia*」廣義闡釋的支持者，史丹頓（T. C. W. Stinton）辯稱亞里斯多德對符合（14-2）的情節「不予置評」。這些情節結構，像是歐里庇得斯的《美狄亞》，其中主角爲了報復丈夫的不忠，知道自己的所作所爲而手刃兒子（1453b26-27）。相反，在史丹頓的解讀中，亞里斯多德留下了開放的問題，錯誤是道德上不良卻尙可諒解的，讓觀眾對角色感到哀憐和恐懼。[23]

據我理解，這段文字的解釋並不完全準確。[24]我們可以推斷亞里斯多德爲什麼將（14-2），即行動者故意做出可怕的事情，排在（14-3）之下，即行動者在不知情的情況下進行行爲。亞里斯多

23 T. C. W. Stinton, 1975：頁二三四。

24 Stinton 對「hamartia」的「廣泛」解讀的論證非常詳盡，我的簡短評論並未能持平。建議讀者參閱他的文章以及N. Sherman, 1992，以進一步支持廣泛觀點的論證。

德指出，角色在不知情的情況下犯下可怕的行爲，比角色故意爲之更爲理想，因爲在前者的情況下，沒有什麼令人厭惡的（14.，1454a2-3）。

其中暗示的是，當角色故意行事，就像美狄亞殺兒子時一樣，是「令人厭惡的」。必須注意的是，這（「令人厭惡的」）是亞里斯多德在《詩學》十三章中，排除特別有德行的人的淪落和惡人的崛起時所用的相同詞語（*miaros*）。亞里斯多德在這裡的用詞暗示，即使有某種可以諒解的情況，如衝動或憤怒促使美狄亞殺戮，觀眾對如此角色的情感反應也會削減。

這讓我傾向認爲，亞里斯多德所指的「*hamartia*」（過失或失誤）是出於無知而犯的錯誤。無論如何，這皆會對行動者感受的責任產生影響。如伊底帕斯這樣的行動者，他在不知情的情況下行事，執行了非自願的行爲，因此其錯誤無可厚非。伊底帕斯的行爲是非自願的，因爲其行爲未能滿足自願行爲的兩個條件：(1)行爲起源於行動人；[25] (2)行爲是有意識地執行的。[26] 要有意識地執行，行動者必須了解行事時的許多因素。當行動者在行事的某些條件下不知情，行爲就屬於非自願的，故無須承擔責任。行動者在無知的情況下行事，當行動者不知道：(1)自己是誰；(2)自己在做什麼；(3)受影響的是什麼人或物；有時還有(4)自己使用的手段，如某些工具；(5)自己的行爲所想達到的結果；以及(6)自己的行爲方式，如柔和或暴力。[27]

25 「行動者自願行動，因為移動身體部分作為工具的主動權，在行動者自己手中；當運動的源頭在自己內部時，行動或不行動是由自己掌控的」（《尼各馬可倫理學》，3.1.，1110a14-18；Martin Ostwald，一九六二年的譯本）。

26 《尼各馬可倫理學》，3.1.，1111a1-3。

27 《尼各馬可倫理學》，3.1.，1111a3-7。

伊底帕斯弒父的行爲滿足起源的條件，因爲這一行爲起源於伊底帕斯的肢動動作。沒有人強迫他在交叉路口殺人，所以這個行爲不是在外界的強迫或限制下完成的，不是非自願行爲。[28]再者，它未能滿足知識條件，因爲伊底帕斯對上述(3)中說明的條件一無所知：伊底帕斯沒有意識到在交叉路口攻擊的人是自己的父親。因此，伊底帕斯的行爲是非自願的，就像戴安尼拉一樣，她試圖用半人馬給她的藥劑，挽回海克力士的愛，卻無意中毒害他。在此，戴安尼拉的行爲所想達到的結果，與她的目的完全相反（上述第5個案例）。

只有自願行爲才應受懲罰和責備。因此，伊底帕斯不應受到譴責。從某種意義上說，這是有合理的，行動者所做的事（伊底帕斯的情況是弒父）並不是悲劇性行動者希望完成的行爲，只是因爲行爲被捲入更大的事件鏈。然而，伊底帕斯造成了他父親的死亡，戴安尼拉殺死了海克力士，他們都因此造成自己命運改變。我們可能會說，伊底帕斯基本上不需要對他所做的事負責，但他的行爲讓自己卷入改變命運的因果鏈中。而且在戲劇的結尾，伊底帕斯確實對他所做的事深感懊悔和羞愧，使他對自己的處境的反應更加可憐。亞里斯多德似乎認爲，這種行爲是在沒有知曉的情況下發生的錯誤，都讓行動者卷入命運的變化次中，特別能引起觀眾的哀憐和恐懼。

史丹頓或許會如此回應：在亞里斯多德的倫理學中，願意承認某些情況下，某人知道自己所作所爲，並選擇做道德上錯誤的事情，也應受到同情和寬恕。[29]同情和寬恕的條件，將取決於個人在

28《尼各馬可倫理學》，3.1.，111b35-36。

29《尼各馬可倫理學》，7.3.，1147a15-19。

行動時的道德心理狀態。例如：同名戲劇中的主人公美狄亞（Medea），是因衝動而殺害自己的孩子，以報復丈夫的不忠。即使她的行爲是有認爲之，並知曉自己的所作所爲。然而，她是因爲對丈夫的憤怒而失去判斷的能力。這樣的角色，有激起觀眾哀憐的可能，因爲有情有可原的情況，使行爲可獲寬恕。

在亞里斯多德的倫理學中，允許廣泛的行爲値得同情和寬恕。而在《詩學》第十四章中，亞里斯多德則是根據劇情激起同情和恐懼的能力程度進行排名。就此，有意爲之的行爲，無法在激起同情和恐懼的程度上，與無知的情況相比。在亞里斯多德看來，悲劇不僅僅是簡單反映在現實生活中可憐和可怕的情況，更是藉由劇情，盡可能提高哀憐和恐懼的程度，來增強對人類同胞的自然情感反應。

同時，那些主張「*hamartia*」是純粹智力錯誤或事實錯誤的人似乎忽略了一個重要的觀點。伊底帕斯對他所做的事不應受到譴責。然而，他在行動中是有因果關係的，這迫使他和觀眾因爲他所犯的行爲的道德嚴重性而以不同的眼光看待他。即使是在無知中行動的角色也可能涉及嚴重的道德後果，因此使他們處於僅僅是厄運受害者和故意對親人和所愛之人施行暴力的角色之間的中間地帶。當伊底帕斯意識到他在無知中所做的事情時，這確實是他必須接受的事實。

這即讓我們進入《詩學》第十四章中的理想劇情模式（14-4）之討論。良好或道德正直的角色在無知中行動，被暴力的可怕行爲所威脅，但在最後一刻免除。我們會說，這是一個幸福的結局，與《詩學》第十三章的理想劇情模式相反：可怕的行爲發生了，使角色的命運從好變壞。

爲何亞里斯多德偏好美滿的結局？承如《詩學》第十三章的討論指出，亞里斯多德不可能認為，美滿的結局是讓觀眾感到幸福或滿意的原因。亞里斯多德沒有給出相關論述，所以在此只能揣測。哀憐和恐懼最多是由「與期望相反，卻有因果關係的事件」（9.，1452a1-3）所激發的，角色必須在無知中行動，暴力行為威脅著角色，但在最後一刻免除的情節。這正是激發悲劇所追求的哀憐和恐懼體驗的理想方式。亞里斯多德持此見解的原因不甚明確。這可能與可怕的暴力威脅但在最後免除的情節，提供哀憐和恐懼的解脫有關。威脅的出現，要發生在良好和正直的人身上的不幸，但在最後一刻免除。

亞里斯多德在《詩學》第十四章中對情節模式的排名如下，從最好到最差排序如下：

（14-1）行動者知道他正在做什麼（或即將做什麼）；行為最終沒有完成。例如：索福克勒斯的《安蒂岡妮》中海蒙（Haimon）對克瑞翁（Creon）的攻擊。

（14-2）行動者知道他正在做什麼（或即將做什麼）；行為完成。例如：尤里皮底斯的《美狄亞》。

（14-3）行動者不知道他正在做什麼，行為完成（然後被發現）。例如：索福克勒斯的《伊底帕斯王》。

（14-4）行動者不知道他正在做什麼，行為受到威脅，但最終免除了。例如：尤比底斯的《伊菲革涅亞在陶里斯》。

《詩學》第十三章與第十四章的會通

通過觀察上述排名，可以看到《詩學》第十三章和第十四章之間存在衝突。在第十四章中，伊底帕斯排名第二，而在第十三章中卻排名第一。解決這一衝突的方案有很多，不一而足，幾個見解已然出現。首先，也許亞里斯多德在寫畢第十三章後改變主意。[30]其次，第十三章是亞里斯多德對最佳整體情節的排名，而第十四章是對最佳事件或場景的排名。[31]第三，第十三章給出「最具悲劇性」情節的排名，而第十四章給出「最具震撼力」的排名。[32]第四，第十三章是對最佳情節模式的初步討論，亞里斯多德對最佳情節的最後定論在第十四章中表達。[33]

在這些選項中，我偏向於第四個的解釋，不僅是因爲當中解釋發現和逆轉在理想複雜情節中的核心作用。第十三章的貢獻，在於說明最佳情節，應包括解釋人物命運變化的錯誤或「*hamartia*」。這個錯誤與邪惡、眞正的惡行有所區別。悲劇人物身陷在自己的不幸中，由於某個錯誤，他的行爲和隨後的命運變化之間構成因果關係。理想的悲劇人物，身陷在命運的轉折中，但他的錯誤是能以諒解的，並且保存自己的良好性格。第十四章遵循這些觀點，規定最佳的過失（*hamartia*），涉及無知中對親屬造成傷害。到第十四章結尾時，亞里斯多德得出結論，認爲最佳

---

30 參見 I. Bywater, 1909：頁二二四—二二五。
31 參見 Gerald Else, 1957：頁四五〇—四五二和 D. W. Lucas, 1968：頁一五五。
32 Stephen A. White, 1992：頁二三六。
33 Elizabeth Belfiore, 1992：頁一七四—一七五。

情節模式是因角色的無知而發生行爲上的威脅，而最終得以免除，觀眾哀憐和恐懼的情感得以冷靜紓解。

參考文獻

Barnes, Jonathan (ed.), 1984. *The Complete Works of Aristotle. The Revised Oxford Translation* Volume Two. Princeton, NJ: Princeton University Press.

Belfiore, Elizabeth, 1992. *Tragic Pleasures: Aristotle on Plot and Emotion.* Princeton, NJ: Princeton University Press.

Bremer, J. M., 1969. *Hamartia: Tragic Error in the Poetics of Aristotle and Greek Tragedy.* Amsterdam: Adolf M. Hakkert.

Bywater, I., 1909. *Aristotle on the Art of Poetry*. Oxford: Oxford University Press.

Carey, C., 1988. "'Philanthropy' in Aristotle's *Poetics*." *Eranos*, 86: 131-139.

Curran, Angela, 2003. "Aristotelian Reflections on Horror and Tragedy in *American Werewolf in London* and *Sixth Sense*," in Steven Jay Schneider and Daniel Shaw (eds.), *Dark Thoughts: Philosophic Reflections on Cinematic Horror*. Lanham, MD: Scarecrow Press: 47-64.

Dow, Jamie, 2009. "Feeling Fantastic? Emotions and Appearances in Aristotle." *Oxford Studies in Ancient Philosophy* 37: 143-175.

Else, Gerald, 1957. *Aristotle's Poetics: The Argument*. Cambridge, MA: Harvard University Press.

Fortenbaugh, William W., 1970. "Aristotle's *Rhetoric on Emotions*." *Archiv für Geschichte der Philosophie*, 52: 40-70.

——, 1975. *Aristotle on Emotion: A Contribution to Philosophical Psychology, Rhetoric, Poetics Politics and Ethics*. London: Duckworth.

Frede, Dorothea, 1992. "Necessity, Chance and 'What Happens for the Most Part' in Aristotle's *Poetics*," in Amélie Oskenberg Rorty (ed.), *Essays on Aristotle's Poetics*. Princeton, NJ: Princeton University Press: 197-220.

Halliwell, Stephen, 1998. *Aristotle's Poetics: With a New Introduction by the Author*. Chicago: University of Chicago Press.

Heath, Malcolm, 1996. *Aristotle: Poetics*, translated with Notes and an Introduction. New York and London: Penguin Press.

Konstan, David, 1999. "The Tragic Emotions," in L. R. Gámez (ed.), *Tragedy's Insights: Identity, Polity, Theodicy*. West Cornwall, CT: Locust Hill Press: 1-21.

——, 2005. "Aristotle on the Tragic Emotions," in V. Pedrick and S. M. Oberhelman (eds.), *The Soul of Tragedy. Essays on Athenian Drama*. Chicago: University of Chicago Press: 13-26.

Lucas, D. W. (ed.), 1968. *Poetics: Introduction, Commentary and Appendixes*. Oxford: Oxford University Press.

Munteanu, Dana LaCourse, 2012. *Tragic Pathos. Pity and Fear in Greek Philosophy and Tragedy*. Cambridge: Cambridge University Press.

Nehamas, Alexander, 1992. "Pity and Fear in the *Rhetoric* and the *Poetics*," in Amélie Oskenberg Rorty (ed.), *Essays on Aristotle's Poetics*. Princeton, NJ: Princeton University Press: 291-314.

Ostwald, Martin, 1962. *Aristotle: Nicomachean Ethics*. Englewood Cliffs, NJ: Prentice Hall.

Prinz, Jesse J., 2004. *Gut Reactions. A Perceptual Theory of Emotions*. Oxford: Oxford University Press.

Rorty, Amélie O., 1992. *Essays on Aristotle's Poetics*. Princeton, NJ: Princeton University Press.

Sherman, Nancy, 1992. "*Hamartia* and Virtue," in Amélie O. Rorty (ed.), *Essays on Aristotle's Poetics*. Princeton, NJ: Princeton University Press: 177-196.

Sorabji, Richard, 1979. *Necessity, Cause and Blame*. Ithaca, NY: Cornell University Press.

Stinton, T. C. W., 1975. "*Hamartia* in Aristotle and Greek Tragedy." *Classical Quarterly*, 25: 221-254. Reprinted in *Collected Papers on Greek Tragedy* (Oxford University Press 1990), 143-185. Citations are to the 1975 version.

Tierno, Michael, 2002. *Aristotle's Poetics for Screenwriters: Storytelling Secrets from the Greatest Mind in Western Civilization*. New York: Hyperion.

White, Stephen A., 1992. "Aristotle's Favorite Tragedies," in Amélie Oskenberg Rorty (ed.), *Essays on Aristotle's Poetics*. Princeton, NJ: Princeton University Press: 221-240.

第九章　淨化

導言：詮釋的問題

通常人們認爲，淨化（*catharsis*）的概念，對於理解悲劇的情感效果而言至關重要。在《詩學》第六章對悲劇定義的末端，提及悲劇能夠引起哀憐和恐懼的淨化。亞里斯多德有時會在定義時，對象的目標或最終目的有所保留。然而，淨化的概念並未融入《詩學》的論述中：實際上，在文本中僅有出現兩次，其一是在《詩學》第六章悲劇定義的末端（1449b29），另一次是在《詩學》第十八章中，亞里斯多德偶然提到由歐里庇得斯所著劇本中的淨化、宣泄儀式（1455b15）。《詩學》中缺乏淨化概念的闡釋，評論者遂試圖以其他文獻釐清此主題。

學者經常轉向《政治學》第八卷第七章，亞里斯多德在此討論宗教淨化儀式中的「淨化」，並在「詩歌專論」（8.7，1341b38-39）中，對這一概念有更清晰的討論，而現存的《詩學》文本並未記載之。[1]然而，正如我們將看到的，政治學中強調的情感「宣泄」概念與《詩學》中悲劇情感的關係，不甚清楚。這即激發了許多關於淨化的另類解讀，其中主要的爭論者已然出現。

淨化之義眾說紛紜，讀者或可能在理解亞里斯多德在《詩學》中淨化的含義感到倦乏。然而，認真閱讀《詩學》的讀者，不應該迴避這個挑戰。一方面，我們不應將淨化的概念視爲《詩學》的

1 亞里斯多德，1932。某些學者認為《政治學》第八卷第七章所提到的「淨化」（*catharsis*）討論，可能在已散失的《詩學》第二卷中，該卷還討論喜劇，或者在《政治學》亡佚的部分中。參見 Carnes Lord, 1982：頁一四六—一五〇和 Stephen Halliwell, 1998：頁一九〇—一九一。

（鑰匙）羅塞塔石碑（Rosetta Stone）：這概念不是解鎖作品眞正含義的關鍵；[2]另一方面，亞里斯多德將此概念納入悲劇的定義，必定有其原因，至少與悲劇定義中提到的其他組件一樣，是悲劇的必要層面。

人們常常忽略的是，淨化在《詩學》中的意義，不僅與劇情的具體結構要求有關，如統一和完整性。而且，與亞里斯多德在《詩學》十三至十四章中闡述的敘事結構要求也有關係。因爲，亞里斯多德在這些章節中辯稱，有些模式比其他模式更能喚起適當的情感反應，即悲劇的哀憐和恐懼。淨化最合理的解釋，應該在本質上與這些情感契合。

出於以下原因，對悲劇淨化的解釋，還應審視亞里斯多德的其他著作，這些文獻可能會提供相關的啟示，尤其是《政治學》第八卷第六章「1341a21」至「8.7.1342a20」處，其中討論與音樂有關的淨化，以及《修辭學》中所提供的情感描述。正如保羅．伍德拉夫（Paul Woodruff）所言，詮釋之難在於結合兩種方法。[3]在接下來的內容中，或許可以借鑑前人對淨化的解釋中，揭示個中的優點，試圖解決這些觀點所面臨的駁難，以解決這個挑戰的方向邁進。

除了在《詩學》中悲劇淨化的意義或本質辯論，還有淨化作用對象的辯論。換句話說，悲劇是什麼的淨化？如主流看法所言，是觀眾的哀憐和恐懼之情感？還是悲劇是劇情中可憐和可怕事件之淨化？我們將追蹤這兩個不同的說法：淨化的性質和淨化的對象。

---

2 Paul Woodruff, 2009：頁六二三。

3 Paul Woodruff, 2009：頁六一九。另見 Stephen Halliwell, 2009：頁四〇四。

淨化：原義鉤沉

我們先考據古希臘「淨化」（*catharsis*）一詞的歷史。[4]雖然並不是所有的說法都遵循「淨化」的根本含義，但許多的見解確實如此。其中一種用法是將淨化與醫學的瀉藥相關聯，其中淨化是清潔或排泄作用，可以去除身體的雜質和疾病，就像瀉藥一樣。在這種意義下，淨化具有治療作用。

第二種用法與淨化作爲「純化」（purification）有關，特別是人的純化儀式。在這個意義下，純化在儀式實踐中發揮作用，可以淨化受汙染的人，參加儀式的人必須經歷的儀式純化。

第三種淨化的意義是「澄清」（clarification）或消除。澄清，是消除某種阻礙事物正常運作，無論是身體上還是精神上。[5]這用作指涉事物，如河流的澄清或淨化，以及心靈、靈魂的澄清。正如我們所見，澄清與淨化是與某種身體或靈魂的混濁狀態密切相關。

此三種根本含義在歷史上與《詩學》中悲劇淨化的兩種廣泛交涉有關。

第一種交涉，與「淨化」作爲瀉藥的意義有關。淨化的作用對象是哀憐和恐懼的情感，而淨化的本質則是瀉藥。淨化涉及一個排放和排除心理有害物的出口，如同瀉藥去除對身體有害物一樣。觀眾前往劇院，是爲了讓過多的情感流失，如同人們去找醫生，排除身體裡有害過量物質一樣。

4 參見 Stephen Halliwell, 1998：頁八十五－八十八。
5 Martha Nussbaum, 1986：頁三八九－三九〇；和 Stephen Halliwell, 1998：頁一八八。

第二種交涉，與第二和第三個意義有關，即「純化」和「澄清」。淨化的性質是使某物的狀態變得清晰，如人們以清除河水裡的泥土或雜草，變成飲用水一樣。[6]澄清的解釋，在理解淨化的對象上有所不同。某一種對澄清解釋爲，淨化作用於觀眾的情感和／或（and/or）認知態度。人們去劇院是爲了提煉、改進或澄清自己的某種狀態（如哀憐和恐懼的情感，或對生活無常的理解），而不是清除或消除作用。其他對於澄清解釋則時是，澄清並不發生在觀眾身上，而是情節中事件的解決和整理。後者的解釋是相對小眾，但由於悲劇的情感提煉或澄清層面，依然存在疑惑，因此這種解釋也可聊備一格。

當然，上述兩種交涉有結合之可能。實際上，淨化和排解／澄清在某種程度上密切相關。宗教淨化也可能具有治療作用，消除使靈魂不潔的東西，從而使賸餘的部分得以改善和提煉。[7]然而在歷史上，學者們傾向兩者擇其一，以下將討論背後的原因。

6 Nussbaum, 1986：頁三八九追蹤了「淨化」（*catharsis*）在阿里斯托芬的《黃蜂》（*Wasps*）631 和 1046 等前柏拉圖時期文本中的用法。

7 Stephen Halliwell, 1998：頁一九八建議，「淨化」和「提煉」兩個意義並不相互排斥，最近 Christopher Shields, 2013：頁四五八也有同樣的觀點。

「淨化」詮釋簡要[8]

- 倫理教育：有許多種類，這種方法最主要的主題是悲劇淨化的經歷，產生在感情與人的正確的感受習慣，這些感受對成就良好的倫理品格是必要的。[9]
- 情感釋放／排解：悲劇淨化使潛藏情感的愉悅釋放或排解。[10]
- 智思澄清：悲劇淨化是觀眾對劇情中事件的理解變得清楚。
- 情感澄清：悲劇淨化是觀眾中哀憐和恐懼情感的澄清。[11]
- 懸念／偵探小說：悲劇淨化是觀眾在戲劇堆疊的懸念感突然釋放，所感受的愉悅。[12]
- 愉悅的解脫：悲劇淨化是在安全情況中釋放情感的愉悅。[13]

上述的說法將於後文進行詳細探討。然而，必須注意的是，悲劇淨化（*catharsis*）的理解可能多於一種類別。因此，這些類別並不互斥。如有人可能認爲排解是觀眾情感的澄清（情感澄清解釋），

8 此條列改編自 Paul Woodruff, 2009：622-623 和 Stephen Halliwell, 1998：頁三五〇—三五六中的分類系統，其中還包含淨化解釋的主要歷史趨勢的相關調查。我亦添加一些類別以涵蓋近年的詮釋。

9 參見 Martha Nussbaum, 1986；Stephen Halliwell, 1998 和 2009；Richard Janko, 1992；和 Christopher Shields, 2014：頁四五九。有關情感和倫理品格之間的關係，參見《尼各馬可倫理學》，2.6.，1106b15-29；和 2.6.，1107a1-7。

10 Jacob Bernays, 2004（一八五七年的文章的重印版）是這領域有影響力的詮釋者。

11 Nussbaum, 1986：頁三八九—三九〇；Halliwell, 1998：頁一九三—一九六；Shields, 2014：頁二五八—二五九。

12 G. R. F. Ferrari, 1999；和 Dorothy Sayers, 1995（一九三五年的文章的重印版，最初為演講發表的）。

13 Jonathan Lear, 1992。

但也認爲這種澄清促使產生正確情感反應的良好習慣（道德教育）。[14]亦有人可能認爲悲劇排解的愉悅，是通過戲劇釋放懸念（懸疑／偵探模型）帶來的愉悅，與此同時也認爲這種釋放在觀眾身上淨化情感上（排解解釋）的愉悅。[15]

「排解」作爲淨化詮釋

「排解」理論，由雅各布・伯納伊斯（Jacob Bernays）在十九世紀中期提出，認爲排解是對哀憐和恐懼情感的排解或去除，類似於醫學層面上將有害物質從身體中排解。[16]悲劇具有治療作用，有助於觀眾擺脫不健康的積壓情感，並在此過程中提供愉悅的解脫感。

這個觀點出處來自《政治學》第八卷第七節「1342a4-15」處的音樂淨化討論，其中亞里斯多德討論音樂的好處，可以用作教育和淨化的目的（1341b39）：

淨化的排解觀念
淨化的本質＝排解
淨化的對象＝觀眾中的哀憐和恐懼情感

14 詳見 Nussbaum, 1986；Halliwell, 1998；和 Shields, 2014。
15 Ferrari, 1999：頁一九六。
16 Bernays, 2004。

> 像哀憐、恐懼、收穫、熱情這樣的情感，在某些靈魂中非常強烈，並或多或少影響著所有人。有些人因此陷入宗教狂熱，我們看到他們在以神祕狂熱的旋律激發靈魂，然後回復正常——彷彿他們得到治癒和淨化。那些受哀憐和恐懼影響，情感豐沛的人必然有類似的經歷；而其他人也在不同程度上受這種情感影響，所有人都在某種程度上得到淨化，他們的靈魂減輕負擔且感到愉悅。[17]

醫學排解意義下的淨化，就像順勢療法樣，觀眾對感受過量情感的傾向被音樂激發，然後隨著過量情感的釋放或淨化，幫助靈魂平靜下來（1342a7-15）。[18]悲劇淨化的要點，排解傷害身體和心理健康的過量情感。

上述的詮釋一直以來受到學者青睞，直至近年的評論家傾向於否定這種解釋。亞里斯多德確實認爲，情感過度與不當感受的存在，正如他在倫理學中說道：

> 所謂道德上卓越（*aretē*）的性質，涉及情感和行為存在過度、不足和適中的狀態，例如：恐懼和自信、飢餓和憤怒、哀憐，以及一般的愉悅和痛苦，其感受程度皆有過多或過少

---

17 亞里斯多德，1984。

18 同質療法（源自兩個希臘詞，意為「相似的疾病」）建立在此觀點上，當患者接受引起疾病的物質的稀釋量，可以實現某些疾病的治癒。異質療法（allopathy，「與疾病不同」）是西方醫學的傳統方法，使用抵抗病況的藥物來實現治癒。Elizabeth Belfiore, 1992: 第 8 和 9 章提出淨化的異質解釋。

> 的情況，兩者皆並非理想的狀況；但在正確的時間、正確的對象、人、目的和方式感受，這是適中且最好的，這正是卓越（*aretē*）的特徵。（《尼各馬可倫理學》，2.，1106b16-23；巴恩斯〔Barnes〕，1984）

正如上文提及，情感的經歷有過度或不正確之可能。然而，亞里斯多德並未暗示像哀憐和恐懼這樣的情感，是不健康或有害的，有排解之需要。對哀憐和恐懼本身，或悲劇觀眾的體驗方式，也沒有任何虛假、骯髒或腐敗的東西。[19]然而，伯納斯（Bernays）模型所暗示的，感受過度情感的心智，與病人的身體狀況相提並論。[20]因此，洗滌一說的不足，在於《詩學》中沒有表明悲劇觀眾處於需要治癒的情感過度的病理狀況。

此外，強納森．李爾（Jonathan Lear）也對排解一說提出異議，排解情感的具體意思並不明瞭。[21]情感不僅僅是感覺的狀態：關乎針對世界的認知態度（信念、思想、感知）。[22]哀憐是針對不應受的人所受之苦，恐懼是針對與我們相似的人的感受。李爾詰問道，假若情感在亞里斯多德的觀點上，不僅有感覺或身體狀態的意思，更涉及對情感至關重要的認知複雜性，那麼，感受過度情感的人排解自身的情感意思爲何？換句話說，人如何「排解」或排放對世界的態度或信念？

19 關於這個反對意見，參見 Paul Woodruff, 2009：頁六一八。
20 參見 Bernays, 2004：頁三二七。
21 Lear, 1992：頁三一七。
22 參見本書第八章有關亞里斯多德在情感描述上的討論，頁 184-186。

李爾對排解一說提出了幾個其他的觀點。首先，悲劇觀眾並不處於需要解除的神經質狀態。[23]相反，在《詩學》第二十六章和其他地方，亞里斯多德認爲悲劇優於喜劇，因爲能夠吸引了更良好的觀眾（1461b25f.;《詩學》，13.，1453a30-36; 和 6.，1450b16-19）。這意味著淨化的解釋都必須滿足以下條件：

德行觀眾限制（Virtuous Spectator Constraint, VSC）：具備高尚品德的觀眾在劇院觀賞戲劇，能夠體驗到哀憐與恐懼的情感淨化。

實際上，上文引述《政治學》第八卷第七章的段落，亞里斯多德認爲，容易情感過度的人，可以藉由聆聽某些類型的音樂，進行音樂治療。因此，包括情感狀態適中的觀眾在內，每個人都可以經歷淨化。[24]因此，假如《政治學》第八卷第七章與悲劇淨化的意義有關，那麼這就是支持上述「德行觀眾限制」的另一個原因。

因此，伯納斯（Bernays）所闡述的排解理論並不成立。首先，排解理論暗示哀憐和恐懼的情感是需要排解的不純和汙穢狀態。其次，排解適用於需要治療的人，但在《詩學》中沒有暗示同樣的思維適用於悲劇的觀眾。第三，承如《政治學》第八卷第七章提出，每個觀眾都有能力體驗悲劇

---

23 Lear, 1992：頁三二七。

24 有關此段落及其解釋困難的討論，請參見 Malcolm Heath, 2014：頁一一七—一一八頁下。

淨化的樂趣。最後，亞里斯多德對情感的認知下，情感如何排解也構成了問題。

「倫理教育」作爲淨化詮釋

觀察亞里斯多德對悲劇的描述以及其倫理學的內容，可以得知的倫理教育觀點。[25]這個觀點有若干版本，主要引用的文本亦同樣來自《政治學》第八卷。亞里斯多德在其中討論音樂中的模仿在培養美德品格方面的作用。音樂包含了性格狀態的模仿，例如憤怒、勇氣或節制。這使得聆聽音樂的活動，成爲培養勇氣等方面的有效訓練。模仿在聆聽者的靈魂中激起反應，假如她是勇敢的，她在現實生活中就會有同樣反應（《政治學》，8.5.，1340a18-27）。欣賞悲劇中的模仿的觀眾，可以對其倫理感受進行有價值的培養，對正確的人在正確的時候感受正確的事物。

然而，雖然將《詩學》與亞里斯多德的倫理學聯繫起來別具趣味，然而這一觀點必須應對許多挑戰。雖然倫理教育觀點受到廣泛的支持，但也有持批評立場的聲浪。[26]首先，亞里斯多德在《詩

25 Humphrey House, 1956：頁一〇九—一一一；Richard Janko, 1992；Stephen Halliwell, 1998：頁一九三—一九六；Christopher Shields, 2014：頁二五八—二五九。這些解釋應與文學批評的新古典時期盛行的教育性的「悲劇的道德教訓」方法仔細區分。參見 Halliwell, 1998：頁三五一。

26 Shields, 2013：頁四五八—四五九。

學》中並未言及悲劇在識別需要哀憐和恐懼的層面，提供倫理訓練。然而，這本身並非為此觀點的致命傷，因為《詩學》並未直接為淨化提出任何解釋。

更嚴重問題是，倫理教育觀點似乎違反李爾（Lear）的德行觀眾限制（Virtuous Spectator Constraint）。強納森．李爾（Jonathan Lear）的淨化觀點強調：有德的人是悲劇的目標觀眾。然而，這樣的人並不需要倫理教育或改善。有些反駁的意見回應道，道德生活需要不斷訓練，以獲得正確的感覺和判斷。[27]可是，李爾或會否定此回應。有德的人不需要倫理教育，因為其性格在成長過程中接受倫理訓練和習慣，已然形成和穩定。良好的人在日常生活中的情感和行動，早已完成，所以不需要悲劇淨化所提供的倫理層面上的改善。

再者，亞里斯多德在《政治學》第八卷第六章中說，在合適的場合聆聽阿夫洛斯管（aulos）的音樂，可以帶來「淨化而非學習」（8.6.，1341a23-24）；並且他說，阿夫洛斯管的音樂涉及宗教狂歡，而不是性格（8.6.，1341a21-22）。[28]在這裡，淨化與道德訓練形成對比，暗示音樂可以帶來淨化，而不是性格的提升。因此，如果我們認為「德行觀眾限制」（Virtuous Spectator Constraint）是合適的，那麼，這對淨化作為道德教育觀點來說，不可謂不是一強烈的挑戰。

---

27 例如：參見 Nicholas Pappas, 2005：頁十八。

28 參見 Richard Kraut, 1997：頁一九三對這一部分的出色評論。

「澄清」作爲淨化詮釋

有關淨化（*catharsis*）的辯論中，另一個主要傾向係遵循「澄清」意義。意思是「清理」和消除某些障礙，使某物比其適當的自然狀態下不那麼清晰。[29]另外一種澄清觀點認爲，淨化是對劇情中事件的智思上澄清。[30]這一觀點必須受其他事物的推動，包括理解悲劇更大的情感效益問題。

支持此觀點一方主張，在「淨化這些激情」（*toiauta pathēmata*）的子句中，「*pathēmata*」不是指哀憐和恐懼的情感，而是指劇情中的事件。澄清詮釋的優點在於，可以說明《詩學》第六章的悲劇定義，乃爲對前五章的總結。淨化似乎是唯一與前五章討論不對應的概念。在澄清解釋中，淨化延續了《詩學》第四章關於詩歌的學習愉悅。此外，這一觀點也解釋事件和劇情是悲劇的目標（6，1450a20-23）一說。正如亞歷山大・內哈馬斯（Alexander Nehamas）主張，連貫的劇情，解決戲劇前部分提出的所有敘事問題，就是悲劇的目標和淨化的重點。

智思澄清的淨化觀點
淨化的本質＝澄清
淨化的對象＝戲劇中事件的結構

29 參見 Nussbaum, 1986：頁三八九—三九〇；和 Halliwell, 1998：頁一八五—一八六。

30 Gerald Else, 1957：頁二二四—二三二；Alexander Nehamas, 1992：頁三〇七。

然而，正如許多評論家所回應的，結構完整的悲劇情節，所提供的悲劇行動澄清，不僅發生在劇情中，還必須要發生在觀眾之中。此外，澄清觀點忽略了《政治學》中對淨化的討論。並且，沒有解釋悲劇淨化與哀憫、恐懼之間的關係，而哀憐和恐懼卻是悲劇的任務所在。[31]

瑪莎．紐斯鮑姆（Martha Nussbaung）和史蒂芬．哈利韋爾（Sfephen Halliwell）各自提出其淨化觀點，以糾正前者對哀憐和恐懼情感在淨化中的忽視。[32]據此進路，淨化使觀眾哀憫和恐懼的情感得到澄清（如下圖表）：

情感澄清的淨化觀點
淨化的本質＝澄清
淨化的對象＝觀眾的哀憐和恐懼情感

紐斯鮑姆的觀點將淨化與道德上的進步相聯繫，因此其澄清觀點，也屬於淨化作爲道德教育的詮釋範圍。[33]面對值得哀憐的悲劇人物及其困境，觀眾澄清自己期望在生活中發生的事情。正如亞里斯多德所理解，哀憐和恐懼的本質需要與人同感。對他人哀憐的事情是「預想自己可能遭受的事情」（《修辭學》，2.8，1385b14-15），「與自己相似」（《詩學》，13，1453a4）是感到恐懼的對象。[34]此外，如我們之前所注意到，觀眾相信悲劇人物所遭遇的事情，可能發生在自己身上，就

31 有關這些批評，參見 Stephen Halliwell, 1998：頁三五六。
32 Nussbaum, 1986：頁三八八—三九〇；Halliwell, 1992：頁二五四；Halliwell, 1998：頁七十六。
33 另見 Christopher Shields, 2014：頁四五九。
34 參見本書第八章對「哀憐」和「恐懼」的討論。

會激起哀憐和恐懼。[35]因此，面對悲劇中的人物，所澄清的對象和內容，十分重要。

情感澄清的詮釋觀點在淨化主題上影響甚深，甚至有人認爲是此主題的主流看法。然而，強納森・李爾（Jonathan Lear）、費拉裡（G.R.F. Ferrari）和皮埃爾・德斯特雷（Pierre Destrée）對此觀點提出有力的反駁，值得我們考量。[36]他們對澄清觀點的主要反對意見是，澄清觀點假定觀眾的悲劇淨化的愉悅，屬於是學習和理解的愉悅類別，但《詩學》文本沒有相關的論證。[37]在此，我簡述費拉裡（Ferrari）提出的若干觀點。這些觀點反駁悲劇的愉悅，是認知愉悅或學習愉悅的一種。[38]

費拉裡質疑，悲劇人物必須是「與我們相似」的人（13，1453a3），此要求是否能夠促進觀眾認知自身不幸的軟肋。恰恰相反，悲劇人物僅作用於調動觀眾的同情。[39]壞人無法引起觀眾的同情關懷，故在戲劇中會被消滅。如果詩人的關注，是喚醒觀眾對自身受運氣逆轉影響的感受，那麼，爲何展示惡人從逆境向佳境的情節無法達到目的？正如費拉裡所言：「在惡人成功的世界裡，讓正義的人們在床上顫抖！」[40]他得出的結論是，亞里斯多德在《詩學》第十三章，情節和人物的要求並不能由功能（模仿並深入觀眾對運氣逆轉的脆弱感）作解。反而，這些要求最好是通過另一

---

35 參見本書第七章。

36 Jonathan Lear, 1992；G. R. F. Ferrari, 1999；Pierre Destrée, 2009 和 2013。

37 見本書第四章，頁 85-90，其中所提出的論點與 Lear 和 Ferrari 對《詩學》第四章的解釋既有共同之處，也有分歧之處。

38 在本書第十一章中，我們更詳細地考慮了 Lear 和 Destrée 的反對意見。

39 Ferrari, 1999：頁一九六。

40 Ferrari, 1999：頁一九六。

種解釋來闡明：哀憐和恐懼何以在悲劇情節中發揮作用。

在費拉裡的觀點中，哀憐和恐懼是悲劇懸疑所引發的情感，故爲亞里斯多德在《詩學》中重要的分析焦點。[41]這與我所稱的「懸疑/偵探小說」的淨化詮釋相吻合。情節的重點，是對悲劇主人公的同情關懷，從而提高觀眾的緊張感。繼而，藉由角色戲劇性的運氣逆轉，提供緊張感釋放的關鍵點，從而產生愉悅。[42]這就是情節事件應該發生之原因，「意料之外，卻因果相連」（9.，1452a1-3）。具有如此設計的情節，「逆轉突然發生；各個部分看似不甚契合，而產生一個新的、出人意料的組合。只有回想之時，我們才能看到其逐漸形成之過程。」[43]角色必須「與我們自己相似」的要求，隨後讓觀眾進入著急關切的狀態。然後，藉由拆解戲劇角色的運氣逆轉的發生過程，從懸疑的不確定性中，獲得解脫之愉悅。[44]

詩人引發觀眾的懸疑、同情的哀憐和恐懼的目的爲何？費拉裡回答道：激發觀眾這些情感，繼而於使之排解和釋放而愉悅。「在這個意義上，悲劇就像排解的藥物。」[45]因此，費拉裡提出，與懸疑/偵探小說的描述同樣，排解是淨化的其中一種解釋。但費拉裡不同意伯納斯（Bernays）的預設，認爲悲劇觀眾處於需要紓解的患病狀態。反而，悲劇引起觀眾的緊張感，在情節敘事完結

41 Ferrari, 1999：頁一九四。
42 Ferrari, 1999：頁一九三。
43 Ferrari, 1999：頁一九三。
44 費拉裡（1999：頁一九五）說，悲劇文類期待使觀眾知道角色將會遭遇不幸。不確定的是這個不幸將如何和何時發生。
45 Ferrari, 1999：頁一九六。

時，觀眾的緊張能得到解脫，意即治癒在觀眾中觀賞時的緊張感。

費拉裡以澄清自我情感的愉悅，通解悲劇淨化，提出引人深思的挑戰。總結他兩個主要觀點：(1)《詩學》中對情節和人物的要求，最好以對人物的恐懼和哀憐等等同情活動，喚起懸疑作解；(2)悲劇提供的愉悅，是通過情節的解決，來淨化這些情感。但是，我對(1)的論證不以爲然，再者，他對(2)的論證，也沒有說明觀眾參與悲劇的動機問題。

關於第一點，費拉裡的言辭似乎暗示，悲劇的核心目的，是在觀眾心中引發焦慮的脆弱感。若果真如此，以善良之人從幸運走向厄運的情節被排除在外，便成了難以解釋的問題。這種情節足以使遵循法律的公民感到畏懼。情感澄清觀點的支持一方可能會反駁，悲劇的目的並非使觀眾感到焦慮或恐慌，而是透過情感的澄清，喚起觀眾複雜情感和認知反應。悲劇並非僅僅使人對自身的未來感到不安；當中具有教化和啟發作用。這種學習過程，本身就是彌補感受哀憐和恐懼所帶來痛苦的愉悅源泉。

第二個論證所言，觀眾在懸疑結構的堆疊過後，找到情節解釋的愉悅，看似言之成理。可是，這裡尚有未解之惑，而費拉里未能解答：觀眾最初爲何追求這種特定的愉悅？觀眾並非需要治癒某種先在的情感困境。他指出，觀眾遠赴劇院，是爲了經歷懸疑、同情的哀憐與恐懼情感的累積，僅以其釋放之爲終極目的。當人們陷入懸念，渴望知道悲劇主人公的未來命運，累積的緊張感得到舒解，或會產生良好的感受。然而，爲何觀眾一開始就想將自己置於該境地中？戲劇場外的生活，本來充滿各種不確定性、千鈞一髮的情境和不幸的經歷，有什麼驅使他們到戲劇之中？這一問題，突顯戲劇愉悅的本質和觀眾動機的複雜問題。

觀眾在悲劇中所感受到哀憐和恐懼的情感釋放之愉悅，如何能彌補並抵消這些情感所帶來的痛楚，這一問題亟需深刻的闡釋和理論探討。這正是觀眾最初想觀賞悲劇的原因所在。情感澄清觀點提供可能的解答：悲劇提供的愉悅，源於滿足理解和學習的人類本有欲望。這一觀點不僅回應了人類對自我和外界理解的無限追求，也深入挖掘悲劇如何在感性和理性層面上的作用，展現了人類情感和認知過程中的多層次和多維度交互作用。此觀點揭示，悲劇作爲一種藝術形式，如何穿越表層的情感經歷，達到更普遍的人類世界反思和理解。[46]

對於上述反駁，有一回應的方式。劇情的曲折變化，在某種程度上促成認知方面的愉悅感，這是懸疑戲劇能夠賦予觀眾的體驗。[47]然而，費拉裡強烈排斥悲劇提供任何認知愉悅或學習方面的滿足。因此，這個看似順理成章的解釋（可以解釋人們閱讀偵探小說或觀看懸疑劇的原因）對他的觀點而言是無法套用的。[48]

這是否意味著，情感澄清作爲悲劇淨化的解釋，具有足夠的合理性？正如心思細膩的讀者所預測的，這一觀點依我看來，具有顯著的吸引力。然而，對此作爲淨化解釋，有兩個主要的問題。

首先，悲劇提供情感澄清的理念，常與悲劇提供倫理教育的理念相結合。換言之，情感澄清提供道德上裨益。然而，需要精確界定，悲劇如何在情感上教育具有美德的觀眾。正如李爾（Lear）

---

46 《形上學》，1.1，「人皆有欲知之情。」
47 Noël Carroll, 1984 提供電影懸疑中的「認知」或智思愉悅的解釋。
48 由於費拉裡選擇「排解」的解釋，所以還有問題需要回答：他如何回應李爾提出亞里斯多德「情感不是容易折解的事物」的論點，正如排解理論所描述的那樣？

指出，悲劇所鎖定的善良、具一定教育水平的觀眾，他們在觀賞悲劇，已然能夠把握哀憐和恐懼情感的恰當時機。這可能意味著，悲劇依賴於具有美德觀眾的理解，而非修正或精煉其理解。

我認爲，這一反駁並非無懈可擊。貫穿《詩學》全書的主題，是詩歌不僅依賴於先有的思考和感受能力，而且還提升這種能力。[49]具有美德人物的情感和對生活的思考方式，不需要「糾正」。但他們對世界和自己處境的思考和感受方式，總是需要更深的層次和更高程度的理解。[50]

支持悲劇作爲情感澄清或理解機制的觀點之一方，或許應審愼考慮將澄清與教育（特別是校正）這兩個概念分開。這可能意味著，悲劇淨化的愉悅，不是每個人都可獲得的。然而，亞里斯多德的觀點似乎認爲，每個人都應能獲得此體驗。

其次，情感澄清作爲淨化解釋，在某些方面存在難題，尤其是當涉及到在《政治學》第八卷第七章中與治療（8.7.，1342a10-11）和舒解（8.7.，1342a11-15）相關聯的情感淨化。正如一些學者所憂慮的，將《政治學》第八卷中的內容，與亞里斯多德在《詩學》中的悲劇情感經歷會通爲一，可能並不可行。[51]考慮到亞里斯多德在《政治學》第八卷中對淨化的討論，並聲稱此概念的解釋可在詩歌論述中探討（8.5.，1341b40f.）。除非亞里斯多德改變其立場，否則《政治學》第八卷第七章的討論，可能爲他對悲劇淨化的思考提供洞察點。

49　參見第二章、第四章和第七章。

50　的確，李爾在悲劇愉悅的討論，表明同一個觀點：愉悅與悲劇中產生的恐懼，並從經歷中走出來的相關描述。參見 Lear, 1992：頁三三五。

51　Woodruff, 2009：頁六一九。

淨化：修正後的「排解」詮釋

這一點爲回到排解（purgation）解釋提供重要的助力。然而，該觀點固有的缺陷仍需要進一步解決。排解的詮釋問題在於，與亞里斯多德將「情感視作人類生活不可或缺」的觀點形成衝突；同時排解也暗示觀眾可能需要某種心理層面上的治療，而這回卻在《詩學》中並未有所涉及。

在《政治學》第八卷第七章關於淨化（*catharsis*）作爲排解作用的討論中，有一核心觀念值得深究：淨化以某種方式減輕或舒緩了每個人的情感狀態，包括那些品格高尚的人，他們的情感並未過度而恰到好處：

> 同樣的經驗也必然會降臨於富有同情心的人、膽怯的人以及其他情感豐富的人，每一個屬於這些類別的人，都將以與其相應的程度經歷此感受；所有人都必須經歷排解（淨化，*catharsis*）和愉悅的舒暢感（*kouphizesthai*）。（8.，1342a13-16）[52]

這段文字似乎暗示：(1)「淨化」（*catharsis*）提供某種愉悅的釋放；以及(2)這種釋放適用於所有

---

[52] Kraut, 1997。

人，無論是過度感性的人還是情感適中的人亦然。[53]假若上述無誤，亞里斯多德在這段文字中所提及的「淨化」，適用於所有人，無論是有德行還是沒有德行的人亦然。淨化提供某種釋放和減輕負擔的感覺。

如果上述正確，要將《政治學》第八卷第七章中的「淨化」觀念應用到《詩學》中悲劇性「淨化」的描述，可以觀察悲劇如何獨特地產生哀憐和恐懼的情感。理察．克勞特（Richard Kraut）提出，上述《政治學》段落中的「淨化」適用於所有人，不是指哀憐和恐懼情感的淨化，而在日常生活中所經歷的某種痛苦的淨化。[54]這個建議對於理解悲劇性的「淨化」是有用的，但需要進行修正。

在亞里斯多德的觀點中，哀憐和恐懼是痛苦的情感，然而，悲劇的情感經歷整體來說是愉悅。皮埃爾．德斯特雷（Pierre Destrée）就悲劇中愉悅區分兩種理解我方式，這是一種矛盾的性質：轉化或補償。[55]觀眾在經歷哀憐和恐懼時所感受到的痛苦是否得到轉化，或者它仍然存在，只是以某種方式得到補償？根據轉化觀點，感受憐憫和恐懼的痛苦在經歷悲劇所提供的釋放愉悅中得到轉化。然而，這不能是亞里斯多德的觀點。原因是他從未指出，悲劇的模仿（*mimēsis*）如何將哀憐和恐懼等痛苦的情感，轉化爲愉悅的感受。這與大衛．休謨在探討悲劇悖論時所提出的理論相左：在劇院中，人們如何能在感受到哀憐和恐懼的同時，又能從中獲得愉悅？在現實生活中，這些情感

53 有關此部分的評論，請參見 Kraut, 1997：頁二一〇—二一一。
54 Kraut, 1997：頁二一一。
55 Destrée, 2014：頁六—七。

卻被視爲令人不悅的經歷。[56]

亞里斯多德確實認爲，某一情感具有削弱另一情感的潛能。正如他說恐懼的強烈感受能夠驅散哀憐。[57]他把極爲有德之人從好運轉向厄運的劇情模式排除在外時，這一點也得到了強調（《詩學》13.，1452b33）。[58]在此情境下，觀者確實能夠爲有德之人感到哀憐和恐懼，但是道德的憤慨成爲主導情感，因而對這種劇情模式感到反感，而非對角色表達適切的哀憐和恐懼之情。儘管哀憐和恐懼的痛苦未被轉化、消除或改造，但這些痛苦的感受能夠被削減，並可能通過觀者所經歷的其他的情感而得到平復。

什麼是彌補痛苦的另一種情感？依照本書所提出的詮釋，這乃是悲劇情節所提供的理解上的愉悅。構造良好的情節，藉由事件間的因果連結，將日常生活中哀憐與恐懼的情境，串連組織成一連貫的整體。從而賦予觀者一種在日常生活中無法體驗的愉悅認知。潛藏於情節中的，是人類行動的普遍眞理的掌握。使這些情感在悲劇脈絡下的整體體驗成就愉悅。正是在這個意涵下，觀者對這些情感的痛苦感受得以舒緩，而我們對情感的感知負荷也因此減輕。

若此解釋成立，那麼，悲劇的淨化（*catharsis*）即排解或減少在現實生活中哀憐和恐懼情感的痛苦。通過揭示行爲之間連接的情節，悲劇使觀眾能夠理解一個善良且正直的人，是如何可能經歷

56 有關這悖論的討論，請參見第十一章，和本書第十二章。

57 《修辭學》，2.8.，1386a23；和 2.9.，1387a1-5。

58 參見本書第八章。

使人哀憐的不幸變故。同時，也能夠對與自己相似的人感到恐懼。理解的愉悅在一定程度上彌補觀眾哀憐和恐懼的痛苦感受，但這種痛苦並未完全消除。

這與亞里斯多德在《詩學》第四章中所說的非常吻合，其中觀看令人不悅的動物的精確形象會帶來愉悅，這種愉悅源於理解（*manthanein*）——觀者通過推理圖像和被模仿對象之間的相似性，從而使理解成爲可能。同樣地，把握情節也整合成一結構完整的整體，也帶來了亞里斯多德在《動物的組成》「2.5.，645a7-15」處中所提到的形式上的愉悅。[59]

或許，悲劇的淨化（*catharsis*）是一種排解方式，但並非按照伯納斯所描述的方式。儘管有幫助那些感受過度或不正確情感的觀眾之可能，排解並不消除感受過度的病理傾向。然而，淨化仍具有治療方面的效果，這對所有觀眾都有所裨益。排解可以減輕他們哀憫和恐懼經驗的痛苦感，從而帶來愉悅的舒解。

參考文獻

Aristotle, 1932. *Politics*, translated by H. Rackham. Cambridge, MA: Harvard University Press.

——, 1984. *Politics*, translated by B. Jowett, in Jonathan Barnes (ed.), *The Complete Works of Aristotle.*

59 參見本書第四章對這些要點的討論。

The Revised Oxford Translation Volume Two. Princeton, NJ: Princeton University Press.

Barnes, Jonathan (ed.), 1984. *The Complete Works of Aristotle. The Revised Oxford Translation* Volume Two. Princeton, NJ: Princeton University Press.

Belfiore, Elizabeth S., 1992. *Tragic Pleasures: Aristotle on Plot and Emotion*. Princeton, NJ: Princeton University Press.

Bernays, Jacob., 2004. "On Catharsis: From Fundamentals of Aristotle's Lost Essay on the 'Effect of Tragedy'" (first published 1857). *American Imago* 61, (3): 391-341.

Carroll, Noël, 1984. "Toward a Theory of Film Suspense." *Persistence of Vision: The Journal of the Film Faculty of the City University of New York*, 1: 65-89.

Destrée, Pierre, 2009. "Aristote et le plaisir 'propre' de la tragédie." *Aisthe*, 4: 1-17.

——, 2013. "Aristotle on the Paradox of Tragic Pleasure," in J. Levinson (ed.), *Suffering Art Gladly: The Paradox of Negative Emotion in Art*. Basingstoke: Palgrave Macmillan: 3-27.

Ferrari, G. R. F., 1999. "Aristotle's Literary Aesthetics." *Phronesis*, 44 (3): 181-198.

Halliwell, Stephen, 1998. *Aristotle's Poetics: With a New Introduction by the Author.* Chicago: University of Chicago Press.

——, 2009 "Learning From Suffering: Ancient Responses to Tragedy," in Justina Gregory (ed.), *A Companion to Greek Tragedy*. Oxford: Blackwell: 394-412.

Heath, Malcolm, 2014. "Aristotle and the Value of Tragedy." *British Journal of Aesthetics*, 54 (2): 111-123.

House, Humphrey, 1956. *Aristotle's Poetics. Course of Eight Lectures*. London: Rupert Hart-Davis.

Janko, Richard, 1992. "From *Catharsis* to the Aristotelian Mean," in Amélie Oskenberg Rorty (ed.), *Essays on Aristotle's Poetics*. Princeton, NJ: Princeton University Press: 341-358.

Kraut, Richard, 1997. *Aristotle: Politics Books VII and VIII.* Translated with a Commentary by Richard Kraut. Oxford: Clarendon Press.

Lear, Jonathan, 1992. "Katharsis," in Amélie Oskenberg Rorty (ed.), *Essays on Aristotle's Poetics*. Princeton, NJ: Princeton University Press: 315-340 (Originally published in 1988, in *Phronesis*, 33: 297-326.)

Lord, Carnes, 1982. *Education and Culture in the Political Thought of Aristotle*. Ithaca, NY: Cornell University Press.

Nehamas, Alexander, 1992. "Pity and Fear in the *Rhetoric* and the *Poetics*," in Amélie Oskenberg Rorty (ed.) *Essays on Aristotle's Poetics*. Princeton, NJ: Princeton University Press: 291-314.

Nussbaum, Martha, 1986. *The Fragility of Goodness: Luck and Ethics in Greek Tragedy and Philosophy*. Cambridge: Cambridge University Press.

Pappas, Nicholas, 2005. "Aristotle," in Berys Gaut and Dominic McIver Lopes (eds.), *The Routledge Companion to Aesthetics*. New York and London: Routledge: 15-28.

Rorty, Amélie Oskenberg (ed.), 1992. *Essays on Aristotle's Poetics*. Princeton, NJ: Princeton University Press.

Sayers, Dorothy, 1995. “Aristotle on Detective Fiction.” *Interpretation*, 22 (3): 405-415. Reprint of 1935 essay.

Shields, Christopher, 2013. *Aristotle* Second Edition. London and New York: Routledge.

Woodruff, Paul, 2009. “Aristotle’s *Poetics*: The Aim of Tragedy,” in Georgios Anagnostopoulos (ed.), *A Companion to Aristotle*. Chichester, England: Blackwell Publishing: 612-627.

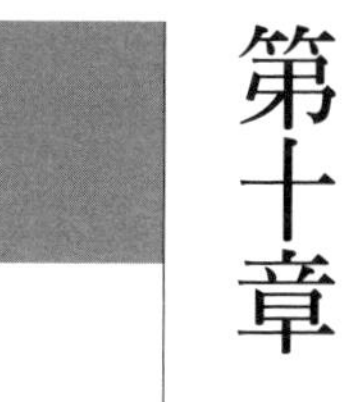

第十章　喜劇與史詩

導言：《詩學》末章探討

《詩學》開篇立言著述的目的是探討「詩歌總論以及不同體裁的功能」，但其主要部分是對悲劇的探討。[1]在《詩學》第二十二章的退場，亞里斯多德表明他對悲劇的探討已經完成，並將焦點轉向史詩的探討。根據他對悲劇關鍵觀點的分析（《詩學》第二十三至二十四章），以及在作品末章中討論問題：「悲劇和喜劇哪個更好？」在《詩學》第二十五章中，他探討了詩歌的正確標準，並主張詩歌的規範是獨特的，具有其特定目的。並在此規範基礎上，檢視詩歌創作的不同錯誤類型。

其中一個沒有詳細討論的體裁是喜劇。許多內部和外部的證據暗示《詩學》第二本著作是與喜劇的主題有關。所以學者認爲這部作品，像亞里斯多德的許多其他著作一樣，已經亡佚。[2]本章將致力於亞里斯多德對喜劇、史詩以及兩者之間的區別看法。我們還將研究《詩學》第二十五章中，亞里斯多德論及詩歌批判的正確方式；以及在《詩學》第二十六章中，亞里斯多德認爲悲劇優於史詩來捍衛悲劇的觀點。雖然亞里斯多德在《詩學》中對喜劇的討論篇幅有限，我們先簡略回顧其主

1 本章閱讀材料為《詩學》第五、十八、二十四、二十五和二十六章。

2 請參見 Richard Janko, 1987：頁四十三—四十六，以了解他對這失落第二卷涉及的主題大綱的重建，以及 Janko, 1984 對 Janko 重建《詩學》第二卷的討論。然而，讀者應留意 Janko 重構《詩學》第二卷的推測。有關 Janko 版本片段的批判性評估，請參見 Malcolm Heath, 2013。

要觀點，並加以闡述。將其觀點置於柏拉圖貶低喜劇觀點的脈絡背景下，討論亞里斯多德對喜劇戲劇觀點的兩種截然不同的理解方式，以及看看《詩學》對喜劇的評述，如何影響後來的喜劇理論。繼而轉向史詩和《詩學》最後幾章中提及的其他主題。

喜劇：演化、結構與喜劇模擬

喜劇的演化：回顧《詩學》第四章的內容，亞里斯多德表示詩歌的發展有許多影響因素。[3]其中一個流派是更爲嚴肅的詩歌形式，包括讚美神祇和傑出人物的聖歌和頌歌。這一類型的詩歌模仿的是高尚角色的行爲（4，1448b25f.）。第二個流派是針對道德低下和劣質角色的譏諷或諷刺（4，1448b27）。這種詩歌模仿道德和社會地位低下的角色行爲。詩人據角色的性格發展出嚴肅或輕鬆的詩歌形式，嚴肅的詩歌形式促使悲劇的發展，而較不嚴肅的則成就喜劇的發展（4，1449a1-5）。

荷馬憑藉他偉大的史詩詩篇，不僅對悲劇在嚴肅性的發展，而且對喜劇形式和內容發展作出貢獻。喜劇史詩《瑪吉特斯》（*The Margites*），亞里斯多德將其歸因於荷馬，但此作品已失傳。正如荷馬的史詩預示悲劇的未來發展走向，亞里斯多德表示他的《瑪吉特斯》也預示喜劇的發展。在

3 參見本書第三章。

這部作品中，荷馬將重點從譴責（對個人的言語攻擊）轉向角色的直接對話，預示喜劇和悲劇所使用的模仿方式（《詩學》，4.，1449a1）。荷馬還預見喜劇特別關注可恥的、但非痛苦或毀滅性的角色，這引起笑聲的反應（*to geloiov*）（《詩學》，5.，1449a31-38）。[4]亞里斯多德評論說，喜劇的最早階段已失傳，因爲這個體裁沒有像悲劇一樣受到認眞注目（4.，1448b38-1449b5）。不同的地方傳統都自稱自己是喜劇的發源地。西西里人以名字作爲證據。他們稱自己的村莊爲 kōmai，而早期的喜劇表演者因驅逐出城，流浪在村莊之間而得名（*komōidia*）（4.，1448a36-37）。

喜劇的結構：如同悲劇和史詩一樣，喜劇圍繞著統一且連貫的情節結構（5.，1448b8）。故事的各個情節構成了明確的整體，具有開場、中間事件和退場，事件之間由必然或可能性相接。像悲劇和史詩一樣，其情節也「談及」更普遍的事物（普遍性），也就是某種角色按照可能性或必然性之所言所行（9.，1451b5-7）。在《詩學》第九章，亞里斯多德稱讚喜劇詩人意識到，詩歌應符合必然和可能性模式的可能事件，而不是依賴觀眾以歷史事件對角色的聯想，與悲劇詩人如出一轍（1451b10-12）。因此，詩歌情節嵌入普遍的人類經驗，喜劇是提供推理和理解樂趣（*manthanein*）的詩歌形式。

喜劇的模仿：模仿的對象分爲兩個主要類別：優越或令人欽佩（*spoudaios*）的行動和劣等（*phaulos*）的行動（2.，1448a2-5, 16-18；和 4.，1448b24-26）。喜劇是劣等行動的模仿。但亞里

---

4 請參見 Gerald Else, 1957：頁一九六—二〇一，以了解亞里斯多德審視喜劇發展中的歷史人物討論。

斯多德明確指出，喜劇模仿（*mimēsis*）的適當對象並不是每一種錯誤或劣等性。相反，喜劇模仿的是、可恥、滑稽（*aischros*；也譯爲「醜怪」）的錯誤（*hamartēma*）與特徵，但這些特徵並不涉及痛苦或破壞：

> 如我們所說，喜劇是對卑劣但非邪惡角色的模仿：更確切地說，可笑是可恥的（*aischros*）的一個範疇。因為可笑的包括任何不涉及痛苦或破壞的錯誤或恥辱的特徵：最明顯的是，可笑的面具是某些醜怪和扭曲的東西，但不是痛苦的。（5.，1449a31-35）

因此，喜劇模仿對象是「荒謬的」，是不涉及痛苦或破壞性的錯誤（*hamartēma*）。這與《詩學》第十三章中的悲劇錯誤（*hamartia*）形成對比。在理想的悲劇情節中，一個重大的錯誤或失誤，造成悲劇的痛苦（*pathos*）（12.，1452b9-10）具有關鍵作用。喜劇中角色的錯誤則不同，因爲當中並沒有任何痛苦或破壞性。因此，悲劇和喜劇引起截然不同的情感反應。悲劇的情節，在觀眾因主人公的錯誤而感到哀憐和恐懼。（13.，1452b5-6）。喜劇的情節則引起笑聲（*to geloiov*）（《詩學》5.，1449a31-38）。

柏拉圖對喜劇的觀點

也許考慮柏拉圖對喜劇的觀點是有用的。雖然亞里斯多德《詩學》文本中沒有提到柏拉圖對喜劇的觀點。可是，有些學者認爲，亞里斯多德對喜劇的描述，是建基於柏拉圖的觀點之上。[5]不管這是否屬實，柏拉圖對喜劇提出強烈的抨擊，了解其立場，且與亞里斯多德的喜劇觀點進行比較，將會對此議題討論有所助益。

柏拉圖對喜劇的批評，在他的多部作品中表現，反映著至今仍然存在的喜劇觀點。在對話錄的某些部分，他讓蘇格拉底這個角色提出關於笑聲和喜劇的有害影響。在《理想國》第三卷中討論喜劇與悲劇，判斷爲鼓勵非理性和不自控的詩歌形式。喜劇削弱靈魂中理性的主導感能力，因爲「當人放任自己沉溺於劇烈大笑時，他的狀況會引起劇烈的反應」（388e）。蘇格拉底在《理想國》第十卷的「606c-d」處中進一步發展闡發這一反對立場。對悲劇的批評亦緊隨喜劇其後，他擔心悲劇會培養出哀憐的情感。原因是，自我克制和情感鎮定變得困難（606b-c）：

同樣的原則是否也適用於可笑的事物？也就是說，如果在喜劇表現中，或者私下談話中，

5 請參見 Else 1957：頁一八六。「亞里斯多德的喜劇理論，即歡笑的理論，基於柏拉圖的基礎，但超越了它們。」必須注意的是，亞里斯多德和柏拉圖對喜劇觀點的關係，並不是每個人都同意的，包括 Malcolm Heath，我將在下一節討論他的觀點。

> 你對那些羞於實踐的滑稽戲言感到極大的樂趣，而不是鄙視它們的卑鄙，你所做的是否與可憐的情況相同？因為在這裡，你的理智由於害怕滑稽的名聲，當它渴望扮演小丑時，便在你自己身上加以克制，你反過來釋放它，因此，培養年輕的厚顏無恥，讓自己走得如此之遠，以至於在你意識到之前，你自己在私下就成了喜劇演員。（606c-d; Hamilton 和 Cairns 1961）

在這段文字中，蘇格拉底對喜劇提出的擔憂，與他悲劇是相同。喜劇激發了某些行爲，如在喜劇劇中嘲笑小丑。這些情感一旦在喜劇劇院背景下釋放，觀眾離開劇院，繼續他的日常生活時，就很難自制。

喜劇對靈魂情感有負面影響，這一憂慮也在其他幾部作品中提及。在《菲力帕斯篇》（*Philebus*）「48a-50b」處中，蘇格拉底認爲惡意是靈魂的痛苦（50a），笑是一種惡意的形式。笑聲之所以道德上有問題，因爲當中涉及以友人不幸爲樂（4950a）。此外，喜劇是痛苦與快樂的混合（50b）：因爲我們所享受的不僅是看到敵人、朋友受苦。笑聲中有快樂，但朋友的感覺爲痛苦（50a）。關於劇院中的喜劇，蘇格拉底說，觀眾喜歡嘲笑那些自以爲強壯、聰明、美麗的喜劇角色。這些角色是荒謬的，是觀眾鄙視的對象。這些喜劇角色的情況並非玩笑——因爲他們處於無知的狀態，屬於邪惡的一種（49d）。在柏拉圖《法律篇》（*Laws*）「11.，934d-936a」處中，蘇格拉底討論與憤怒混合的笑聲的危險性。憤怒的人容易對他們的同胞發笑（935d），這破壞了公民之間的和諧。因此，蘇格拉底得出結論說，在任何情況下都不允許喜劇詩人諷刺同胞（935e）。

通過蘇格拉底的話語，柏拉圖提出喜劇的核心問題數種：首先，人們對喜劇所激發的基本情感感到擔憂：喜劇促使人們藐視、鄙視、惡意、嫉妒，以及感受過度的暴躁情緒。其次，喜劇劇場對日常生活的行爲產生了負面影響；對在喜劇劇場中嘲笑他人過失而感到愉悅的人，在日常生活中繼續這種行爲。這破壞對理想國家生活至關重要的公民團結和穩定感。

柏拉圖對喜劇價值的負面評價，讓人想起烏貝托．艾柯（Umberto Eco）精彩的犯罪懸疑小說《玫瑰的名字》（*The Name of the Rose*）（一九八三年；一九八六年由讓—雅克．阿諾（Jean-Jacques Annaud）執導的精彩電影改編）中角色對喜劇的苛刻批評。這個故事呈現了一個虛構的情景，其中一位福爾摩斯式的僧侶偵探，巴斯克維爾的威廉兄弟（Brother William of Baskerville）（在電影中由肖恩．康納利（Sean Connery）飾演），正在調查一三二七年發生在意大利修道院的一系列謀殺案。事實證明，謀殺陰謀的核心是《詩學》亡佚的第二卷。兇手（那個不能說出名字的人）的擔憂是，亞里斯多德書寫喜劇，使引入發笑的文類變得崇高，這是對上帝和宗教心態的嘲弄。

在《詩學》中，亞里斯多德並未回應柏拉圖對喜劇的批評。然而，我們有充分的理由認判斷，亞里斯多德不會同意柏拉圖的觀點。首先，亞里斯多德不同意柏拉圖對情感的負面看法。人類的情感是自然的，而且確實以正確的方式、正確的對象與在適當的情況下感受情感，方爲人的美德的表現。[6]其次，儘管休閒和遊戲不是人生的最終目標，對人生而言卻是必要的。亞里斯多德認爲喜劇

6 《尼各馬可倫理學》，2.，1106b15-23。

有助於人們在休閒和娛樂上的需求。因此，喜劇在充實人生的方面占有一席之地。[7]

那麼，更確切地說，喜劇扮演的角色是什麼呢？喜劇劇院如何充實人的生活？

喜劇在人類生活中的角色：《詩學》的兩種對比解讀

兩位的亞里斯多德喜劇理論學者史蒂芬．哈利韋爾（Stephen Halliwell）和馬爾科姆．希斯（Malcolm Heath），兩人的研究影響深遠，自他們所提出的對比解讀，嘗試理解亞里斯多德對這些主題的觀點。[8]

在全面且精闢的古希臘「歡笑」主題書籍的一章裡，哈利韋爾（Halliwell）主張亞里斯多德將歡笑提升爲一種美德。而十七世紀的哲學家托馬斯．霍布斯則認爲笑聲是藐視的表現，並提出歡笑是對他人優越感的表達，[9]與之相反，哈利韋爾則認爲，亞里斯多德認爲笑聲在美德生活中扮演重要角色。哈利韋爾引用了《尼各馬可倫理學》第四卷第八章中美德之歡笑（*eutrapelia*，哈利韋爾

---

7 關於他對人生中休閒和遊戲重要性的觀點，請參見《政治學》，8.3.，1337b33-1338a1。

8 Stephen Halliwell, 2008；Malcolm Heath, 1989。

9 關於霍布斯在喜劇的寫作的相關文本，可參見 Quentin Skinner, 2004。關於霍布斯理論的現代形式、優越理論以及喜劇的其他主要哲學解釋，請參見 John Morreall, 2013。

翻譯爲「良好的幽默」或「溫文儒雅的機智」）部分支持其觀點。[10]

在亞里斯多德的倫理學中，美德或人類卓越（*aretē*）是適中的感覺和行爲。成就美德的關鍵，是恰如其分的感受，行於兩極之間，既非不足，亦不過度。在過度方面，亞里斯多德稱之爲「粗俗的小丑」（《尼各馬可倫理學》，4.8.，1128a6）：這是「被他的幽默感所奴役，不論能否引起笑聲，都不會放過自己和他人，並且說出那些有修養的人都不會說的話」（4.8.，1128a32，1128a6）。在不足方面，則是「粗魯和磨練不足的」人，他們「既不會開玩笑，也無法忍受那些開玩笑的人」（4.8.，1128a9-10）。

美德狀態或上述所言的「適中」，就是體現在「機智」（*eutrapelia*）的人身上。這個人多才多藝，能夠看到情況的不協調之處，口出恰當之言，也避免開讓對象感到痛苦的玩笑（4.8.，1128a11-12）。機智的人會以影射，而非粗俗和直接笑話來開玩笑。雖然據亞里斯多德的觀點，遊戲不是生活的目標，但這種具有美德的歡笑在生活中有其位置，提供人們生活遊戲和休閒的樂趣。[11]

這種富有美德的歡笑與傲慢（涉及對他人的優越感）無關，因爲機智的人會避免讓玩笑造成他人的痛苦。[12]這意味著，在某些喜劇形式中像小丑般的諷刺，實際上與「機智」（*eutrapelia*）、具

---

10 《尼各馬可倫理學》，4.8.，1127b33-1128b9，引文取自 Barnes, 1984。

11 Halliwell, 2008：頁三〇八。參見《政治學》，8.3.，1337b33-1338a21，亞里斯多德將遊戲視為一種「恢復性」的醫藥。

12 《尼各馬可倫理學》，4.8.，1128a8。

備美德的喜劇無關。[13]

亞里斯多德透過此描述嘗試提出，人們在歡笑與幽默中，應有道德上適當和不適當框架來考慮。另一方面，適當和節制的歡笑，屬於包含休閒和娛樂在內的生活，但戲謔卻屬於辱罵行為。立法者禁止我們辱罵某些對象，因此他們也許會應該禁止我們對這些對象進行戲謔（《尼各馬可倫理學》，4.8.，1128a29-31）。

那麼，亞里斯多德如何把同儕之間的玩笑和具備美德的笑聲兩者，與《詩學》中的喜劇討論聯繫起來？正如哈利韋爾指出，喜劇是模仿那些較爲鄙劣的人之行爲（《詩學》，2.，1448a3），這就把喜劇主題的適用範圍，排除在朋友之間的對等關係具備美德的笑聲之外。

然而，哈利韋爾主張，亞里斯多德在《尼各馬可倫理學》「4.8.，1128a22-24」處中，說明其喜劇之傾向：在喜劇劇場中避免藐視和嘲笑，而是更具倫理特質的幽默。因此，亞里斯多德所說的理想道德的歡笑，就是朋友之間相互應對的正確方式，可應用在《詩學》上。亞里斯多德明確表示，喜劇擺脫了早期喜劇形式的辱罵時，演變成適當的形式（《詩學》，4.，1449a3-4）。此外，哈利韋爾還指出亞里斯多德的想法是，觀眾的笑聲是針對虛構的角色，所取笑的較爲鄙劣的角色，即使戲劇中的角色也可能表達了一些敵意的笑聲，但當中的問題在某種程度上依然是有所減輕。[14]最

---

13 《尼各馬可倫理學》，4.8.，1128a23-25。

14 Halliwell, 2008：頁三二七。另參見《詩學》，9.，1451b12-14，亞里斯多德讚揚喜劇詩人意識到他們可以創造虛構角色來構建情節，而不像悲劇詩人，他們傾向於基於傳統故事中的角色來構建情節。

後，哈利韋爾提出一重要觀點是，亞里斯多德認爲玩笑和具備美德的歡笑，是從充滿敵意笑聲中提煉和導向的。[15]

因此，上述的關鍵主張，構成哈利韋爾對亞里斯多德喜劇觀點的解讀。

首先，即使喜劇是一種遊戲形式，道德準則仍然適用。[16]這意味著，亞里斯多德對喜劇的描述，應在其倫理觀念的指導下理解。對喜劇的特徵反應——笑聲，有正確和錯誤方式之辨。錯誤的方式，是玩笑過度而造成對象痛苦，或無法接受玩笑、自嘲。正確的方式是實踐機智（*eutrapelia*）：不是出於對他人的優越感，而表達藐視或鄙視的笑聲，正如霍布斯（Hobbes）所認爲的，是以幽默與他人進行休閒遊戲的方式。

其次，亞里斯多德論及日常生活中對喜劇評論之方式，在特定條件下延宕至《詩學》對喜劇的描述。兩種關於歡笑的處理共有一個擔憂，可笑的事物不應涉及對象的痛苦。[17]在亞里斯多德的倫理學中喜劇描述，解釋了《詩學》所言之喜劇模仿的適當對象。即使喜劇模仿了那些較爲鄙劣的人的荒誕行爲，喜劇角色也不應成爲具有敵意的嘲笑、鄙視或藐視的對象。[18]如果喜劇中的虛構角色是這樣，那麼，我們在日常生活中嘲笑的人更是如此。

根據哈利韋爾的說法，亞里斯多德認爲在日常生活中歡笑的合理道德標準，在某些條件下也適

15 Halliwell, 2008：頁三二八。
16 Halliwell, 2008：頁三一〇。
17 Halliwell, 2008：頁三二七。參見《詩學》，5.，1449a 和《尼各馬可倫理學》，4.8.，1128a8。
18 Halliwell, 2008：頁三二七。

用於喜劇劇場中的模仿。[19]

馬爾科姆．希斯所主張的解釋，則與哈利韋爾完全不同。[20]希斯不認爲亞里斯多德的日常社交中道德觀點，具有外推至詩歌的有效性。希斯援引《詩學》第二十五章來支持這一觀點。在文本內容中，亞里斯多德試圖捍衛詩歌，免受其抨擊者的攻擊。[21]他主張，詩歌與政治（*politikē*，亞里斯多德用於公共和私人生活中的倫理學術語，25.，1460b3-15）並沒有相同的正確標準。他指出，對歷史或科學事實的忠實，不如對詩歌的內在連貫性和合理性重要（「描繪不讓人信服的母鹿，與不知道母鹿沒有角相比，前者更爲嚴重」（25.，1460b30-32；參見 25.，1460b15-20）。

舉例來說，在現實生活中，若有人表現勞雷爾和哈迪（Laurel and Hardy）式之缺點，取笑他們可能是不合適的。但就電影而言，這對喜劇二人組的滑稽動作卻是合適反應。詩歌和任何其他藝術一樣，遵循本身的正確標準。希斯由此推斷，亞里斯多德認爲，我們日常生活中的美德行爲規範，並不適用於詩歌。

此外，亞里斯多德確實認爲需要由國家來規範對猥褻語言的接觸。亞里斯多德在《政治學》「7.17.，1336b12-23」中言及，青少年接觸淫穢和辱罵性語言，可能從他們所見所聞中「沾染卑鄙」（1336b4-5）。然而，據希斯的觀察，亞里斯多德並未指出成人喜劇中的淫穢和辱罵，同樣需

19 Halliwell 觀察到（2008：頁三二七），即使對喜劇中的角色不適當地引導，喜劇劇院中的角色之間仍然允許敵意的笑聲。

20 Heath, 1989。請注意，Heath 的文章是在 Halliwell 成書前寫的，所以以下是我對兩位作者之間幾行不同之處的重建。

21 參見本章後頁 258-263 的討論。

要受到規範。亞里斯多德說：

> 然而，立法者不應允許年輕人觀看五步格詩歌或喜劇，直到他們到了在公共餐桌上、喝烈酒的年齡；到那時，教育會使他們抵禦這些表現的不良影響。（7.17，1336b20-22）[22]

這段文字並沒有對喜劇詩歌的內容表達讚賞，但也沒有暗示禁止成年人接觸喜劇。亞里斯多德指出，只要有教養的年輕人在成長過程中受到適當教育，接觸喜劇中的淫穢內容實爲無傷大雅。

希斯對《尼各馬可倫理學》第四卷第八章「1128a30-31」處的解讀與哈利維爾不同。亞里斯多德同意社交生活中侮辱和嘲弄，應該由國家層面來規範約束（《尼各馬可倫理學》，5.8.，1128a30f.），然而沒有提出改革喜劇內容的倡議。在這一段內容中，哈利維爾所看到的，是新風格喜劇的傾向；而希斯則認爲亞里斯多德在此提出一個截然不同的觀點。新類型喜劇並非更爲可取，而是它們更符合日常生活中的行爲準則，反映著公眾感性的轉變。[23]

對於最後一點，哈利維爾指出，亞里斯多德在這段文字中，討論有教養的人不會以侮辱爲玩笑（4.8.，1128a30）。這似乎是正確的觀察，但這並未解決兩位學者之間的核心爭議：在倫理學中適

---

22 Jonathan Barnes, 1984。

23 亞里斯多德所指的新型喜劇不甚明確，但可能有一些屬於「中期喜劇」的喜劇時期，即在公元前四世紀寫作和演出的喜劇。Albrecht Dihle（1994：頁二二五）描述這一時期：「曾經可能由鄉村生育崇拜所批准，並在公元前五世紀成為喜劇專屬範疇的粗俗言辭逐漸消失。這種粗俗言辭現在被迫讓位於城市的典雅。」

用的行爲準則，以及對有教養的人適用的準則，是否也適用於如喜劇等等詩歌形式？[24]

這一衡量讓交由讀者對相關文本的閱讀進行判定。以下是一些必須注意的要點：首先，在《政治學》第八卷第五章中，亞里斯多德指出，我們對音樂模仿中的情感反應，與被模仿的對象之間處於平行狀態：「習慣於在模仿事物中感受痛苦和快樂的人，與眞實世界中有同樣反應的人相似。」（8.5.，1340a23-25；Kraut, 1997）。

在這段文字中，亞里斯多德沒有指出，我們應以相同方式反應於事物及其相似物。反而，他觀察到，事實上對於快樂和痛苦的感受（這是所有情感的基礎）來說，我們對現實和模仿的反應是相似的。

對眞實事物和其模仿反應相似的觀點，在《詩學》第十三章中也有文獻內容支持。高尙人物從好運到厄運的情節被排除，因爲它引發錯誤的情感反應：它不引起哀憐和恐懼，而是引起厭惡（13.1452b35）。亞里斯多德並非認爲，人們不應該爲這麼高尙人物的不幸，感到哀憐和恐懼。相反，他可能意識到，非常高尙的人物陷入不幸的情節，會在觀眾中產生錯誤的情感反應：引起道德上的憤慨。[25]亞里斯多德似乎也意識到，由於悲劇是人類生活和行動的模仿（《詩學》，6.，1449b23-24；2.，1448b29），觀眾會以現實生活中的方式，回應悲劇中的角色和情況，並將道德

24 這是重要且備受關注的主題，尤其在當代美學的研究中。有關當代辯論的討論，請參見 Elisabeth Schellekens, 2007：頁六十三—九十二。

25 參見第八章，關於這一情節模式的討論。

判斷加諸於悲劇之上。

這意味著，我們在日常生活中進行的道德判斷，與我們應對小說角色之方式有關，原因是模仿藝術與眞實生活之間的相似性。的確，模仿藝術藉由模仿眞實和寫實的行動，成功打動觀眾。所以，觀眾在日常生活中應用的道德判斷，在觀看悲劇或喜劇時也會起作用。

對亞里斯多德來說，哀憐和恐懼顯然具有評估判斷的層面，前者是爲了無辜受苦的人而感（《修辭學》，2.8.，1385b12-19），而後者則是由於想像未來的某種破壞性或痛苦的邪惡而感（《修辭學》，2.5.，1386a27-28）。顯然，要以這些情感回應角色，觀眾必須對角色失去的價值進行評估。觀眾以笑聲回應角色的荒謬錯誤的心態，亞里斯多德的解釋並不清楚。[26]他或許會認爲，喜劇的觀眾也對角色錯誤的道德嚴重性進行評估。的確，如果喜劇引發的歡笑，不是由痛苦或破壞的錯誤引起的，這似乎是必要的（5.，1449a31-35）。上述的討論，如何回應日常生活中的美德是否適用於喜劇這一問題？這些觀點指出，亞里斯多德認爲，觀眾對詩歌中角色的回應具有道德層面，原因是基於他們對角色道德價值的評估。然而，如果喜劇是對較爲鄙劣的人之行爲模仿，那麼，喜劇中的角色就不能期望以符合亞里斯多德倫理學的美德標準行事。也許希斯（Heath）的想法是正確的。以亞里斯多德倫理學的道德行動標準，來要求喜劇中的角色，恐怕是沒有意義的。

然而，合乎邏輯的是，亞里斯多德認爲，喜劇的觀眾會將他們在日常生活中培養的道德感性，

26 參見 W. W. Fortenbaugh, 2002：頁一二〇—一二六，亞里斯多德可能會認為歡笑是一種愉悅的情感，以及亞里斯多德觀點與當代優越和不協調喜劇解釋的比較。有關這些當代解釋的討論，請參見 John Morreall, 2013。

帶到喜劇角色的困境之中。如果喜劇中的角色和悲劇一樣，嚴重脫離觀眾期望，動作劣於一般大眾的水準，那麼，觀眾是在觀看這樣的角色動作中是否無法得到愉悅，這樣的說法也合理嗎？

雖然希斯（Heath）認爲詩歌中的正確標準，與政治和倫理學不同是正確的。但是，亞里斯多德認爲觀眾對詩歌反應的心理機制，與在日常生活中使用的思維習慣和道德判斷密切相關。這代表了一部成功的喜劇，借鑑並培養對角色的反應，這種反應源自觀眾在日常生活中的自然感受。如果角色的行爲過於冒犯觀眾，他們的反應，不會是對角色歡笑而愉悅，將是對角色行爲的道德譴責，這將干擾觀眾對喜劇表演的愉悅感。

或許，這導出解決哈利韋爾（Halliwell）和希斯（Heath）爭議的一種方式。我們日常生活的具備美德歡笑的標準，與詩人情節和角色的構建有關。如果喜劇詩人偏離觀眾禮節太遠，觀眾就有可能會反感而產生道德上憤慨，而不是愉悅。這意味著，詩歌在某種意義上受到倫理考慮的限制，但不是因爲詩人引入不道德角色的情節是不合適的。顯然，如果喜劇模仿較爲鄙劣的人的行爲，那麼欠缺美德的行爲，就是喜劇的基礎。呈現喜劇角色的正確方式，是讓他們保持在一行爲範圍內，使觀眾能夠體驗到歡笑的愉悅，而不是道德譴責的痛苦。

喜劇中的恰當愉悅

綜觀整本《詩學》的內容，亞里斯多德提到每一種詩歌類型，都有其專屬的愉悅（*oikeia hēdonē*）。在第十四章中，他提到悲劇和喜劇各自有獨特的愉悅。這個評論出現在悲劇情節雙重結構的討論背景，具有相反的結果。舉例來說，最後正義的悲劇主人公面對災難，最終災難被化解；而壞的角色最終消亡（1453a30-32）。有人認爲雙重情節結構是最好的，但亞里斯多德指出這一點是錯誤的。每種詩歌類型都應該有自己適當的愉悅，不應該混合或混淆。

> 人們認為這樣做是最好的，源於觀眾的弱點：詩人遵循並迎合觀眾的品味。然而，這並不是人們應該期望從悲劇中得到的愉悅。此種愉悅更適合於喜劇，其中情節中最致命的敵人，如奧瑞斯和埃癸斯托斯（Aegisthus），最後成為新朋友，並且最終無人死亡。
>
> （14，1453a32-36）

亞里斯多德並沒有具體告訴我們，喜劇應該引起什麼情感。當代心理學家認爲歡笑是由不同特徵的不同情感反應組成的類別。[27]根據文本內容，我們可以推測喜劇適當的愉悅指涉爲何。

---

27 D. P. Szameitat 等，2009。

首先，喜劇是對劣於常人的個人行爲模仿或模擬。作爲模仿，喜劇涉及對觀眾對現實生活事件和人們的自然反應的完滿或完整效果。[28]現實生活中，看到有人踩到香蕉皮上滑倒而受傷，是不合適的笑話。這樣笑的人沒有展示出適當的禮節或人道正義。然而，有些人（也許是亞里斯多德所提到的「較弱的」觀眾）可能會有這樣反應的衝動。在喜劇劇本中看到有人踩到香蕉皮而滑一跤，倒是有趣的，前提是這個人沒有受到任何嚴重的傷害。

我們可能會認爲，亞里斯多德的喜劇是一種模仿形式，所採用自然反應，如對某個失誤的笑聲，並將之變得完善或完整。因爲喜劇提供可以取笑別人的弱點的情況，只要這個錯誤不會造成痛苦或毀滅性破壞，並且觀眾感到愉悅的情況不涉及眞正的惡人。喜劇中涉及的恰當愉悅，可能與自然的人類反應有關。嘲笑他人的弱點和錯誤，這一反應針對在德行不高尚的人身上。喜劇將這一衝動引導成提供休閒的歡笑來源（《詩學》，5.，1449a31-38；參見《政治學》，8.3.，1337b36-1338a1）。

其次，具備「意料之外」但卻「彼此因果相連」情節特色的優點，這在悲劇情節中是令人期望的特點（《詩學》，10.，1452a1-3），同樣適用於喜劇。我們不會期望，殺氣騰騰的敵人會在戲劇結束成爲主角朋友，甚至不傷害彼此，但這就是喜劇情節中發生的事情。因此，就像在悲劇中一樣，喜劇提供（回顧性的）認知樂趣：觀眾可能沒有預料到奧瑞斯和埃癸斯托斯成爲朋友的情節反

28 參見第二章，關於「模仿」的描述。

轉；但是在情節發生時，將會是愉悅的源泉。因爲喜劇情節中的事件是由可能性或必然性相連的，所以觀眾因而獲得認知或智思的愉悅，了解結果即使是意料之外，也是可以理解的。

難以置信的結果所引起的歡笑，這一點被後來劇作家採用。如偉大的二十世紀德國劇作家貝托爾特．布萊希特（Bertolt Brecht），他對亞里斯多德的戲劇規範持批評態度。布萊希特拒絕戲劇應由可能或必然聯繫相連事件作爲情節的觀點。可是，他卻經常使用這樣的觀念，即難以置信的結果會引起笑聲。在布萊希特的喜劇《三文錢的歌劇》（*Die Dreigroschenoper*, 1928）退場，一個臭名昭著的倫敦罪犯 MacHeath（Mack the Knife）受在獄牢之災，對這個暴徒來說，情況不甚樂觀，因爲他將因其罪行而被處決。戲劇卻以喜劇性的反轉結束，一位騎馬的信使到達，宣布女王赦免馬克（Mack）的罪行，並且授予頭銜、一座城堡和年餉。整個演員陣容，包括 MacHeath 的獄卒都高歌同慶。

史詩的恰當焦點：行動的統一性

在《詩學》第二十三章中，亞里斯多德轉向史詩的討論。他在第四章中提出，悲劇的演變是基於史詩進一步的建設和改進而發展的（1449a2）。從這一點可以推斷，史詩與悲劇在某些組成部分上有共同之處，但悲劇通過添加更多的組件和特性，在觀眾獲得的愉悅質量上超越史詩。因此，自然而然引出以下問題：在討論史詩時，悲劇究竟在哪些方面做得更好，又是如何實現這種卓越的愉悅的？

史詩和悲劇都是模仿（*mimēsis*）的形式，是對人們行爲的模仿（4.，1448b27）。在《詩學》第二章中，亞里斯多德認爲，史詩和悲劇在道德和社交意義上共有同樣的模仿對象，是人們的優越之處（1448a3）。但這兩種藝術流派在模仿的方式上有所區別：史詩以敘述爲主，悲劇則使用戲劇模式，通過角色演出故事。[29]

另外，史詩和悲劇在空間和時間尺度上也存在差異。史詩由於採用敘述，能夠代表同時發生的行爲；在時間尺度上，悲劇則追求在「太陽的單次旋轉內」完成，而史詩在時間跨度上沒有這樣的限制（《詩學》，6.，1449b11-12）。這些特點使得史詩能夠展現更多元化和多樣化的插曲（1455a28-30）。在《詩學》第二十三章中，亞里斯多德指出，儘管這些差異存在，史詩的情節仍需符合悲劇情節的某些基本要求（1449a15f.）。史詩應著眼於單一、統一的行動，其中的插曲必須由可能性和必要性相連，而構成具有開場、中間事件和結束的整體性。[30]

也就是說，與悲劇一樣，史詩與歷史形成對比。歷史並不是以中心、統一的目標爲核心的行動，而是一段時間內偶然相互關聯的行動記錄，例如同一天發生的兩場戰鬥，除此之外並無其他共通之處（《詩學》，23.，1459a24-25）。相對地，史詩就像悲劇一樣：情節必須組織一系列行動，

29 關於敘事和戲劇模式之間的差異的討論，請參見第三章。

30 參見《詩學》，6.，1450b22-22。

形成統一整體，插曲應圍繞中心目標，情節的事件不僅偶然相互關聯，而必須按照先前事件的邏輯順序展開，使行動與中心情節緊密相連。亞里斯多德以生物類比，來說明詩意統一的概念，就像他在討論悲劇時的思考一樣，其中動物的各個部分都在爲生物的特定生命功能效勞（23.，1459a20；24.，1450b33-35）。

荷馬在讚美之中再度被提及，正如他在《詩學》的第八章中所展現一樣。他是所有史詩詩人中，最能夠認識到情節必須專注於單一統一的行動。荷馬並未企圖創造一個涵蓋特洛伊戰爭始末的全貌情節，而是專注於某個特定時期，並巧妙添加其他插曲，以實現多樣性，同時不讓人們的注意力偏離中心情節。大部分的史詩詩人未能實現這一統一行動的目標，荷馬卻成功做到了，這爲亞里斯多德的觀點提供有力的支持。

換言之，悲劇的恰當形式，可在荷馬連貫和統一的情節結構編排中「窺探」（《詩學》4.，1449a3）。荷馬的史詩創作，不僅展現敘事藝術的精湛技巧，更深刻揭示了悲劇的結構形式。

史詩與悲劇的差異

在《詩學》的第二十四章中，焦點集中於史詩和悲劇之間的差異。亞里斯多德在第六章，論及史詩和悲劇「具有某些共同的部分」（1449b17-20），並在此詳細列舉共通之處。史詩擁有悲劇的六個質性元素的其中四個：情節、人物、推理和措辭。然而，由於悲劇形式是閱讀或背誦，而非表演，所以缺乏與表演相關的戲劇方面，如舞臺設計和視覺效果，缺乏歌曲與音樂。[31]史詩與悲劇共享四個基本的情節結構：簡單、複雜、角色導向和苦難（*pathos*）。[32]悲劇和史詩皆涉及逆轉、發現和苦難的場景。[33]因此，史詩的目的在於引發與悲劇相同的情感反應——哀憐和恐懼。亞里斯多德未明言史詩產生「哀憫和恐懼的淨化」。惟思及史詩和悲劇之間的結構相似性，以及引起哀憐和恐懼的情節，某些學者推斷，史詩也應該產生這些情感的淨化效果。這種解讀不僅豐富了古希臘文學的理解，也爲現代文學理論提供新的視角和解釋空間。[34]

敘事模式的模仿和更長的時間，成就史詩三種優點：宏偉、多種類型和情節的多樣化（24.，1459b29f.）。史詩劇情不須在二十四小時內發生，能夠有更長的時間長度，從而增加其規模。悲劇必須具備足夠規模：劇情必須足夠長，方能允許悲劇人物命運的逆轉展現，但史詩的更大時間框架允許更大規模的事件，這可以增加其整體影響，前提是事件被整合到情節中，就像在荷馬的作品中一樣。更長的時間範圍允許多種類型和情節的多樣化，敘事模式的模仿也是如此。例如：彼得·傑克森（Peter Jackson）的《魔戒》三部曲（*The Lord of the Rings* trilogy）和《哈比人》三部曲（*Habbit* trilogy）（根據托爾金〔Tolkien〕小說）採取史詩劇的形式，每個三部曲的劇情橫跨多年的時間範圍，並且劇情的場景在不同的地點來回轉換。

---

31 參見第六章，關於這些質性部分的討論。

32 參見《詩學》，18.，1455b32f.

33 參見第八章，關於顛倒、認知和痛苦的討論。

34 參見 Stephen Halliwell, 1998：頁二〇〇和二六三。

如前所述，敘事允許在時間上同時發生，卻在空間上不連續的情況下進行模仿。史詩的敘述者可以表述如此的話語：「特洛伊城的戰鬥正在進行，城市的邊界之外，在遙遠的地方，另一災禍正在醞釀。」正如亞里斯多德引述荷馬的例子所說明（24.，1460a5-11），史詩的敘述者可透過戲劇化的角色演繹來敘述故事。然而，正如吉羅德・埃爾斯（Gerald Else）所指出的，敘事的整體架構允許在時間上前進後退，在敘述與戲劇化來回往復，這也在史詩中各種形式的插曲創造。[35]

史詩的愉悅、非理性與隱瞞

《詩學》第二十三章論及史詩中所獨有的愉悅（1459a20），但卻未具體闡明愉悅爲何。釐清愉悅的普遍特性十分有趣，不僅有助理解亞里斯多德對史詩的觀點，更了解其對悲劇中的恰當愉悅。第二十四章的內容在此派上用場，文中突出史詩和悲劇的重要區別。當中所探討的，是史詩是否追求與悲劇相同效果或不同效果的問題。

悲劇和史詩皆追求令人驚奇或敬畏的效果（*to thaumaston*）（24.，1460a12-13）。我們在

35 Else, 1957：頁六一〇。關於亞里斯多德在《詩學》二十四章中讚揚荷馬盡可能少以自己的聲音說話（1460a5-6）的意思，請參見第三章。

《詩學》第九章的討論中，看到悲劇這一面向的追求。亞里斯多德主張，引起哀憐和恐懼的事件，是那些「意料之外卻彼此因果相連」的事件（9.，1452a3）。尤其是，情節以運氣的意外逆轉（*peripeteia*）爲特徵時，在觀眾當中引起敬畏感。然而，亞里斯多德也認爲，意外的事件必須從屬情節的整體，並按照可能性或必然性，且遵循先前的事件有序發生。

換句話說，對觀眾來說，悲劇中的事件可能看似是非理性的，因爲角色的命運逆轉無法事先預測。然而，這非理性只停留在表層而已，悲劇中的意外並不是因果不明或隨機的。在《詩學》第二十四章中，亞里斯多德主張，史詩在眞正的非理性層面有更大的自由，乃爲敬畏或驚奇的主要源泉（1460a14）。原因是其形式是閱讀或朗誦的，而非表演的。故事誇張樂趣被視爲特點，沒有人能抗拒以誇張方式述說故事，來取悅他人（1460a18）。

由於史詩的形式是閱讀或朗誦的，而非在觀眾面前的舞臺上戲劇表演。故史詩情節中的不連續性和非理性，更不容易被觀眾察覺。[36] 熟練的詩人也可以掩飾故事情節中的非理性特質，如荷馬一樣。也許在奧德修斯喬裝而返家的路上，他能夠說服佩涅洛佩（Penelope），相信他難以置信的行爲描述（1460a19-25）。[37]

36 不合理的事物，例如阿基里斯追趕赫克托耳的不可能之處（《伊利亞特》，22.，131-144；《詩學》，24.，1460a14-17）或奧德修斯登岸的非理性方面（《奧德賽》，13.，116ff.；《詩學》，25.，1460a35-b2）。

37 關於亞里斯多德對將非理性和不可能的事件引入情節的討論，請參見本書第五章。

史詩中的恰當愉悅

史詩所特有的愉悅雖有記載，但並未有具體解釋（23.，1459a21；26.，1462b13f.）。論述這一主題的確切非常困難，原因是亞里斯多德並未給出史詩的精確定義，也沒有解釋史詩的目的或目標爲何。已知史詩擁有不同的特質，並在不同範疇發揮作用。我們會期待史詩獨特的愉悅源於其特殊之處，如自由的時間安排或其模仿（*mimēsis*）的敘事方式，從而使其情節更多樣化。然而，在《詩學》的第二十三章中，他說明了史詩的情節應涵蓋單一、統一的行動，其中情節因可能性和必然性相連，並且行動組成具有開頭、中間事件和退場的完整體，以便「產生適當的愉悅」（23.，1459a18-20）。在此，史詩的適當愉悅與其對完整和統一情節有關，並且不違背事件之間的因果關係。

雖然史詩和悲劇有相似之處，但當中仍存在未解之惑，史詩和悲劇在觀眾中產生的情感反應是否相同。悲劇通過情節激發哀憐、恐懼和驚奇，其中事件發生的方式「意料之外卻彼此因果相連」（10.，1452a2-3）。史詩在觀眾中引起同樣的情感，但《詩學》第二十四章強調，史詩中非理性成份更大，這是敬畏產生的主要原因（24.，1460a13-14）。理論上，非理性的事件不應收攝在悲劇的演出中，因爲在舞臺上演出時會被發現。在史詩中，非理性的事件更容易受到忽略，因爲其形式不是在舞臺上演出，而是彙報。

這意味著，史詩適當愉悅的性質仍然存在不明因素。如按照亞里斯多德在《詩學》第四章

「1448b35」處的說法，將史詩視作悲劇的原型，可以預設並沒有專屬於史詩文類的愉悅，其目標是與悲劇的情感效果相同，然而似乎不太成功。這就是亞里斯多德在《詩學》第二十六章中所辯稱，悲劇在藝術效果上超過史詩（1462b12）。然而，我們可以設想，史詩所採取的獨特敘事手法（敘述而非戲劇演出），以及其獨特的時間框架。可能意味著，史詩能爲觀眾帶來悲劇無法提供的獨特情感體驗。雖然史詩和悲劇要求觀眾進入虛構世界的想像，但每種戲劇類型的觀眾如何想像小說所代表的世界，卻是各有千秋。

《詩學》第二十五章：何謂詩論者？

《詩學》第二十五章乃是相當錯綜複雜的章節，其中亞里斯多德探討詩歌的正確性與有效性標準。他關注的焦點是「問題」（*problēmata*）以及相應的解決方案（1460b6）。這些問題指的是作品中明確缺陷。假如理解詩人如何使用語言，並且意識到詩人乃爲模仿的創作者，則可找到解決之道。亞里斯多德的回答圍繞著詩歌的目標——作爲現實的模仿作品。

亞里斯多德強調，詩歌與政治（*politikē*，即亞里斯多德的公共和私人生活倫理學術用語）或其他藝術形式不共享相同的正確標準（25.，1460b14）。他宣稱，不忠實於歷史或科學事實，並不等同於整體作品的失敗：「描繪不讓人信服的母鹿，與不知道母鹿沒有角相比，前者更爲嚴重」

（1460b30-32）。其進路在於區分詩歌藝術的錯誤、破壞整體作品的錯誤，以及偶然或較不重要的錯誤。模仿有角的母鹿雖令人不悅並易使人分心，但其嚴重性不如詩歌藝術本身的錯誤。書中繼而探討了五種普遍的批評類型：不可能的、非理性的、有害的、矛盾的以及違背藝術標準的事物。

開展討論之前，亞里斯多德再次提醒讀者，詩歌是一門模仿的藝術，他對詩人模仿的對象進行了劃分：(1)（曾經）存在的事物；(2)人們所言所思的事物；(3)應然如此的事物。這些都是模仿的合適主題，藉此可以解釋與五種普遍批評類型相關的問題。

第一類，涵蓋尤里比底斯劇本中的角色，模仿角色眞實的樣貌（1460b34）。第二類，即人們所言所思的事物，包括諸神的傳說（1460b36），其中色諾芬（Xenophanes）批評以人類形象塑造神的紕漏。若有人反對詩人在戲劇裡的描繪，可以回答說：事實上，人們確實是如此言之和思之。第三類，即應然如此模仿的事物，若有人反駁詩人模仿的行爲或情況爲不是眞實的時候，此一類別可派上用場。詩人可回應說：也許是如此，但也許這就是事物應有的面貌（1460b33）。

不可能性（Impossibility）：亞里斯多德主張，一般情況下，作品中不應該出現不可能的事物（1460b27）。然而，他也表示，若不可能的事物有助於實現「詩歌的目標」（1460b24），也未嘗不可。在此判斷中，涉及觀眾與情節中哀憐與恐懼的效果。亞里斯多德以荷馬筆下赫克托爾的追趕爲例。已有前人指出這一幕能夠引起敬畏之情，因其包含非理性的元素（1460a14-16）。由於這些不可能的情節置於史詩之中，無需在舞臺上展現，使荷馬能夠巧妙避開被發現的問題，同時仍然產生強烈的情感效果。

有些不可能的事物，如描畫有角的母鹿，或描述馬同時舉起兩個右蹄，乃爲「偶發性」的缺陷，而非詩歌藝術本質上的紕漏（1460b16）。雖然有角的母鹿以及馬，同時移動兩條右腿違反動物學的科學原理，但在詩歌藝術中，這則是相對輕微的錯誤（1460b30）。

非理性現象（Irrationalities）：亞里斯多德以古典神話進行闡述，其中包括許多諸神的傳說。他指出：「人們常將非理性現象歸因於言論，甚至會爲其辯護。有時這些看似非理性的事物卻是合理的，因爲不可能的事情發生本身就是有道理的。」（1461b13-14）。

他首先言及，非理性的元素不一定存在於整個情節之中，而是與被接受的觀點相關。而不可能的事情有時會發生，則相對難以理解，當中有自相矛盾之嫌。

概然性，與大多數情況下可能發生的事情有關。而可能性（*eikos*）指的是大部分可能發生的情況，但不一定總是如此（《修辭學》，1.2.，1357a35；2.25.1402a22）。亞里斯多德對非理性的辯解爲「不可能的事情可能發生」，這與他在《修辭學》第二卷第二十四章「1402a10-25」中的表述相吻合。他認爲，某些特定的事件，即使違背了可能性的一般規則，也可能在特殊情境下合乎其理。他將不可能的事物變爲可能的策略，與智辯家普羅達哥拉斯（Protagoras）相聯繫，試圖解釋如此似是而非的可能性，除了在修辭學（言說藝術）和詭辯學（將弱論證塑造成強有力的藝術）之外，別無他處。

那麼，亞里斯多德何以把「在特定情況下不可能的事物可以成爲可能」一說，看作爲非理性行爲的辯解呢？這一點確實難以確定。有學者認爲他的言論，僅僅說出表層的可能性，就足以激起觀眾的哀憐和恐懼。[38]然而，我更傾向將亞里斯多德的評論，解讀爲《詩學》二十四章觀點的延伸：「雖然不可能，但應優先考慮可能的事情，而不是不合情理的可能。」可見他並不主張應用不可能性或非理性。在描繪非理性特定場景時，詩人可以辯稱道：即使其概然性貌似可行，這個行動在特定情境下是合理的。然而，亞里斯多德並不主張普遍使用非理性。[39]

假如亞里斯多德認同，詩人能夠像智辯家的演講一樣，在特定情況下使用看似合理的事物，那麼，他再三強調「可能性或必然性」的事件發生原則，則意義全無。其中必然性指的是，根據因果法則必然發生的行動類型。

同時，亞里斯多德承認，沒有按照可能性或必然性發生的事件，具有目的和因果秩序的外觀。他在《詩學》第十章提到這一點。他言及，當米迪斯的雕像，倒下砸死殺死他的兇手，這樣的事情看起來不是隨機發生的；反而，感覺像是詩意的正義（10.，1452a8-10）。亞里斯多德說，這些情節比那些毫無目的或秩序的情節更好。然而，劇作家的過錯、或者優良詩人在情節中納入事件，而破壞事件的因果連續性，那些情節並不是按照可能性或必要性相互接續的（10.，1451b35-1452a1）。雖然某些非理性的特定功能可以奏效，但是不可能和非理性的情節應該盡可能不使用。

至於明顯的矛盾錯誤，亞里斯多德對那些先入爲主的評論者予以責備，這些評論者判斷藝術文本的不同部分相互矛盾。亞里斯多德認爲他們沒有考慮到段落中文字的歧義性。藉由綜覽所有的可

38 關於此點，請參見 Paul Woodruff 2009：頁六二四，註釋 9。

39 請參見本書第七章，關於這一主張的論據及對其反駁的回應。

能含義，並選擇最符合詩人和智者文本上下脈絡來理解（25.，1461a32-35）。

另一類問題，是與藝術標準有關的錯誤。必須檢查方言中的錯誤，以確定在特定情境下，笨拙的方言，是否切合發言角色的非文字語言使用，如隱喻、有意的模稜兩可，或者具有模仿行動的其他功能（1461a9-32）。

在回答不道德的指控時，不論是動作還是言說上的，亞里斯多德認爲必須考慮動作或言說的情境：行動者的身分，動作或言論針對的對象，目的爲何。例如動作是「更理想的好事」的場合還是爲了「避免更大的罪惡發生」（1461a5-7）。因此，以現代例子來說，說謊是不道德的，但如果角色說謊，目的是爲了避免重大的罪惡發生，或者是因爲它帶來重大的益處，這些都應該納入批評者的考量之中。

在《詩學》第二十五章中，亞里斯多德對評論家的建議十分有效。然而其中的主題爲：詩歌有其自己的正確標準，這一點尤爲特殊。有些說法認爲其評論表明詩歌與政治和其他藝術，沒有相同的正確性規範，暗示著藝術自主主義：這是在十八世紀中葉開始流行的觀點，即藝術的目的是「藝術」自身。美學自成一格，與倫理學和歷史、科學眞實性的標準區分開來。藝術自主主義通常與美學形式主義相結合：藝術作品的美學價值不源於作品之外的他物，而是作品的形式結構之功能。

亞里斯多德雖說詩歌有自身的標準，這並不代表他接受藝術自主主義或美學形式主義的立場。這些觀點與亞里斯多德《詩學》中的思想不一致。亞里斯多德追溯悲劇作爲成功藝術作品，原因是對觀眾的情感影響。這種情感反應，與觀眾意識到行動是人類生活和行爲實例直接相關：這是根據可能性或必要性可能發生的事情（9.，1451b6-8）。悲劇是人類生活和行動的模仿，爲了產生恰當的影響，觀眾必須能夠識別戲劇中的行動，與自己處境的相似之處。

換句話說，亞里斯多德認爲悲劇應該是人類生活和行動走向現實的模仿。因此，即使它不需要遵循政治、動物學或其他藝術的相同標準，悲劇並非在隔絕的獨立領域中。作爲人類行動和生活的模仿，悲劇和其他模仿藝術要求觀眾將作品和生活進行比較。世上事情在大部分情況下皆按照因果關係發生。悲劇接受此一基本前提，並試圖構建情節。就因果關係的統一和連貫性要求而言，悲劇比一般生活事件更爲統一和連貫。

《詩學》第二十六章：超越史詩的悲劇

在《詩學》末章，亞里斯多德思考史詩和悲劇模仿（*mimēsis*）比較的問題。鑒於史詩和悲劇的主題關注，亞里斯多德提出這個問題也理所當然的。雖然悲劇的批評者主張，悲劇不如史詩（被認爲是「粗俗」的藝術形式），亞里斯多德則證明情況剛好與之相反。

亞里斯多德先歸納批評者提出悲劇不如史詩的論據。批評者的假設，更好的詩歌形式能夠吸引更上層的體面與高尙的社會階層（*epieikēs*）（26.，1461b27f.）。悲劇被認爲不如悲劇，因爲悲劇所吸引的是粗俗（phaulos）的人，也就是沒受教育或卑賤的人。[40]那麼，這樣的看法從何而來呢？

史詩的形式是閱讀或朗誦，而悲劇則是戲劇演出的（1461b28-30）。在舞臺上表演的詩歌形式，悲劇依靠布景、舞蹈和合唱團等視覺元素吸引觀眾。此外，亞里斯多德補充道，悲劇的演員認爲，觀眾的精明程度不足以注意細節，因此他們過分誇張演出，極其豐富的古怪和滑稽動作以吸引觀眾的目光（1461b28-32）。

這意味著史詩「是對正經體面的觀眾演說的，不需要肢體動作，但悲劇卻是對應著粗魯的觀眾」（26.，1462a1-3）。對這些批評者來說，悲劇是古希臘的好萊塢電影，依靠特效和著名明星的演技吸引大眾觀眾，而史詩則像是藝術影院：吸引小眾，且更有社會地位的人群。[41]

對於這些批評者的見解，亞里斯多德首先說明，這些意見不是針對悲劇的藝術本身，而是關乎演員的藝術。在史詩的朗誦以及悲劇的表演中，都有可能出現過分誇張的表演。亞里斯多德並不否認肢體動作的使用。事實上，在《詩學》第十七章中，他認爲詩人在創作時應以肢體動作構思情節，更能感受到情節所激發的情感，從而更有可能使觀眾也感受到眞實的情感（17.，1455a28-32）。批評者忽視了此目標，悲劇即使沒有演員的肢體動作，也能達到如此效果：正如亞里斯多德在

40　亞里斯多德使用「*phaulos*」一詞來指稱喜劇中的人物，並使用「*epieikēs*」一詞來指稱悲劇中高尚美德的角色，其至高的美德使她不適合於悲劇情節。這個比較並不精確，但這些批評者實際上會說悲劇之於史詩，就像亞里斯多德認為喜劇之於悲劇一樣！

41　對現代來說，這看起來是不協調的比較，因為現今古希臘悲劇的演出遠不如好萊塢電影普及。有關古希臘悲劇作為流行「大眾媒體」的論證，請參見 Alexander Nehamas, 1988。

《詩學》第六章中所辯稱，「悲劇的功能獨立於表演和演員之外」（1450b18-19）；在《詩學》第十四章中再次強調，即使沒有目睹戲劇的演出，聆聽著戲劇的事件也會感受到恐怖和哀憐（1453b3-6）。這意味著，表演不是悲劇情感的必要面向。亞里斯多德第二個回應爲，批評者過分強調單一演員的表演。事實上，並非所有的演員都試圖以過分誇張的表演來迎合觀眾。

亞里斯多德接續提出正面論據，說明爲什麼悲劇優於史詩的原因。首先，悲劇擁有史詩的所有部分，但還包括場面（*opsis*）和歌曲（*mousikē*）。雖然歌曲是悲劇的「最大修飾」（6.1450b15），但場面（*opsis*）對悲劇的整合是最不重要（6.，1450b15-19）；然而，這些仍然是可以增強悲劇情感影響的部分。

第二個論點與幅度有關：悲劇在更短的時間內達到效果，所以其效果更爲強烈。這一點可藉由思想實驗來說明，其中一位詩人把索福克里斯的《伊底帕斯王》拉長，使其與荷馬《伊里亞德》相同的六音步長度。效果將會被稀釋（26.，1462b1-3）。

第三，悲劇不僅更集中，其情節也更統一。史詩詩篇可以供幾部悲劇使用。然而，最好的史詩詩篇，如荷馬的《伊里亞德》和《奧德賽》，如同悲劇的完整和完整情節。儘管由許多插曲組成，荷馬基本上模仿的皆是單一、統一的行動（1462b9-10）。

與史詩相比，悲劇以較小幅度帶來更集中、更大規模的愉悅，更統一性更爲優勝，故悲劇在這些方面優於史詩。亞里斯多德認爲，悲劇在藝術效果上也更優越，不僅僅給予普通的愉悅，而是「特定的」愉悅（26.，1462b14）。一般會認爲亞里斯多德指的愉悅，是詩人應該創造的：「藉由模仿引起的哀憐和恐懼的愉悅」（1453b10-13）。[42]因爲悲劇在此目標實現試更爲有效，通過模仿引起的哀憐和恐懼的愉悅，因此悲劇優於史詩。那麼，悲劇成功傳遞的適當愉悅是什麼？這個問題的答案將在下一章中討論。

參考文獻

Barnes, Jonathan (ed.), 1984. *The Complete Works of Aristotle. The Revised Oxford Translation* Volume Two. Princeton, NJ: Princeton University Press.

Dihle, Albrecht, 1994. *A History of Greek Literature from Homer to the Hellenistic Period*. London and New York: Routledge.

Else, Gerald, 1957. *Aristotle's Poetics: The Argument*. Cambridge, MA: Harvard University Press.

Fortenbaugh, W. W., 2002. *Aristotle on Emotion* Second Edition. London: Duckworth.

Halliwell, Stephen, 1998. *Aristotle's Poetics: With a New Introduction by the Author.* Chicago: University of Chicago Press.

---

42 然而，正如我們在前一節中所提及，目前尚不清楚亞里斯多德是否認為史詩和悲劇確實以相同的適當愉悅為目標。

——, 2008. *Greek Laughter: A Study of Cultural Psychology from Homer to Early Christianity*. Cambridge: Cambridge University Press.

Hamilton, Edith and Huntington Cairns (eds.), 1961. *The Collected Dialogues of Plato Including the Letters*, with Introduction and Prefatory Notes. Princeton, NJ: Princeton University Press.

Heath, Malcolm, 1989. "Aristotelian Comedy." *Classical Quarterly*, 39 (2): 344-354.

——, 2013. "Aristotle *On Poets*: A Critical Evaluation of Richard Janko's Edition of the Fragments." *Studia Humaniora Tartuensia* 14. A.1 (Open Access Journal).

Janko, Richard, 1984. *Aristotle on Comedy. Towards a Reconstruction of Poetics II*. London: Duckworth.

——, 1987. *Aristotle, Poetics: With the Tractatus Coislinianus, Reconstruction of Poetics II, and the Fragments of the On Poets*. Indianapolis, IN and Cambridge: Hackett Publishing Company.

Kraut, Richard, 1997. *Aristotle: Politics Books VII and VIII*. Translated with a Commentary by Richard Kraut. Oxford: Clarendon Press.

Morreall, John, 2013. "The Philosophy of Humor." *Stanford Encyclopedia of Philosophy* http://plato.stanford.edu/archives/spr2013/entires/humor/.

Nehamas, Alexander, 1988. "Plato and the Mass Media." *The Monist*, 71 (2): 214-234.

Schellekens, Elisabeth, 2007. *Aesthetics and Morality*. New York and London: Continuum Press.

Skinner, Quentin, 2004. "Hobbes and the Classical Theory of Laughter," in Tom Sorrell and Luc Foisneau (eds.), *Leviathan After 350 Years*. Oxford: Oxford University Press: 139-166.

Szameitat, D. P., K. Alter, A. J. Szameitat, C. J. Darwin, D. Wildgruber, S. Dietrich, and A. Sterr, 2009. "Differentiation of Emotions in Laughter at the Behavioral Level." *Emotion*, (June) 9 (3): 397-405.

Woodruff, Paul, 2009. "Aristotle's *Poetics*: The Aim of Tragedy," in Georgios Anagnostopoulos (ed.), *A Companion to Aristotle*. Chichester, England: Blackwell Publishing: 612-627.

推薦閱讀

Belfiore, Elizabeth, 1987. "Aristotle on Comedy." *Ancient Philosophy*, 7: 236-239.

Golden, Leon, 1984. "Aristotle on Comedy." *The Journal of Art and Art Criticism*, 42 (3): 283-290.

第十一章　悲劇的獨特愉悅

悲劇的恰當愉悅：初步探討

亞里斯多德在《詩學》多處論及悲劇的適當愉悅（*oikeia hēdonē*）。在《詩學》第十四章中記載，愉悅是一種來自哀憐和恐懼，藉由模仿（*mimēsis*）產生。亞里斯多德告訴我們，悲劇的恰當愉悅，應該「建立在事件之中」，也就是基於情節的結構（14.，1453b13）。亞里斯多德以公式的方式表述：「詩人應該創造來自（*apo*）哀憐和恐懼，透過（*dia*）模仿（*mimēseōs*）而來的愉悅」。這是引起許多人注意的謎題：觀眾在悲劇中的愉悅是自相矛盾的。[1]

問題爲何？一方面：

一、哀憐和恐懼是痛苦的情感，是對沉重傷害的預想或回憶。哀憐和恐懼是痛苦的情感。亞里斯多德將哀憐定義爲「對不應得的人所遭受的邪惡、破壞性或痛苦的感受」（《修辭學》，2.8.，1385b11-12）。恐懼是預想破壞性或痛苦的邪惡可能發生，所產生痛苦或困擾（《修辭學》，2.5.，1382a22-23）。因此，哀憐和恐懼都涉及痛苦。

另一方面：

二、詩人應該藉由模仿，締造源自哀憐和恐懼的愉悅。

問題在於，以下兩點之間存在明顯的矛盾：(1)對角色和他們的情況感到哀憐和恐懼；和(2)在悲劇

1 這個悖論在第十二章有提到。

作品中感到愉悅。痛苦和愉悅如何在悲劇的體驗中共存？

因此，亞里斯多德的表述，「由模仿締造源自哀憐和恐懼的愉悅」牽涉的問題如下：在觀看悲劇的特殊情況下，哀憐和恐懼的經歷何以產生悲劇的恰當愉悅？假如能夠釐清個中機制，即可勘定悲劇的正當愉悅實義。

先回顧亞里斯多德的愉悅觀念（*hēdonē*）。亞里斯多德在《尼各馬可倫理學》兩卷內容言及愉悅。根據第七卷，愉悅是人類自然狀態的暢通無阻活動（*energeia*）（7.12.，1153a13-15）。這一解釋在事物的本質與活動、能量（*energeia*）之間建立核心關聯。作爲人類活動的獨有特徵，有感知與理解兩種。因此，第七卷的愉悅觀念是，愉悅對人類而言，是我們在自然狀態下暢通無阻的活動。

根據第十卷，愉悅是伴隨著自然活動的完成（《尼各馬可倫理學》，10.4.，1153a13-15）。亞里斯多德在此指出，自然狀態下的活動本身就是完整和完美。愉悅不需要添加什麼事物，以使活動更完美。在這第二個解釋中，愉悅是在自然狀態的暢通無阻活動上副產品。亞里斯多德還補充道，當我們的某種自然傾向處於良好狀態時，愉悅遂接踵而至。

有時，亞里斯多德會以「圓滿」（completion）或「完美」（perfection）（*telos*）的概念來指稱來自悲劇獨特情感經歷的特定愉悅。[2]亞里斯多德在《物理學》第二卷中說，技藝（*technē*）通

2 參見《詩學》，26.，1462a18-b1。

過實現自然界（physis）無法完成的事物，來成就自然（199a15）。如，自然界無法將樹木中的木頭拿來建造房子，所以房屋建造的技藝（*technē*）完成了自然界無法完成的事物。將這一思路，應用於理解悲劇藝術（*technē*）的功能。悲劇是人類行動和情感的模仿（*mimēsis*）。可以推論，悲劇完成人類生活和行動質料潛在可能性的技藝（*technē*）。

嚴格來說，詩歌是模仿（*mimēsis*）的製作技藝（*technē*），這種模仿：(1)再現人類行動的特徵；(2)產生由現實生活經歷中的自然效果；(3)整體經歷愉悅的方式成爲圓滿或完善。

假若我們能夠確定，悲劇的模仿完善或圓滿的自然能力，以及悲劇爲何是引發自然傾向的完美對象，那麼，即可以在理解悲劇的恰當愉悅的路上有所進展。

最後，我們應該注意到悲劇中的愉悅的三個要求：

一、闡明爲何這種樂趣是悲劇所獨有特殊的，與其他詩歌形式（例如喜劇）有何不同。

悲劇的愉悅應該具有獨特的特徵，與其他的詩歌形式和模仿藝術形成對比。

二、闡明模仿在產生悲劇愉悅中的角色。

由於亞里斯多德明確指出悲劇的愉悅，是由模仿產生的，因此必須解釋模仿在產生悲劇的愉悅中的作用。尤其是與悲劇有關的模仿，也包含情節。因爲情節是行動的模仿，並且是事件的構建（6.，1450a3）。

三、展示哀憐和恐懼的情感如何是悲劇的愉悅不可或缺的一部分。

具備以上初步的理解，我們可以開始思考此問題之解方，探討悲劇的愉悅如何可能。

愉悅作爲悲劇的美德反應

馬爾科姆．希斯（Malcolm Heath）就此提出深刻的提議，建立在《詩學》第二十六章的假設上。在文本中，亞里斯多德認爲悲劇所吸引的是道德上更優越、教育程度更高的觀眾。[3]他對以下兩件事進行區分：

一、觀眾對悲劇中的模仿的反應，引發了哀憐和恐懼等痛苦情感。

二、觀眾對悲劇模仿的正確、美德的反應。當中是正確情感、正確對象、在正確情境下的能力，乃爲美德的象徵。

第一種反應是對人物的哀憐和恐懼之情，是痛苦的源泉；而第二種反應屬於「後設反應」（對反應的反應），則是美德觀眾的愉悅之源。觀眾覺得自己有效行使其美德行動能力。而此處的愉悅，是觀眾意識到實現自己本性的感覺。

亞里斯多德的觀點是，幸福（*eudaimonia*）是與美德、卓越一致的活動（《尼各馬可倫理學》，1.，1098a15-16）。以正確方式、正確的情感、對正確的人、在正確的狀況下作出反應，是我們自然狀態的表現（2.，1106b35-1107a3）。在希斯的觀點上，觀眾相信並理解自身哀憐和恐懼之情。

3 Malcolm Heath, 2001。希斯注意到他對亞里斯多德的解釋與 Susan Feagin 的解釋（Feagin, 1983）之間的相似性，後者描述了觀眾對角色的同情和恐懼的道德正確反應所帶來的愉悅，是悲劇的愉悅之後設反應。參見「Heath, 2014」關於他立場的新的且略有修改的陳述。

儘管感受是痛苦的爲悲劇所模仿的情況卻要求這樣的情感：這些人物遭受的不幸是不應得的（無辜受害），觀眾將人物視爲「與自己相似」的人，因此認爲自己也可能遭受同樣的命運逆轉。

儘管希斯的論點巧妙，但仍有幾個疑點有待商榷。首先，觀眾對悲劇的反應中感受到適當的愉悅，應該是悲劇和戲劇體驗所獨有的。這理論上不應該是現實生活中唾手可得之物，因爲愉悅來自於哀憐和恐懼的模仿。然而，在現實生活中，有美德的人常常對他人的痛苦有正確的反應，以正確的情感、正確的程度、正確的方式感受，乃是具備美德的特質（《尼各馬可倫理學》，第二卷）。這意味著，現實生活中的事件與戲劇中的事件的滿足感相同。那麼，爲何有必要去戲院體驗這種對正確道德反應的愉悅？

也許希斯可以自圓其說，解釋悲劇如何異於現實生活的方式上的美德能力要求，藉此回應此問題。[4]然而，希斯強調，悲劇吸引道德程度較高的觀眾，[5]那麼觀眾已具備一定條件，不需要被糾正。從這個角度解釋，悲劇情節在智思層面要求觀眾，但悲劇不會對觀眾提出在現實生活中不可獲得的道德要求。

情節的事件「意料之外，卻彼此因果相連」，人物的不幸會以意想不到的方式出現。舉例而言，在索福克里斯《伊底帕斯王》中，主角渴望獲取知識，最終導致發現自己是城市瘟疫發生的癥結。當中逆轉的發生機制，對觀眾理解能力有所要求。觀眾對命運變化感到驚奇和驚愕，促使自身

4 感謝 Katy Meadows 對此觀察。

5 參見《詩學》，25。

回顧劇情內容，試圖以合理的因果關係來理解命運的變化。可是，這屬於悲劇對觀眾的智思要求，而不是以現實生活中不可獲得的方式，激發、呼喚觀眾的美德能力。

對於希斯，或許另一個回應的可能。在現實生活中，對遭受不幸的人的哀憐和恐懼的正確反應中，若有愉悅之情是不合適的。在別人的痛苦面前，爲自己的美德反應感到愉悅是不道德的！另一方面，在悲劇中沒有人眞的在受苦。因此，悲劇提供一個機會，在沒有別人的痛苦和苦難前提條件，作爲自我滿足的情況下，爲自己美德反應的正確性而樂。

如果上述的回應無誤，希斯的倡議還有一個問題：如統一性和因果結構的情節結構要求，在適當的愉悅中作用爲何？亞里斯多德說，悲劇的適當愉悅必須來自情節和事件的結構。若眞是如此，需要解釋情節在適當愉悅中的關鍵作用。

「旋轉木馬」的詮釋方向

皮埃爾・德斯翠（Pierre Destrée）近年有數篇論文研究成果，提供悲劇的適當愉悅的新詮。[6]他與希思共同的整體觀點是，悲劇的特有愉悅並非智思或認知的愉悅（我們接下來將討論這一觀

6 Destrée, 2009 和 2013。

點）。據其觀點，觀眾對悲劇的反應所感受到的愉悅，與人們在旋轉木馬上所感受到的愉悅相似。舉例來說，當孩子騎旋轉木馬時，他知道騎在小馬身上是安全的，並未處於危險之中，這使他能在旋轉中感到愉悅。如果孩子突然感覺不再安全，他的愉悅感即戛然而止。德斯翠認爲，旋轉木馬的例子，可作爲成人在悲劇劇院中享受哀憐和恐懼感覺之參考。悲劇的適當愉悅，建立在觀眾知道舞臺上發生的事情不是眞實的情況，因此歡眾可以享受「同情和恐懼的活動，而不涉及眞實世界中的任何痛苦牽涉」。[7]

與希斯的提案一樣，德斯翠的解釋與當代美學有非常有趣的聯繫。然而其中亦有若干問題可延伸思考。首先，在德斯翠對適當愉悅的觀點中，人類的自然狀態將會有什麼活動（*energeia*）？哀憐和恐懼是激情（*pathē*），而不是活動。因此，感受哀憐和恐懼的情感，並非我們自然狀態的活動。另一方面，美德是一種固定的素質（*hexis*），其行使是我們自然狀態的表達。如果德斯翠暗示適當的愉悅是正確且適當地感受哀憐和恐懼，這則是一美德的活動。悲劇中的適當愉悅，將是希思所描述的愉悅：正確地感受哀憐和恐懼，正確的對象，正確的時機，正確的方式，但這並不是德斯翠的目的。[8]相反，這是我們「在一個安全的環境中經歷情感」的想法。

德斯翠解釋道，當我們在身處安全的環境中經歷這些情感時，我們可以享受這些情感的體驗，

7 Destrée, 2013：頁二十三。

8 悲劇的適當愉悅是在同情和恐懼的正確表達中所取得的愉悅，似乎是 Dana LaCourse Munteanu 對悲劇的適當愉悅的提議。參見 Munteanu, 2012：頁一三一。

「而不牽涉眞實世界中的任何痛苦」。[9]當此思路應用在旋轉木馬時，他的觀點直覺上是合理的。人在旋轉木馬上旋轉時並不會眞正感到害怕，因爲你覺得自己身處一個完全受控的環境，不會發生不幸之事。

因此，許多關於《詩學》評論指出，悲劇的重點是創造生動和令人信服的體驗，使動作在觀眾眼前活躍起來。[10]在這個意義上，旋轉木馬對悲劇中的愉悅並不是理想的比喻，因爲悲劇的重點，是在觀眾中喚起眞正的哀憐和恐懼，這是痛苦的感受。

當然，德斯翠提出重要觀點，觀眾必須認識到舞臺上的苦難並非眞實發生，否則無法在悲劇中獲得適當的愉悅。如果觀眾失去焦點，眼前看到的是模仿苦難的事實，而不是眞實生活中的悲傷，她的悲劇體驗就不會愉快。反之，她會體驗到眞實生活中的悲劇一樣。因此，旋轉木馬可能不是悲劇體驗的理想比喻，正因爲騎在旋轉木馬上的人，並非眞的害怕發生意外；而亞里斯多德認爲，悲劇的觀眾則是感受到眞正的哀憐和恐懼，這些情感是痛苦的。

值得注意的是，德斯翠提出：亞里斯多德在《詩學》中所說的一切，表明人物的恐懼和哀憐情感是眞實的。[11]此外，雖然這一點有爭議，但可辯解亞里斯多德在其哲學心理學論文中關於情感的

9　Destrée, 2013：頁二十三。

10　參見《詩學》，17.，1455a23-25 和 17.，1455a28-32。Munteanu, 2012: 93-96 對詩人應將事物「置於眼前」（pro hommatōv），使之栩栩如生，提出具說服力的論據。但她也說，觀眾在劇院中感受到的情感，比真實事件引起的「不太強烈」（2012: 99）。所以，估計她可能同意 Destrée 的觀點。

11　參見 Destrée, 2013：頁十四—十五。

討論，與我們對悲劇角色感到眞正的哀憐和恐懼的想法相容。亦有人持相反的意見，《靈魂論》第三卷第三章的文本中，僅僅想像某事有威脅性，不能引起眞正的情感，只有相信某事情眞實威脅的才能引起：

> 再一次強調，當我們認為（*doxasōmen*）某事是威脅或恐怖的時候，會立即受到影響；對於鼓舞勇氣的事物，我們的看法也是如此；但在想像（*phantasia*）之中，我們就像觀眾看著畫中可怕或鼓舞人心的事物一樣。（《靈魂論》，3.3.，427b2-4）

承如伊恩．麥克雷迪—弗洛拉（Ian McCready-Flora）指出，亞里斯多德在這段引文中指出，單靠想像（*phantasia*）可怕事件，不足以立即產生情感；然而，相信有某些威脅或恐怖的東西存在，足以引發情感。[12]正如德斯翠所言，亞里斯多德《論動物的運動》中有另一段引文，說明想像和思考有能力使我們戰慄和恐懼，就像面對實物一樣（7.701b18-22）。因此，《靈魂論》的段落並未表明，悲劇的觀眾不能單靠想像的事件獲得眞正的情感。

亞里斯多德在《修辭學》第二卷第五和第八章以及《詩學》中強調，在演說者和詩人使用「置於眼前」（*pro hommatōv*）的技巧時，作品中的內容變得栩栩如生，聆聽者和觀眾可從中獲得情

---

12 Ian McCready-Flora, 2014。信仰對真正情感的必要性，請參見 Jamie Dow, 2009。

感。[13]假設以上所有觀點都正確無誤，那麼，亞里斯多德的哲學心理學，允許在想像的情況下產生眞實的情感，前提是想像的事物變得生動。

德斯翠對亞里斯多德的解讀，與悲劇悖論的「控制」理論有相似之處。[14]悲劇觀眾「控制」自己的情感，而在現實生活的悲劇中則無法做到，正是這一控制的元素使得悲劇的愉悅成爲可能。如瑪西婭．伊頓（Marcia Eaton）的說法，控制的要點是「我們被免除了某些普遍的要求，能夠以適當的美學方式作出反應。」[15]

舉例來說，由於舞臺上的行動不是眞實的，觀眾不需要採取實際行動。當伊底帕斯挖出自己的眼睛時，觀眾無法幫助他；也無法對伊菲革涅亞大喊：你即將殺死自己失散多年的兄弟！觀眾可以自由欣賞情節的展開，不會感到需要干預和幫助。如果我們觀看悲劇時情緒過於沉重，無論是在戲劇還是在電影中，我們都可以選擇離開劇院，停止觀看。這使我們在劇院中擁有控制權，這控制權是我們在現實生活的悲劇中沒有的。

然而，控制權本身無法解釋愉悅在悲劇劇院的模仿中的由來。我可以離開劇院來結束對角色哀憐和恐懼的痛苦感受。然而，這本身並不能解釋痛苦如何與悲劇經歷中的愉悅共存。絕大多數觀眾沒有離開劇院而留下來觀看。這些觀眾感到哀憐和恐懼的痛苦感受，他們卻可以從「模仿中的哀憐

---

13 Munteanu 2012：頁九十三—九十六。

14 參見 Marcia Eaton, 1982 和 John Morreall, 1985。

15 Eaton, 1982：頁六十。另參見 John Morreall, 1985：頁九十七。

和恐懼」的感受獲得愉悅，而這究竟如何可能？[16]

上述控制和悲劇經歷的安全性討論，揭示觀眾應該何以與戲劇保持距離的問題。如果莎士比亞（Shakespeare）《奧賽羅》（*Othello*）的觀眾在觀看戲劇時，腦海裡不斷想到自己的婚姻問題，他就無法欣賞舞臺上演出的事件。有些說法提出，審美活動存在與作品之間的心理距離。[17]然而，在《詩學》中一再強調，悲劇是人類行動和生活的可信的模仿。如亞里斯多德說，只是聽到伊底帕斯的事件就足以使聆聽者「對事件感到恐懼和哀憐」（14.，1453b4-6）。這聽起來不像與戲劇存在某種情感距離的人。

最後，我們需要解釋情節在悲劇的適當愉悅裡的作用。根據德斯翠的觀點，悲劇中的愉悅，並非追溯事實，而是悲劇模仿行動的特定方式有關。這一點似乎牽涉到詮釋上的問題。

悲劇的適當愉悅：認知愉悅

其中一種解讀悲劇的適當愉悅的是認知愉悅，涉及學習和理解的樂趣。[18]從這個角度看，悲劇

16 控制理論和相關的問題討論，參見 Robert J. Yanal, 1999：頁一四五—一四八。

17 這一觀點在美學文獻中的經典陳述，參見 Edward Bullough, 1989（自一九一二年重新印刷）。

18 參見 Elizabeth Belfiore, 1985：頁三四九—三六〇和 David Gallop, 1990：頁一六〇—一六二，是兩個舉足輕重的陳述。

涉及人類學習和知識能力的圓滿或完善。悲劇的情節立足於普遍性，意即某一類型的人必然或可能所言所行（9.，1451b7-8）。觀眾掌握嵌入情節中的人類行爲普遍模式，便能獲得學習上的愉悅。因此，在這個觀點上，學習的愉悅是悲劇的適當愉悅。

在《詩學》第四章中提出：思考像醜陋的動物或屍體這樣的精確影像，可能是令人愉悅的。亞里斯多德給出的解釋爲，思考這些影像，觀眾將影像中的元素與經驗中的對象特徵相連繫，帶來了「推理（*sullogismos*）和理解（*manthanein*）」的愉悅，（4.，1448b10-18）。在把握肖像的相似性過程中，涉及識別的過程。觀眾在肖像主題和經驗中的對象之間，梳理出兩者的異同。又因爲所有人天生渴望學習，故如此的推理和理解過程使觀眾感到愉悅。此外，在《修辭學》第一卷第十一章「1371b5-12」中，亞里斯多德說，所有的模仿行爲，包括繪畫、雕塑和詩歌，都能使觀眾愉悅。[19]原因是模仿行爲讓觀眾參與推理和理解的過程。上述兩篇文本確立以下觀點：從模仿藝術作品中獲得的愉悅，是基於作品提供觀眾之理解。

那麼，在認知樂趣觀點上，悲劇的整體愉悅，如何能與哀憐和恐懼的痛苦感受共存？《詩學》第四章的內容有助我們回應此問題。在此和《動物的組成》「2.5.，6445a5-25」中指出，識別影像中人物的愉悅，以某種方式彌補觀眾對看到引起痛苦情感的對象之負面反應。[20]如在《動物的組成》的段落中，亞里斯多德說，那些感官外觀令人厭惡的動物，仍然可以在哲學學生的觀察下，

19 《形上學》，1.，1.980a22。
20 有關這些段落的討論，請參見本書第四章。

成爲學生的愉悅之源。他們可以觀察到：即便是最卑微的動物的部分，圍繞著動物的目的或活動服務。

在《動物的組成》的段落中，亞里斯多德明言，學生在動物身體部分的原因和功能上學習所帶來的愉悅，可以彌補對動物感官呈現所引起的痛苦和厭惡。在此，有兩種不同的動物觀察方式：一方面，是令人排斥的感官觀點；另一方面，從自然學生的觀點，了解動物的各個部分是如何協同運作，以維持動物的生命功能。

認知主義詮釋者建議，這種以學習彌補痛苦的情況，也可以解釋悲劇的獨有愉悅。悲劇中的模仿，激起哀憐和恐懼的痛苦情感，但這種痛苦在某種程度上，可被造成角色逆轉的更深層因果的愉悅所平衡。透過哀憐和恐懼的感受，我們更加意識到什麼事情才是眞正值得我們的哀憐和恐懼。[21]

以認知愉悅來理解適當愉悅，存在若干問題。[22]首先，認知樂趣不是悲劇獨有的。其他形式的詩歌，如喜劇和史詩，也有嵌入人類行爲普遍模式的情節結構，而更普遍的模仿藝術形式則皆爲愉悅的學習來源。所以認知樂趣無法解釋悲劇的獨特愉悅。

第二，適當愉悅來自「模仿中的哀憐和恐懼」。認知愉悅一說，沒有解釋情感在產生愉悅中的關鍵作用。在認知觀點上，悲劇的模仿中的愉悅是取自於哀憐和恐懼的情感，而不是因這些情感而生。針對悲劇的適當愉悅的有效詮釋，都必須解釋這些情感在產生悲劇獨有愉悅中的作用。第三，

21 Belfiore, 1985：頁三六〇。
22 參見 Heath, 2001：頁十。

有一問題未回答的，當有其他無痛的愉悅學習方式，如從模仿快樂事件中學習和理解，爲什麼觀眾應該從悲劇中尋求學習的愉悅？

在三個詰問中，第三個是認知理論家最容易反駁的。從醜陋或討厭的動物中學習的愉悅中出發，引起不舒服情感的事物可能是偉大理解的來源。如果從悲劇中學習的收穫豐碩，正如其支持者所主張，觀眾從學習中得到的整體愉悅，可足以抵消哀憐和恐懼所引起的痛苦。[23]在整體上比僅模仿快樂事物所獲得的總體愉悅更多。然而，前兩個反駁似乎無可解套，我們需要尋找適當愉悅的另一種解釋。

認知愉悅解釋，與當代美學的討論有相似之處。例如：恐怖的悖論：恐怖引起對怪物的恐懼和厭惡；然而，恐怖小說的觀眾和讀者喜歡觀看或閱讀恐怖小說。原因是什麼？恐怖的悖論和悲劇的悖論都與負面情感的深層悖論有關：觀眾和讀者如何從引起負面情感的藝術作品中得到愉悅？[24]

諾埃爾．卡羅爾（Noël Carroll）的想法可解決恐怖悖論的問題。他認爲其想法受到亞里斯多德《詩學》所啟發。[25]卡羅爾認爲，觀眾和讀者對恐怖的事物所產生愉悅，與恐怖作品的情節結構有關。這種結構以追蹤怪物爲主，而怪物與科學的分類相違，是激發我們好奇心的生物，例如既活著

23 對於悲劇的好處的支持者，請參見 James Shelley, 2003。他認為，悲劇中的愉悅，是因為終於接受有人曾試圖否認的自己生活真相，所帶來的愉悅的解脫。

24 有關這個問題的解決方案的文章，請參見 Jerrold Levinson（編）2014。

25 Noël Carroll, 1990。

又死去的僵屍，或狼人。[26]雖然恐怖激發了我們對怪物的恐懼、厭惡和反感之痛，但同時也激發了觀眾或讀者的好奇心。雖然恐懼和厭惡是痛苦的，但在發現、追蹤和確認怪物的存在中，具有智思上的愉悅，恐懼和厭惡的痛苦是獲得智力愉悅的「必須付出的代價」。

艾力克斯．尼爾（Alex Neill）對卡羅爾解決悖論的方案提出反駁，這與認知愉悅的問題相似。尼爾認爲卡羅爾未能解釋對怪物的恐懼和厭惡之感受，如何是恐怖經歷的一個組成部分。[27]換句話說，在恐怖中有一種愉悅來自恐懼和厭惡，而不是因爲擁有這些情感。換言之，卡羅爾沒有解釋恐懼和厭惡的情感，如何融入恐怖的經驗，而不是作爲一個獨立的參與者存在，並與對怪物的好奇心並列。在這個層面上，尼爾認爲卡羅爾的解決方案，未能解釋恐怖的特殊吸引力。[28]

悲劇中的適當愉悅：情感理解的詮釋

以下思路或有可能彌補認知愉悅詮釋的不足：㈠闡述哀憐和恐懼情感在促進學習和理解中的中心作用；㈡解釋劇情在促成悲劇獨特情感體驗中的核心角色。根據此建議，悲劇中的適當愉悅

---

26 Carroll, 1990：頁一八四—一八六。

27 Alex Neill, 1992。

28 有關 Carroll 對這一反對意見的回應，請參見 Carroll, 1992。

是理解上的愉悅，使人們藉由哀憐和恐懼感受中理解的人類狀況。簡而言之，在此將其稱爲「情感理解」詮釋。

悲劇獨特愉悅是情感理解的觀點並非新見，如瑪莎．紐斯鮑姆（Martha Nussbaum）和史蒂芬．哈利韋爾（Stephen Halliwell）已有相關的見解。[29]然而，這一觀點重新審視。儘管這一詮釋具有一定影響力，紐斯鮑姆和哈利韋爾之論調亦充滿啟發性。然而哀憐和恐懼的悲劇情感，以及劇情在悲劇適當愉悅上的確切作用，這一點卻仍然是不甚清楚。

亞里斯多德在《詩學》第四章中指出，人們對圖畫中人物形象的基本認識所產生的愉悅，也涉及到認識、推理功能，並在非常基礎的水平上掌握了較爲複雜的理解形式，例如哲學所要求的「爲什麼」。第四章的論證，[30]雖然集中在人的肖像上，卻爲更複雜形式的模仿藝術，引出複雜的理解奠定基礎。這一觀點在《詩學》第九章的內容得以延伸，亞里斯多德立論：詩歌比歷史更具「哲學性」（*philosophōteron*），因爲劇情依據可能性或必然性（9，1451b8），以某種特定形式構造人物的行爲和互動。詩人將事件整合成統一連貫的整體，使觀眾從中掌握人類經歷的普遍模式，這一模式在劇情結構中得到體現。正是揭示行動的普遍模式的這一特性，使詩歌比歷史更接近哲學，而歷史則是關注個別事件而非普遍性。

29　Martha Nussbaum, 1986：頁三八八—三九〇；Nussbaum, 1992：頁二八一—二八二。Stephen Halliwell, 1992：頁二五二—二五四，尤其是二五三；Halliwell, 2011：頁二三二—二三六。

30　參見本書第四章。

悲劇的劇情本質上是圍繞著使人們哀憐和恐懼的自然感受而構建，從而給劇情中的普遍性賦予更多的內容。[31]古希臘悲劇的主題，是建立在如此情境之上——如家庭關係和親人之間的衝突，無可迴避的死亡，以及不完全了解自己行爲後果下行事——這些情境本質上吸引著人類的興趣。因爲悲劇展現這樣的事件，如家庭成員之間的傷害，這些事件說明人類處境的基本特徵。即使沒有看到戲劇的演出，僅僅只是聽到這些事件發生，足以讓聽眾感受到恐怖和哀憐（14.，1453b3-5）。

爲什麼悲劇追求普遍性，即所謂某個特定人物的言行根據必然或可能性（9.，1451b6-7）？如果我們將《詩學》第九章與第十四章合讀，亞里斯多德表示，悲劇的目的是從模仿中哀憐和恐懼產生愉悅，答案便是悲劇劇情中的普遍性之所在，就是爲了提供如此獨特的情感體驗。從《詩學》第十三章和第十四章的討論中，他根據悲劇劇情如何喚起觀眾的哀憐和恐懼進行排序，這一點也是言之成理。

此外，在《詩學》第十章中，劇情結構與哀憐和恐懼之間的聯繫也受到關注，亞里斯多德認爲，悲劇的哀憐和恐懼特別是在發生「意料之外卻彼此因果相連」（10.，1452a3-4）的事件時被激發。哀憐和恐懼，以及驚奇或驚愕，特別是由觀眾意想不到的命運逆轉激發，事後卻能夠理解爲先前事件的必然或可能結果。

以這種方式理解，便可見悲劇的目的在於普遍性、事件之間的必要和可能的聯繫。這是在觀

---

31 參見本書第六章。

眾中實現適當情感反應的最佳方式。《詩學》第九章提到，悲劇的哀憐和恐懼與劇情結構之間的聯繫，讓詩歌更富哲學性（*philosophōteron*）和更爲嚴肅（*spoudaisteron*）。這也表明了悲劇中的特定情感反應，與理解有所聯繫。此外，如果所有模仿藝術的愉悅皆具有學習和認識的愉悅，那麼，悲劇的獨特愉悅將是一般類型愉悅其中一種。唯一不同的是，其中哀憐和恐懼的情感發揮核心的作用。[32]如果我們能在哀憐和恐懼促進理解之面向著墨更多，這有助使之成爲悲劇的獨特愉悅來源。

通往情感理解：從同情心到同理心

我認爲，觀眾在觀看劇情時會經歷不同的階段。[33]

一、觀眾理解悲劇中所模仿的事件，與類似經驗之間存在相似性。

二、她理解劇情中的普遍性，顯示角色命運的改變是必然或合理的。

值得注意的是，在階段一至階段二中，悲劇有可能揭示人類本性和行爲眞理，而這些眞理先前未被觀眾認識。這是亞里斯多德在《詩學》第十章中提出，劇情應該按照事件「意料之外但彼此因果相

32 作為模仿的作品中愉悅是理解的愉悅的論據，參見本書第四章。

33 最近有其他幾種關於悲劇的適當愉悅涉及情感理解的解釋。請參見 Gregory Michael Sifakis, 2001 和 Munteanu, 2012：頁九十七—九十九。

連」（10，1452a1-3）的方式推進。[34]如阿梅莉．羅蒂（Amélie Rorty）對古希臘悲劇提出觀點：

「對主角最好的方式讓他們在逆境受傷。」[35]

舉例來說，伊底帕斯王是一個好奇、對知識充滿渴望的人，這通常被視作是一種美德或優秀品質。當他找到王國瘟疫的原因時，使他發現意想不到的事物：眞實身分的發現。正是這種對知識的渴望，揭示眞相的欲望，導致命運的逆轉。

三、觀眾爲角色感到哀憐和恐懼。

觀眾爲角色感到哀憐和恐懼的原因，是理解角色的逆轉或命運改變是意想不到的，但仍然源於先前行爲。當事件「意料之外但彼此因果相連」（10，1452a1-3）時，哀憐和恐懼之情即會產生。劇情中埋藏的有關角色和行爲的普遍性元素，幫助觀眾知悉角色的命運變化，雖可以理解但卻不應得。因爲角色的痛苦（或痛苦的威脅）是不應得的。並且，觀眾自己同樣害怕角色遭受的損失，所以觀眾爲角色感到哀憐和恐懼。

我們可以謹愼使用當代術語來描述對角色的情感反應。同情心是一種「他者中心」的情感反應，是對他人而感之反應。[36]舉例來說，你對伊底帕斯王感到同情；當伊菲革涅亞即將在不知情的情況下，殺死她失散多年的兄弟，你也會對伊菲革涅亞感到恐懼。

34　對「意料之外，卻彼此因果相連」理解的反對意見，請參見 G. Ferrari, 1999，有關對 Ferrari 質疑的回應，參見本書第九章。

35　Amélie Rorty, 1992：頁十一。

36　Alex Neill, 1996：頁一七五；Carroll, 2011：頁一七三—一七五。

四、觀眾理解角色感受的苦痛和損失，也是觀眾可能會經歷的。

亞里斯多德說，我們會哀憐另一個人，因爲我們可能期望自己或身邊的人不久會遭遇同樣的事情（《修辭學》，2.8.，1385b15-16）。在這個階段，觀眾理解自己，如同角色一樣，伊底帕斯或安蒂岡妮所遭受的事情，也可能發生在自己身上——可能遭受悲劇主題中的損失——家庭和親人之間的聯繫破裂，愛情的考驗和死亡的可能。如果像伊底帕斯這樣的國王，都可能遭受命運逆轉，那麼觀眾更是如此。當人們可以感到比自己更強大的人，遭受意想不到的不幸時，就會產生恐懼（《修辭學》，2.5.，1383a10）。

五、觀眾開始爲自己感到恐懼和憂慮。

在此，觀眾開始與悲劇角色產生同理心，想像自己置身於角色的處境中，面對角色經歷的損失，因爲觀眾對角色面臨或經歷的損失感到脆弱。

圍繞共感主題的一個有趣論題是，通過與某人產生同理心，是否有可能獲得前所未有的感覺和知識。[37]當中的核心問題，是我們嘗試藉由想像力，將自己置身於他人處境時，我們只能想象自己處於美狄亞的境況下可能情況。鑒於人們之間的不同心理、社交地位、性別、種族等，試圖從他人的角度了解與洞察，可能對他人之經歷理解不準確。

亞里斯多德認爲，悲劇聚焦於與所有人類有關的普遍主題，這可能有助於減輕不準確理解之

37 否定我們做法的討論，請參見 Derek Matravers, 2011：頁二十五—三十。

問題。悲劇涉及某些普遍主題，如家庭的失落、愛的掙扎、公民關係的破裂和死亡的威脅，這都是所有人類共同關心的核心問題。以當代電影《自由之心：爲奴十二年》（*Twelve Years a Slave*）（二〇一三年，史蒂夫・麥昆〔Sfeve McQueen〕）爲例，電影改編自所羅門・諾瑟普（Solomon Northup）的眞實自傳，一位來自紐約州上部的自由黑人，在內戰爆發之前被賣爲奴隸。所羅門在他生活的時代、種族、社會階層、性別等各個方面可能與我們大不相同，以至於我們很難想像自由身被奴役的感受。

自亞里斯多德觀點來看，所羅門經歷的家庭、社區和他理想生活的追求的失落，是所有人類都能理解的傷害。生而爲人，我們都能理解。在這個意義上，我們可以從理解感受他的境地。因爲作爲人類，我們與他在愛、死亡和家庭及公民紐帶關係的關注是共同的。

六、基於這些感受，觀眾得悉劇情中嵌入的普遍主題，如何適用於自己的處境。觀眾對角色和自己感到哀憐和恐懼，觀眾對劇情中嵌入的行動普遍主題有了改變的理解。觀眾的哀憐和恐懼反應，成爲對劇情中眞理理解的轉變契機。觀眾開始感覺到，眞理不僅是抽象的可能性，而是適用於自己的生活以及其他人類生活的事物。

那麼，悲劇的適當愉悅爲何？根據第四個提議，是爲悲劇角色感到哀憐和恐懼，對觀眾自己的處境和人類狀況理解有所改變的愉悅。[38]雖然哀憐和恐懼本身並不令人愉快，但悲劇中的哀憐和恐

---

38 另參見 Paul A. Taylor, 2009，是《詩學》對角色的同情，如何促進對人類狀況的洞察的有趣討論。Taylor 關心的是驗證問題，我們如何知道情節中嵌入的普遍真理是真實的。正如我對他的解讀，亞里斯多德認為觀眾使用他對人類生活和行動的前理解來理解情節，所以驗證問題對亞里斯多德來說並不是 Taylor 所假設的情況下產生。

懼，建立於劇情提供的人類生活和行動理解。換句話說，這種哀憐和恐懼的反應，是由觀眾對角色的哀憐和恐懼感受，使這種理解深化的手段。哀憐和恐懼的痛苦，被悲劇體驗提供的理解深化所平衡，使觀眾能夠對自身在世界中的位置以及與他人的共享聯繫，有不同的思考和感受。

重談悲劇愉悅的悖論

讓我們回到最初的問題：悲劇必然涉及令人痛苦的哀憐和恐懼情感，整個悲劇體驗如何可能是愉悅的？我們可以再次深察《動物的組成》中的討論，亞里斯多德談到，對動物身體部分的形狀和組織的著迷，如何彌補令人不快的主題內容的：

因為即使有些動物沒有用以取悅感官的優雅。然而，自然形塑著他們。所有能探究因果關係和哲學愛好之人，卻在其研究中帶來令人驚奇的愉悅。的確，這些動物的模仿呈現是有吸引力的，因為他揭示了畫家或雕塑家的模仿技巧。但其原始的現實對所有人而言都不有趣，這現象十分奇怪的。因此，我們一定不要對低等動物產生孩子般的厭惡。每個自然領域都是神奇……所以我們應該毫不厭惡地研究每一種動物；因為每一個都會揭示一些美麗的東西。自然的作品中能找到的，是沒有風險和一切有助於抵達終點的事物，這些作品被

組合和產生的目的是一種美的形式。」（《動物的組成》，1.5.，645a8-25）[39]

事實證明，如果悲劇的適當愉悅的第四個提案是正確的，那麼，這段引文並不完全是悲劇愉悅產生的方式。儘管動物的感官外觀令人不悅，哲學家從研究動物身體部分的形狀和組織中獲得愉悅。如果悲劇的適當愉悅是情節中從哀憐和恐懼中產生，那麼理解的樂趣，就是因爲觀眾對角色所經歷的哀憐和恐懼感。哀憐和恐懼是悲劇愉悅的組成部分，而動物的感官經歷則是需要克服的障礙，以實現對動物進行哲學研究的理解之愉悅。

如果改變理解的愉悅存在，也有來自哀憐和恐懼的痛苦，那麼是什麼使整體經歷變得愉悅？在《修辭學》中提到，某些感覺可以「驅逐」（*ekkroustikon*）其他感覺，就像極度的恐懼驅逐哀憐那樣（《修辭學》，2.8.，1386a23）。這一點也在《詩學》第十三章提及，亞里斯多德指出，一個極具德行的人墮入不幸的情節模式是令人反感（*miaros*）的，而不是令人哀憐和害怕的（13.，1452b333）。[40]可見亞里斯多德的哲學心理學，存在情感減弱或消除另一情感的說法。是什麼使理解的愉悅在悲劇的整體經歷中占主導地位呢？

這讓我們回到愉悅作爲完善、完成自然狀態的活動之討論。有許多活動描繪人類的特性，然而亞里斯多德再三回到人類對知識的渴望。「人生而欲知」（《形上學》，1.1.，980a23）。如果最

---

39 亞里斯多德《動物的組成》，參考自 Jonathan Barnes, 1984。

40 有關《詩學》第十三章的這一觀察，請參見 T. C. W. Stinton, 1975：頁 239。

後一個方案無誤，悲劇所提供的理解愉悅，但不是像哲學研究那樣的方式。因爲悲劇本質上涉及情感的運用，使情節中有關行動和生活眞相，變得生動。

小 結

我們在本章論述中，概述悲劇的適當愉悅的四個可能解決方案。雖然我個人傾向第四個方案（對情感理解的愉悅），但還是留給讀者決定哪一個方案最具說服力，甚至提出新見，改善既有方案的所有缺陷。在悲劇的獨特愉悅的性質討論，《詩學》產生四個截然不同的觀點，這或許並不奇特。但引人注目的是，這些描述與當代悲劇的悖論，以及觀眾對角色苦難和困境反應之間的聯繫。這正足以證明《詩學》提出的悲劇性質，與我們感興趣的核心問題至今仍然存在。

參考文獻

Aristotle, 1984. *Parts of Animals* translated by W. Ogle, in Jonathan Barnes (ed.), *The Complete Works of Aristotle. The Revised Oxford Translation* Volume One. Princeton, NJ: Princeton University Press.

Barnes, Jonathan (ed.), 1984. *The Complete Works of Aristotle. The Revised Oxford Translation* Volume One. Princeton, NJ: Princeton University Press.

Belfiore, Elizabeth, 1985. "Pleasure, Tragedy and Aristotelian Psychology." *Classical Quarterly*. New Series 35 (2): 349-361.

Bullough, Edward, 1989. "'Psychical Distance' as a Factor in Art and as an Aesthetic Principle," in George Dickie, Richard Sclafani, and Ronald Roblin (eds.), *Aesthetics: A Critical Anthology*. Boston, MA: St. Martins Press: 758-782. Reprinted from *The British Journal of Psychology*, 5 (1912): 87-98, 108-117.

Carroll, Noël, 1990. *The Philosophy of Horror*. New York and London: Routledge.

——, 1992. "A Paradox of the Heart: A Response to Neill." in *Philosophical Studies*, 65 (1/2): 67-74.

——, 2011. "On Some Affective Relations Between Audiences and the Characters in Popular Fiction," in Amy Coplan and Peter Goldie (eds.), *Empathy. Philosophical and Psychological Perspectives*. Oxford: Oxford University Press: 162-184.

Destrée, Pierre, 2009. "Aristote et le plaisir 'propre' de la tragédie." *Aisthe*, 4: 1-17.

——, 2013. "Aristotle on the Paradox of Tragic Pleasure," in J. Levinson (ed.), *Suffering Art Gladly: The Paradox of Negative Emotion in Art*. Basingstoke: Palgrave Macmillan: 3-27.

Dow, Jamie, 2009. "Feeling Fantastic? Emotions and Appearances in Aristotle." *Oxford Studies in Ancient Philosophy*, 37 (Winter): 143-175.

Eaton, Marcia, 1982. "A Strange Sort of Sadness." *Journal of Aesthetics and Art Criticism*, 41: 51-63.

Feagin, Susan, 1983. "The Pleasures of Tragedy." *American Philosophical Quarterly*, 20: 95-104.

Gallop, David, 1990. “Animals in the *Poetics*.” *Oxford Studies in Ancient Philosophy*, 8: 145-171.

Halliwell, Stephen, 1992. “Pleasure, Understanding and Emotion,” in Amélie Osksenberg Rorty (ed.), *Essays on Aristotle's Poetics*. Princeton, NJ: Princeton University Press: 241-260.

——, 2011. *Between Ecstasy and Truth. Interpretations of Greek Poetics from Homer to Longinus*. Oxford: Oxford University Press.

Heath, Malcolm, 2001. “Aristotle and the Pleasures of Tragedy,” in Øivind Andersen and Jon Haarberg (eds.), *Making Sense of Aristotle Essays in Poetics*. London: Duckworth: 7-24.

——, 2002. “Aristotle on the Function of Tragic Poetry by Gregory Michael Sifakis.” Review by Malcolm Heath. *Hermathena* 172 (Summer): 91-98.

——, 2014. “Aristotle and the Value of Tragedy.” *British Journal of Aesthetics*, 54 (2): 111-123.

Lear, Jonathan 1992. “*Katharsis*,” in Amélie Oskenberg Rorty (ed.), *Essays on Aristotle's Poetics*. Princeton, NJ: Princeton University Press: 315-340.

Levinson, Jerrold (ed.), 2014. *Suffering Art Gladly: The Paradox of Negative Emotion in Art*. Basingstoke: Palgrave Macmillan.

Matravers, Derek, 2011. “Empathy as a Route to Knowledge,” in Amy Coplan and Peter Goldie (eds.), *Empathy. Philosophical and Psychological Perspectives*. Oxford: Oxford University Press: 19-30.

McCready-Flora, Ian, 2014. “Aristotle’s Cognitive Science: Belief, Affect and Rationality.” *Philosophy and Phenomenological Research*, 89 (2): 394-435.

Morreall, John, 1985. "Enjoying Negative Emotions in Fiction." *Philosophy and Literature*, 9 (1): 95-103.

Munteanu, Dana LaCourse, 2012. *Tragic Pathos Pity and Fear in Greek Philosophy and Tragedy*. Cambridge: Cambridge University Press.

Nehamas, Alexander, 1992. "Pity and Fear in the *Rhetoric* and the *Poetics*," in Amélie Oskenberg Rorty (ed.), *Essays on Aristotle's Poetics*. Princeton, NJ: Princeton University Press: 291-314.

Neill, Alex, 1992: "On a Paradox of the Heart." *Philosophical Studies*, 65 (1/2): 53-65.

——, 1996. "Empathy and (Film) Fiction," in David Bordwell and Noël Carroll (eds.), *Post-Theory: Reconstructing Film Studies*. Madison: University of Wisconsin Press: 175-194.

Nussbaum, Martha, 1986. *The Fragility of Goodness: Luck and Ethics in Ancient Greek Tragedy and Philosophy*. Cambridge: Cambridge University Press.

——, 1992. "Tragedy and Self-Sufficiency: Plato and Aristotle on Fear and Pity," in Amélie O. Rorty (ed.), *Essays on Aristotle's Poetics*. Princeton, NJ: Princeton University Press: 261-290.

Rorty, Amélie Oskenberg (ed.), 1992. *Essays on Aristotle's Poetics*. Princeton, NJ: Princeton University Press.

Shelley, James, 2003. "Imagining the Truth," in Matthew Kieran and Dominic Lopes (eds.), *Imagination, Philosophy and the Arts*. London: Routledge. London and New York: Routledge: 177-186.

Sifakis, Gregory Michael, 2001. *Aristotle on the Function of Tragic Poetry*. Heraklion, Crete: Crete University Press.

Stinton, T. C. W., 1975. "*Hamartia* in Aristotle and Greek Tragedy." *Classical Quarterly* 25: 221-254. Reprinted in *Collected Papers on Greek Tragedy* (Oxford University Press 1990), 143-185. Citations are to the 1975 version.

Taylor, Paul A., 2009. "Sympathy and Insight in Aristotle's *Poetics*." *Journal of Aesthetics and Art Criticism*, 66 (3): 265-280.

Yanal, Robert J., 1999. *The Paradoxes of Emotion and Fiction*. College Park: Pennsylvania State University Press.

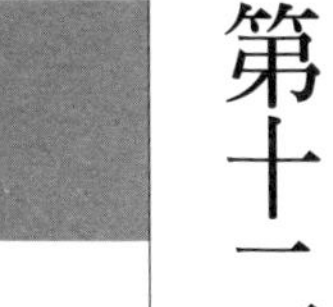

第十二章 《詩學》與當代美學

導言：《詩學》今讀

《詩學》啟發美學中的研究趨勢，至今亦然。在《詩學》中提許多問題和疑惑受到哲學家的重新關注。今天的哲學家熱烈辯論《詩學》中提出的問題：我們從藝術中學到了什麼？如果我們眞的從藝術中學到東西，那麼這種學習是如何進行的？藝術能揭示眞理嗎？當藝術模仿虛構、想像的世界，而不是眞實世界時，它又是如何揭示眞理的呢？

受到美學家關注的許多悖論，即使他直接的討論，但似乎與《詩學》中亞里斯多德的討論有關。所謂的「虛構的悖論」——解釋我們如何能夠對虛構中的角色產生眞實情感的難題——在美學中討論激起千層浪。另一個悖論，即「悲劇的悖論」——當悲劇激發消極、痛苦的情感，爲何我們依然如此喜愛悲劇。

此外，當代美學中還有亞里斯多德的理論傾向，包括藝術和電影哲學的趨勢，以預期的觀眾情感反應來定義某些藝術流派，尤其是在諾埃爾．卡羅爾（Noël Carroll）討論恐怖哲學時，如悲劇也存在於其他流派的討論中。[1]本章探討了《詩學》與當代美學之間的聯繫，指出《詩學》如何直接激發藝術哲學的討論。同時，亞里斯多德式方案如何爲當代討論帶來新的啟示。

---

1 Noël Carroll, 1990。

虛構悖論

塞繆爾・強森（Samuel Johnson）在一七六五年對莎士比亞戲劇的序言中，提出名爲「虛構悖論」的悖論。約翰遜提出問題如下：我們怎麼能對不是眞實的事物產生眞實的情感反應？「虛構悖論」長久以來困擾著美學家，對虛構的情感反應存在著可能是非理性的難題。一方面，我們接受虛構中的人物和事件眞實地打動了我們；但另一方面，我們也接受，只有我們認爲或相信是眞實的事物才能眞正打動我們，如下：

一、我們確實被虛構的事物打動。

二、我們知道虛構中描繪的並非眞實。

三、我們只能被我們認爲是眞實的事物眞正打動。

這是一個眞正的哲學悖論，因爲我們有理由認爲這些陳述都是眞實的。但如果二和三是眞實的，那麼就推論出：

四、我們不能被虛構打動。

這究竟出現了什麼問題？亞里斯多德在《詩學》中沒有指出，我們對虛構作品中的人物沒有眞實的情感反應。事實上，他在《詩學》第十三章中說，對人物感到哀憐和恐懼（1453a3）。他還認爲，要欣賞藝術模仿，人們必須明白作品是某個主題的模仿（4，1448b18-19）。因此亞里斯多德不會同意：人物不是眞實的，所以我們對虛構沒有眞情實感。

亞里斯多德沒有提出這個悖論，但他顯然認爲我們對人物必須有眞實的情感，故期望他會對這個悖論有所解方。對此悖論的一個回應爲，否認上述一前提，我們確實被虛構中的人物打動。這一觀點的倡導者是肯德爾．沃爾頓（Kendall Walton），他認爲虛構作品的讀者只是經歷「類情感」，而不是充分發展的情感。因爲眞正的情感必須針對我們認爲存在的對象，而虛構作品中的人物不是眞實的。所以我們不能對虛構產生眞實的情感反應。[2]

解決悖論的另一個方案是由彼得．拉馬克（Peter Lamarque）和諾埃爾．卡羅爾（Noël Carroll）各自提出的思考理論。[3]思考理論否認上述三前提，即我們只能被我們相信眞實存在的事物所打動。有時候，僅僅對危險或痛苦的思考，就足以產生情感。例如：即使鮑勃相信飛行是安全的，他可能也會將乘搭飛機視爲危險，並感到眞實的恐懼。若眞是如此，那麼我們對虛構人物的反應，就像現實生活情境中的情感：可以僅由思考或想象產生。

亞里斯多德對這個悖論和這些解決方案可能會怎麼判斷呢？亞里斯多德在《詩學》中所說，一切對人物的哀憐和恐懼的情感是眞實的。[4]此外，儘管這一點具有爭議性，但不失爲一辯解。亞里斯多德在哲學心理學論著中對情感的討論，與此觀點相容：無需信念，想象也可以引發眞實的情感。有些意見卻主張，根據《靈魂論》第三卷第三章的文字，僅僅想像某事具有威脅性，並不能引

2 Kendall Walton, 1978。
3 Peter Lamarque, 1981：頁二九一—三〇四。Noël Carroll, 1990：頁七十九—八十七。Sara Worth, 2000 提出亞里斯多德將接受「思想理論」為解決方案。
4 參見 Destrée, 2013：頁十四—十五。

起眞實的情感；而只有相信某事確實具有威脅性，才可能激發我們的情感：

> 再者，當我們形成意見（*doxasōmen*），認為某事具有威脅性或可怕時，我們會立即受到影響，對於激發勇氣的事物的看法也是如此；但在想象（*phantasia*）中，我們就像觀眾一樣，看著畫中可怕或鼓舞人心的事物。（《靈魂論》，3.3.，427b2-4）

如伊恩．麥克雷迪（Ian McCready）所說，亞里斯多德在此文中所說的，對某些可怕事件的單純想象不足以立即產生情感，然而相信某事物具有威脅性或恐怖性，卻是足以引發情感。[5]此外，在《論動物的運動》（*Movement of Animals*）中還有另一段文本，亞里斯多德指出，想象和思考足以使我們感到戰栗和恐懼，就像面對實際對象一樣（7.，701b18-22）。那麼，《靈魂論》這段引文，不足以證明悲劇觀眾不能對想像中的事件產生眞實情感。

亞里斯多德在《修辭學》第二卷第五章和第二卷第八章以及在《詩學》中強調，演說者和詩人使用「置入眼前」（*pro hommatōv*）的技巧，使戲中物栩栩如生，使聆聽者和觀眾可以情感引發。[6]如果前述的觀點皆爲正確的，那麼，可以斷言亞里斯多德的哲學心理學，允許想象在某些情況下可以產生眞實情感，前提是想像的事物栩栩如生。

5 Ian McCready-Flora, 2014。關於信念對真正情感的必要性觀點，請參見 Jamie Dow 2009。

6 Dana LaCourse Munteanu, 2012：頁九十三—九十六。

那麼，亞里斯多德對虛構悖論的可能回應爲何？如果以上對亞里斯多德的情感觀點的理解無誤，他會說，在某些情況下想像悲劇人物的苦難，是有可能被打動的。詩人使用的各種技巧來引起哀憐和恐懼，爲了得到適當的情感反應，詩人需要在想像的基礎上建立，使用各種技巧使動作栩栩如生，使觀眾感到動作就在她的眼前發生一樣，人物所受的苦難也是觀眾自己可能會經歷的。

悲劇悖論

十八世紀蘇格蘭偉大的哲學家大衛．休謨（David Hume）在〈悲劇〉（Of Tragedy）一文開篇，提到自亞里斯多德以來一直困惑藝術哲學家的悖論：悲劇產生觀眾的愉悅。然而，我們怎麼能對悲劇中人類苦難的戲劇性表現感到愉悅，而在現實生活中遇到同樣的情況，卻感到不悅呢？這就是悲劇悖論。例如：電影《鐵達尼號》（*Titanic*）（James Cameron, 1997）描述蘿絲（Rose）和傑克（Jack）在鐵達尼號命運多舛的處女航中的戀情。電影尾聲，我們看到災難降臨，鐵達尼號沉沒，包括傑克在內的大部分乘客隨船沉沒。電影結尾描繪大規模的毀滅令人悲傷和沮喪，這部電影如何可能成爲愉悅的源泉呢？

我們可以這樣表述這個悖論：

一、悲劇的作品（電影、文學、藝術）產生了大多數人在現實生活中不願面對的痛苦感受（如哀憐、悲傷、恐懼和厭惡）。

二、但與此同時，悲劇的讀者和觀眾發現這種經歷是令人愉快的。

正如休謨所指出的，這個悖論因爲注意到悲劇觀眾的愉悅與他們所受的痛苦成正比而變得更加突出。他的意思是，觀眾似乎喜歡悲劇，而是因爲它引起的痛苦情感。

休謨的觀察讓人想起亞里斯多德的陳述，即詩人應創造出「模仿中的哀憐和恐懼」（《詩學》，14.，1453b10-12）的愉悅。雖然亞里斯多德並未談論這個悖論，但他對悲劇適當愉悅的闡述，表明他對此有解決方案。解決這個悖論的方法通常有兩種。

第一種回應是辯斥，如休謨所做採取的方式。悲劇引發的痛苦情感被轉化爲愉悅。他認爲想象、模仿和藝術表現對心靈都是「自然」的愉悅。當這些元素「占據主導地位」超過不愉快的感覺時，痛苦的感覺就被「轉化」成愉悅的感覺：

> 這種（由悲劇引起的）非凡效果，來自悲傷場面所描繪的雄辯……藉此，憂鬱激動的不安不僅被某種更強烈的相反類型的東西壓倒和抹除，而且，整個激情的衝動被轉化為愉悅，並增加辭辯在我們身上引起的愉悅。[7]

休謨認爲我們應該區分：

7 David Hume, 1963：頁二四四。

・表現的對象：描繪的角色和事件。

・表現的媒介：作者的想象，模仿，表演，服裝等。

休謨的觀點是，觀看悲劇時的反應，痛苦的情感是針對被描繪的內容，即角色的苦難。我們感受到的愉悅是針對描繪的方式。在日常生活中會引起悲傷和痛苦的事物，由於藝術呈現的形式，成為愉悅和享受的對象。儘管休謨的觀察非常細緻，其分析論述暗示悲劇中的愉悅取決於我們知道的苦難是虛構的，卻並未解釋從痛苦到愉悅的轉變，是如何在悲劇反應時發生的。我們需要進一步分析，在悲劇劇作家的藝術呈現，我們是如何在苦難中找到愉悅，而相同的事件在日常生活中遇到卻感到不悅。

第二種回答是補償觀點：這就是觀眾不喜歡悲劇引發的消極情感本身的想法。悲劇提供與消極情感競合的額外資源。在某些限制條件下，亞里斯多德很可能就是如此解釋這個悖論。

首先，我們是對人類苦難的模仿感到愉悅，而不是苦難本身。其次，因為悲劇是人類生活和行動的表現或模仿，所以我們對悲劇對人類苦難的描繪，與我們在現實世界中的反應之間，有著密切的平行關係。然而，當悲劇的情節正確地組合在一起，澄清導致命運逆轉和悲劇主人公悲慘的行動之間的聯繫。這意味著，悲劇以情節引發我們哀憐和恐懼，使人類的苦難可被理解或解釋。因為我們可以從伊底帕斯王的情況中學習，並從這種學習中獲得愉悅。儘管我們在經歷哀憐和恐懼時感到痛苦，但我們對悲劇的整體反應是愉悅的。

儘管這個解決方案的概述帶有亞里斯多德的特色，但並沒有有效回應休謨的觀點：悲劇的觀眾的「愉悅與他們所受的痛苦成正比」。也就是說，我們是因為對人物所感到的痛苦情感而享受悲劇。如果學習的愉悅與觀眾在經歷哀憐和恐懼的痛苦是競爭關係，那麼觀眾從哀憐和恐懼感到愉悅的機制，則難以解釋。

亞里斯多德認爲，悲劇藉由模仿產生來自哀憐和恐懼的適當愉悅，爲這個問題提供解決方案。按照本書第十一章所描述，適當愉悅是悲劇帶來的情感理解愉悅。爲角色感到哀憐和恐懼，我們對角色的命運變化有了更深的理解。因此在這個過程中，只要角色是「與我們相似」，我們就能更深入了解自己。這種情感理解與情節的結構息息相關；情節中嵌入了必然或可能的人類行爲普遍模式（《詩學》第九、十章）。把握這個普遍模式，是感受哀憐和恐懼的必要條件。但是，即使是痛苦的情感經歷，也是觀眾理解情節中的普遍模式的一種方式。

那麼，通過哀憐和恐懼帶來情感理解的愉悅，哀憐和恐懼的情感是痛苦的，但卻使整體體驗變爲愉悅。

電影認知主義與《詩學》

關於藝術的認知解釋，即人們可以從藝術中學習的觀點，不僅可追溯到《詩學》的悠久歷史，至今仍然存在，且有不少擁護者。在電影理論中的「認知主義」大致描述了在二十世紀八十年代中期發展的一種進路。認知主義者提到，與觀看電影有關的人類普遍心理結構之演變。其中一些能力涉及視覺信息處理；其他則涉及更複雜類型的解釋和情感反應。

這一理論的運作可以幾個例子來說明。首先，大衛．柯南伯格（David Cronenberg）重拍一九五八年經典影片《變蠅人》（*The fly*）。傑夫．高布倫（Jeff Goldblam）飾演賽斯．布朗多（Seth Brandle），一位從事傳送技術的科學家。正當他認爲自己消除最後的錯誤時，一隻普通的家蠅介入將塞斯變成六英尺的昆蟲。從人慢慢變成蠅，過程十分可怕，並被記者維若妮卡（Veronica）目睹，她正在記錄塞斯的故事。塞斯無法阻止變成蠅的變形，他敦促維若妮卡射殺他，她最終這樣做了。這部電影有許多血腥的場面，特別是賽斯演變成蠅怪的過程。電影劇情相當悲慘，以維若妮卡射殺賽斯，和她對塞斯去世的強烈悲痛作爲收尾。

作爲一部恐怖電影，這部電影揭示與悲劇悖論相似的謎題：擁有這些血腥和蠅怪引起的恐懼，爲什麼這部電影會吸引觀眾的興趣，並讓他們從中感到愉悅呢？這就是恐怖悖論。諾埃爾．卡羅爾在《恐怖哲學》（*The Philosophy of Horror*）中有意借鑒亞里斯多德的《詩學》（N. Carroll, 1990：頁一五九—一九四）提出回答。他主張，作爲一個越過物種界限的怪物，賽斯激起了我們的好奇心，即使他引起了我們的厭惡。電影萌生這以下的問題：賽斯會變成蠅怪嗎，這將如何發生？劇情接著回答了這個問題。爲了回報我們對這些問題的興趣，這個蠅怪作爲一不太可能的存在，必須令人厭惡和不安。所以，雖然賽斯這個角色令人不安和令人厭惡，但這部電影令人滿意，因爲當中引導我們的核心認知技能參與其中。

其次，考慮前面提到的電影《鐵達尼號》。對於這部電影的認知詮釋將主張，儘管電影描繪了一場災難，《鐵達尼號》通過提出一系列問題並在劇情中回答這些問題，爲觀眾帶來了愉悅：杰克和羅斯會成爲一對夫婦嗎？他們將如何克服羅斯的母親對這段戀情的反對？船的沉沒將是什麼樣的？羅斯和杰克會隨船沉沒嗎？等等。觀眾可以通過觀看這些問題在故事中得到解決而從這部電影中得到愉悅，即使這部電影的結尾，描繪了大規模的破壞，是令人傷感和不安的。[8]

然而，正如第十一章所指出的，亞里斯多德認爲悲劇的適當愉悅來自於哀憐和恐懼，並通過劇情產生。[9]這意味著哀憐和恐懼這些痛苦的情感是觀眾在悲劇中取得愉悅的必不可少的部分。這揭示了亞里斯多德對悲劇愉悅的看法與卡羅爾對恐怖悖論的看法之間的主要區別。

在卡羅爾的觀點上，恐懼和厭惡是我們爲了滿足對怪物的好奇心而必須付出的「代價」。相反，對於亞里斯多德來說，哀憐和恐懼是悲劇適當愉悅的一部分。情感是觀眾通過劇情中嵌入的人類行爲的洞察來改變思考和感受的方式。因此，在亞里斯多德的悲劇觀點上，哀憐和恐懼不僅與從悲劇中學習的愉悅共存。它們對於觀眾改變對人性和行動的理解是必不可少的。

同理心、同情心和擬像

藝術哲學家對與角色的同情心和同理心反應非常感興趣。「同情心」一詞用於描述一系列的

8 參見本書第十一章：悲劇的適當愉悅作為認知愉悅的討論。

9 參見本書第十一章。

情感反應，其中人們代表他人體驗情感。這些情感反應，包括對某人痛苦的哀憐和憐憫。在同情心中，我們「為」（for）他人而感受。相反，「同理心」是了解他人情況而「與」（with）之一同感受。在同理心中，我們評估或反思對方的感受。因為了解他的感受，所以我與他分擔同樣的感受。同情心和同理心作為與虛構人物互動的方式，引起哲學家的興趣。諾埃爾．卡羅爾認為，觀眾或讀者通常對角色感到同情，而不是感到同理。[10] 這是因為觀眾的情感反應與角色不一致。由於角色所知道的，和觀眾之間存在差異。例如：如果觀眾比角色了解更多，他們看到怪物藏在門後即將跳出來，那麼他們可能會為角色感到恐懼，而她完全不知道自己有任何危險。

然而，最近哲學家更關注同理心作為與虛構人物互動的方式（參見科普蘭（A. Coplan），二〇一一年），因為人們認為與角色的同理心，是一種經驗上的知識形式。在與人感到同理時，我了解並感受到身處他人境況的感覺。這樣，與角色的同理與理解，和自我認知一脈相聯。通過與角色同理心，我必須想像角色的信念、情感和願望的內容，試圖置身於角色處境之想像。這對於經驗知識的獲取很有助益。因為與角色同理心，是觀眾理解陌生的觀點和情境的方式。這不僅使觀眾拓寬視野，還增強自我認知，因為觀眾想像自己置身於角色處境，衡量自己的可能反應。

同理心也與心靈哲學中應用的概念有關：擬像（simulation）。一些哲學家主張，通過在想像中擬像別人的思考和感受，來克服「他人心靈的問題」，理解他人所思所感的挑戰。而擬像是同理

---

10 Carroll, 1990：頁八十八－九十六。

心的形式一種，與同理心相同的方式，有助我們獲取知識。

同理心和擬像，也是獲取道德知識的方式。想像自己置身於角色處境自己，是通過虛構想像，體驗新的價值體系之手段。與拉爾夫．艾里森（Ralph Ellison）的小說《隱形人》（*Invisible Man*）（一九五二年）主人公產生同理心，可以理解非裔美國年輕男性面臨誤解、不尊重以及刻板印象的經歷的感覺。在想像中接受與自己截然不同的角色和情境，這或會更新如何對待他人的新道德觀點。

亞里斯多德如何進入這場辯論？[11]他會認爲，我們對角色的表示是同情心、同理心還是擬像嗎？不難看出，亞里斯多德會說你對角色感到的是同情心。我爲伊底帕斯王不應得的不幸感到哀憐，這是痛苦的情感狀態，與某些哲學家描述的同情心相似：一種痛苦的關注狀態。那麼，亞里斯多德會認爲，觀眾與悲劇角色有同理心之可能嗎？

《詩學》說我對類似自己的角色感到恐懼（13.，1453a5）。根據「與我們相似」的人而恐懼的評論，亞里斯多德可能在談論建立在同理心之上對角色的恐懼。同理其中一個重要觀點是，採取他人的觀點並分擔他們的感受。儘管伊底帕斯王在社會地位非凡。但他也像我一樣，因爲他遭受不幸。根據劇情的內容，我相信也可能發生在我身上。我可以想像成爲伊底帕斯王，不是因爲我在心理或社會地位與他相同，而是因爲他在人際關係中的失落和痛苦，如失去父母、家園和城市。這些

11 參見本書第十一章關於同理心討論。

皆是生而為人都會害怕受到傷害（14.，1453b19-20）。

若這個觀點正確，那麼悲劇性的恐懼，既針對角色伊底帕斯王，也對應著我自己，他所處的境地，我也同樣容易置身其中。劇情讓我體會到，我對角色的感受在某種程度上有所理解。因為劇情促使我想像，如果我置身於悲劇角色的境地，我將會有何感受？

正如保羅．泰勒（Paul Taylor）所指出，擬像理論認為，促使我們擬像他人思想和情感，是共同的生物學和心理學構成。[12]這是因為我與他人在生物學、認知和心理上相似，所以我能想像成為那個人，轉化為理解他在特定境況下的感受。這一觀察，在理解我對像伊底帕斯王角色的反應，來想像他所思所感，無疑是高度相關的。悲劇描繪發生在家庭內的苦難，自然而然會引起觀眾的哀憐和恐懼。悲劇的情節圍繞著某些人類境況構建，旨在喚起我們與角色共同的人性感受。

如此，觀眾更容易確實與伊底帕斯和悲劇中的其他角色產生同理心，因為角色的境遇並不是難以理解的特殊情況。觀眾能夠確實同理伊底帕斯王在其境況下的感受，是源於悲劇的目的：引發與角色共享的人性感受。正是這種同理心感受，讓觀眾認識到伊底帕斯王所遭受的命運，與我可能經歷的相同，有助於觀眾想像身處他的境地，而理解成為伊底帕斯王的感覺。

---

12 Paul A. Taylor, 2009。

《詩學》與藝術認知主義

關於藝術的認知主義是一種觀點，認爲藝術屬於傳遞知識活動的學科群。亞里斯多德屬於藝術認知主義者，他認爲模仿藝術的作品提供學習和理解的機會。藝術是否爲學習的來源，此一問題是現代美學中最爲熱門的辯論主題。至於《詩學》如何介入這一辯論，將是一值得深究的問題。

現代藝術哲學家面臨的挑戰，是協調談論和重視藝術兩種截然不同的方式。一方面，許多哲學家傾向於認爲，藝術作品應該因其人類行爲的洞察功能而受到重視。從這個角度來看，藝術作品描述爲「啟迪人心」或「富有洞察力」，意味著某種知識傳遞之功能。另一方面，藝術被視爲美感愉悅的來源。出於技巧和技能因素，使我們肯認藝術的價值。其虛構元素的使用以及不訴諸於事實，藝術所依靠的我們的想象力。某些藝術作品是美麗的，故作品帶來的體驗是崇高的。藝術作爲美感愉悅的來源，和藝術作爲知識來源，兩者之間衝突常不易協調。

在亞里斯多德《詩學》的背景下，並沒有明確彰顯這種張力。可能是因爲亞里斯多德沒有美感愉悅的概念。美感愉悅一概念出現在現代十八世紀美學觀念，主張藝術是一獨立自主的領域。我們對藝術的愉悅來源於藝術自身，與日常事務和生活的關注完全隔絕。恰恰相反，亞里斯多德認爲，模仿藝術的作品並未激發特殊的美學感覺，而是呼籲觀眾運用在日常生活中同樣的情感和認知能力。據此觀點，藝術和我們的藝術經驗，與日常生活並非斷裂的存在。因此，亞里斯多德認爲，我們對模仿作品的反應，與我們在現實中遇到同樣事件的反應非常接近，實是不讓人意外。因此，在

《詩學》中並未出現美感愉悅與學習之間的困境。

藝術認知主義的一種形式，認爲最高形式的知識是哲學知識。這是對事物基本定義的知識，如蘇格拉底在柏拉圖早期對話錄中試圖探求的情況。當他提出以下的大哉問：什麼是美德？什麼是知識？蘇格拉底希望以明確定義形式，找到這些問題的答案。這些定義將陳述如美德或知識等範圍的基本本質。將這種標準，設定爲藝術作品必須達到門檻，會造成的問題是，很少有藝術作品包關涉這些哲學問題的答案。

在兩者之間的聯繫問題，試圖主張藝術爲哲學知識來源的哲學家，對《詩學》第九章尤其關注。亞里斯多德在第九章內容中說，詩人不是模仿已發生的事情——告訴我們必須發生或可能發生的事情。因此更具體地說，詩歌、悲劇可以帶給我們世界的知識。內嵌在情節中人類行爲普遍性，有望可以成爲哲學知識的來源。

亞里斯多德確實認爲，詩人的工作與哲學家的工作有某種相似之處。通過統一連貫的情節，詩人爲人類事件帶來規則性和結構，使觀眾能夠理解角色爲何注定要受苦或經歷好運。從此意義而言，詩人與哲學家在探求事物的原因和起因方面有共同的興趣。

我們的結論是：詩人不是教師。詩歌的要點，不是爲哲學問題提供某個普遍性歸納（例如「正義是心靈的和諧」）答案。情節表明模仿的行動序列是合理或必要的，因此展示角色命運改變的原因或解釋。但是詩人並未藉由情節斷言此普遍眞理。的確，亞里斯多德說詩人不應該用自己的聲音說話，悲劇引起的反應應該嵌入事件本身的結構當中（《詩學》，6.，1450b8-12；14.，1452a18-21）。當然，若藝術作品或文學作品像哲學家那樣直接探求觀念，反而被視爲作品的缺陷，亞里斯多德的論點從這一點得到支持。

本書也曾論及，內嵌在情節中的普遍化受到詩人的目的主導，其目的是在觀眾中激發情感。情感是針對特定個人而感受的。因此，即使角色和行動展現人類行動和生活的普遍模式，情節也不能偏離經驗層太遠，否則將無法對觀眾產生適當的情感影響。這意味著內嵌在情節中的普遍性，不會像哲學家追求的那樣精確和準確。

另一方面，即使人類行動的普遍眞理隱含在戲劇內容之中，觀眾仍然可以藉由反思情節，來揭示此一眞理。的確，亞里斯多德的觀點是，我們對角色及其情境的情感反應，可以引發這種反思。因此，對悲劇的情感反應機制，提供了觀眾可以反思內嵌在情節結構中的知識的入路。

參考文獻

Carroll, Noël, 1990. *The Philosophy of Horror or Paradoxes of the Heart*. New York and London: Routledge.

Coplan, Amy, 2011. "Will the Real Empathy Please Stand Up? A Case for a Narrow Conceptualization." *The Southern Journal of Philosophy* 49, Spindel Supplement: 40-65.

Destrée, Pierre, 2013. "Aristotle on the Paradox of Tragic Pleasure," in J. Levinson (ed.), *Suffering Art Gladly: The Paradox of Negative Emotion in Art*. Basingstoke: Palgrave Macmillan: 3-27.

Dow, Jamie, 2009. "Feeling Fantastic?—Emotions and Appearances in Aristotle." *Oxford Studies in Ancient Philosophy* 37: 143-175.

Hume, David, 1963. "Of Tragedy," in Hume, *Essays: Moral, Political, and Literary*. Oxford: Oxford University Press.

Lamarque, Peter, 1981. "How Can We Fear and Pity Fictions?" *The British Journal of Aesthetics*, 21 (4): 291-304.

McCready-Flora, Ian, 2014. "Aristotle's Cognitive Science: Belief, Affect and Rationality." *Philosophy and Phenomenological Research*, 89 (2): 394-435.

Munteanu, Dana LaCourse, 2012. *Tragic Pathos: Pity and Fear in Greek Philosophy and Tragedy*. Cambridge and New York: Cambridge University Press.

Taylor, Paul A., 2009. "Sympathy and Insight in Aristotle's *Poetics*." *Journal of Aesthetics and Art Criticism*, 66 (3): 265-280.

Walton, Kendall, 1978. "Fearing Fictions." *Journal of Philosophy* 75 (1): 5-27.

Worth, Sara, 2000. "Aristotle, Thought, and *Mimesis*: Our Responses to Fiction." *Journal of Aesthetics and Art Criticism*, 58 (4): 333-339.

推薦閱讀

Livingston, Paisley, 2009. "Narrativity and Knowledge." *Journal of Aesthetics and Art Criticism*, 67: 25-36.

Matravers, Derek, 2014. "The (so-called) 'Paradox of Fiction,'" in *Fiction and Narrative*. Oxford, UK: Oxford University Press.

Plantinga, Carl, 2009. "Hume on the Paradox of Tragedy," in *Moving Viewers: American Film and the Spectator's Experience*. Berkeley and Los Angeles, CA: University of California Press: 174-188.

Walton, Kendall, 2015. "Empathy, Imagination and Phenomenal Concepts" (Chapter 1) and "Fictionality and Imagination: Mind the Gap," in *In Other Shoes: Music, Metaphor, Empathy, Existence*. Oxford: Oxford University Press.

第十三章　結　論

導言

學者常以《詩學》中的論述，與柏拉圖著名的對話錄《理想國》對藝術的討論相比較。在這部作品中，尤其是第十卷中，柏拉圖以蘇格拉底的角色對詩歌（此處理解為包含古希臘的悲劇和喜劇，以及荷馬的史詩）和繪畫進行批評。柏拉圖對藝術的討論，是該領域最早期的主要著作，在藝術哲學史上具有基礎性的地位。

因此，我們可能會根據柏拉圖的批評，概括《詩學》中的主要論點。這是本結尾章節的著述目的。

《詩學》與柏拉圖的藝術批判

許多學者認為，亞里斯多德在《詩學》中是對柏拉圖的藝術批評作出回應。在《理想國》第十卷中，對詩歌進行一連串的抨擊，蘇格拉底以挑戰藝術辯護者作結。詩歌的支持者可以反駁詩歌從理想城市中被剔除的觀點，前提是他們能夠證明：「詩歌不僅只有愉悅，而且有益於有序的統治和人的全部生活。我們將慷慨聆聽之。如果能夠證明詩歌不僅帶來愉悅，還帶來益處，那對我們而言將是莫大的益處」（607d-e）。許多人認為亞里斯多德在《詩學》中接受柏拉圖的挑戰。然而，如果亞里斯多德確實解決柏拉圖提出的問題，也只是間接形式。因爲在《詩學》中沒有任何地方明確地回應柏拉圖，而這在他的其他著作中卻有。[1]更清楚的做法是，探問亞里斯多德如何能夠根據《詩學》中的論點回應，而非假定亞里斯多德在《詩學》中是回應柏拉圖的部分或全部批評。鑒於柏拉圖的顧慮至今架在，這些答案仍具有極大的哲學旨趣。[2]

在他的著作中，柏拉圖讓蘇格拉底角色提出了一系列反對詩歌的論點：

一、詩歌不是一種理性活動，不是一種技藝（*technē*），因爲詩人在神聖啟示的影響下創作，而不是理性。

二、由於詩歌對年輕人可能造成的有害心理影響，應該對其進行審查。

三、從形上學的角度來看，詩歌所模仿是次等的對象：它們遠離眞實和現實，因爲它們是感知外貌的模仿。

四、詩歌不傳達知識。

五、因爲詩歌能激起哀憐和恐懼，所以甚至能荼毒城市中「最理想」公民的靈魂。

柏拉圖對詩歌提出的挑戰之一，是「技藝」（*technē*）的地位（上述反對意見一）。正如先前解釋的，古希臘詞「技藝」（*technē*，pl. -*ai*）及其拉丁對應詞 *ars*，在不同的語境中譯作「藝術」、

---

1 Richard Janko, 1987: xiii 主張，亞里斯多德在已散失的《論詩人》中寫道，他不同意柏拉圖的詩歌觀點，只剩下少數殘卷幾段。詳見 Janko, xiii-xiv 和 60-61。

2 Alexander Nehamas, 1988。

「工藝」或「技能」。在其核心含義中，技藝指的是，涉及某些知識體系的理性運用之實用技能。因此，技藝是一廣泛類別，包括許多規則或程序學習來實踐之活動，如木工、醫學、家具製造和造船。在柏拉圖以前的主要假設，是詩歌的創作者。他們是行使某種理性技能的實踐者。柏拉圖在他的對話錄《伊安篇》中挑戰這一觀點，蘇格拉底辯稱，詩人是在某種神聖啟示的影響下創作，而不是理性的行使：

> 他們所說的是真的，因為詩人是一個輕盈、神聖、天使般的存在，在他受到啟示、出神，以及理智不再存在之前，他無法創作。（《伊安篇》，534b3-5；E. Hamilton, 1961）

這一指控的重要性在於，《伊安篇》以及柏拉圖的其他作品中，都暗示知識是純粹理性探究的結果。如果詩人是受啟示創作，而不是來自理性，柏拉圖得出的結論是，詩人無法以工藝來傳達知識。

柏拉圖提出的第二個反對意見，出現在《理想國》第二、三卷，涉及如何教育年輕的公民「護國者」，他們將成長爲理想城邦或波利斯的統治者，這是柏拉圖《理想國》的主題。在柏拉圖的時代，說故事和詩歌是兒童教育的主要部分。兒童不僅閱讀，更背誦、記憶和表演詩歌，特別是荷馬的偉大史詩，如《伊利亞特》和《奧德賽》。蘇格拉底探問在理想城市中，故事講述者和詩人是否應該在年輕護國者的教育中，擁有同樣突出的地位。最終判斷的結果是「不應該」，詩歌因其對年輕人靈魂可能產生的有害影響，而必須受到審查。

柏拉圖認爲，客觀的道德眞理是存在的，對於任何特定情況，智者（《理想國》中的哲人統治者），應該能夠評估什麼對城市最好。在這方面，詩歌和其他形式的故事都是有問題的，因爲當中可能支持神和正義本質的錯誤的流行觀點（364a-b）。特別重要的是，年輕的護國者不能接觸這些故事，因爲他們的靈魂容易受到影響，他們所接受的觀點可能會在他們身上留下不可磨滅和無可更改的印記（378e3-4）。因此，詩歌需要接受審查，因爲故事和詩歌在塑造人的性格和態度層面，具有重要的影響。

蘇格拉底在柏拉圖的《理想國》第十卷中提出反對意見(3)至(5)。反對意見(3)，模仿作品在形上學層面是次等的對象，是在柏拉圖的理型論框架內提出的。理型是最眞實的：非空間的、非物質的對象，位於時間秩序之外，因此不受變化的影響。理型與感性的特殊事物形成對比，後者不斷變化，因此外觀的呈現也隨之變動，如玫瑰花在某一時刻和某一觀察者眼下是美麗的，但最終會凋謝並喪失其美麗的特質。相反，理型作爲變動世界之外的存在，是恒定的，具有穩定的本質：美本身就是美麗的，永遠不會是不美麗；一般來說，對於任何理型，如F性（F-ness），F性永遠是F，永遠不是非F。因此，理型才是感性對象背後的眞實。

詩歌的問題與繪畫一樣，模仿（或用柏拉圖的語言來說，「分有」）其所模仿的外部事物的外觀。床的繪畫是床的外觀的模仿，而床則是形式，即床本身的模仿或副本。因此，繪畫脫離形式的現實，具有兩層距離。詩歌也被認爲是「卓越形象」或美德（600e6）的模仿者。詩歌永遠無法聲稱能夠模仿眞正的美德，因爲沉著和理性的氣質是美德的眞正標誌，不容易被模仿（604e）。相反，詩人模仿美德的外貌，因此遠離了眞理和現實。

第四個論點，是詩歌缺乏知識，是源於第三個論點。如果詩歌離眞實有兩層距離，本身即無法向觀眾傳達知識。反而，詩人創造美德和惡行的扭曲圖像或副本，如那些行爲看起來令人欽佩的人，而事實上卻非如此（603d-e）。

最後的反對意見，是蘇格拉底在有害情感影響的層面。詩歌使靈魂產生不平衡，甚至影響最具備美德的人。受過良好教育的觀眾因爲放鬆警惕、放棄自己，並讓自己對角色的感受，占據主導地位而感到愉悅（605d3-4）。這是一種「替代的愉悅」（606b4），因爲觀眾通過想象自己是悲劇人物（如伊底帕斯王）的感受而感到愉悅，並從傾訴悲傷中獲得愉悅，而不是努力克制自己的情感。正如受過良好教育的觀眾所知（605d9），模仿詩歌讓情感占據主導地位而破壞靈魂，而情感需要由理性來調節。

亞里斯多德對柏拉圖的反駁

首先，亞里斯多德如何回應柏拉圖詩歌非技藝（*technē*）的立論？技藝即是基於可以學習規則和程序的理性程序。在《詩學》開篇，亞里斯多德表示將討論詩歌的技藝（*technē*），整部作品致力於重建主導正確詩歌創作的規範和程序。因此，整體來說，《詩學》是亞里斯多德證明詩歌是一門藝術或技藝的證明，因爲詩歌創作的優秀作品背後必有其原則。

同時，亞里斯多德也保留開放的可能性，提出即便是像荷馬如此的優秀詩人也可能以「技藝（*technē*）或自然」進行創作（《詩學》，9，1451a24）。在亞里斯多德的觀點上，掌握技藝需要明確掌握主導該學科的原則，並能夠將這些規則教授他人（《形上學》，第一卷）。因此，與蘇格拉底不同，亞里斯多德認爲詩歌作爲理性、受規則支配的活動，其理據不在詩人的心態，而在成功的詩歌作品中。

其次，蘇格拉底提出詩歌應受審查，因爲它對年輕人產生有害的心理效應，《詩學》對此沒有直接回應。然而，在《詩學》第四章，亞里斯多德言道，兒童通過模仿或模擬（*mimēsis*）獲得初步知識之途徑，所以兒童中的模仿是一種愉悅的學習來源。而模仿藝術正是從這一基本人類本能發展而來。此外，在其倫理學中，亞里斯多德觀察到，兒童以父母爲榜樣，執行正義的行爲，開始步向美德之途，直到他們不僅是模仿成人的行爲：他們還像正直的人一般，行正義之舉，具備相同的心態和意圖（《尼各馬可倫理學》，第二卷）。從他對模仿和兒童的評論表明可見，模仿是具有教育意義的。

第三，亞里斯多德雖從柏拉圖的蘇格拉底觀點，繼承詩歌和繪畫是模仿或模擬（*mimēsis*）的形式，但他否認詩歌是某種預先存在現實的模仿或副本。詩人的工作不是陳述事實上，而是可能發生或根據概然或必然律可能發生的事情（9，1451b5-7）。因此，雖然亞里斯多德接受詩歌是模仿，但他對模仿對象的取向完全不同。

此外，亞里斯多德堅持認爲普遍性並不獨立於感性特殊事物之外。雖然他同意柏拉圖的觀點：普遍性是知識的適當對象。可是，他認爲普遍性（如「人類」，「斑馬」）植根於感性個別事物中，無法獨立存在。觀眾藉由根據概然和必然律的情節結構，來理解人類行動的普遍模式，這是愉悅理解的來源。

《詩學》第四章延續這一觀點，即使是欣賞最簡單的模仿作品，也是智思或認知過程。當觀者思考某物的形象，例如一隻貓，她必須通過推理出模仿與被模仿對象之間的相似性和差異來識別作品是一個模仿。即使是最簡單的模仿也涉及到「理解和推斷每件事物是什麼」的愉悅（4. 1448b15-17）。

最後，亞里斯多德會如何回應柏拉圖的指控，即詩歌激發哀憐和恐懼的情感，這會削弱觀眾的理性控制？在這裡，我們可以將亞里斯多德的回應分爲三個不同方面：(1)他對情感的一般觀點；(2)心靈淨化；(3)悲劇的適當愉悅。

首先，應該考慮亞里斯多德的觀點，並將其放在他對情感更廣泛的解釋框架下。情感與感知密切相關，特別是哀憐和恐懼的情感涉及想象。然而，亞里斯多德還認爲，雖然情感屬於靈魂的非理性部分，它們卻被認爲「在某種程度上」（*pos*）與理性有關（《尼各馬科倫理學》，1.13）。此外，情感涉及以某種方式表現情感對象，爲情感提供依據，例如：人們同情的人是一個遭受不應得的痛苦的人。因此，在亞里斯多德的觀點上，感受情感並不是走向非理性的邀請。所以，亞里斯多德與柏拉圖擔心詩歌激發情感而有腐敗影響的觀點，存在著根本分歧。

對悲劇人物感到哀憐和恐懼的收獲，《詩學》如何回應之？亞里斯多德再三強調，悲劇應該在觀眾中引起哀憐和恐懼。然而，卻沒有告訴原因爲何。亞里斯多德對悲劇的益處的觀點，或可在「淨化」概念中找到。然而，亞里斯多德在《詩學》中並未明確闡述其確切意思。在我所理解的

《詩學》的悲劇淨化，是對哀憐和恐懼情感的痛苦的淨化。完整的情節將日常生活中可憐和可怕的事件整合成連貫的整體，從而使觀眾對這些事件愉悅地理解。這在日常生活中情感經歷是無法得到的。這並不代表哀憐和恐懼的痛苦被消除或轉化。被改變的是，悲劇背景下哀憐和恐懼感受的整體經歷。結果哀憐和恐懼感受的負擔得到舒解。

這怎麼會是益處？有德行的人會在正確的時候，對正確的人感受正確的情感。雖然這樣的人不需要激勵來行德。在觀看悲劇時，可能使他們對現實生活的德行的反應更易於承受。對於不太有德行的人來說，他們可能會避免對無辜冤枉的痛苦感到哀憐和恐懼。愉悅的理解，與哀憐和恐懼之間聯繫，可以幫助人們以不同的方式看待憐這些情感以及其現實生活情況。這是對悲劇人物感到哀憐和恐懼的實際益處。

根據本書第十一章的解釋，悲劇的適當愉悅是情感理解，這似乎是亞里斯多德回應柏拉圖的最直接途徑，針對關於激發哀憐和恐懼的擔憂。悲劇的哀憐和恐懼具有雙重認知層面：作爲情感，涉及對不應受的痛苦的重要性和意義的反應。藉由情感，我們能面對有意義的情況，使情感反應成爲深化理解的契機。悲劇的哀憐和恐懼情感，是由觀眾對嵌入情節的人類行動的普遍模式理解所激發。因此，對悲劇人物的哀憐和恐懼，建基於對人物命運變化的理解。這些情感也是使普遍模式成就意義的手段，使這一知識因劇中生動的個別之物而栩栩如生。

柏拉圖擔心詩歌會引起觀眾強烈的情感反應，可能會影響現實生活。他認爲這是危險的，因爲觀眾會將舞臺上的行動，作爲他們在日常生活中的行爲模式。亞里斯多德對此並不擔心。相反，他認爲這是同情悲劇人物的益處。悲劇激發哀憐和恐懼的自然和人性反應。如果悲劇能像現實世界中的情況和人們一樣影響我們，那麼我們可以從對悲劇的情感反應中學習一說，就變得相當合理。

參考文獻

Hamilton, E. and H. Cairns, 1961. *The Collected Dialogues of Plato Including the Letters*, with Introduction and Prefactory Notes. Princeton, NJ: Princeton University Press.

Janko, Richard, 1987 *Aristotle, Poetics: With the Tractatus Coislinianus, Reconstruction of Poetics II, and the Fragments of the On Poets*. Indianapolis, IN and Cambridge: Hackett Publishing Company.

詞彙表

Aesthetics（美學）：源自希臘詞「*aisthēsis*」，意為「感知」。專指自然和藝術中美的研究。

Aischros（醜陋和滑稽）：例如代表喜劇的可笑面具（參見《詩學》，5.，1449a34）。

Anagnōrisis（認知、醒悟）：參見「發現」。

Amazement, *to thaumaston*（驚奇）：當事件按照可能性或必然性出現，卻又與預期相反時所引起的反應。

Aretē（德行、美德）：感受和行動的適中（參見《尼各馬可倫理學》，2）。

Art, *technē*（藝術）：與特定結果相一致的規則和方法的實踐技能。

Atuchēma（不幸）：在合理可預見的結果下所做的無知行為（參見《尼各馬可倫理學》，5.8）。

Aulos（阿夫洛斯管）：常用於向戴奧尼索斯神祭祀的節日，並用於伴隨希臘悲劇表演。

Beauty（美）：與比例和大小有關。（詳見《形上學》，第十三卷第三章，1078a31-b5；《政治學》，第七卷第十五章，1248b8-10）而並非指涉感官屬性的審美上的吸引力。美所關涉的是事物的設計，使其能夠實現其自然功能。即使某些事物外觀不討人喜歡。其組成部分的設計、組織本身仍是美的對象。（《動物的組成》，第一卷第五章，645a23-25）。

Catharsis of pity and fear（淨化哀憐和恐懼）：字面意思是哀憐和恐懼的情感的澄清、純化或排解。

Change, *metabasis*（改變）：角色從好運到厄運的改變（《詩學》，7.，1451a13-16）。這是引起觀眾哀憐與恐懼的基礎。雖然《詩學》第十三章中指出從好轉壞是最理想的形式（1453a14-15），但變化在悲劇中實則可以朝任一方向進行（7.，1451a13-14, 1455b27-28）。

Character, *ēthos*（角色性格）：個人固有和穩定的性情。性情，可歸屬於其特定的品質（1450a12），也是體現道德目的的要素（1450b8）。

Chorus（合唱）：古希臘悲劇和喜劇的一部分，用歌曲評論戲劇的行動。

Cognition（認知）：常與從詩學中學習的愉悅有關。認知的愉悅，乃與理解某一真理命題相關。

Cognitivism（認知主義）：一般關於藝術的理論觀點，即藝術可以增強我們對人類經驗的理解。

Comedy, *komōidia*（喜劇）：一種文學類型，採用戲劇模式的模仿（*mimēsis*），其特點為描繪較為卑劣的角色，而引發歡笑。（參《詩學》，第二章）。

Complete（完整）：具有開頭、中間和尾場的情節，並由必要或可能的連接統一。

Complex plot（複雜情節）：模仿行動的情節，具有逆轉和發現（參見《詩學》，10.，1452a11-21和10.1452b31）。

Complication, *desis*（複雜）：情節的一部分，從假想的行動開始，直到順境或逆境的改變之前（參見《詩學》，18.，1455b23-25）。

Denouement, *lusis*（結局）：情節的一部分，指角色命運由順境或逆境的改變之始，延展至戲劇的結局（《詩學》，18.，1455b25-27）。

Deus ex machina（神從天降的機器）：指劇情中不合情理或人工的轉折，例如在《美狄亞》結尾，主角乘坐戰車神祕離去的場景。

Diction, *lexis*（措辭）：指戲劇中的語言部分，不包括歌曲中的歌詞（《詩學》，6.，1449b35）。

Dionysius（戴奧尼索斯）：古希臘的酒神和狂歡之神。

Dithyrambic（酒神頌）：一種詩歌形式，悲劇由此發展而來（《詩學》，1449a10f），其中合唱團歌唱和跳舞以讚美神祇戴奧尼索斯。

Drama（戲劇）：源自希臘詞「*dran*」（做或行動）。參見《詩學》，3.，1448b1。

Dramatic mode（戲劇模式）：人物通過他們的言辭和行動來講述故事（《詩學》，3.，1448a1-7）。與敘事模式的故事講述形式對比。

Eikos（可能性）：指那些看似可信的事物。

Embellishments, *hēdusmata*（修飾）：節奏、旋律和歌曲是悲劇語言的「調味品」或裝飾（6.，1449b28-31）。

Empedocles, 490-430 bce（恩培多克勒）：西西里的一位前蘇格拉底時期哲學家、科學家，曾撰寫宇宙論和宇宙起源的相關著作。他推斷宇宙的基本實體由四個基本元素組成：地、氣、水和火。世界的變化，來自這些基本元素的各種組合。

Empiricism（經驗主義）：認為所有知識均來自感官經驗的觀點。

End, *telos*（目的）：指物之所以存在的最終原因或目的。

Epic poetry（史詩）：一種以嚴肅主題運用敘事模式講述故事的詩歌形式（參見「敘述」）。

Epieikēs：字面翻譯是「良好」或「正派」。這是悲劇（13.，1452b34）和史詩（13.，1454b13）應該模仿的人物類型。亞里斯多德用這個詞來描述德行高尚的人（參見《詩學》13.，1452b33），但這是一種反常的用法。

Error（錯誤）：參見hamartia。

Essence, *ousia*, *ti esti*（本質）：指在對物件的適當定義中所揭示的本質（《論題篇》，101b38），即物之基本性質。本質與解釋有關。在理解物的本質時，即可掌握有其屬性背後的原因。例如，得知人類本質上是理性動物，即可以進一步釐清人類有能力獲取知識之原因，因為若無理性能力，則無法獲得知識。

Eutrapelia（機智）：「機敏」或「風趣」。這是指在開玩笑恰到好處的人。機智之人避免粗俗和直接的笑話，但也不因而喪失幽默感，並且能夠善用言外之意（參見《尼各馬可倫理學》，4.8.，1128a11-12）。

First principle, *archē*（第一原則）：事物的起源或開始，解釋事物存在的原因。

Gorgias of Leontini，485-380 bce（利昂提尼的高爾吉亞）：西西里的演說家、修辭學家和哲學家。

Hamartia（過失）：誤差。根據《詩學》十三章，最佳的悲劇情節中的錯誤或*Hamartia*會導致人物命運的變化（13.1453a7）。過失與道德惡劣的性格、惡意有所區別。

Hēdusmata（修飾）：參見embellishments。

Hegemon（赫格蒙）：古希臘喜劇詩人，除了其作品外，對他的了解不多。

Hexameter（六音步）：荷馬所用的詩體。由六「步」組成，一重讀音節和兩輕讀音節的交替而成。

Inferior, *phaulos*（劣等、粗俗、卑鄙）：喜劇模仿那些劣等和可笑的人的行為（《詩學》，2.，1448b25）。

Komōidia（喜劇）：參見comedy。

Language, *logos*（語言、陳述）：指人物在對話場景中所說的話，而不是歌曲部分中唱的歌詞。

Lyre（里拉琴）：一種大型弦樂器，用於詩歌演出的伴奏，如史詩的演唱，以及獨奏、器樂演奏。

Manner（方式）：指模仿產生的方式，或指史詩的敘述，也同樣指悲劇的戲劇化。參見《詩學》，3.，1448a18-23。

Manthanein（學習或理解）：參見《詩學》，4.，1448b15，亞里斯多德在此處表示，沉思畫中對象理解上的愉悅。

Melody, *harmonia*（旋律）：嚴格地說，是樂器的調和，因此是音階或音符之集合。選擇並安排特定音符，使之形成一個曲調（*melos*）。

Metaphor, *metaphora*, to transfer（隱喻）：涉及兩個截然不同事物的比較，一術語的意義轉移到另一個術語，以相似性促使理解。隱喻在《詩學》中的主要描述，參見「1457b7-32」和「1459a6f」。隱喻涉及相似性的觀念，參見《修辭學》，1405a8-10和《論題篇》，140a8-11。

Meter（詩歌中的韻律）：詩中重讀和輕讀音節的規則節奏模式。始於《鵝媽媽童謠》中的「hey! Diddle, Diddle」，當中「hey」和「did」音節是重讀的，而「dle」音節則是輕讀的。

Miaros（震驚、反感）：引起此反應，是具有德行的人從好運走向厄運的情節（13.，1452b36）。

Mimes, *mimos*（模仿散文）：出自公元前五世紀西西里的肖普朗和他的兒子克薩納庫斯。其作品以滑稽的描述日常生活為特點。狄奧根尼斯．拉爾提烏斯報導，柏拉圖引述這些作品作為他對話的戲劇形式（《哲人言行錄》，第三卷第十三章）。參見《詩學》，1.，1447b10。

Mimēsis（模仿或再現）：亞里斯多德用這個術語與行為形式（如兒童的扮裝遊戲）以及物件有關。*Mimēsis*是所有詩歌形式特徵的定義（1.，144712-13）。

Mousikē（音樂、歌曲）：尤其是器樂；參見1462a16，其字義等同於歌曲。

Narrate, *apangellein*, narration, *apangelia*, exposition, *diēgēsis*（敘述）：一種模仿的模式或方式，故事藉由敘述者的話語來講述，與戲劇模仿模式形成對比。參見《詩學》3章。

Necessary, *anankē*（必然性）：必然性與可能性支配因果相關的事件。某件事情發生了，導致另一個事件必然或可能隨之發生（參見《詩學》，11.，1452a20-22）。

Nicochares（尼寇查瑞斯）：一位雅典的喜劇詩人，估計活躍於公元前五世紀末。

Nomes（日神頌）：與酒神頌相似的詩歌形式，具音樂伴奏的歌詞，由合唱團在宗教節日上演唱。

Paralogos（無法解釋的）：與必然性或可能性相反。

Pathos（苦難、痛苦、受苦）：悲劇和史詩情節的一部分，是指一個人遭受的暴力行為（參見1452b10）。痛苦是四大基本情節結構之一的基礎（18.，1455b32f.）。

Pauson（鮑森）：一位古希臘畫家，事蹟不明，從亞里斯多德的言辭中推斷，他也許是以社會和道德地位較低為畫畫的對象，也可能漫畫作家。參見亞里斯多德《政治學》，1340a36。

Phaulos（劣等）：參見inferior。

Philanthrōpia（同情）：對正義得以伸張的同情反應，或者是對正在受苦的同胞的同情。

Philia（親屬）：指親屬或密友。根據《詩學》第十四章，悲劇展示了親屬之間嚴重傷害的行動。

Plot, *muthos*（情節）：事件的組成或安排（1450a4和15）。

Poiēsis（創作）：源自希臘詞「*poiein*」，意為「創造」。指的是創造某物的所有活動。在亞里斯多德筆下，所採用狹義，指的是韻文的構成。亞里斯多德定義這個術語為模仿的構成。

Polygnotus（波留克列特斯）：公元前五世紀中葉的著名畫家，據報導他曾經為大型壁畫執筆。

Possible, *dunatos*（可能性）：指的是可能發生的事物，與人類過去的經驗一致（《詩學》，9.，1451a38-b1）。

Prohairesis（選擇）：人類行動的起源是選擇，基於某個目的的合理欲望（《尼各馬可倫理學》，6.2.，1139a30f.）。

Proper pleasure, *oikeia hēdonē*（恰當的愉悅）：專屬詩歌類型的愉悅，在《詩學》多次提及。悲劇的特定愉悅藉由模仿（*mimēsis*）營造哀憐和恐懼，繼而產生愉悅。

Prose（散文）：沒有韻律的口語或文字。散文是日常對話的語言，也是科學、歷史、哲學和新聞等其他類型寫作的語言。

Rationalism（理性主義）：認為所有知識源自人類理性能力的運用。

Reasoning, *dianoia*（推理）：有時譯作「thought」（思考）悲劇中戲劇人物進行推理某事，並表達他們觀點（《詩學》，6.，14505-8）。

Recognition, *anagnōrisis*（認識、發現）：一由無知轉變為知曉的過程，涉及好運和厄運的事宜，導向友善或敵意（《詩學》，1452a29-32）。

Reversal, *peripeteia*（逆轉）：預料之外的轉變，卻是根據可能性和必然性發生（《詩學》，1452a22-29）。在悲劇中，變化可以從好運到厄運，或是從厄運到好運。

Rhythm, *rhythmos*（節奏）：由語言（如詩歌形式，短長、重音和輕音音節的使用）、聲音（音樂）或身體動作（舞蹈）建立的連續、重複模式。

Simile（明喻）：一種修辭手法，使用連接詞如「像」或「如」將兩個不同的術語進行比較，例如著名的羅伯特．彭斯詩句「我的愛就像紅紅的玫瑰」。亞里斯多德認為，因為明喻只是說一件事像或類似另一件事，所以它不會像隱喻那樣引發對意義的探索，因此學習新事物的機會較少。（參見《修辭學》，3.，101410ab15-35。）

Simple, *haplos* plot（簡單情節）：情節模仿一個明確的整體行動序列，具有開始、中間和結束（1453b23-24），根據可能性或必然性不變地朝一個方向移動：從好運到厄運，或是從厄運到好運（11.，1452a11-13）。

Song, *melos*, *melopoiia*（歌曲）：在《詩學》中，通常是指節奏、語言和旋律的結合（1449b28-30），但也可以指樂器音樂的旋律（如《政治學》，8.5.，1340a中，「*melos*」用來指純樂器音樂）。

Sophron（肖普朗，西西里人，公元前四三〇年）：曾撰寫幽默卻嚴肅的散文對話，行文充滿日常俗語和諺語，模仿西西里希臘人的日常生活。

Spectacle, *opsis*（場面）：指悲劇中的視覺元素（1449b31）。悲劇和喜劇是在舞臺上表演的，場面與戲劇模仿模式有關。場面可以指涉服裝、表演，也可能指舞臺工藝。某些較差的悲劇，以場面作為激發觀眾的哀憐和恐懼的主要方式（1456a2）。

Spoudaios（優秀、值得讚許、嚴肅的）：悲劇和史詩所模仿的人和行為被稱為spoudaioi（4.1448b25-27）。

Sullogismos（推理）：這是一個推理過程，接受命題或前提而得出結論。人們觀看圖像時，會推斷出該圖像屬於某個主題的模仿（4.1448b15-17）。

Teleology（目的論）：參見End。

Tragedy（悲劇）：參見《詩學》，6.，1449b24-29中的定義。亞里斯多德在《詩學》第一章中說，悲劇模仿德行優於大眾的人之行動。悲劇有變化的韻律（1449b9f.）。

Verse（詩節）：以富節奏性的重音和輕音音節組織，完成寫作。

Xenarchus（克薩納庫斯）：肖普朗的兒子，同樣也是一位出色的滑稽劇作家。

索引（編按：現代人名、著作不附中譯）

A

Achilles 阿基里斯 73, 145, 147, 299

Ackrill, J. 阿克里爾 12

action (*praxis*) 行動 20, 21, 34, 36, 37, 40, 45, 63, 65, 66, 67, 68, 69, 70, 71, 73, 74, 76, 77, 78, 85, 129, 131, 134, 135, 136, 137, 138, 139, 140, 142, 143, 144, 151, 152, 153, 160, 161, 162, 163, 164, 167, 168, 169, 170, 171, 172, 173, 174, 175, 176, 185, 192, 194, 196, 197, 199, 201, 202, 203, 204, 209, 210, 222, 223, 225, 226, 228, 229, 230, 232, 238, 239, 240, 241, 242, 243, 260, 262, 270, 278, 289, 290, 294, 295, 296, 300, 304, 305, 306, 308, 316, 317, 323, 324, 329, 334, 335, 337, 350, 353, 358, 359, 370, 371

embodiment of particulars 特定事物中的具體化 195

essential to tragedy 對於悲劇至關重要 168

ignorance 無知 117, 146, 173, 197, 200, 224, 228, 237, 238, 239, 240, 242, 243, 244, 245, 281

involuntary 非自願的 229, 240, 241

particulars 特定事物 39, 187, 195

voluntary 自願 229, 240, 241

actor (*hupocritēs*) 演員；另參見voice 聲音 65, 78, 85, 126, 129, 145, 160, 164, 165, 166, 168, 281, 294, 307, 308

acting 表演 65, 85, 126, 129, 147, 148, 160, 161, 164, 165, 166, 176, 278, 291, 296, 297, 299, 307, 308, 350, 366

activity (*energeia*) 活動 13, 14, 32, 33, 34, 36, 40, 70, 92, 95, 97, 100, 102, 103, 104, 107, 110, 111, 112, 115, 138, 171, 181, 200, 203, 207,

E

F

M

N

O

P

S

T

U

V

W

譯後記

談及文學理論評論，出現在你腦海中的，可能是新批評、形式主義、女性主義等等不同學派。或許不會聯想到古希臘時期的亞里斯多德，甚至可能提問：爲何要閱讀距今二千多年的典籍？然而，就算沒有讀過亞里斯多德《詩學》，我們對「模仿」、「再現」、「形式」、「媒介」等等文學批評概念，必定有所耳聞。事實上，隨手翻閱以「西洋文學批評／理論／評論」爲主題的書籍，《詩學》必然在書中占一重要席位，可見其重要性不言而喻。由於《詩學》的重要性，故一直以來與《詩學》相關的中文書籍，不乏原典全文翻譯，以及文學理論的介紹等著作。那麼，與前人著作相比，《亞里斯多德與《詩學》》（*Routledge Philosophy GuideBook to Aristotle and the Poetics*。後稱本書）一書的特點爲何？爲什麼值得學生、文學愛好者，甚至是文學理論入門者一讀？這不僅是對本書在學術層面的價值定位，更是必須向讀者交代的重要問題。

按譯者拙見，安吉拉．柯倫（Angela Curran。後稱作者）所著的本書特點有四。首先是「邀請讀者參與」的論述方式。本書從亞里斯多德的生平開始，一步一步進入《詩學》中各個重要主題。在生平論述的方面，作者沒有沿用冗長瑣碎的編年式陳述，反而採用「生平─著作」雙向視角，交代亞里斯多德的學思歷程，更重要的是，是向讀者展現「亞里斯多德」生平中種種「懸案」，至今依然成謎，且無法證實的說法，其中包括亞里斯多德的傳說記載、作品眞僞、爲人與思想性格等等，體現了作者的著述風格──邀請讀者參與。所謂「邀請讀者參與」，意謂把重要的論點、論據，以及相關論爭之立場一一呈現於讀者眼前。作者雖有交代一己的學術洞見，但並沒有代替讀者進行判斷。最明顯的例子，是本書第十一章〈悲劇的獨特愉悅〉的小結，作者言道：「我們在本章論述中，概述悲劇的適當愉悅的四個可能解決方案。雖然我個人傾向第四個方案（對情感理解的愉悅），但還是留給讀者決定哪一個方案最具說服力，甚至提出新見，改善既有方案的所有缺陷。」作者在此章中交代各種「愉悅」認知立場，最後也交代個人的判斷，但仍然鼓勵讀者能夠從中讀出個人見解。這是《詩學》論著，甚至是一般導論型著作不甚常見的特色。如此，讀者在閱讀的過程中，不僅是被動接受作者的闡述，更能夠以個人的視野（經驗）、學術見解、藝術體驗來決定個人的立場與取向。同時，在作者所確立的學術立場之下邀請讀者，讓讀者能夠在一抒己見的同時，避免陷入自由心證、天馬行空的猜想之可能。

其二，本書論述架構既依循原典框架，卻以議題爲導向。本書整體的架構，係依照《詩學》章節順序進行安排。然而，作者無意覆述原典的內容，或根據原典章句咬文嚼字。反而，作者梳理原典脈絡之同時，以學術界相關熱門議題爲導向。如柏拉圖與亞里斯多德對於詩人的看法爭議，一直是文藝哲學領域中備受關注的議題；又，以本書第十一章爲例，文中以「悲劇的愉悅」爲題，除了梳理亞里斯多德筆下的原典意義，更與當代學者的看法進行對話，指出其論點優劣，最後交代個人的見解。又如「淨化」此一主題，作者說明原典所記載的內容後，羅列「排解」、「澄清」等等之解說，權衡個中優劣，以陳一己之見。對讀者而言，這些議題的討論尤其重要。因爲對於涉獵不深的讀者來說，我們或許對於愉悅、淨化等概念略知一二，但可能不諳概念在原典脈絡下特殊意義，或可能只聽從一家之言。這即突顯出本書的特點，在作者的帶領下，讀者不僅能夠直接接觸原典的眞確表述，同時，經由作者層層論證，讀者能夠從中得知某概念的意義深度，也能夠快速掌握個中的精髓。

其三，本書以《詩學》爲主，廣涉其他著作。承如上文提及，《詩學》被定調爲文學理論的重要著作，本書的討論也不違此觀點。然而，作者並沒有受限於《詩學》原文範圍，反而廣涉亞里斯多德的其他著作，進一步打開上述議題的討論幅度。以「淨化」為例，作者指出《詩學》中僅有二處提及此概念，但作者並沒有止步於此，反而從「淨化」字義這本溯源，綰合《政治學》、《尼各馬可倫理學》之旁證，進行闡釋。對讀者而言，旁徵博引亞里斯多德其他著作，不僅使內容變得更為豐富，也傳遞一重要的專業知識：「文學理論不離哲學之本」。在理解戲劇人物的動作、觀眾的情感、戲劇的目的，看似都是文學之事，實則深入其中核心價值，無不連繫著亞里斯多德的哲學立場，諸如經驗主義、對於普遍性的看法、形上學、知識論等。作者揉合亞里斯多德的哲學論述於《詩學》的論述之中，大大減輕讀者在閱讀上的負擔。此外，作者徵引的哲學術語時，也會在注腳處說明該概念之意義。如「形上學」的注腳為：「形上學是研究現實、眞實存在的事物的學問。」足見作者之用心。這是讀者在個人閱讀原典時，更為困難涉足之面向。因為亞里斯多德的著作規模不小，故在作者的整理下，讀者可以更容易地全面掌握亞里斯多德詩學的思想，並肯定其價值。

其四，書中的例證古今並重，貼近原典脈絡卻不失其現代性。作者在論述過程中，討論許多原典中所討論的戲劇實例，如《伊底帕斯王》、《奧德賽》、《美狄亞》，貼近亞里斯多德的觀點。在忠於原典的同時，作者不忘現代層面的例子，在文中以大量現代經典電影為實例，包括《美國心玫瑰情》、《魔戒》、《駭客任務》、《自由之心》、《靈異第六感》、《鐵達尼號》、《哈利波特》，試圖以現代藝術的實例，點明古典戲劇之義。讀者可能對於荷馬著作涉獵不多，但對電影《鐵達尼號》或許有所了解。由此，以現代電影作為實例，讓讀者在現代藝術中了解《詩學》中的概念，對讀者在理解上無疑地會有所助益。此外，作者為了強調《詩學》的現代性，在論述的過程中，加入與當代藝術哲學的討論，與亞里斯多德的觀點並陳，思索個中的異同。如：美學形式主義、藝術認知主義。作者發現這些當代重要美學流派所關注的議題，在《詩學》中實則上有跡可尋，雖然他們之間的觀點不同，亦足以證明《詩學》所關注的主題，不是「死學問」，對當代文藝美學理論領域影響匪淺。另一方面，也進一步提醒讀者，在接觸當代美學主題之同時，《詩學》不論是作為源頭還是其經典性，也是不容忽視。

綜合上述四種特點可見，不論是文學理論入門者、對亞里斯多德已有認識的讀者，甚至是學術研究專業人士，皆能夠從中有所裨益。本書屬於導論性質，讀者在閱讀的過程中不會有太大的理論負擔。雖然本書的定位是導論，但作者在其中的論證與分析十分專業，學術嚴謹程度，也值得文學理論研究者關注。總括來說，此書兼備淺白易懂的行文風格，同時不失學術專業度。因此，譯者誠心推薦此書給對文學、美學、古希臘哲學感興趣的讀者。

在此，談談譯者在翻譯過程中的一些感觸，提供讀者參考。首先，在翻譯此書的過程中，譯者始終秉持 Routledge 哲學指南的原則：

> 以輕鬆方式向學生介紹哲學經典著作。每本指南以關鍵的文本來探討哲學家及其哲學的關鍵領域——將哲學家和其著作置於歷史背景中，考察相關文本，並且評估哲學家對當代思想的貢獻。

上述方針特別強調「輕鬆方式」，譯者便儘量以通達為本的意譯方式，極力呈現作者的論證。

同時，在遣詞用字上，譯者也儘量用淺白易明的字詞，而少用艱澀難懂、佶屈聱牙的字詞，務求減少讀者閱讀過程中的負擔。另外，在原典徵引等部分，譯者有時會沿用已有的中譯本，但某些原文翻譯，譯者選擇自行翻譯，原因是中譯本的句式雖然符合「忠實度」，但未必符合輕鬆淺明的標準。第三，爲了與五南「經典哲學名著導讀」系列保持一致性，譯者以直譯的方式，翻譯書名爲《亞里斯多德與《詩學》》，讓本書的主題一目了然，同時也讓讀者知道 Routledge 哲學指南的主題在「哲學家及其著作」上。

此書的出版，固然不是譯者一人能夠獨力完成。在此，要感謝五南圖書出版股份有限公司給譯者機會執行此書的翻譯工作，把這本傑出的《詩學》論著帶給廣大的中文讀者群。同時特別要感謝五南圖書蔡宗沂主編，謝謝蔡主編將所有出版相關的事宜安排妥當，此一譯著之所以能夠面世，蔡主編及編輯功不可沒。此外，譯者也十分感謝臺北市立大學英語教學系陳宏淑老師，當年修讀老師在大學開設的翻譯課，授予種種翻譯理論與實務的專業知識，打開了我「譯者身分」的可能，授業之恩，沒齒難忘。在西方文藝理論的知識基礎上，譯者十分感謝臺北市立大學中國語文學系陳思齊老師，以及成功大學外文系賴俊雄老師，兩位老師學識淵博，在文學理論上對譯者的影響匪淺，傳道之恩，沒齒難忘。

最後，譯者最想感謝的是譯者的指導教授——葉海煙老師，完成了本書的審校工作。在哲學理論及學術工作上，多年來海煙老師一直給予我最大的協助，不論是知識上還是生涯規劃上。此書之所以能夠完成，一切都歸功於海煙老師。

經典哲學名著導讀 020

1BBP

亞里斯多德與《詩學》

Routledge Philosophy Guidebook to Aristotle and the Poetics

作　　者：安吉拉・柯倫（Angela Curran）
譯　　者：嚴浩然
審　　校：葉海煙
企劃主編：蔡宗沂
特約編輯：張邁罂
封面設計：封怡彤
出 版 者：五南圖書出版股份有限公司
發 行 人：楊榮川
總 經 理：楊士清
總 編 輯：楊秀麗
地　　址：106臺北市大安區和平東路二段339號4樓
電　　話：(02)2705-5066
傳　　真：(02)2706-6100
劃撥帳號：01068953
戶　　名：五南圖書出版股份有限公司
網　　址：https://www.wunan.com.tw
電子郵件：wunan@wunan.com.tw
法律顧問：林勝安律師
出版日期：2024年 9 月初版一刷
定　　價：新臺幣560元

國家圖書館出版品預行編目資料

亞里斯多德與《詩學》／安吉拉・柯倫（Angela Curran）著；嚴浩然譯. -- 初版. -- 臺北市：五南圖書出版股份有限公司, 2024.09
面；　公分. --（經典哲學名著導讀；20）
譯自：Routledge philosophy guidebook to Aristotle and the Poetics.
ISBN 978-626-393-663-8(平裝)

1.CST: 亞里斯多德(Aristotle, 384-322 B.C.)
2.CST: 學術思想　3.CST: 西洋文學

871.3　　113011740